BOCKSPRÜNGE

Ein skurril-poetischer Roman
Günter Richter

PIVI
I I

GÜNTER RICHTER

BOCKSPRÜNGE

Roman

Plöttner Verlag

Alle Rechte der deutschen Ausgabe
© Plöttner Verlag GmbH & Co. KG 2010
www.ploettner-verlag.de
1. Auflage
ISBN 978-3-938442-80-7

Satz & Layout: Fratelli Walter
Umschlaggestaltung: Walter Melzner
unter Verwendung des Bildes »Der goldene Hut« von Günter Richter
Vignetten: Günter Richter
Lektorat: Nina-Kathrin Behr
Druck: Bercker, Graphischer Betrieb, Kevelaer

Bibliografische Informationen der Deutschen Nationalbibliothek:
Die Deutsche Bibliothek verzeichnet diese Publikation in der
Deutschen Nationalbibliografie; detaillierte bibliografische Daten
sind im Internet über www.d-nb.de abrufbar.

Die Begegnung

Seine Erwartungen waren wohl von Anfang an nicht besonders hoch gewesen. Den Termin für den seit langem schon beabsichtigten Ausflug hatte er wiederholt verstreichen lassen. Eines Sonntagmorgens endlich war er dennoch losgezogen. Weit außerhalb der Stadt, in einem noch erhaltenen Rest ursprünglichen Waldes, in unberührter Natur, war er endlich allein. Die Gegend, in der er sich nun befand, wurde, so weit er sich erinnern konnte, wohl auch früher schon gelegentlich gemieden. Nun schien sie vollends menschenleer. Aber auch da, am Rande des Waldes, gab es Verbotsschilder ... Das Betreten dieses Gebiets war untersagt. An einer Schneise, die schnurgerade durch den Wald zum Moor führte, war ein Schlagbaum errichtet, der, obwohl im Verfall begriffen, unmißverständlich Halt gebot. Hohes Gras sproß, und die Spurrinnen, einmal von Forstfahrzeugen verursacht, verschwanden allmählich. Holz, vor langer Zeit geschlagen, war noch am Wegesrand aufgestapelt, es war schon fast zerfallen. Schnecken hinterließen schleimige Spuren, Moder überzog die Stämme, Käfer am Boden drehten Pillen aus Kot ... Ein kleines Stück seines Weges hatte der Wanderer schon zurückgelegt. Von niemandem war er gesehen worden, als er den unerlaubten Weg betrat. Eine eigentümliche Spannung hatte ihn ergriffen. Aufmerksamer als gewohnt schaute er sich um. Er wollte, daß ihm nichts entging, was auf eine unliebsame Überraschung hinzuweisen schien. Er ließ aber ebenso die unbekannte Einsamkeit des Reservats auf sich wirken und genoß das Alleinsein. Gleichmäßig und mit Ehrfurcht durchschritt er die dunkelgrüne Stille und näherte sich langsam der Kernzone – dem Totalreservat, zu dem, außer einigen Wissenschaftlern, niemand mehr Zugang hatte ... Weil die Schneise durch einen Schlagbaum gesperrt war, wurde sie eine zusätzliche Herausforderung, welcher der Mann nicht widerstehen konnte ...

Er fand es aufregend, einen Weg zu beschreiten, auf den sich kein anderer traute. Wirkliche Gefahr konnte man ausschließen, und dennoch erfuhr der Eindringling das beklemmende Gefühl. Der Wanderer spürte befriedigt, daß seine erhöhte Wachsamkeit Müdigkeit nicht zuließ. Weiches Moos dämpfte seine Schritte. Doch mit jedem Schritt ließ er auch hinter sich, was gestattet war. Wenn er sich hin und wieder umschaute, nahm er wahr, wie der Schlagbaum mehr und mehr aus seinem Blickfeld schwand. Doch erst, als er ihn nicht mehr sehen konnte, fühlte er seine bedrohliche Existenz. Die Absperrung, lange schon überwunden, nahm überdeutliche Gestalt an. Es fiel ihm schwer, alle Verbote und warnenden Hinweise zu vergessen. War sein Entschluß nicht übereilt? Hatte er denn überhaupt Sinn, oder würden ihn, von nun an, nichts als Unannehmlichkeiten erwarten? Bis jetzt war nichts geschehen, was Grund zu Beunruhigung hätte geben können. Aber was kann nicht alles noch kommen? Und ist der Wald hier anders? – »Gewiß doch, schon deshalb, weil er für den einfachen Mann verschlossen bleibt.« Aber war er denn hier wirklich allein? Das Stück Freiheit, das er sich nahm – der Aufenthalt in der verbotenen Wildnis – was bringt es ihm ein, außer Tadel, wenn er es nicht geheimhalten kann?

Der Mann war gut zu Fuß, und einmal unterwegs, hatte er nicht die geringste Lust, seinen Ausflug ins Grüne wegen eines Verbots zu beenden oder seine Route in eine nicht von ihm bestimmte Richtung zu ändern. Aber merkwürdig, bisher gab es nichts Außergewöhnliches zu sehen. Die scheuen Tiere, nirgends bekam er sie zu Gesicht. Zu groß war das Reservat und bot ihnen daher zu viele Möglichkeiten, sich zu verbergen. Bald begann er sich zu fragen: weshalb er hierher gekommen war, weshalb er so anmaßend war, daß er unerlaubt ins Innere, ins Totalreservat eindringen mußte? Wie wollte er sich rechtfertigen? Wo er doch kein Forscher war. Ja nicht einmal wußte, worum es hier eigentlich ging, wie man die Spezies nannte, die hier besonderen Schutz genoß. Wie lautet ihr lateinischer Name, und wie sieht sie aus? Wie es auch sei, bei der Wahl seines Weges sollte ihn das nicht beeinflussen! Weder wird es ein gefährliches Raubtier noch ein giftiges Reptil sein. Denn man wollte das Tier vor dem Menschen schützen und nicht umgekehrt. Vielleicht war es nur eine Ameise, ein Wurm oder ein Floh? Oder war es noch geringer? Gelehrte machen mitunter viel Aufhebens um Sachen, die mit bloßem Auge nicht mal zu erkennen sind.

Noch ging der Wanderer unbeschwert. Ruhe und Einsamkeit taten ihm wohl. Es gab auffällig viele Haufen aus Tannennadeln. Mitunter waren sie von beachtlicher Größe. Welches Insekt ist in der Lage, Staaten zu bilden und solche Bauwerke zu errichten? Noch nie hatte der Mann im Walde so viele Ameisenstraßen gesehen wie auf dem verbotenen Weg. Eine kurze, aber unvorsichtige Rast am Wegesrand hatte den langen Marsch eines Volkes der Wanderameisen behindert. Einige Exemplare hatten, einen Weg suchend, eine juckende Spur über seinen Körper gelegt. Nun erst wurde ihm bewußt, daß es nichts Neues zu entdecken, sondern Altbekanntes, reich bemessen, zu erleiden gab. Aber auch andere Plagegeister mußte der Wißbegierige ertragen lernen. Mückenschwärme, die aus den nahen Sümpfen aufstiegen, forderten ihren Tribut. Er ertrug auch diese Marter in der Zuversicht, daß es doch noch irgendetwas anderes hier geben müsse, und daß nachhaltige Eindrücke in unberührter Natur ihn für alles entschädigen würden. Aber erst einmal sorgte der Weg nur für weitere Unbequemlichkeiten. Umgestürzte Bäume machten hin und wieder einen beschwerlichen Umweg erforderlich. Wenn er, das Hindernis umgehend, ins Unterholz auswich, schlugen ihm stachlige Ruten ins Gesicht, und Brombeerhecken rissen an seiner Kleidung. Rinnen, in denen sich fauliges Wasser sammelte, mußte er durchwaten. Manchmal fand er ein paar große, noch unversehrte Parasolpilze. Als er sich nach ihnen bückte, kamen ihm Zweifel: Es könnten auch giftige Karbolpilze sein. Der weiße Champignon, *Agaricus xanthodermus*. Wenige Leute wissen, daß es einen giftigen Champignon gibt, der an Gestalt dem eßbaren so gleicht. Wie nahe beieinander liegen doch Verhängnis und Genuß! ... Der Wald wurde dichter, der Weg immer schlechter, und dennoch war das Gelände nahezu ohne jede Abwechslung. Was Wunder, daß sich der Wanderer ständig fragen mußte: Wie lange soll das noch so weitergehen? Immer wieder das Gleiche. Statt der vielen Arten an Orchideen, die er erwartet hatte, gab es, je weiter er in die Wildnis eindrang, nur eine, die gelbblühende Iris. Wie stand es um die Artenvielfalt? Es flatterten ihm immer nur blasse Schmetterlinge um den Kopf. Kleine Falter, unansehnlich wie Kleidermotten.

Wacker schritt der Mann voran. Schnell hatte sich sein Blick an die Wildheit des Waldes gewöhnt. Sumpfzypressen standen im Wasser, und an den höher gelegenen Stellen gab es uralte Akazienbäume, überall rankten sich Lianen in die Baumwipfel. Und all das sollte sich unaufhörlich wiederholen. Was konnte es hier außer Ameisen, Mückenschwärmen und Wasserlöchern voller Blutegel noch Bemerkenswertes geben, wofür sich ein Ausflug gelohnt hätte? Ein Rudel Hirsche etwa, das Leittier mit imposantem Geweih, wie er es im Walde schon oft bestaunt hatte? Nichts dergleichen war zu erwarten. Das Rotwild würde den Dschungel meiden und lieber auf den offenen Wiesen äsen. Eigentlich hätte er umkehren sollen, zumal er spürte, mit jedem weiteren Schritt würde er seine Verfehlung nur noch verschlimmern, mit jedem Meter würde auch seine Schuld zunehmen ... Aber er war schon zu weit vorangekommen. Wollte er den verbotenen Wald auf dem kürzesten Weg verlassen, so mußte er ihn nun ganz durchqueren ... Konnte das aber ohne Folgen zu Ende geführt werden? Mit etwas Glück, und wenn er sich besonnen verhielte, so redete er sich ein, sei es zu schaffen. Von nun an lauschte der Wanderer auf jedes Geräusch, das ihm verdächtig erschien, er spähte angestrengt in die vor ihm liegende Richtung. Er beobachtete auch die Beschaffenheit des Weges recht sorgfältig, und befriedigt stellte er fest, daß es vorerst, außer seinen eigenen, keine weiteren Fußabdrücke im weichen Boden gab. »Wer soll hier auch schon gehen«, dachte er. »Alle halten sich an das Verbot. Alle, außer mir!« Mehr und mehr begann er seine Eigenmächtigkeit, seinen wagemutigen Entschluß zu bereuen, und er fühlte sich plötzlich auf eine nicht nachzuvollziehende Weise unsicher. Als würden seine Beine unaufhaltsam von einer Lähmung erfaßt. Seine Atmung war von nun an unregelmäßig.

Er wußte, nachdem er wissentlich den falschen Weg beschritten hatte, konnte er sich im Nachhinein nicht mehr auf Unwissenheit berufen. In einem Land, wo die Wälder gewöhnlich voller Menschen sind, wie die Straßen übervölkerter Städte, war hier niemand. Seit Stunden schon war er keinem Menschen begegnet. Darüber erschrak er. Er war eine Ausnahme, die nicht geduldet werden würde.

Was bedeutete es schon, daß er keine fremden Spuren hier hatte entdecken können, überlegte der Wanderer. Nichts weiter, als daß noch keiner vor ihm dagewesen war. Aber jederzeit könnte dieser Weg, auf den er sich unvernünftigerweise begeben hatte, auch von einer anderen Person eingeschlagen werden. Es könnte dann jemand sein, der dazu berechtigt wäre. Jemand, der dazu einen triftigen Grund hätte. Doch wenn er sich nur ein wenig beeilte, würde ihn nun keiner mehr einholen können. Aber eine vage Befürchtung begleitete ihn fortan, und der Gedanke war beunruhigend: Was ist, wenn er erwartet wird? Wie sollte er voraussehen, daß ihm jemand vom anderen Ende des Schutzgebiets entgegenkommt! Wer sieht schon die Spur eines Entgegenkommenden? Hatte er sich zu lange schon in Sicherheit gewiegt, geglaubt, er wäre allein, wo dagegen überall im Sumpf Augenpaare jeden seiner Schritte verfolgten? Nein, abseits des Weges, im Sumpf, kann niemand sein, es sei denn, ein Versinkender.

Der Wanderer verlangsamte seine Schritte. Er blickte unsicher um sich; Müdigkeit begann zu ungewohnter Tageszeit, sich seiner zu bemächtigen. Die Sonne konnte das dichte Blätterdach des Sumpfwaldes nur ungenügend durchdringen. Es war schummrig und schwül. Nur stellenweise lag der Weg im grellen Licht. Vögel beanspruchten die sonnigen Flecken am Boden für ihr Bad im warmen Sand. Sie erhoben sich kreischend, wenn der Wanderer sie aufschreckte, und flatterten ins schützende Geäst. Oft erschrak er, wenn er unbeabsichtigt das Schlagen so vieler Flügelpaare ausgelöst hatte. Aber dann wurde er stutzig: Er vernahm hin und wieder aus der Gegenrichtung Vogelschreie, etwas verhaltener zwar und wie mit Verzögerung, als wären sie nur das Echo derer, die er eben selbst ausgelöst hatte. Aber ein anderer hatte wohl die Vögel aufgescheucht. Ihre Rufe erklangen erst in langen und bald in immer kürzer werdenden Abständen. Er hatte die Spur eines Entgegenkommenden, eines Unbekannten, durch das Geschrei der Vögel gehört. Im Walde war er nun nicht mehr allein. Doch wahrscheinlich war der andere, wer es auch sein mochte, ihm gegenüber im Vorteil – es war ihm womöglich erlaubt, sich im Walde aufzuhalten. Vielleicht hatte man es ihm sogar befohlen.

Wie der Wanderer aus den Rufen der Vögel schließen konnte, befand sich der Unbekannte noch weit genug entfernt und näherte sich anscheinend nur sehr langsam. Auch den Wanderer trieb die plötzlich entstandene Ungewißheit nicht zur Eile. Ach, wenn er doch bei seinem Ausflug niemanden träfe! Aber wie sollte er das anstellen, wie jemandem ausweichen, wenn kein Weg rechtzeitig abzweigte? Wie sollte er sich aus seiner Lage wieder herauswinden, wenn er seine Schritte zwar bereuen, aber doch nicht mehr rückgängig machen konnte?

Es war ihm beinahe gelungen, derartige Gedanken zu verscheuchen, als eine Gestalt sichtbar wurde. Nicht allzu weit entfernt stand unbeweglich am Wegesrand ein Mann. Unauffällig und vielleicht bedeutungslos. Seine Kleidung schien den Farben der Umgebung angepaßt; im Tiefschatten war er fast unsichtbar. Erst sah es aus, als sei er vom Gehen ermüdet. Aber dann schien es, als ob er wartete.

Der Wanderer trug gern den grünen Rock mit den Hirschhornknöpfen und dem Eichenblatt auf dem Revers. Sein Hut war wie der eines Weidmanns mit den blau-weißen Spiegelfedern des Eichelhähers geschmückt. Das brachte ihn noch zusätzlich in Verlegenheit; denn man konnte ihm auch unterstellen, daß er sich so gekleidet hatte, um sich unberechtigten Zugang zu erschleichen.

Was konnte er tun in seiner mißlichen Lage? Den Weg zurücklaufen, so schnell er konnte – nein, diesen Fehler wollte er nicht begehen. Die Flucht wäre das Eingeständnis begangenen Unrechts. »Besser abwarten, erst einmal die Ruhe bewahren und sich unauffällig verhalten«, dachte er. Er trat an den Wegesrand und holte langsam, jede hektische Bewegung vermeidend, aus seinem Rucksack einen Feldstecher. Aber sein Gegenüber, in sicherer Entfernung, tat es ihm gleich! »Jetzt weiß ich wenigstens, woran ich bin«, sagte sich der Mann erschrocken. »Er ist ein Aufseher! Einer, der sich in der Gegend auskennt wie kein zweiter, der dafür bezahlt wird, daß er Leute wie mich im Walde aufspürt. Er wird mich nach meiner Berechtigung fragen. Dann wird er meinen Paß sehen wollen, um sich meinen Namen für eine Anzeige notieren zu können.« Aber so leicht wollte der Wanderer ihm seine Aufgabe nicht machen. Besser sich im Sumpf verborgen halten, bis sich der Unbekannte wieder entfernt hatte. Vorerst sollte es genügen, daß er sich hinter einem Baum verbarg und ihn weiter im Auge behielt. Doch eben in diesem Moment sprang auch der ANDERE hinter den nächsten Baumstamm und verharrte dort re-

13

gungslos. Zunächst schien es, als sei er verschwunden. Nur wenn der Unbekannte sich unabsichtlich ein wenig bewegte und der Baumstamm nicht völlig seine Gestalt verdeckte, konnte ihn der Wanderer für einen kurzen Augenblick wahrnehmen. Das Fünkchen Hoffnung, es könne alles zufällig und ohne Bedeutung sein, erlosch rasch. Der Unbekannte hatte also seinen Marsch nicht freiwillig unterbrochen. Es gab einen triftigen Grund. »Ich bin der Grund«, sagte sich der Wanderer.

Unheimlich, dieser abrupte unfreiwillige Stillstand, der die beiden Männer erfaßt hatte. Manchmal, wenn einer es wagte, einen vorsichtigen Blick zu riskieren, nahm er flüchtig wahr, wie sich auch der Kopf des anderen hinter einem Baumstamm zeigte. »Er ist auf der Hut«, dachte der Mann, »aber er wagt noch nicht, sich meinem Versteck so ohne Vorbehalt zu nähern.«

Warten kann schwer sein, erst recht für jemanden, der sich dazu gezwungen sieht und obendrein den Ausgang der Handlung nicht voraussehen kann. Jeder der beiden Männer spürte, den Körper an den Baumstamm gepreßt, nicht nur die eigene Unruhe, sondern auch die Spannung des unsichtbaren ANDEREN. Meistens verließen sie ihre Verstecke voreilig, oft sogar wie auf ein geheimes Zeichen gleichzeitig. Aber immer wieder, während sie versuchten, sich gegenseitig auszuspähen, während sie dabei einander immer auch ein Stück näher kamen, nutzten sie die Deckung, die ihnen der Weg im verbotenen Walde bieten konnte: Immer wieder suchten sie möglichst unauffällig, sich schnell hinter dicken Baumstämmen zu verbergen.

»Um ungesehen an ihm vorbeizukommen«, dachte der Wanderer, »werde ich die Dunkelheit abwarten müssen. Wenn ich durch den Sumpf ginge, könnte ich ihm entkommen. Natürlich liefe ich Gefahr, mich im weglosen Gelände zu verirren, und wenn es schlimm käme, könnte ich im Moor versinken. Soll ich etwa zugrunde gehen an meiner eigenen Angst? Jetzt nur keinen Fehler machen, den ich später nicht einmal mehr bereuen könnte«, sagte er sich. »Nein, im Sumpf kann ich mich nur eine Zeitlang und möglichst nahe am Wege verborgen halten, um abzuwarten, bis der Unbekannte sich endlich entfernt hat. Aber was, wenn der auch meine Ausdauer besitzt, und dazu die Unfähigkeit, etwas Begonnenes auch rechtzeitig wieder abzubrechen. Wenn er auf unabsehbare Zeit hinter seinem Baume auf mich lauert? Selbst wenn der andere längst aufgegeben und sich davongestohlen hätte, wie sollte es der Wanderer, der sich im Sumpf verbarg, bemerken? Er dachte lange über den Fremden nach, der sich seinetwegen hinter einem Baumstamm versteckte. Der ANDERE, der die Begegnung, wie es ihm beliebte, hinausschieben oder auch erzwingen konnte.

»Er gleicht mir und ist doch mein Feind«, mußte sich der Wanderer eingestehen, »er scheint aus demselben Holz zu sein, auch er verschwendet seine Zeit durch Ausdauer.« Und wirklich, statt geradewegs auf sein Ziel zuzugehen, verhielt er sich seltsam zögernd. Geduld, das ist die Tugend, in der der Jäger geübt ist. Gewohnt, lange auf sein Jagdglück zu warten, errät er die Gewohnheiten seiner Beute und sucht sie für sich zu nutzen … Es ist nicht leicht, im Walde jedes verräterische Geräusch zu vermeiden. Das Knakken eines trockenen Zweiges, durch einen unvorsichtigen Schritt verursacht, ein unbeherrschter Schlag wegen einer Mücke, die sich auf der Haut des Unentschlossenen niedergelassen hat, oder gar ein nicht zu unterdrückender Hustenanfall. Doch noch waren sie weit genug voneinander entfernt, und außerdem schluckte das gleichmäßige Rauschen der Baumwipfel manche der unfreiwilligen Geräusche.

Gegen Abend krochen die Schatten wie nasse Lachen über den Weg. Je angestrengter er versuchte, die Stelle im Auge zu behalten, wo er den Mann hinter seinem Baum zuletzt gesehen hatte, um so mehr begann er zu zweifeln; und auf einmal wußte er nicht mehr, ob es denn überhaupt der richtige Baum sei. Wie sich doch die Bäume glichen. Fast jeder Stamm war stark genug, einen Mann zu verdecken. Da nun der Unbekannte hinter jedem Stamm hätte stehen können, schien er sich für den Späher vervielfältigt zu haben. Um so mehr mußte der sich vorsehen, denn von nun an gab es vieles, was ihm verdächtig vorkam. Und nach einer guten Weile, in der sich nichts Entscheidendes ereignet hatte, mußte der Wanderer fast schon über sich selbst und seine Vorsicht lachen.

Was den Unbekannten betraf, so wurde der Mann zunehmend skeptischer. Zweifel war angesagt! War der ANDERE ihm denn wirklich durch sein Amt überlegen, besaß er überhaupt die nötigen Vollmachten, kurz gesagt: Befand er sich auf der anderen Seite, oder hatte er einfach nur selbst etwas zu verbergen? Aber es wäre doch ein gar zu unwahrscheinlicher Zufall, wenn sich zwei Gleichgesinnte begegneten, noch dazu an so abgelegenem wie außergewöhnlichem Orte.

Die Aufmerksamkeit, die der Unbekannte seiner Umgebung widmete, schien zu schwinden. Immer seltener erschien sein Kopf hinter dem Baumstamm. »Jetzt könnte es gelingen, ungesehen an ihm vorbeizukommen«, entschied der Mann. Kein Vogellaut würde seine Absicht verraten. Er verließ sein Versteck, trat aus der Deckung hervor, und nun, obwohl man ihn trotz einbrechender Dunkelheit immer noch von allen Seiten sehen konnte – fühlte er sich plötzlich frei. »Halt, nicht so große Schritte, nicht, als wollte ich fliehen! Langsam gehe ich, ohne ihn anzusehen, jede Störung vermeidend, an ihm vorüber. Doch wenn er sich mir zuwendet und mich befragt, zwingt er mich noch, ihn zu belügen«, dachte der Wanderer. Er habe nur seinetwegen seine lange Rast abgebrochen.

Es war ein gutes Gefühl, obwohl es nun schon kein Entrinnen mehr gab, wieder auf einem geraden Wege, wieder mitten auf der Schneise zu sein und, ohne im Unterholz zu straucheln, voranzukommen. Gemächlich kam ihm der Unbekannte entgegen. Aber nicht so siegessicher, wie es zu erwarten gewesen wäre, sondern gesenkten Hauptes und unentschlossen, als versuche er im letzten Augenblick, sich noch vor seiner Pflichterfüllung zu drücken. Als wäre ihm seine Überlegenheit peinlich, als könne er nicht begreifen, daß der Delinquent so ohne weiteres auf ihn zuging. »Vielleicht nimmt er sogar an, ich sei mir keiner Schuld bewußt. Nein, jetzt werde ich ihn dazu zwingen, die Wahrheit anzuerkennen. Er soll mich nicht übersehen!« sagte sich der Wanderer.

Es war nun nicht mehr möglich, ihm auszuweichen, oder gar so zu tun, als bemerkte er ihn nicht. »Den Hut werde ich vor ihm ziehen, auch wenn ich seinerseits keinerlei Ehrerbietung erwarten kann. Es sei denn, auch er ist sich irgendeiner Schuld bewußt«, dachte der Mann. Wie es schien, hätte der ANDERE größere Ausdauer aufgebracht. Er stünde gern weiter hinter dem Baumstamm, im Glauben, er wäre unsichtbar. »Sein Irrtum ist auch der meine gewesen«, dachte der Wanderer, »und nur ein Verbotsschild am Anfang unserer Wege hat verhindert, daß wir uns erkannten.«

Buch eins

Der Hühnerfuß. Abscheu vor der Farbe Gelb. Das ABC des Klassenkampfes. Der Vierfarbendruck über dem Sofa der Großtante. Der
Onkel verbringt eine Nacht im Fischteich.

Die Suppe war grau und wäßrig. Obenauf schwammen ein paar
kleine, gelbe Fettaugen. Als er seine Schüssel schon fast geleert
hatte, kam es zum Vorschein und grinste ihn an. Das gespreizte
Ding, das Gebilde mit der verrunzelten, gelben, ledernen Haut.
Am Boden der Schüssel lag ein ausgekochter Hühnerfuß. Es waren schlechte Zeiten, und alles sollte aufgegessen werden. Die
Tante hatte ihm unauffällig, fast heimlich, eine extragroße Por-
tion zukommen lassen. Unmöglich, den Beweis ihrer Fürsorge
zu verschmähen. Am aufgerollten Fliegenfänger, der an der Lampe über dem Tisch hing, klebte eine ständig dichter werdende
Schicht Stubenfliegen. Die letzten Löffel Suppe waren längst er-
kaltet, länger konnte er unter den unduldsamen Blicken der Erwachsenen nicht lustlos auf dem Rest der Mahlzeit herumkauen.
Er schluckte ihn herunter und hielt sich mit beiden Händen, um
nicht zu erbrechen, fest den Mund zu.

Als Kind hatte Balthasar die Ferien und die schulfreie Zeit
meist mit seinen Geschwistern bei Verwandten verbracht, die
abseits des Ortes, am Waldrand, einen Hühnerhof betrieben. Er
erinnerte sich noch deutlich an die ersten Tage im Mai des letzten
Kriegs- und des ersten Friedensjahres, als man seinen Geburtstag
wegen der Aufregung, die die einrückende Rote Armee hervorrief, vergessen hatte. Als die Gegend zudem noch von einer nie
gekannten Maikäferplage heimgesucht wurde. Die aber, anders
als die fremden Soldaten, ein Segen für den Hühnerhof war. Jeden Morgen wurden die Käfer von den Bäumen geschüttelt und
aufgelesen. In diesen Tagen wurden Maikäfer sackweise an die
Hühner verfüttert. Diese unerwartete neue Futterquelle hatte den
Bäumen zwar statt Maigrün kahle Äste, den Bauern jedoch einen

sprunghaften Anstieg der Eierproduktion beschert. Vorübergehend konnten dadurch große Mengen der üblichen Futtermittel eingespart werden.

Was machte es schon aus, daß die Eier einen Beigeschmack bekamen, daß ein Spiegelei wie zertretene Käfer schmeckte. Warum dann, so hatte sich das Kind Balthasar gefragt, erst den Weg über die Hühner nehmen? Warum nicht gleich die Käfer in den Mund stopfen, wie sie von den Bäumen fallen? Nicht nur um den Hunger zu stillen, schluckte sie der Knabe so mühelos. Um sich hervorzutun, war ihm mitunter jedes Mittel recht. Anerkennung, ein hoher Lohn. Das Staunen der Kinder aus dem Dorf, der Eindruck, den er damit auf die Umstehenden hinterließ, hatten Ekel oder Widerwillen gar nicht erst aufkommen lassen.

Warum mußte er sich aber damals bei Tische so zwingen, die nahrhafte Zugabe in der Suppe nicht in der Schüssel zu lassen? Und warum sollte diese eine Mahlzeit auf dem Hühnerhof noch weit bis in die Zukunft wirken? Er empfindet noch heute bei dem Gedanken, sich von Insekten zu ernähren, kaum Abscheu. Dagegen kostet es ihn große Überwindung, ein wohlzubereitetes Huhn zu verspeisen. Weshalb diese Abneigung gegen Geflügel, das als leichte, ja delikate Kost gilt? An den Geschmack des salzarm gekochten Hühnerkleins kann er sich längst nicht mehr erinnern. Was also war es, was so tiefen Widerwillen bei ihm erregte und was sich untilgbar in seinem Bewußtsein festgesetzt hatte? Es war nicht die Nahrung. Es war das Bild, es war allein der Anblick, was sich ihm lebenslang einprägen sollte. Wohl auch deshalb hatte sich eine anhaltende Abneigung gegen die Farbe Gelb bei ihm eingestellt.

Er begann, diese wichtige Farbe fortan zu vermeiden. Schon bei seinen frühen Malversuchen hatte er sie aus seinem Farbkasten verbannt. Nicht, weil der Onkel ihn einmal darüber belehrt hatte, daß das herrlich leuchtende Indischgelb auch nur aus Kamelpisse hergestellt sei, verabscheute er diese Farbe. Nein, es war, weil er früher einmal, beim Mittagessen, in einer wäßrigen Suppe, den gelben Hühnerfuß erblickt hatte, den Fuß, der im Märchen das Haus der Hexe Baba Jaga trägt.

Auch als Balthasar längst schon seinen Gesellenbrief erworben hatte, war ihm die Farbe zuwider, die auf keiner Palette fehlen durfte. Er begann, sie regelrecht zu hassen. Es war ihm, als könnte ihr Anblick allein schon Übelkeit hervorrufen. Ein Glück, daß es den lichten Ocker gab, einen Farbstoff aus Erde, der, richtig angewendet, die gespeicherte Wärme seiner südländischen Lagerstätten mit in die Malerei bringt. Das reine Gelb dagegen schien ihm, grell und abstoßend wie Schwefel, nichts Gutes zu verkünden. Sogar auf dem Wasser, auf den unermeßlichen Weltmeeren, hatte es das Unheil anzuzeigen: Waren auf einem Schiff die Pocken ausgebrochen, mußte am Mast gelbes Tuch gehißt werden. Gelb war die Farbe der Quarantänefahne. Sogar der Oheim trug gelegentlich, wenn er schlecht gelaunt war (meist an staatlichen Feiertagen), als Zeichen seiner Invalidität eine häßliche gelbe Armbinde mit schwarzen Punkten. Gelb war das Fahrrad des Briefträgers, auch er trug meist nur schlechte Nachrichten von Haus zu Haus. Gelb waren seinerzeit die Busse, gelb waren in der Stadt die Straßenbahnen. Überall tat sich das Gelb hervor. Übel wurde dem Knaben, wenn er mit seinen Eltern oder anderen Erwachsenen diese Verkehrsmittel benutzen mußte. Nicht selten übergab er sich während der Fahrt. Man meinte, er vertrage die Fahrweise nicht. Das plötzliche Bremsen, das schnelle Anfahren lege sich ihm auf den Magen.

Doch später, als die Kindheit längst vorüber und auch die Jugend fast verstrichen war und er in einer Stadt lebte, wo die Straßenbahnen rot oder blau waren, verschwand das Übel wie von selbst. Da verstand Balthasar, daß es nur an der Farbe lag, daß Farben mehr bewirken, als man gemeinhin von ihnen erwartet, daß sie uns, statt Freude, auch Verdruß bereiten können. *Farben können, wenn sie in falsche Hände geraten, uns das Leben nahezu unerträglich machen.*

Wie wohltuend dagegen der rote Farbstoff. Er mochte die roten Fahnen, bevorzugte rote Anstriche. Er liebte auch die Felder, wo der Hafer mit rotem Mohn durchsetzt war. Der rote Klatschmohn, welch eine herrliche Pflanze. Aus seinen aufgebrochenen, trockenen Kapseln rann am Ende eines heißen Sommers der Samen. Dunkle, silbergraue Körner – zerkaut ein Brei mit dem Duft von Sonntagskuchen.

Aber leider teilten nicht alle, besonders die öffentlichen Einrichtungen nicht, Balthasars Vorliebe für die Farbe Rot. Viele Buslinien bevorzugten weiterhin einen billigen und dennoch hochgesättigten Farbstoff wie das Chromgelb. Auch wenn vor langer Zeit einmal in Sachsen die Postkutschen gelb angestrichen waren, gelbe Töne, besonders jenes Chromgelb, verleideten Balthasar mitunter langes Reisen über Land.

Diese einseitige Antipathie, diese Vorliebe für die rote Farbe, hatte ihm der Onkel geschrieben, sei für einen Kommunisten verständlich. Wenn er jedoch Maler werden wolle, egal, ob es nur bis zum Anstreicher reiche, müsse er sie überwinden. Unverständlich sei ihm, wieso der Neffe, nur der Farbe wegen, den Postbus so ungern benutze. Wenn man ein Ziel habe, könne man sich nicht einfach durch einen Brechreiz, durch was auch immer dieser ausgelöst werde, davon abbringen lassen. Und überhaupt, wie solle es der Geist zu etwas bringen, wenn man noch nicht einmal den Magen unter Kontrolle habe. Ein Maler müsse mehr das innere und weniger das äußere Bild der Welt in Betracht ziehen. Was könne es ihn kümmern, wie der Bus von außen ausschaue, wenn er nur innen einen bequemen Sitzplatz gefunden habe. Es sei eine Sache des Bewußtseins, hatte Balthasar erwidert. *Wie bequem er sich innen auch einrichte, am äußeren Zustand ändere das wenig.*

Einem ganz anderen, einem angenehmen Erlebnis, verdankt Balthasar seine Vorliebe für die Farbe Weiß: Ein neuer Lebensabschnitt, die Schulzeit hatte begonnen. Kreide wurde für viele Jahre zum unverzichtbaren Werkstoff. In dieser Zeit etwa, Balthasar kann sich an die genaue Jahreszahl nicht mehr erinnern, hatte die Großtante die Kinder zu einem Ausflug auf einem Raddampfer mitgenommen. Der weiße Schaufelraddampfer – auf dem dunklen Strom bot er einen prächtigen Anblick. Es ging flußauf, eine Bergfahrt, wie die Binnenschiffer sagen. Sie näherten sich einer bekannten Brücke. Der Weiße Hirsch, ein wohlhabender Stadtteil, am Elbhang gelegen, zog langsam am linken Ufer vorüber. Die Kinder knieten auf einer Bank vor dem Schaufelradkasten und winkten zum Ufer. Die Tante, einen Korb mit Schnitten auf dem Schoß, genoß das Nichtstun. Schon am Vortage hatte sie die Brote dick mit Käse belegt. Mit jenem Käse, der, hausgemacht, außer seinem unverwechselbaren Geruch nun erst die richtige Konsistenz und Farbe bekam: Er begann zu zerlaufen, wurde cremefarben und seine verbliebene feste Schale war mit weißem Schimmel behaftet. Doch eine Fliege hatte wohl den Weg in die Vorratskammer gefunden und das Glück gehabt, unter die Käseglocke zu geraten … Vor der Brückendurchfahrt wurde der Schornstein nach hinten abgeknickt, wobei etwas ausströmender Rauch den Käsegestank für einen Moment überlagerte. Denn hier, im schönsten Abschnitt der Reise, hatte die Tante begonnen, die Stullenpakete zu verteilen. Es ist eine schlechte Angewohnheit bei Kindern, ehe sie hineinbeißen, die Brote wieder aufzuklappen. Und siehe, diesmal lebte der Brotaufstrich. Weiße Maden räkelten sich auf weichem Grund. Es sei halb so schlimm, erklärte die Tante, sie bestünden nur aus dem, was auch wir gerne verzehren: hausgemachtem Schmelzkäse. Und während im Schiff die Kolben stampften, die Schaufelräder das Wasser schlugen und sich auf dem Deck die Fahrgäste sonnten, las die Tante mit Balthasars Hilfe Made für Made vom Käsebrot.

Viel über die Kunst und das Leben hatte Balthasar vom Oheim gelernt, der an den Folgen einer Krankheit litt, deren Ursache man den Kindern verschwieg. Durch sein Leiden an den naßkalten Novembertagen gehindert, Arbeiten im Freien zu verrichten, verbrachte er diese Zeit mit Büchern. Er saß im Lehnstuhl, eine Wolldecke über seine verformten Beine gelegt, und unterwies die Kinder im ABC des Klassenkampfes. Eine Lähmung unterhalb der Hüfte hatte seit seiner Jugend die Beweglichkeit des Oheims eingeschränkt. Ein steifes Bein zog er, wie einen dürren Ast, beim Laufen nach. Vielleicht wurde es ihm nur wegen dieser Behinderung nachgesehen, daß er las und viel Zeit für seine Bildung aufwandte; das Interesse an den notwendigen Dingen des Alltags aber immer mehr verlor. An den einstmals begonnenen Bau eines festen Steinhauses erinnerte nur noch die zugewachsene Baugrube, in der sich das Regenwasser sammelte.

In Balthasars Kindheit lebten die Seidels noch in einer Hütte, die aussah wie aus lauter Flicken zusammengesetzt. Auf einer Anhöhe stand ein ausgedienter Eisenbahnwaggon, der, durch barackenartige provisorische Anbauten erweitert, über ein paar dünnwandige Zimmer verfügte. Der größte Raum war die Küche mit dem mächtigen Grudeherd, durch dessen Wärme in zu kühlen Sommern die frisch geschlüpften Küken aufgezogen wurden. Kleine, piepsende, gelblich gefärbte Federbällchen wuchsen, vor jedem Luftzug geschützt, im Kohlenkasten heran. Immer lag in der Wohnküche der warme Geruch von Kükenfutter und Hühnerkot.

Wenn Balthasars Blick nicht dem Flug einer Stubenfliege folgte, die unter der Lampe kreiste, immer in Gefahr, an den klebrigen Fliegenfänger zu geraten, suchten seine Augen auf der Zimmerwand nach Abwechslung. Nun hing seit Kriegsende über dem abgenutzten bürgerlichen Sofa, im Goldrahmen, das Porträt eines Mannes, der nicht zur Familie gehörte. Der Dargestellte hatte gütige Augen, einen zufriedenen Ausdruck, im Mund eine kurze, leicht geschwungene Tabakspfeife. Er trug einen Schnurrbart und war mit dem Rock des einfachen Soldaten bekleidet. Kein Orden zierte seine Brust. Keine Krawatte seinen Hals. Der Mann mit dem biblischen Vornamen, er war nicht der Vater, er war auch nicht der Großvater. »Welche Bescheidenheit von dem Mann ausgeht, wie einfach er sich gibt«, pflegte der Onkel zu sagen. »Wenn man bedenkt, wie mächtig er ist und daß er ein Fünftel der Erde regiert!«

Von den Strahlen der Sommersonne vergilbt war ein anderes Bild, das neben dem Sieger und dem Eßtisch gegenüber an der weißgetünchten Zimmerwand hing. Fast schon unkenntlich durch die bräunlich-schwarze Rußschicht, die, dem Grudeherd entwichen, sich auf dem Kunstdruck über Jahre abgelagert hatte. Wie war der Vierfarbendruck in eine Wohnküche gelangt, in der überwiegend das Hühnerfutter aufbereitet und die Kartoffeln für das Schwein gesotten wurden? Vielleicht war er einmal, nur um irgendeine kleine Beschädigung an der Wand vorübergehend zu verdecken, dort aufgehängt worden. Immer wenn sie bei Tische saßen, hatte der farbige Druck Balthasars Aufmerksamkeit ganz in Anspruch genommen. Sogar mit dem Hühnerfuß im Munde, bei seinen verzweifelten Schluckversuchen, hielt er den Blick, als wäre von da Hilfe zu erwarten, auf das Bild geheftet … Das Bild zeigte die Stadt Toledo auf einem Plateau in einer Flußschleife, inmitten einer kargen, gebirgigen Landschaft, zeigte Mauern und Türme unter einem Himmel, der ein unheilvolles Wetter ankündigte.

Oftmals, wenn Balthasar bei Tische die Ermahnungen der Erwachsenen über sich ergehen lassen mußte, war er selbst weit weg. Er war in Toledo, in der Stadt des Großinquisitors und des fremden Malers Domenikos Theotokopulos. Als könnte er sich in der fremdartigen Landschaft bewegen, wie es ihm beliebte, stundenlang und unerreichbar. Als würde er in der unbekannten Stadt verweilen. Das winzige Pünktchen am unteren linken Bildrand, der Fliegendreck auf der Glasscheibe, könnte er selbst sein. Immer war er dabei ein wenig in Furcht, er könnte plötzlich erwachen, oder jemand würde ihn entdecken.

Wo aber lag Toledo? Es lag in der Nähe, in der Ferne oder nirgendwo. In der Vorstellung eines Heranwachsenden, der nicht viel mehr als den Wald hinter dem Hühnerstall kannte, wurde es bald ein verheißungsvolles, fernes, unerreichbares Ziel.

»In dieser Stadt haben wir unser Blut vergossen. Hier haben im Jahre 36 unsere Leute Schulter an Schulter mit den russischen Klassenbrüdern in den internationalen Brigaden gekämpft«, hatte der Oheim einmal geäußert, als er bemerkte, wie der Neffe, der Gegenwart entrückt, sich im Vierfarbendruck verlor. Mit diesen Worten hatte er beim Neffen auch neue Mutmaßungen über die Ursache seiner körperlichen Gebrechen geweckt. »Dem Onkel muß etwas widerfahren sein«, dachte dieser, »über das man im Kriege nicht hat reden können.« ... Es sollte hier eingefügt werden, daß die Beamtenfamilie Beyer seit der übereilten Heirat ihrer Tochter Hella, Balthasars Großtante, mit dem Fabrikarbeiter Franz Seidel zerstritten blieb. Denn Franz Seidel, Rudis früh verstorbener Vater, war ein Roter. Nach Rudis Geburt hatten die Seidels die Stadt verlassen und sich auf einem abgelegnen Flekken unfruchtbaren Landes angesiedelt. Als es den anderen noch gutging, waren sie vergessen. Nur der Güte der Großtante ist es zu verdanken, daß die Verbindung mit der weit verzweigten Verwandtschaft nie ganz abgerissen ist ... In den Jahren danach, als der Hunger die Familien wieder vereinte, als man sich des Hühnerhofes wegen wieder verstand, wollte der Oheim, um niemanden zu beschämen, sich nicht damit rühmen, daß er auf der richtigen Seite gestanden hatte. Auch Balthasar hatte gemeint, wie holprig und schwankend Onkel Rudis Gang auch sei, seine politische Haltung könne nur aufrecht gewesen sein. Die Kinder hatte man damals immer glauben machen wollen, der Onkel hätte seine Behinderung, durch die er auch als wehruntauglich gegolten hatte, dem Motorradfahren zuzuschreiben: Weil er als junger Bursche auch im Winter, ohne sich durch entsprechende Kleidung zu schützen, mit dem Motorrad zur Arbeit in die Fabrik gefahren sei, habe er sich einen bleibenden Unterleibsschaden zugezogen. Es war den Kindern nahegelegt worden, ihre Neugier zu zügeln und keine unnützen Fragen zu stellen. Sie hätten sich auch nicht getraut, den Oheim nach der Ursache seiner Invalidität zu fragen. Seine Vergangenheit blieb, wie die mancher Menschen, immer ein wenig im dunklen.

Lange Zeit hatte es die Kinder kaum interessiert, wie die Krankheit in den unteren Teil des Onkels geraten war. Jene Krankheit, die ihm auch, wie Neider behaupteten, zum Vorteil gereicht habe, weil ihm dadurch das Schicksal seiner Generation erspart blieb: Er hatte nicht in den Krieg ziehen müssen. War sein Zustand vielleicht die Folge eines lange zurückreichenden Ungehorsams? Hatte der Onkel als Kind vielleicht die Warnungen der Erwachsenen in den Wind geschlagen, war uneinsichtig gewesen und hatte, kaum war der Winter vorüber, die langen, von der Großtante gestrickten Wollstrümpfe herabgerollt? Wie sie es auch immer in den ersten milden Tagen taten, sobald sie außer Sichtweite ihrer Eltern waren. Verlockend, sich verfrüht der unbeliebten Kleidung zu entledigen. Seit jeher machte es Spaß, etwas zu tun, noch ehe es richtig erlaubt war. Hoffend, daß nicht alle, die der Versuchung unterlagen, so hart gestraft werden, empfanden sie wohl niemals Mitleid, wenn sie sahen, wie mühsam sich der Onkel durch das Gelände schleppen mußte. Es war eben seine ganz eigene Art zu gehen. Unverwechselbar! Wie befremdlich wäre es gewesen, hätte sich sein Leiden gebessert, wäre er, vielleicht durch ein Wunder, von heute auf morgen mit Schritten wie jeder andere einhergekommen. Wie vorteilhaft dagegen war es doch bisher für sie! Er konnte ihnen nicht folgen, wenn sie wegliefen. In ihren Verstecken konnten sie hören, wenn er sich näherte. Schließlich hatte sie der Onkel selbst, vom Ohrensessel aus, gelehrt, sich im Walde zu bewegen, sich unsichtbar zu machen, wenn es die Situation erforderte. »Ihr müßt selbst ein Teil des Waldes sein«, hatte er gesagt. Wenn sie bewegungslos, in geduckter Haltung, einem Stein glichen, oder wenn sie die Rolle des Baumes spielten, indem sie die Arme emporstreckten, in ihren Händen Zweige hielten und sich wie junge Birken sachte im Winde bogen, dachten sie, für die Tiere des Waldes unsichtbar zu sein. Der Onkel hatte sie gelehrt, die Stimmen der Tiere zu verstehen und ihre Fährten zu lesen. Er liebte den Wald und seine Bewohner und somit galt den Wilddieben, deren verschwiegene Methoden er kannte, seine ganze Verachtung.

Auch die Menschen hinterlassen Spuren, die man geübten Auges zu lesen und denen man, wenn es ansteht, zu folgen vermag. Der Onkel zeigte Balthasar, wie man seine eigene Spur vermeiden kann. »Es gibt Gräser«, sagte er, »die, wenn sie niedergetreten werden, sich nach kurzer Zeit wieder aufrichten; andere brauchen dazu Stunden. Man muß auf die Tages- und Jahreszeiten achten. Tritt das Gras lieber am Vormittag als am Abend nieder. Auch wenn die Spur dann deutlicher ist, bleibt sie nicht lange frisch, sie schwindet schnell. Aber wenn man dir schon auf den Fersen ist, dann wähle nicht den kürzesten Weg! Man muß, um seine Absicht zu verschleiern, auch einmal einen Umweg in Kauf nehmen können.« Er nannte das Strategie und Taktik.

Dabei war die Spur, die der Oheim noch gelegentlich selbst durch Heide und Hochwald zog, wohl am leichtesten zu lesen. Ein tiefer Abdruck im Boden, das war der Absatz seines linken Schuhs. Er konnte nicht mehr, wenn es darauf ankam, behutsam auftreten. Sein linkes Knie war steif. Dann folgte ein kurzer Strich, von der rechten Schuhspitze in den Boden gekratzt. Schuld hatte sein rechtes Bein, das unbeweglich mit der Hüfte verbunden war. Ein Punkt und ein Strich. Punkt, Strich, Punkt, Strich, Punkt, ein ununterbrochenes Aufeinanderfolgen von Ausrufungszeichen.

Durch vage Andeutungen aber wurde nach und nach die Neugier bei den Kindern geweckt. Manchmal wenn sie unerwartet auftauchten, unterbrachen die Erwachsenen das Gespräch. Was wurde verschwiegen, was wollte man vor den Kindern verbergen? Was sollte im engeren Kreis der Familie bleiben und nicht unbedacht durch sie nach außen gelangen? Sogar die nächsten Verwandten waren, was den Onkel betraf, sich lange in vielem uneins. Sicher gehörte er mit zu denen, die, wie der Lehrer nach dem Kriege sagte, mit ihrem Leiden dafür bezahlt hatten, daß es den Menschen, besonders aber den Kindern, heute besser ging.

Der Arzt mußte es wissen. In alle Geheimnisse schien er eingeweiht. Doch er war zum Schweigen verpflichtet. Besonders in den schlechten Zeiten, in den Kriegs- und Nachkriegsjahren, nahmen die Besuche des Arztes zu. Helfen konnte er dem Oheim kaum. Aber er nahm den weiten Weg gern auf sich. Anders als bei seinen Patienten in der Stadt konnte er davon ausgehen, daß ihm hier seine Konsultationen in Naturalien vergütet wurden … Hin und wieder mußte Balthasar den greisen Arzt auf seinem Heimweg bis zum Bahnhof begleiten, um ihm seine schweren Taschen durch den Wald zu tragen. Die Großtante hatte das, was er wegtrug, nach und nach den Essensportionen abgeknapst. Die Suppe war dünn, immer bevor der Doktor kam … Im Walde war der Arzt schweigsam, erst wenn sie den Ort, wo sich die Bahnstation befand, vor sich liegen sahen, wenn es nur noch leicht bergab ging, begann er zu sprechen. Doch er sprach wohl mehr zu sich selbst, leise und unverständlich. Oder war es nur sein mühsames, schweres Atmen? Immer hatte Balthasar gewünscht, der Zug möge sich verspäten und der Arzt könne in der Zeit ein Gespräch beginnen, bei dem ihm einige Äußerungen entschlüpften, die die Vergangenheit des Oheims berührten.

Zuweilen betraten die Kinder beim Besuch des Arztes lautlos den Raum, zuweilen lauschten sie heimlich hinter geschlossenen Türen, und noch lange, nachdem der Arzt mit vollen Taschen die Hütte wieder verlassen hatte, suchten sie den aufgeschnappten Worten einen Sinn zu geben. Lange hatten sie sich vergeblich bemüht, das Wort zu verstehen, das der alte Doktor bei jedem seiner Besuche auf einen kleinen Zettel kritzelte. Morphium! Manchmal, vielleicht sollte es eine Überraschung werden, hatte er etwas, kurz bevor er ging, noch verstohlen aus seiner Rocktasche gezogen und auf den Tisch gelegt. Ampullen, kleine flaschenähnliche Gebilde aus Glas. Wortlos wurden sie dann von der Großtante im Schrank verschlossen ... Bald begannen die Kinder zu glauben, daß das Gebrechen des Oheims von einer früheren Leidenschaft herrühren müßte. Einer Leidenschaft, über die man besser nicht sprach. Eine verrufene Leidenschaft könnte es gewesen sein. Schmutzige Geschichten über bedeutende Menschen, sogar über Dichter, waren in Umlauf. Aber es gab auch eine Leidenschaft für Freiheit und Gerechtigkeit! War der Onkel am Ende gar ein Anarchist? Sein Gebrechen eine Auszeichnung? Hatte er durch Sabotageakte der Gerechtigkeit zum Sieg verholfen?

Die geheimnisvollen Flaschen, winzig klein wie Spielzeuge, was mochten sie bedeuten, was mochten sie enthalten. Und vor allem, aber das war eine Frage für später, was mochten sie bewirken? ... Es blieb unbemerkt, als es einmal den Kindern gelang, eine Ampulle zu stehlen. In ihrer Hütte im Walde, die sie aus Zweigen errichtet hatten, wurde sie nun zwischen anderen kleinen Schätzen, wie einer Schachtel Karabinermunition oder einer Handvoll Zigarettenkippen, aufbewahrt. Sie hatte einen besonders hervorgehobenen Platz. Sie lag auf einem Kissen aus dunkelgrünem Moos und funkelte wie ein wertvoller Kristall. Die Kinder hatten ein Einweckglas schützend über sie gestellt. Es sah aus, als wäre es ein Schrein, der eine verbotene Reliquie barg: Das Medikament eines Revolutionärs, die Ampulle mit dem Stoff, der die Ideen beflügelte.

Der durch kindliche Spiele Beraubte ahnte von all dem nichts. Unter Schmerzen durchpflügte er weiter die heimischen Gefilde, war ihr Lehrer in den langen Schulferien und fütterte sie mit Weisheit.

Die Nachricht, die verschwommen wie ein Gerücht die Seidels erreichte, las man bald schon in der Zeitung: Eines Tages hatten sie den Arzt abgeholt. In seiner Praxis war ein Lebensmittellager entdeckt worden, der Schrank für die Betäubungsmittel aber war leer. Diese Nachricht weckte bei Balthasar ein bis dahin unbekanntes Gefühl. Es schwankte zwischen Freude und Traurigkeit. Wie beschämend! Es war der Vorteil, der dem Nachteil eines anderen entsprang: Die Rationen wurden nicht mehr durch die Großtante gekürzt. Auch brauchte Balthasar nun keine schweren Taschen mehr durch den Wald zu tragen.

Als sie noch klein waren, hatte man sie gewarnt, wenn sie immerfort Grimassen schnitten, könne ihr Gesicht so stehenbleiben. Die hinter dem Rücken der Erwachsenen herausgestreckte Zunge werde abfallen. Wie schrecklich, wenn das wichtigste Werkzeug, um die Teller abzulecken, plötzlich fehlen würde! Wer andere Leute nachäffe, nehme bald auch deren Aussehen an und könne es nie wieder ablegen. Und wirklich, sie sahen immer wieder einmal Leute, denen das widerfahren sein mußte. Sogar ein älterer Dorfschullehrer war davon betroffen und mit einem schiefen Gesicht gestraft. Solche Spiele machten ihnen daraufhin immer weniger Spaß. Auch wenn sie danach mit ängstlichen Blicken in den Spiegel sahen, um sich zu vergewissern, ob es noch einmal gut ausgegangen war und die Unart keine Spuren hinterlassen hatte.

Ja, die Lüge, sogar in der Erziehung war sie zu gebrauchen, besonders wenn gegen schlechte Angewohnheiten schon nichts mehr half.

Der Oheim hatte gegen solche Spiele nichts. Die Menschen zu beobachten und es ihnen gleich zu tun, das sei der schwere Beruf des Schauspielers. Und es erfordere viel Übung, bis dieser die ganze Skala menschlicher Grimassen beherrsche. Aber auch er, der vom Schicksal Gezeichnete, suchte mit erhobenem Zeigefinger die Kinder zu belehren: Nur die Partei habe das Recht, den Besitzenden etwas wegzunehmen, schärfte er ihnen immer wieder ein. Es koste viel Anstrengung, ein anständiges Leben zu führen, und schon eine einmalige Verfehlung könne alles zunichte machen.

Wenn auch das Gehen dem Oheim schwer fiel – seine Rede war leicht und heiter, mehr noch: sie war überzeugend, denn er verstand die Kunst der »Argumentation«. Sie sollten wissen: Überall, wo ein Genosse ist, ist auch die Partei.

Erst sehr spät erfuhr Balthasar die Wahrheit, die die Vergangenheit des Oheims betraf. Sie war enttäuschend – tragisch und komisch zugleich. Für die, die den Onkel aus früheren Zeiten kannten, war es nichts Neues: Der Onkel hatte keinen guten Leumund. In seiner Jugend war Rudi Seidel kein Agitator, kein Anarchist oder Interbrigadist gewesen; in seiner Jugend war der Onkel, der sich oft im staatlichen Forst herumtrieb, ein seit langem gesuchter Wilddieb.

Es ist schon eine Zeit her, lange bevor es Balthasar gab, als sich im Frühjahr die Obstblüte verzögerte. Als Rudi Seidel, genau einen Tag vor seinem 21. Geburtstag, nachts im Walde vom Forstgehilfen aufgespürt wurde. Das Wild hatte Schonzeit. Es war Anfang Mai, die Eisheiligen hatten sich angekündigt. Mit Nachtfrösten mußte man noch rechnen. Ein leichter Schneefall war dem Kälteeinbruch vorausgegangen und hatte es dem Verfolger leichtgemacht, Rudis Fährte aufzunehmen. Sie führte zum Teich. Im Dickicht hatte der Frevler seine Schlingen gelegt. Als ihm dann in jener Nacht durch den Forstgehilfen, der ihn in flagranti zu ertappen hoffte, der Rückzug abgeschnitten worden war, blieb ihm keine Wahl. Er konnte sich nur noch, wollte er nicht erkannt werden, im Schilfgürtel des Fischteiches verbergen.

Man muß sich das einmal vorstellen: Es war Vollmond, oben auf dem Damm, bei gutem Büchsenlicht, für den Delinquenten noch verschwommen sichtbar, richtete sich der Forstgehilfe für eine lange Nacht ein. Sorgfältig begann er seine Raucherutensilien zurechtzulegen. Eine Garnitur hochwertiger Bruyèrepfeifen mit feinen Mundstücken aus Horn, ein Bündel Pfeifenreiniger, sein Feuerzeug und schließlich die Schraubdose mit den in Tabak eingelegten Backpflaumen. Behaglichkeit eines Herrenzimmers begann sich auszubreiten im nächtlichen Forst. Unten im Wasser, im Faulschlamm des Röhrichts, hockte regungslos der Onkel und fror. Er kauerte im Schilf, als wolle er nur seine Notdurft verrichten. Seine Joppe sog sich voll Wasser, Nässe zog bald den letzten Rest an Wärme aus seinem mageren Leib. »Es ist nur vorübergehend«, sagte er sich, »in meinem Leben, das ich noch vor mir habe, wird es einmal einen kurzen, leicht zu verschmerzenden Augenblick bedeuten.« ... Auch der Forstgehilfe litt unter der nächtlichen Kälte, aber er konnte sich ab und zu durch Bewegung ein wenig Wärme verschaffen. Manchmal stand er auf, lief, die Pfeife im Munde, am Ufer auf und ab. Hin und wieder verließ er auch seinen Beobachtungsposten und näherte sich dem Schilfgürtel, gerade an der Stelle, wo sich der Wilddieb verborgen hatte. Jedes Mal, wenn Seidel die Schritte des Forstmannes vernahm, duckte er sich, das verräterische Glucksen im Wasser vermeidend, tiefer ins Schilf.

»Ich werde ihn nicht auffordern, sein Versteck zu verlassen«, dachte der Forstmann. »Die Falle, in die er freiwillig getappt ist, habe ich ihm nicht gestellt. Wenn er nun schon so schlimm in der Patsche steckt, braucht er nicht zu wissen, daß gerade ich es bin, der mit ansehen muß, wie er tiefer und tiefer sinkt.« Es gab noch andere Forstgehilfen, und jeder von ihnen hätte sich damals an seiner Statt am Fischteich befinden können … Nichts wollte der Forstgehilfe, ob er dafür einmal gelobt oder getadelt werden würde, tun. In jener Nacht brauchte er nur zu warten, ein paar lange Stunden noch, und dann war Rudi endlich volljährig! Wie würde er die Kerzen auf seinem Geburtstagskuchen nach einer solchen Nacht noch ausblasen können?

Obwohl der Oheim im Mondlicht gleich seinen ehemaligen Gefährten wahrgenommen hatte, glaubte er, er selbst sei unerkannt geblieben. Wenn er nun, nur um seiner unbequemen Lage zu entgehen, sich zu erkennen gäbe, brächte er den alten Freund womöglich in einen Gewissenskonflikt. Es wäre ihm leichter gefallen, sich einem Unbekannten, mit dem ihn nichts verband, zu ergeben. Einem Häscher, der, ihm zu nichts verpflichtet und ohne spätere Reue, seine Pflicht erfüllte. Also hoffte der Wilderer, unerkannt entkommen zu können, wenn er sich nur weit genug ins Schilf zurückzöge. Das Wasser wurde tiefer mit jedem Schritt, und bald war er für den Forstgehilfen kaum noch auszumachen. Mitunter begann der Forstmann zu glauben, die Nacht habe ihn genarrt. Nichts weiter, nur ein Tier, das sich gestört fühlte. Eine Bisamratte, die ins Wasser getaucht war. Unmöglich, daß ein Mensch, bei so niedrigen Temperaturen, sich in einem Fischteich verbarg.

Aber eine geringe Chance gibt es immer. Für den kleinen Mann, das wußte Seidel, ist es ratsam, sich still zu verhalten und abwarten zu können. So stand der Wilddieb, für den Jagdgehilfen nicht sichtbar, im Röhricht bis zum Gürtel im eiskalten Wasser. Sollte er vielleicht durch den Fischteich waten und am anderen Ufer unerkannt im Wald verschwinden? Doch an welcher Stelle er sich auch ans Ufer gezogen hätte, der Forstgehilfe wäre noch vor ihm da gewesen. Schneller hätte er den Teich umrundet, als ihn Seidel zu durchqueren imstande gewesen wäre. Warum, statt sich zu verbergen, sich leichtfertig durch Flucht verraten. So verbrachte er die Stunden untätig und in ständiger Sorge, erkannt zu werden.

Es war windstill in jener Nacht, der Himmel vorerst noch wolkenlos und sternenklar; auf der offenen Wasserfläche des Tümpels begann sich allmählich eine Eisschicht zu bilden. Hauchdünn, zart und zerbrechlich. Der Forstgehilfe wußte: Morgen früh werden die Bäume an den Zweigen Rauhreif angesetzt haben. Es wird im Revier vorübergehend wieder recht winterlich. Aber der kurze Frosteinbruch wird den frischen Maitrieben an den Nadelbäumen nicht schaden. – Und Seidel? Morgen wird er einundzwanzig Jahre alt. Morgen ist er volljährig.

Seidel, der gegen den Schlaf ankämpfte, spürte die Kälte nicht mehr. Dagegen fuhr sie wohl dem Forstmann, obwohl der im Trockenen saß, in die Glieder. Immer wieder erhob er sich, trat auf der Stelle und schlug sich die Hände um die Schultern. In diesen Momenten, das wußte der Wilddieb, kann er unmöglich eine Schrotflinte, deren Lauf ins Röhricht gerichtet ist, in seinen klammen Händen halten. Wenn er seine Branntweinflasche aufschraubt, muß er die Flinte zur Seite legen. Bald würde es ein Ende haben. Seidel war auf der Hut, ihm, dem beinahe Leblosen, entging nichts.

Es war bald ganz dunkel. Der Mond von einer schweren Wolke verdeckt, und obwohl keiner den anderen sah, waren sie sich beide doch so nah, daß der Wilderer das leise Klicken hören konnte, wenn der Forstgehilfe seine Sprungdeckeluhr (das Konfirmationsgeschenk eines Paten) öffnete und wieder schloß. Auch für ihn begann die Zeit, sich in die Länge zu ziehen. Häufiger zog er den Zeitmesser aus der Tasche. Häufiger nahm er einen Schluck aus der Flasche. Und manchmal versuchte er noch, eine einfache Melodie zu pfeifen, die auch Rudi, der gerne mit eingestimmt hätte, gut kannte. »Wenn ich ihn nicht schon anfangs erkannt hätte«, dachte Rudi, »jetzt könnte ich sicher sein!« Nie pfiff der Forstgehilfe sein kleines Lied zu Ende. Immer brach er es an der gleichen Stelle ab. Immer nach einem prüfenden Blick über das Schilf, das sacht in einer leichten Brise wogte. Unbehagen übermannte ihn, trotz seiner vorteilhaften Position. Der Forstgehilfe wünschte sich auf einmal weit weg. Immer weniger spürte er in seinen Eingeweiden die wärmende Wirkung des Branntweins. Seinen Tabak hatte er eh vergeudet. Das erhabene Gefühl des Wohlbefindens, das sich sonst bei tiefen, genüßlichen Zügen einstellte, in diesen Stunden war es ausgeblieben. Im Laufe der Nacht wurde ihm auch seine Flinte lästig, er legte sie auf dem Damm neben sich ins Gras.

Da wußte Seidel, die Lage hatte sich geändert, zu seinen Gunsten. Was gab es noch lange zu überlegen. Auch die längste Nacht geht einmal zu Ende. »Noch ist es dunkel; vom beginnenden Tag hab ich, abgesehen von meinem Geburtstag, nichts zu erwarten«, sagte er sich. Die Mütze tief ins Gesicht gezogen, so nahm er an, bleibe er unerkannt. Nie würde der Wächter erfahren, daß es ein Freund war, der sich vor ihm verbergen mußte. »Gleich springe ich auf, gleich wird er seine Unachtsamkeit bereuen und dennoch froh sein, daß nun auch für ihn die Nacht vorüber ist.« Doch nicht unbedacht, nicht voreilig vom Jubel geblendet, gedachte Seidel vorzugehen. Er wollte sich vorsehen, wenn er über den Damm spränge, um nicht noch über das herumliegende Gewehr zu stolpern. Um es nicht noch unverschuldet und gegen seinen Willen anfassen zu müssen.

Es war, als reichte der alte Freund, indem er ihm den Rücken zukehrte und sich nun ganz von ihm abwandte, ihm noch einmal hilfreich seine Hand … Jetzt, jetzt, unbedingt jetzt! Aber da stand die Zeit still. Wille und Tat wollten sich nicht vereinen in dieser Nacht. Ein Wunsch blieb von da an nur ein Wunsch, unerfüllbar. In dieser einen Nacht, als die Eisheiligen regierten, als das Mondlicht den Freunden Anonymität aufs Antlitz gaukelte, schwand alles Gefühl aus den Beinen des Oheims und kehrte nie mehr zurück.

Nur ein paar Dörfer weiter erzählte man das Gleiche, doch es klang schon ganz anders: Der durch unfreiwilligen Aufenthalt im Fischteich Gezeichnete war auch ein Gehörnter. Denn nichts anderes hatte den Forstgehilfen veranlaßt, jene abgelegene Stelle am Tümpelrand aufzusuchen, als die Aussicht auf ein Rendezvous. Ein heimliches Treffen mit der Verlobten eines ihm immer fremder gewordenen Freundes. In Erwartung unverdienter, ja verbotener Freuden hatte er den Wilderer nicht bemerkt. Nun, in dieser Maiennacht, hatte ihn die Flatterhafte, möglicherweise des Wetterumschwungs wegen, versetzt. Vielleicht hatte sie auch vor, sich wieder mit Seidel zu versöhnen – nicht ahnend, daß in der kommenden Nacht ein Fischteich ihn für immer der Zeugungsfähigkeit berauben würde.

Eine Zeit noch, jedoch nicht allzu lange, soll der Forstgehilfe sich am Tümpel aufgehalten haben. Pfeife rauchend und häufig auf die Uhr schauend. Es war ihm dabei aufgefallen, daß das Gewässer immer mehr verkrautete. Im seichten Wasser lag Unrat. Vielleicht ein Sack mit Lumpen. Wozu sich danach bücken, wozu sich nasse Füße holen? ... Dem Wilddieb hinter dem Schilf, in seinem naßkalten Versteck, war es wohl entgangen, daß der Jagdgehilfe das Feld bald lustlos wieder geräumt hatte. Weil er ihn nicht mehr sehen konnte, wähnte er ihn überall. Unvermutet hatte wohl der Forstgehilfe Verstärkung erhalten, und der Tümpel war plötzlich ein See, weit und unüberwindbar, seine Ufer von Forsteleven umstellt. Der letzte Funke Hoffnung, ehe den Wilddieb die Sinne verließen, mag gewesen sein: »Wenn sie nur lange genug unverrichteter Dinge herumgestanden haben, wird man auch sie endlich zurückrufen.«

Ein Frühaufsteher, hieß es, habe ihn am Morgen aus dem schon halb zugefrorenen Weiher gezogen. Unwahrscheinlich, just ein Pilzsammler sei es gewesen, der ihn fand. Ein Mann also, der wider alle Vernunft, nach einer so kalten Nacht frühmorgens in den Wald ging. Dem selbst bei ungünstigsten Voraussetzungen Sammlerglück beschieden ward. Niemand hätte es je für möglich gehalten. Auch Rudi Seidel nicht. Für ein Wunder hielt seine Weltauffassung keine Erklärung bereit. Dennoch war es eines. Kaum hatte der Frühaufsteher einen Pilz abgeschnitten, lachte ihn schon der nächste an. So gelangte er, von Fund zu Fund eilend, zum Weiher. Es waren ausgerechnet Fliegenpilze, dazu noch im frisch gefallenen Schnee, die dem Retter den Weg wiesen.

Die Stadt Lindelein. Das Männlein mit dem großen, spitzen Hut. Der Epigone wirft die fremden Pinsel ins Gras. In verlassenen Fabrikhallen gerät die Kunst außer Kontrolle. Abschied.

Es gibt Worte und Bezeichnungen, die erscheinen mitunter widersinnig. »Lindelein«, so nannte sich die Stadt, in der Balthasar seine Jugend und danach überflüssigerweise auch seine besten Jahre verbracht hatte. Wer von dieser Stadt sprach, nannte sie mitunter »eine kleine Großstadt«. Dabei war sie nichts anderes als eine etwas zu groß geratene Kleinstadt. Ein Ort, mit dem man schnell vertraut war, der also schon nach einer kurzen Zeit des Einlebens nichts Neues mehr zu bieten hatte.

In dieser großen Kleinstadt, die außer einer Universität, einer Kunstakademie und einem zweimal jährlich stattfindenden Jahrmarkt keine Besonderheiten hatte, wurde immer wieder einmal, auf irgendeiner Straße, ein auffällig gekleidetes Männlein gesehen. Es schien, als wäre es stets in Eile. Nie blieb es irgendwo stehen, und niemand sah es zweimal an gleicher Stelle. Seit langem schon durchstreifte der kleine Mann mit dem großen, spitzen Hut die Stadt. Nächtelang ging er ruhelos auf den ausgetretenen Bürgersteigen, meist schnurstracks in eine Richtung, ohne ab und zu mal nach rechts oder nach links in eine der vielen Nebenstraßen abzubiegen. Ganz so, als strebe er einem Ziel zu, das in der Ferne lag. Er tat, als müßte er sich sputen, wollte er den geheimen Punkt noch pünktlich erreichen. Nie verriet er sein Ziel, das sich weit weg und dazu täglich woanders befand. Ununterbrochen lief er, wohl ohne zu ermüden, und hat doch nie die Grenze dieser beengten Stadt übertreten. Sein Gang war ausgewogen, sein Schrittmaß von beeindruckender Gleichmäßigkeit. Die häufigen Märsche, mehr aus Gewohnheit denn aus Notwendigkeit unternommen, schienen ihm keine Last. Vielmehr sah es so aus, als sei er gerade erst aufgebrochen; nie merkte man ihm an, daß er schon lange unterwegs war. Das Alter des kleinen Mannes war schwer abzuschätzen, offenbar hatte er keines. Außer Zeit besaß er sonst wenig. Seine ganze Gestalt schien nur dazu zu dienen, den großen Hut aus dickem, schwerem Filz zu tragen. Seine Kleidung war korrekt, ja nahezu vornehm. Zudem war sie immer die selbe; weder im Sommer noch im Winter pflegte er sie zu wechseln ... Von welch guter Beschaffenheit muß ein Stoff wohl sein, aus dem ein Anzug gefertigt war, der gegen Hitze wie Kälte gleichermaßen Schutz bot, und der unveränderlich, jahrein, jahraus, durch die schmutzigen Straßen einer bedeutungslosen Stadt getragen wurde. Es war ein Maßanzug, der allen Wettern trotzte. Wobei auch die übermäßig breite Krempe des Hutes ihre Wirkung tat und ihn wie ein Schirm vor der Nässe schützte ... Wie könnte ein Kleidungsstück sonst, das von seinem Träger ständig den Unbilden des Wetters ausgesetzt wurde, noch nach Jahren in so gutem Zustande sein? Und wie erst der Träger, von welch angenehmer Herkunft mußte er wohl gewesen sein? Stets erfreute er sich einer unverwüstlichen Gesundheit. Es gab für ihn nur einen Zustand, den des Voranschreitens in unbestimmte Richtung ... Niemand wußte den Namen dieses seltsamen kleinen Mannes. Und merkwürdig: Man konnte sich, nach einer unverhofften Begegnung, zwar an sein Äußeres, aber nie an sein Antlitz erinnern. Balthasar glaubte, daß er einen scharf zugeschnittenen Bart getragen hatte. Er könnte ein Fremdling gewesen sein. Abgesehen von seiner schmächtigen Gestalt, seinem kleinen Wuchs und seiner unverwechselbaren Schüchternheit, könnte er das Aussehen eines portugiesischen Seefahrers des 15. Jahrhunderts gehabt haben. Kühn, aber verschlossen.

Es gab keinen Zweifel: Der ruhelos Umherziehende blieb dennoch ortsgebunden; keiner, der ihn jemals woanders als eben in dieser mittelmäßigen Stadt gesehen hätte. Geschah vielleicht jeder seiner Streifzüge zufällig und war am Ende ohne Ziel und bedeutungslos? Sein gelegentliches Auftauchen, unvorhersehbar, mal hier und mal da, erlaubte jedenfalls keine Rückschlüsse auf den Verlauf seiner Wanderungen. War es ihm doch anscheinend selbst gleichgültig, wo er sich gerade befand. Weder mied er die unschönen Straßen, noch bevorzugte er auf seinen Gängen die gepflegten besseren Viertel. Architektonische Besonderheiten, schön oder häßlich, beeindruckten ihn nicht. Er hatte sie schnell passiert. Die Kunstakademie zum Beispiel – für ihn, den Vorübergehenden, war sie ohne Belang. Ein paar Schritte nur, und er hatte sie hinter sich gelassen wie alles andere auch! Gelegentlichen Passanten schenkte er kaum Beachtung. Nie hat er den Gruß eines Mitmenschen erwidert. So blieb der Zweck seines unermüdlichen Unterwegsseins wohl für jedermann ein Rätsel; viele meinten, er könne einfach niemals stillstehen. Er war, auf eine ganz besondere Weise, unstetig stetig.

Vor allem den Studenten, die keine Zeit mit Büchern vergeudeten und dafür lieber in allen Ecken der Stadt nach Abwechslung suchten, wie die jungen Herren von der philosophischen Fakultät, denen sich Balthasar bei ihren nächtlichen Ausflügen in die zahlreichen Wirtshäuser häufig anschloß, wurde das Männlein zum Objekt weitgehender Betrachtungen. Ein Gespräch unter Studenten begann in Lindelein meist mit den Worten: »Gestern habe ich wieder das Männlein gesehen.« Dann folgte eine genauere Orts- und Zeitangabe wie: »Am Eiskeller; er lief stadtauswärts um dreiviertel soundsoviel.« Nie wurde er aufgehalten, von der Obrigkeit etwa, und nach seiner Legitimation befragt. Und dann schien es, als hätte er, ohne etwas zu sagen, allein durch sein unregelmäßiges Auftauchen, nahezu sein ganzes Leben offengelegt. Bewunderung und stille Verehrung wurden ihm entgegengebracht. Und wem es vergönnt war, dem Sonderling häufiger als gemeinhin üblich zu begegnen, empfand sich begünstigt. Auch das zeitweilige Ausbleiben des Mannes wurde gedeutet. Es hieß, wenn ihn länger keiner gesehen hatte, er schreibe wieder an einer Postkarte. Ein einziges Wort nur, das aber wohlüberlegt sein müsse, denn er teile einer geheimen Akademie eine außergewöhnliche Beobachtung mit. Einer Anstalt, die Unannehmlichkeiten sammelte und verschwieg. Er sei ihr korrespondierendes Mitglied. Für die Akademie erhöhe langes Schweigen den Wert einer Mitteilung. Wie immer betraf sie auch diesmal das Auftreten des seltenen Bordsteinkanten-käfers. Vergebens hatten Schulklassen schon die asphaltierten Wege abgesucht. Doch nie waren sie richtig bei der Sache. Des Übermutes wegen und weil sie fortwährend zu Albernheiten auf-gelegt waren, übersahen sie womöglich Schädlinge, die erst in der Nacht zuvor die »Ultras« aus Flugzeugen abgeworfen haben sollten, damit die Bürgersteige zerfressen und unpassierbar wur-den. Wer außer dem Männlein hätte also den Käfer zuverlässig nachweisen können? Immer lief er mit gesenktem Blick. Nichts konnte ihn von seiner Aufgabe ablenken. Der Bordsteinkanten-käfer (ein nahezu unbekanntes Insekt und auf der Welt so selten, daß man sein Erscheinen eigentlich feiern sollte) schien ihn zu faszinieren. Er hatte sein Leben seltenen, aber verhängnisvollen Phänomenen gewidmet.

Wer aber kannte schon die wirkliche Biographie des Ruhe-losen? Er hatte 80 Semester studiert, an über 80 Universitäten. Man sagte, er habe die ganze Welt gesehen. Er spreche 80 Spra-chen, aber sonst mit niemandem ein Wort zuviel. Seine Gleich-gültigkeit war so diszipliniert, daß er alles, was den Käfer nicht unmittelbar betraf, auch nicht wahrnahm. An vielem konnte er vorübergehen, ohne sich ein einziges Mal umzuschauen. Nicht etwa, daß ihm die Umwelt zuwider war, nein, dafür schien sie ihm viel zu gleichgültig ... Als einmal aus einem Gebäude Flam-men schlugen und viele Menschen herbeieilten, um zu sehen, wie die Feuerwehrleute mit unzureichenden Mitteln vergebens gegen die Flammen kämpften, hatte ihn das wenig beeindruckt, geschweige denn zum Verweilen veranlaßt. Er habe sich stattdessen, ohne einen Blick auf die nicht alltägliche Szenerie zu werfen, vom Ort des Schreckens zielstrebig entfernt. Zügig, aber keinen Schritt schneller als gewohnt.

»Es lebe die Anarchie«, hatte ihm Balthasar eines Nachts über den weiten Platz vor der Universität zugerufen. Es war nur so eine Redensart unter Studenten, nichtssagend und bedeutungslos, denn jeder wußte: Die Anarchie ist schon lange tot. Doch das Männlein hatte, was keiner für möglich hielt, den Gruß erwidert. »Sie lebe ewig!« rief es würdevoll mit heiserer Stimme. Was für ein Satz! Und sind sie auch ohne tieferen Sinn, die ersten Worte eines Schweigers bleiben unvergessen ... An der neuen Universität hatte man außen das mächtige, von der privaten Bronzegießerei Stramm und Söhne hergestellte Vollrelief angebracht. In der Mitte des 1.000 Tonnen schweren, auf stählernen Stelzen stehenden Bildwerkes der Kopf eines Philosophen. Um seinen Bart herum junge Leute, die ihm in den Mund krochen. Einmal war das Männlein wie in Trance auf dieses Denkmal zugeeilt und hatte es freudig, ohne aufzublicken, mit seiner geballten Faust begrüßt.

Balthasar erinnert sich noch gut: Damals, als viele das Land gern verlassen hätten und lieber zu den Ultras gezogen wären, gab es in der Stadt Lindelein eine kleine Gestalt mit einem übergroßen Hut. Ein alter Mann, der niemandes Freund war, der sich selbst auferlegt hatte, immer beweglich, doch niemals anmaßend in seinen Erwartungen zu sein. Denn er wußte nur zu gut: Der Bordsteinkantenkäfer, so zerstörerisch er auch sein kann, wenn er sich einmal stark vermehren sollte, dem Relief wird er nichts anhaben können ... Die Freiheit, welch schöner Traum – auch für den kleinen Stadtstreicher war sie die Einsicht in die Notwendigkeit. Ein Alptraum dagegen, sich vorzustellen, daß eines Tages Einsicht nicht mehr notwendig sein würde.

An Menschen, die sich Balthasars Wertschätzung verdienten, die immer wieder sein Interesse weckten, war in Lindelein kein Mangel. Fest in seinem Gedächtnis eingeprägt blieben die Stätten, an denen er ihnen begegnete. In einem Hinterhofgebäude, in der Kuchenteigstraße, lebte der Epigone in seinem Atelier mit Frau und Kind. Der Raum war spartanisch möbliert und zu jeder Tageszeit aufgeräumt. So als wäre er nicht um zu arbeiten, sondern zu immerwährender Besichtigung eingerichtet. Alles war grau gestrichen: Der Fußboden, die Wände und die ganze Einrichtung waren wie der Staub im vornehmen Grauton gehalten. Die wenigen Gebrauchsgegenstände standen wohlgeordnet an den ihnen zugedachten Plätzen. Es gab nichts Überflüssiges. Auf dem Tisch, in einer Vase, die Pinsel, alle sauber und ungebraucht. Als Balthasar, in die Betrachtung der Pinsel versunken, die so dekorativ an Stelle von frischen Blumen den kargen Raum schmückten, eine Weile schwieg, erriet der Hausherr zwar nicht seine Gedanken, doch er bemerkte, daß sein Gast den guten Zustand dieser Werkzeuge zu würdigen wußte. »Ich besitze sie schon sehr lange«, sagte er, »und es bedarf einiger Mühe, sie so zu erhalten. Besonders wenn sie nicht in Gebrauch sind, benötigen sie Pflege.« Er schwenke sie deshalb, um sie vor Mottenfraß zu schützen, immer wieder einmal durch Petroleum. Max Doerner, sagte der Epigone, empfehle übrigens in seinem Buch über die Maltechniken das billigere Petroleum an Stelle von Terpentinöl, um angenehme Brillanz der Farben zu vermeiden. Und wirklich, es roch noch leicht nach dem sauberen Brennstoff aus der Flasche, und es roch auch immer nach Kernseife. Es tut gut, etwas, auch wenn man es nicht verwendet, dennoch regelmäßig zu pflegen. Dabei verstand sich der Epigone durchaus auf das geschickte Handhaben eines Pinsels: Einmal habe er, auf einem Nachmittagsspaziergang, am See einen jungen Maler vor einer Staffelei entdeckt. Das Ergebnis seiner Arbeit sei unbefriedigend gewesen, denn jener habe wohl vergessen, daß es auch eine Perspektive der Farben gebe, und daß das Flimmern in der Luft nur durch eine entsprechende Pinselführung wiedergegeben werden könne. Nur ganz kurz habe der Epigone das Bild betrachtet und sogleich alle Mängel erkannt. Er habe den Maler aufgefordert, zur Seite zu treten und ihm Pinsel und Palette zu überlassen. Willig, wenn auch ein wenig verwundert, habe der unerfahrene Maler dem zufälligen Spaziergänger übergeben, was der von ihm verlangte. Ein dickes Bündel schmutziger Pinsel. Einen nach dem anderen habe der Epigone ins nasse Gras geworfen. Nur einen, der ihm geeignet erschienen sei, habe er wie einen Taktstock gehalten und in großer Hast zu malen begonnen. Er meinte, nun habe der junge Mann in ihm seinen lange herbeigesehnten Lehrer gefunden. Als er, mit wenig Rücksicht auf das mit großer Mühe schon Geschaffene, wie es Balthasar schien, den geliehenen Pinsel schwang, während die eigenen geschont daheim als Zierde auf dem Tische standen, habe er gezeigt, wie ein Maler die Farbe v e r t r e i b t . Ohne an solch ungewohnten Ausdrücken Anstoß zu nehmen, sei der Anfänger ganz Ohr gewesen. Ein großer französischer Maler, meinte der Epigone, habe einmal gesagt, man müsse ein Bild mit nur einem Pinsel malen. Man müsse es mit dem gleichen Pinsel vollenden, mit dem man es begonnen habe. Dann sei er ins Schwärmen geraten und habe ganz wie nebenbei die Valeurs gesetzt. Dabei habe es wohl ausgesehen, als tue er wenig, hier und da einen markanten Punkt, und die Malerei habe zusehends gewonnen. Der junge Maler habe es nicht fassen können, ihm müsse es gewesen sein, als sei ihm der berühmte Franzose leibhaftig erschienen … Glücklich und zufrieden hatte der Epigone danach am See liegend den Tag verbracht. Weil er durch sein zufälliges Vorbeikommen ein Bild erschaffen hatte, das der unbekannte junge Maler mit seinem Namen signiert nun nach Hause trug, war er heiteren Sinnes und ganz mit sich zufrieden. Mit den Mitteln eines vor langer Zeit verstorbenen berühmten Malers hatte er das Bild eines nichtsahnenden Fremden belebt. »Ein gutes Bild! Beinahe ein Monet, und dabei habe ich«, sagte er anerkennend, »seit fünfzehn Jahren keinen Pinsel mehr in die Farbe getaucht!«

Balthasar empfand die Sauberkeit und all die Ordnung, die auf eine dauernde Unveränderlichkeit des Raumes schließen ließ, anfangs als bedrückend, aber schon bald wich diese Stimmung einem erhebenden Gefühl. War es nur Bewunderung? Eine wohltuende Lähmung nahm den Besucher jedes Mal gefangen. Im Atelier lag ein Warten, ein tägliches Warten auf ein Kunstwerk. Schwer und bedrückend war das stillschweigende Wissen des Epigonen: daß die Bilder, die er einmal hervorbringen wird, alle schon geschaffen waren!

Am Tische saß, ohne die Vase zu verrücken, Kleinsiegfried über den Hausaufgaben. Ihm im Rücken, hinter der Stuhllehne, stand aufrecht eine große Frau, seine gestrenge Mutter. Der Knabe übte sich im Schreiben auf linierten Heftseiten. Es fiel ihm noch schwer, immer eine geringe, aber gleichmäßige Schräglage der Auf- und Abstriche einzuhalten. Von oben herab, denn er selbst konnte, der Tischhöhe wegen, nicht die ganze Heftseite überblicken, wurde der Schreiber von der Mutter gelenkt und, wenn es sein mußte, zurechtgewiesen. Nie war ein Kissen zur Hand, mit dessen Hilfe man die Sitzhöhe hätte verbessern können. Geriet das Kind beim Schreiben nun hin und wieder ein wenig unter die Linie, erfolgte stets ein kurzer Schlag auf den Hinterkopf. Es machte ihm nichts aus, Kleinsiegfried besaß eine Drachenhaut. Ärger trafen ihn die verbalen Schläge der Mutter, das Wort »hoffnungslos«, das ihn, statt zu entmutigen, immer wieder anspornte, weil er die Bedeutung des Wortes noch nicht begriff … Auch wenn Besuch sich im Raume aufhielt, wenn Balthasar und der Epigone sich über Kunst unterhielten, wurde die Schreibübung unter der Aufsicht der Mutter in gewohnter Weise fortgeführt. Aber was schrieb der Knabe eigentlich, und was er schrieb, schrieb er es nicht in Sütterlin? Ein anstrengendes Auf und Ab der Striche, und nur allzu oft stach die Feder in die Heftseiten, weil sie zu steil angesetzt wurde. Und seit wie vielen Schülergenerationen wurde diese Schrift schon nicht mehr gelehrt? Oh, wie tröstlich, nichts ging im Hause des Epigonen für immer verloren.

Erst nach mehreren Besuchen verstand Balthasar den Zweck dieser Übung und begriff auch den Sinn der körperlichen wie geistigen Züchtigung: Kleinsiegfried sollte später einmal die Handschrift seines Vaters bekommen. Daher kam seine hervorstechende Art, Texte zu schreiben, mit lateinischen Buchstaben zwar, die aber, als wollten sie ihre Rundungen nicht zeigen, ihrem Duktus nach mehr der Sütterlinschrift glichen. Während die Rundungen seiner Schrift verkümmerten, die Bögen mitunter wie Querstreben wirkten, glichen manche Buchstaben in des Vaters Handschrift Peitschen oder Angelruten. Aber was konnte den aufrechten Charakter des Schreibers besser verdeutlichen als seine in die Höhe strebenden Buchstaben, sein Schriftbild, das wie die Aneinanderreihung von lauter kleinen gotischen Türmchen wirkte. Zweifellos, der Epigone war nicht nur Maler, er war auch ein Meister der Kalligraphie. Diese Schrift, welch ein Geschenk (!), das sich der Sohn erst noch verdienen mußte.

Die jungen Maler hatten es anfangs nicht leicht in Lindelein. Wie auch Fritz, der meist allein in seiner Bodenkammer saß, die zur elterlichen Mietswohnung gehörte. Der auch sonst wenig Worte machte, der kaum schrieb, aber jede freie Minute zum Malen nutzte. Kleine Tafeln, die er sich irgendwoher besorgt hatte, versah er mit einem Malgrund und machte aus ihnen Bilder. Und was für Bilder! Die Dinge bekamen eine feste Form, eine tiefgrüne, zuweilen zum Graphit neigende Farbigkeit und immer einen Himmel mit schweren, zerrissenen Wolken über sich. »Wo habe ich die Stimmung, die in Fritzens Bildern ruht, das erste Mal gesehen?« fragte sich Balthasar. »Auf einem Vierfarbendruck, der ein Gemälde des Theotokopulos wiedergab: ›Toledo vor dem Gewitter‹ – dem Vierfarbendruck über dem Sofa der Großtante.«

Aber auf keinem von Fritzens Bildern war Toledo. Es war nur der Güterbahnhof von Lindelein. Hierher kam Fritz mit seinen grundierten Tafeln, sooft er konnte. Auf einem Stapel ausrangierter, öliger Bahnschwellen saß er dann, das Labyrinth der Weichen und Abstellgleise konterfeiend. Es gab keine Berge, hier war alles eben. Nur die Stellwerke erhoben sich wie Felsen im ruhigen Strom der Schienenstränge. Der Boden aus Schotter, bedeckt mit Ruß und Asche, als läge das Gelände unter rauchspeienden Vulkanen. Die Signalanlagen traf das kalte Licht eines fernen Wetterleuchtens ... Er kam gern hierher. Er liebte diese nahe und doch so fremdartige Landschaft, in der sich kaum Menschen aufhielten. Er mochte auch den immer gleichen Bewuchs der Bahndämme, Goldregen, jene anspruchslosen Pflanzen, die den glühenden Ascheregen auffingen, der den Feuerschächten der alten Lokomotiven entwich. Den Personenbahnhof dagegen mied er. Er verabscheute die vielen Reisenden, die es stets zu irgendwelchen besseren Orten zog.

Manchmal klopfte es an seine Tür. Es war der Vater, und er hatte dann immer das gleiche Anliegen, wollte irgendeine Kleinigkeit von Fritz instand setzen lassen. Mal war es die Klingelanlage, mal war es das Klosettfenster. Dafür suchte er nun das passende Stück Pappe. Er sah, daß verschiedene Tafeln im Zimmer herumlagen. Eine schien ihm geeignet. Es machte ihm nichts aus, daß die eine Seite bemalt war, er würde sie wenden. Fritz wußte, der Vater würde erst gehen, wenn sein Wunsch erfüllt wäre. »Soll er es haben. Wozu lange um die Sache herumreden, wenn er am Ende doch das bekommt, was er will«, dachte Fritz. »Zeit, in der ich besser ein neues Bild male.« ... Der Vater kam nicht von ungefähr, die Mutter hatte ihn geschickt. Er sollte nachsehen, ob sich ein Mädchen mit im Zimmer befand. Sie fürchtete, einmal könne auf die Familie eine Veränderung zukommen. Der Vater hatte einen Vorwand gesucht, ein Bewerbchen, wie man es in Lindelein nannte. Und wieder war ihm nichts Besseres eingefallen, als eben eine kleine unaufschiebbare Reparatur. Es war wie eine verzeihende Geste, wie der Versuch einer Verständigung, weil er somit zugleich dem Sohne zeigen konnte, daß die bemalten Flächen weiterhin von Nutzen sein könnten. Und wieder war kein Mädchen mit in der Bodenkammer. Fritz saß vor einem Strauß aufgeblühter Schwertlilien, und während der Vater immer wieder neue Einwände suchte, die er der ablehnenden Haltung des Sohnes entgegensetzen konnte (es sei ja nur ein kleines Stück wertloser Pappe, um das er bitte), fielen schon die ersten Blütenblätter zu Boden. Als der Vater schließlich das Zimmer wieder verließ, nicht ohne ein bemaltes Täfelchen wegzutragen, war in der Vase bereits ein verwelkter Strauß. Und während es irgendwo in der elterlichen Wohnung wieder zu hämmern begann, fürchtete Fritz, daß er nun wieder auf den nächsten Sommer werde warten müssen, um einen frisch erblühten Strauß blauer Schwertlilien malen zu können.

Wie sich danach alles gewandelt hatte! Nie wieder wurde der Mann mit dem großen, spitzen Hut gesehen. In den Cafés erneuerten die Wirte, damit die Gäste nicht heimisch wurden, beinahe täglich das Mobiliar. Häufiger wechselte man die Tapeten, und noch häufiger wechselten die Lokale die Besitzer, ehe sie ganz verschwanden. Selbst in den Landgasthöfen war nun das Geschirr nicht mehr wie gewohnt. Die Teller waren viereckig und nicht mehr rund. Bestellte man bloß eine Erbsensuppe, wurde in einem Unter-, einem Haupt- und einem Überteller serviert. Alle eben und aus starkem Steinzeug. Der mittlere, der eigentliche

Teller, hatte eine Delle, so groß wie ein Fingerhut, und wenn es ein besonderes Lokal war, schwamm in einer köstlichen Brühe nur eine halbierte Erbse. Oh, der Formalismus in der Kunst – nun war er auch in der einfachen Dorfküche angekommen ... Fritz hatte längst sein soundsovieltes Bild »Schwertlilien auf einem Küchenstuhl« gemalt. Der Epigone verwendete schon lange die Schere statt seiner wunderschönen Pinsel. Er schnitt die Formen des Franzosen, den er so sehr liebte, aus farbigem Papier. Hatte Sohn Siegfried als Schüler noch oft Erlerntes mißbräuchlich angewendet und manchmal zu seinem Vorteil die väterliche Unterschrift geleistet, die ihm, dank mütterlicher Strenge, leicht von der Hand ging, so war auch er jetzt ein ehrlicher Makler, der das Geld mehrte ... Die Stadt Lindelein indes schien wie eine neue, noch wenig vertraute Blume. Eine künstliche Blume aus Beton, Stahl und Glas. Verführerisch auf den ersten, abweisend auf den zweiten Blick. Um sie herum ausgedehnte Industriebrachen. Efeu rankte an Fabrikschloten hoch. Schamhaft verdeckten Schmarotzerpflanzen Verfall, den sich auflösenden Stuck oder die Salpeterhaut an den Häuserwänden der grauen Vorstadt ... Nun wollte man noch den alten Schlachthof in der Ostvorstadt abreißen und auch an seiner Stelle etwas ganz Neues aus Edelstahl errichten.

»Alle sollen Vegetarier werden«, riefen die Demonstranten, »kein Tier wird mehr getötet!«

Dabei waren die Mauern des alten Schlachthofes fest und von beeindruckender Stärke. Damit sein Anblick niemanden verärgere, waren die Ziegel in abwechslungsreichen Folgen wie verspielte Arabesken gesetzt. Hin und wieder bildeten sich schön anzusehende Ornamente, so daß die Mauern den Vorbeikommenden aussöhnten mit dem Unabänderlichen, das sie verbargen. Nie hatte man durch sie hindurch das Tiergebrüll hören können. Wie konnte, nur weil sich die Eßgewohnheiten geändert hatten, ein so schönes Gebäude dem Untergang geweiht sein?

Doch der Abriß war längst beschlossene Sache. Die Experten planten und inspizierten den aufgegebenen Betrieb von innen und außen.

Balthasar begleitete seinen Schwager, der sich im Auftrag einer Entsorgungsfirma einen Überblick über das Ausmaß der anfallenden Abrißarbeiten verschaffen wollte, durch die nutzlos gewordenen Produktionshallen. Der Schwager wußte, wenn die Firma den Zuschlag bei der Ausschreibung für den Abriß erhalten wollte, mußte sie das preisgünstigste Angebot abgeben. Der Schwager notierte und rechnete. Er suchte nach Wiederverwertbarem. Über Satellit informierte er sich mit seinem kleinen tragbaren Telefon über die Buntmetallpreise auf dem Weltmarkt. Bei den nicht mehr ausgelieferten Konservendosen mit Corned beef, Leberwurst oder Sülze war das Verfallsdatum bereits überschritten. Hier und da fanden sich beschriftete Behälter, die er lieber nicht gesehen hätte. Sondermüll, Altlasten – er mußte sich etwas einfallen lassen, wenn sich die Sache rechnen sollte. Auch Balthasar schaute sich um, er war auf der Suche nach unverbrauchten Motiven. Wie immer, wenn sich ein Umschwung wie ein verheerendes Wetter ankündigt, sieht man Stadt und Land mit anderen Augen, ist die Zeit auch für die Kunst wieder günstig ... Der Schwager wollte den Auftrag für seine Firma und den baldigen Beginn der Abrißarbeiten. Er spottete über die Belegschaft, die sich so lange gesträubt hatte, den Betrieb zu verlassen. Die, welche immer weiter Fleischwaren herstellen wollten, sahen ihre Zeit dahinschwinden. Vergeblich hatten sie auf einen verständnisvollen Messias gewartet, auf einen, dem es weiter nur um die gute Wurst ging. Nur die Vegetarier seien an ihrem Unglück schuld, glaubten sie wohl noch immer. Gern hätten sie in einer aufsehenerregenden Aktion um ihren Arbeitsplatz gekämpft. Aber sollten Metzger, an fette Steaks gewöhnt, etwa in einen Hungerstreik treten?

Der Abriß der Fabrik war unumgänglich. Doch um an die überkommenen Eßgewohnheiten zu erinnern, wollte man wenigstens Teile des alten Klinkerbaues bewahren, die Aufgänge A, B und C, wo jeweils ein schönes Relief, das Werk eines unlängst verstorbenen Steinmetzen, über dem Portal angebracht war. Ein Widder-, ein Schweine- und ein Rinderschädel, als ehrendes Gedenken an das Schlachtvieh.

Es ist erstaunlich, was der Schwager und Balthasar während des Rundganges zu sehen bekamen. Motorsägen, mit denen man die Tierleiber zertrennt hatte. Eine Maschine, die in der Lage war, Därme zu säubern und sie danach erneut prall zu füllen – was für ein Kunstwerk! Im Freien, unten auf dem Hofe den Wettern preisgegeben, waren große Dezimalwaagen abgestellt, möglicherweise waren einige schon unbrauchbar. Riesige Walzen, die dazu gedient hatten, nach dem Abbrühen noch die Borsten von den rosigen Körpern der Schweine zu entfernen, lehnten an der Mauer … Zuletzt, um das Bild abzurunden, nahmen sie sich noch das große Hauptgebäude vor, wo auch die Veterinäre und die Lebensmittelchemiker ihre Laboratorien hatten. Sie fanden schwere Ledersessel im Zimmer der Betriebsleitung, Schreibtische und Schränke voller Akten, aber auch mit Fliesen belegte Arbeitstische, weiß gekachelte Wände, Sanitärräume und Waschbecken. Überall lagen Kanister herum. Manche noch halbvoll mit Desinfektionsmitteln … Es war ein kalter, frostiger Tag. Die Räume allesamt wenig einladend. Die Wände waren schon immer ohne Bilderschmuck gewesen. Türen und Fenster standen offen. An den Wasserrohren lange Eiszapfen. Und dann, nicht zu übersehen, gleich am Anfang eines langen Ganges das abstoßend schöne Werk eines anonymen Künstlers, das wie kein anderes Wut und Trauer auszudrücken imstande war. Es stand vortrefflich im Raum, und damit es so recht zur Geltung kommen konnte, hatte man die Tür mit dem Schild »Herrentoilette« ausgehängt. So wurde die Wirkung der nature morte durch den breiten, weiß lackierten Türrahmen noch besonders hervorgehoben. Wie plastisch, und dazu in einer Farbstimmung gehalten, die, ohne sich einschmeicheln zu wollen, warm und beruhigend wirkte. Umbra natur setzte sich ab gegen vorherrschendes, kaltes Weiß. Der Letzte aus der Belegschaft, der das Haus verließ, mag es geschaffen haben. Das Licht auszuknipsen, hatte er wohl vergessen? Oder sollte sein Werk, solange das Haus noch am städtischen Netz angeschlossen blieb, von einer 40-Watt-Birne in diffuses Licht gehüllt, die Aufmerksamkeit zufälliger Betrachter auf sich ziehen? Wer immer es auch gewesen sein mochte, der ein letztes Mal diesen Ort in der Chefetage der Fleisch- und Wurstfabrik aufsuchte, er hatte den Deckel des Wasserklosetts gar nicht erst hochgeklappt, sondern auf ihm seine Notdurft plaziert. Einem Fanal gleich. Der Frost wird die Vergänglichkeit des Kunstwerkes stoppen und es noch eine Zeitlang in seiner bizarren Form belassen. Ein feiner kristalliner Überzug hatte sich schon gebildet. Durch das offene Fenster war Efeu eingedrungen und umrankte im stillen Angedenken die Sanitärkeramik. Balthasar griff unwillkürlich nach seinem Hut. Er war geneigt, sein Haupt in Anerkennung zu entblößen. Von den Ahornbäumen hatte der Wind die letzten Blätter hereingeweht und mit ihnen die ganze Hinterlassenschaft eines unbekannten Mitarbeiters festlich drapiert. Als der Schwager dieses stille Mahnmal sah, wandte er sich wortlos ab. Nicht daß er besonders angewidert gewesen wäre. Ganz andere Sachen hat eine Abbruchfirma mitunter zu beseitigen. Das tiefgefrorene Werk hatte seinen schlechten Geruch bereits verloren, nur die Form ließ keinen Zweifel, woraus es bestand. Nein, es war der Hohn, den er spürte, der auch ihn traf, ihn, einen der vielen kleinen Nutznießer – und dabei hatte er den Auftrag zur Ausweidung des altehrwürdigen Schlachthofes noch nicht einmal sicher in der Tasche. »Unglaublich«, dachte der Schwager, »was sich da einer herausgenommen hat.« Balthasar aber meinte, daß man den Unbekannten nicht tadeln sollte, schließlich habe dieser doch nur gedacht, was alle dachten, doch eben nur durch seinen Darm. Und getan, was in einer öffentlichen Anstalt unerläßlich ist: Er hatte nicht versäumt, die Hosen herunterzulassen.

Man sagte, wie eine Festung habe das alte Bauwerk der Abriß-birne getrotzt. Lange habe sich die kostspielige Aktion dahinge-zogen, bis das Bauwerk geschleift, in Stücke gehauen daniederlag. Lastwagen fuhren Tag und Nacht zur Mülldeponie, wo sie den alten Schlachthof abkippten.

Balthasars Atelier befand sich zu dieser Zeit in einer stillge-legten Fabrik außerhalb der Stadt. Die Gleisanschlüsse zu jener Industriebrache waren bereits gekappt. Dennoch war die Fabrik, obwohl sie zuweilen wie ausgestorben wirkte, nie ganz tot. Es gab noch immer den Hausmeister. Es gab Pförtner, die in eigener Sache, ganz nach Belieben und zu unbekannten Zeiten, die Tore schlossen oder öffneten. Und es gab hier und da noch Bereiche, in denen wenige Arbeiter irgendetwas taten. Fast heimlich, als müßten sie sich dafür schämen. Sie wußten, sie waren hier nur noch geduldet, und durften eine Zeitlang hin und wieder die alt-bewährten Maschinen warten. Denn nunmehr war die alte Zahn-rad- und Getriebefabrik das Refugium einer elitären Schicht: In ihrem Gemäuer hatten sich Künstler eingenistet. Meist waren es Vertreter der Schönen Künste, die die halbruinösen, von Fett und Altöl durchtränkten Werkhallen liebten – weil sie sie vorher noch nie hatten betreten können. Bildhauer, die wie kleine Jungs mit verschmutzten Maschinenteilen spielten. Herumliegende Werk-stücke stellten sie auf, als wären es von ihnen selbst geschaffene Skulpturen ... Die Maler bevorzugten die oberen Etagen wegen des Himmels und des weiten Ausblicks. Aber oft begannen sie erst spät in der Nacht, an ihren Bildern zu malen (tagsüber gönn-ten sie sich manchmal auch eine Abwechslung: Sie verkauften heiße Würstchen oder trugen Zeitschriften aus). Vor der Staffelei arbeiteten sie in euphorischer Lust wie in depressiver Stimmung, und alles, was sie die Nacht über schufen, verwarfen sie am Tage. Es gab auch Maler, die erst gar nicht mit der Malerei begannen. Die danach strebten, sich erst einmal einen Namen zu machen. Sie mieden ihr eigenes Atelier. Denn wozu noch Zeit mit Malen verschwenden, wo anscheinend alles schon erreicht war, wenn erst einmal das Namensschild am Atelier angebracht war. Andere wieder begannen ihre Bilder gleich mit der Signatur. Und wieder andere, es waren nur wenige, gingen den umgekehrten Weg. Sie überlegten lange, an welcher Stelle sie zuletzt noch ihren Namenszug anbringen sollten, damit er keines der delikat gemalten Details verdecke. Es gab auch Maler, denen es so leicht von der Hand ging, daß sie mehr Kunstwerke erschufen, als man je auf dem Kunstmarkt würde absetzen können. Sie produzierten Kunstwerke auf Halde oder, wie sie irrtümlich meinten, für die Nachwelt.

Obwohl die Künstler nie früh am Morgen, sondern erst wenn der Tag weit vorangeschritten war, ihre Arbeit aufnahmen, wuchsen in der stillgelegten Zahnradfabrik die Bilderberge unkontrolliert. Bald gab es nichts, was nicht dick mit Farbe bedeckt war. Wände, Decken, Fußböden und die langen Korridore, alles trug die Spuren des ungehemmten Umgangs mit dem beliebten Werkstoff. Als hätte sich die Farbe selbst befreit, aus Büchsen und Tuben, wo man sie bisher gefangengehalten hatte. Welch wundersame Metamorphose! Aus defekten Maschinen entstanden mobile Skulpturen. Es war wie ein Wunder, wie die Kunst, dem Selbstlauf überlassen, gedieh. Wie die einzelnen Genres sich vermehrten, sich ausbreiteten wie wilder Hafer auf einer naturbelassenen Wiese, während die Industrie weiter im Koma verharrte. Endlich war es so weit, daß sich auch die Künstler der brachen Felder annehmen durften und sich dabei nicht wie Schmarotzer fühlen mußten, die an einer prosperierenden Wirtschaft teilhaben wollten. Jetzt waren sie wirklich frei, sie machten sogar ihre Preise selbst. Konnte man gemeinhin noch sagen, daß Kunst so wichtig sei wie das tägliche Brot? *Hatte man wirklich gemeint, das Brot solle unbezahlbar sein?*

Im ehemaligen Speisesaal der Betriebskantine übte sich regelmäßig eine Yogagruppe im Meditieren. Es machte ihr nichts aus, daß sich wegen ständiger Feuchtigkeit das Parkett hob. Wenn es geregnet hatte, standen im Saal, manchmal tagelang, noch die Wasserlachen. Wie nach dem Monsunregen des asiatischen Ursprungslandes dieser Kunst. Auch eine Gruppe, die das Musizieren auf leeren Metallfässern pflegte, hatte Säle gemietet. Filmstudios, denen Tabus fremd waren, die aber den Zensor nicht mehr fürchten mußten, hatten sich etabliert. Illegale Sprayer versteckten in den Lagerräumen ihre Dosen. Hin und wieder fand man in den weitläufigen Gängen der ausgedienten Fabrikanlage, in entlegenen Winkeln, kleine medizinische Hilfsmittel, sogenannte Einwegspritzen, die der Bewußtseinserweiterung gedient hatten. Vielen Ambitionen konnten Kreative an solchen Orten frönen. Sie feierten ausgelassene Feten und warteten auf den Tag, wo durch sie das Gesamtkunstwerk endlich entstehe. Aus aller Welt hatten Künstler Quartier bezogen. Alle ohne Wurzeln zu schlagen. Es war ein Kommen und Gehen. Und oft ließen die, die wieder gingen, alles, was sie geschaffen hatten, in der stillgelegten Fabrik zurück. Wer wollte sich schon belasten mit alten Illusionen?

Streuobstwiesen, übersät mit Fallobst; Äpfel, Birnen, wurmstichig und angefault. Wespennester in abgestorbenen, knorrigen Ästen, überall umherliegendes Totholz und stellenweise meterhoher Brennesselbewuchs … Ein verheißungsvoller Spätsommer. An den verwilderten Zwetschgenbäumen, an den Mirabellensträuchern, die vergessen noch an den Straßenrändern standen, war wieder eine Ernte gereift, die allen zur Last wurde. Täglich fielen die überreifen Früchte auf den heißen Asphalt und verdarben. Zuerst roch es noch angenehm nach frischem Obst. Nach heißen Tagen und schwülen Nächten verbreitete sich in der Vorstadt jedoch schnell ein aufdringlicher Geruch. Süßlich und zunehmend widerlich, wie nach gegorenem Most. Bald stank es wie aus den Abfallgruben der Brauereien. Die Freibäder waren überfüllt, schönes, sonniges Wetter, und kein Wind kam auf, der den Geruch, der von Tag zu Tag unerträglicher wurde, davongetragen hätte. Die Luft war mit Gasen, die der Gärprozeß freigesetzt hatte, so geschwängert, daß schon das Atmen im Freien den Alkoholspiegel im Blute ansteigen ließ … Man mußte sich wohl oder übel mit den neuen, noch ungewohnten Umständen abfinden, sie nehmen, wie sie waren. Angeheitert kam man bald vom allabendlichen Spaziergang heim, benommen und taumelnd zwar, aber ohne zur Flasche gegriffen zu haben. Zu kurz nur die schöne Illusion! Bald konnte man kaum noch vor das Haus treten. Vogelscharen von nie gekannten Ausmaßen, vom Geruch der gärenden Früchte angelockt, fielen ein. Vogelkot, eine weiße ätzende Schicht, bedeckte wie schmutziger Schnee Straßen und Gärten. Es kamen immer mehr Vögel, weiß Gott woher. In kurzen Abständen folgte Schwarm auf Schwarm. Sobald sich die Vögel am Boden niedergelassen hatten, gaben sie sich ausgelassenen Alkoholexzessen hin. Seltener segelten sie noch in großen Höhen, vielmehr beließen sie es bei wirrem Umherflattern über dem Boden. Übermütig, mit dem Schwanz nach vorn, mit den Beinen nach oben. Massenhaft zerschellten sie an den Fenstern und anderen Hindernissen. Ihr kleines Hirn schien nicht mehr zu wissen, was rechts und was links, was oben und was unten war. Sie stießen im Flug zusammen und fielen wie Steine vom Himmel. So war der mitfühlende Mensch gefordert, sich ihrer anzunehmen. Besorgte Bürger bauten, um Schaden einzudämmen, für die

Vögel kleine Ausnüchterungszellen und begannen, die schlimmsten Trinker zu beringen. Aber jeden Tag kamen neue und das unerquickliche Schauspiel setzte sich fort. Welch ein makabres Fest der Gefiederten! Kaum hatte ein Vogel ein paar Mirabellen aufgepickt, begann er aus voller Kehle zu singen. Aber die hohen Triller gelangen selbst den besten Sängern nur noch mühsam. Erst klang alles bloß ein wenig falsch, doch eines Tages brachten sie lediglich ein schrilles Kreischen hervor, das sich wie ein verzweifelter Hilferuf anhörte.

Von gegorenen Mirabellen trunken wälzte sich die Nachtigall im Staub. Wie lustig das auch manchem Zeitgenossen erschienen sein mag – die Ornithologen beobachteten die Entwicklung seit langem mit Grausen.

Die Invasion der Künstler in die Industrieanlagen, die alkoholabhängige Vogelwelt. Daß es die Stare nicht mehr im Herbst in den Süden zog, daß sie lieber auf dem tristen Bahnhofsvorplatz in kahlen Bäumen überwinterten. Daß die Tage nicht mehr grau und kalt, daß nun endlich im Neonlicht die Nächte hell waren, wo in den Ateliers die Farbe so verschwenderisch aus den Dosen floß, daß sie den Malern förmlich davonlief, und das Bild, noch ehe die Farbe richtig durchgerührt war, sich wie von selbst erschuf. – Das alles waren Anzeichen einer bevorstehenden tiefgreifenden Wandlung in Natur und Gesellschaft. Hatte Balthasar sie nicht bemerkt? Die sich selbst verzehrende Zukunft hatte gerade erst begonnen, die um sich greifende Entwertung lang vertrauter Erscheinungen begann sich selbst zu feiern ... Ja, Balthasar hatte die Zeichen am Himmel und auf der Erde erkannt und beschloß, sich nun ganz den Schönen Künsten hinzugeben. In seinem Leben müsse sich eine Wendung vollziehen. Der Schnellebigkeit der Zeit enteilen: durch Langsamkeit! Erst einmal beschloß er, da es auch damit noch Zeit habe, nirgends mehr seßhaft zu werden. Eine Reise mit unbestimmtem Ziel wollte er antreten, die ihn, wie er hoffte, irgendwann auch nach Toledo führen würde, wo ihm, falls Fortuna ihm gewogen, an einer bestimmten Stätte – es könnte am Grabe des Theotokopulos sein – sich ein Geheimnis enthüllen würde: Die Formel für ein unsterbliches Meisterwerk. Jene Formel, die, wenn man sie sich zu eigen gemacht hat, zu einer nie gesehenen Leistung befähigt.

»Bringen Sie erst einmal Ordnung in ihr Leben!« Unmißverständlich hatten ihm die Behörden vor noch nicht allzu langer Zeit deutlich gemacht, daß er Reisen vergessen könne. Als er das Kastilische erlernen wollte: »Immerzu verwechseln Sie die Zeiten«, hatte ihn der Grammatiklehrer gerügt. Auf der Kunstakademie: »Sie müssen erst einmal den Raum beherrschen lernen; noch ist alles, was Sie bisher zustande gebracht haben, nur flach.« Der Perspektivelehrer: Der Horizont sei bei ihm stets zu niedrig. Und er könne auch nicht überall, oder da, wo es ihm gerade beliebe, einen Fluchtpunkt setzen.

Balthasars Aufbruch. Ein Unbekannter versucht, die Zeit am Kirchturm festzubinden. Der Regenwald im Bahnhof. Monotone Landschaft. Sinnieren über Zutaten bei Farben und Speisen.

Als er auf den Zug wartete, kam es ihm vor, als wolle die Zeit nicht verrinnen. Auf der Straße zum Bahnhof war er aufgeregten Menschen begegnet, die ihre Empörung nicht verbergen konnten. Hoch oben, an der Turmuhr der Vorstadtkirche, waren die Zeiger unentwirrbar verknotet. Turm und Kirche, mit hellgelber Farbe gerade erst neu angestrichen, wirkten fast schon zu grell. Das Malergerüst, das auch der Unbekannte für seinen verzweifelten Versuch, eine glückliche Stunde am Davoneilen zu hindern, benutzt hatte, war schon wieder abgetragen worden. Weithin und für längere Zeit blieb dieses seltsame Zeichen daher sichtbar.

Palmen entfalteten ihre Wedel dicht unter der gläsernen Kuppel. Überall versprühten versteckt angebrachte Düsen in der Halle Nebelschwaden. Es war drückend heiß. Die Menschen bewegten sich langsam und wie gelähmt. Auf den Blättern tropischer Bäume sammelte sich die Feuchtigkeit, bis sie ein Übermaß erreicht hatte und in großen Tropfen zu fallen begann. Man hörte seltsame Laute im Blattwerk. Sie stammten von Vögeln, die sich in den Baumkronen den Blicken der Besucher entzogen. Fremdartig und aufreizend klangen ihre Schreie. Schmetterlinge, trunken vom Morgentau, vom Nektar gesättigt, flatterten herab. Ab und zu streifte ein Falter die Wangen eines Reisenden. Es war wie die Berührung mit einem, von müder Hand geschwungenem Fächer. Schon am Morgen war es feucht und schwül. Immerzu mußten die Sitzbänke, die an den Gängen aufgestellt waren, von den schwarzen Angestellten trockengewischt werden. Man blickte auf kleine Seen, ihr Wasser war trüb, es roch wie das Blumenwasser in Friedhofsvasen. Unter den Blättern schwimmender

Pflanzen ruhte unsichtbar die Anaconda. An den Bananenstauden krümmten sich die Früchte. Wasserschildkröten vermehrten sich unkontrolliert und wurden zur Plage. Sie bedeckten in Erwartung der Reste einer Fastfood-Mahlzeit die Gänge der riesigen Halle. Immer mußte man auf sie achtgeben, immer wieder vorsichtig über die sich so langsam fortbewegenden Reptilien steigen. Von Zeit zu Zeit sammelte man sie ein. Gewöhnlich wurden sie dann wie Suppenteller zu Säulen geschichtet und nicht mehr beachtet, bis eine davon endlich umstürzte. Dann war es lustig, mit anzuschauen, wie einige Tiere, die auf ihrem gepanzerten Rücken gelandet waren, sich vergebens bemühten, auf die Beine zu kommen. War es nur eine Illusion? Es war nicht die Pflanzung am Rio Magdalena, in die sich Balthasar versetzt sah. Es war auch nicht der städtische Zoo. Es war der Bahnhof im Stadtteil Atocha, mitten in Madrid.

Als vom klangvollen Ausdruck »Red Nacional de los Ferrocarriles Españoles« nur einige Versalien übriggeblieben waren, mit denen das neue Wort RENFE gebildet werden konnte, hatte man erkannt, daß der Bahnhof für den künftigen Bedarf zu groß war. Zu großzügig hatten damals seine Erbauer geplant und waren zudem noch im Glauben, daß Wachstum nie enden werde. Nun bot allein die Mittelhalle genügend Platz für ein kleines Stück Ferne aus Übersee. Oben auf der Bahnhofsgalerie konnte man im asiatischen Teehaus sitzen und auf die Flora der südamerikanischen Tropen herabschauen. Man sah, zu Füßen der Baumriesen, die nun da standen, wo einmal Züge ein- und ausgefahren waren, wieder Spaziergänger, die sich Zeit nahmen, man traf Leute, die die Eile verabscheuten. Es war noch immer ein Bahnhof, aber einer, der ohne Zeit war, der zu jenen Orten gehörte, wo man nur bleiben, aber nie mehr abfahren möchte. Denn alle seine Uhren waren von Lianen verdeckt. Ein Bahnhof, dessen Räume man nur festlich gekleidet und ohne Reisegepäck betreten sollte. Schöne

Frauen aus allen Erdteilen saßen plaudernd an reich gedeckten Tischen, unter immergrünen Bäumen. Nirgends sah man noch Fahrpläne. Nichts erinnerte mehr an das häßliche Zifferblatt der Bahnhofsuhr und trieb zur Eile, denn in dieser schönen Welt gab es nichts mehr, was uns veranlassen könnte, pünktlich zu sein.

Das alles war das Werk eines Architekten, der die Wettbewerbe gewonnen hatte und mit dem Umbau des alten Bahnhofs betraut wurde, weil er seine Auffassung von Architektur so radikal geändert hatte, daß er fortan nur noch Landschaft in Gebäude, statt Gebäude in die Landschaft stellen wollte.

Nur die Seitenhallen waren dem Schienenverkehr noch vorbehalten. Da standen die schnellen Züge, von niemandem beachtet, abfahrtbereit, wie auf Abstellgleisen. Die Haupthalle aber, mit ihrer riesigen Kuppel, überdachte den Regenwald. Und es war nicht verwunderlich, daß sich in so überreicher exotischer Flora, quasi wie von selbst, auch eine ebenso vielfältige tropische Fauna einstellen konnte. Nicht von den vielen Arten an Küchenschaben ist hier die Rede, sondern eher von Skorpionen, Taranteln und einigen sehr seltenen Arten giftiger Spinnen.

Aber waren das nicht Übertreibungen, aus purer Bosheit in die Welt gesetzt, um denen, die nicht bereit waren abzufahren, die sich den Luxus des Bleibens und somit Behaglichkeit leisten konnten, den Aufenthalt im renovierten Bahnhof zu vergällen? Wenn uns auch manches an Orten begegnet, wo wir es zu allerletzt vermutet hätten, bleibt dennoch das meiste höchst unwahrscheinlich. *Aber auch für das Unmögliche findet sich immer eine einleuchtende Erklärung.*

Man stelle sich einmal vor: Der Halter eines Tieres, das zu einer ausgefallenen, vielleicht sogar gefährlichen Gattung gehört, wäre einmal aus einem triftigen Grunde gezwungen zu verreisen. Und er fände niemanden, der in seiner Abwesenheit bereit ist, für das Tier zu sorgen. Weil nicht jeder seine Liebe für ein Tier teilt – das nur seines Rufes wegen gering geschätzt oder gar gemieden wird –, muß er sich dann schweren Herzens dazu entschließen, sich von ihm zu trennen. Und wo wäre für eine Aussetzung aus Liebe ein besserer Ort als der Bahnhof einer weltoffenen Großstadt? *Vieles holt sich die Natur von selbst zurück, aber manches wird ihr auch gebracht.*

Ein ganz anderes Bild bot eine kleinere Halle, die ebenfalls durch Umbau der Zeit angepaßt worden war, und in die man nur gelangte, wenn man entsprechende Hindernisse überwand. Es waren Drehkreuze, unbestechliche, stumme, seelenlose Wächter, die durch einen Schlitz die Fahrkarten einsogen, sie blitzschnell auf ihre Richtigkeit prüften, sie im günstigen Fall wieder ausspien und dann den Weg freigaben. In dieser Halle gab es kein Grün, keinen Platz zum Verweilen, kein Biotop für irgendein Tier, und wäre es anspruchsloser als eine Wanze. Keine Fliege, die sich hierher verirrt hätte. Doch es gab noch Bahnsteige, mit Menschen gefüllt, durchfahrende und haltende Züge. Im raschen Wechsel spien die Züge die Menschen aus oder sogen sie auf. Es war laut, ein schneller Rhythmus ergriff sie alle, die gezwungen waren, in Atocha täglich diesen Teil des Bahnhofes aufzusuchen. Ununterbrochen leerte und füllte sich die Halle. Hier war der Reisende ein winziger Teil einer hin- und herschwappenden Masse, von einer geheimnisvollen Kraft in Bewegung gehalten. Es war spannend und erregend zugleich, seine Eigenständigkeit aufzugeben, um teilzuhaben an dieser bewundernswerten Mechanik.

Und dennoch, es war immer das gleiche Bild, das die ein- und ausfahrenden Vorortszüge boten – als könnte die Zeit nicht weiterschreiten, als müßte sich alles fortwährend wiederholen, wären da nicht die arabischen Ziffern auf dem großen Bildschirm einer digitalen Bahnhofsuhr gewesen, die zeigten, daß die Zeit mit jeder Sekunde unwiederbringlich zerrann. Strenge Befehle erklangen in kurzen Abständen aus den Lautsprechern. Informationen rasselten Buchstabe für Buchstabe in leicht lesbarer Abfolge. Niemand konnte sein Ziel aus den Augen verlieren oder es gar verfehlen. Eine hohe Rolltreppenbrücke sorgte dafür, daß die verschiedenen Bahnsteige auch ohne große Anstrengung erreicht werden konnten. Doch auch auf den Rolltreppen hielt niemand inne. Statt sich wartend weiterbewegen zu lassen, waren sie alle der Hast verfallen, liefen und stiegen so schnell sie konnten. Noch hatte niemand gelernt, innezuhalten.

Lange hätte Balthasar zuschauen können, gern hätte er weiter das faszinierende Schauspiel genossen, wie sich die vielen Menschen durch die geschenkte zusätzliche Geschwindigkeit der Rolltreppen, in einem für sie unnatürlich raschen Tempo auf und ab bewegten. Es war wie ein Film, der schneller abgespult wurde, als er aufgenommen worden war. Und noch etwas war ihm aufgefallen: wie winzig doch die Menschen in dieser Halle des Bahnhofs wirkten. Es war nicht die Entfernung, es war auch nicht die Größe des Gebäudes, was sie so klein erscheinen ließ. Es war die Eile, die sie sich selbst auferlegt hatten, die sie so unbedeutend machte. Es war die unübersehbare Menschenmasse, die den Einzelnen gering erscheinen ließ. Hunderttausende mögen es täglich sein, dachte er, nur die Drehkreuze kennen die genaue Zahl. Doch da war der Zug nach Toledo gerade eingefahren, und die Türen hatten sich von selbst geöffnet.

Eine weibliche Stimme, rein und glockenhell auf Tonband, sagte die Stationen an. Auf der Strecke, die stets geradlinig durch das Gelände führte, gerieten die Waggons immer wieder in eine leichte, gleichmäßige Schaukelbewegung, die schläfrig machen konnte, wie ein Kamelritt durch die Wüste. Immer in Erwartung, irgendetwas könnte sich in der kargen Landschaft zeigen, zu keiner vernünftigen Überlegung fähig, überließ sich der Reisende bald ganz seinen Gedanken, seinen momentanen ungeordneten Einfällen. Balthasar befand sich im Niemandsland zwischen Wachsein und Schläfrigkeit. Verworrene, fetzenhafte Erinnerungen begannen im Wachtraum, sich zu vermengen, und verloren jede konkrete Gestalt. Unberechenbar, wie im Spiel, gaukelten die Begriffe, von den Dingen losgelöst, durch sein Hirn. Da die Landschaft kaum noch Abwechslung zu bieten hatte, dachte er immerfort an beeindruckende Bilder, die in den berühmten Gemäldegalerien hingen. Er sah, wie die berühmten Werke entstanden, denn zuweilen befand er sich im Geiste in den Werkstätten der alten Meister. Er schaute ihnen über die Schulter, wenn sie die Werke, die die Schüler ausgeführt hatten, noch mit den Feinheiten des eigenen Könnens versahen. So als legte ein Küchenchef bei den Kreationen, den Platten für ein Festmahl, letzte Hand an, um ihnen, indem er etwas hinzufügte oder Überflüssiges wieder entfernte, noch den letzten Schliff zu geben. Die Werkstätten der berühmten Maler, wo sie sich auch befanden, in Umbrien, Ravenna, Venedig oder auch nördlich der Alpen, so verschieden sie auch beschaffen waren, eins hatten sie alle gemein: Sie glichen den Wirkungsstätten der guten Köche. Sie waren, wie die Küchen dieser, mit den edelsten Rohstoffen versehen, die oft von weither eingeführt werden mußten.

Große, helle Räume sah Balthasar, sie waren mit Delfter Kacheln gefliest. Die Fenster nach Norden. Zu jeder Tageszeit fiel gleichmäßiges Licht auf das Kunstwerk. Mineralien wurden im Mörser gestampft und auf einer Glasplatte mit feinen, gebleichten Ölen angerieben. Mit solcher Sorgfalt wie in der Küche kostbarer Pfeffer. Die Farben angeteigt mit eingedicktem, auserlesenem Leinöl. Eine Paste bereitet, wie sie in guten Landgasthäusern zum geschmorten Rebhuhn gereicht wird. Was für herrliche blasse Töne entstehen, wenn eine kleine Menge erdbeerroter Farbe reichlich mit dem sahnigen Kremser Weiß versetzt wird. Es mutet an wie Pücklereis oder wie die Sahneschichten einer Prinzregententorte in einer Wiener Konditorei. Die prallen, wie mit Tomatenmark gefüllten Tuben, welch eine Genugtuung bereitet es dem, der spontan und wie in Ekstase zu schaffen gewohnt ist, sie auszuquetschen, um weißes Leinen damit zu bedecken. Als besudele ein verwöhnter Prasser das damastene Tischtuch. Fleischfarben, geheime Mischungen der unterschiedlichsten Töne, von der Blüte bis zur Verwesung des Fleisches, oder wie reines Marzipan, jener Farbton, mit dem die Dekolletés der Rokokodamen und die Rosenbuketts gemalt wurden. Eine Ausmischung, der man Krapplack zusetzte, eine Farbe, hergestellt aus den Ausschwitzungen einer exotischen Läuseart. Was landet in einer Küche nicht alles im Abfall, im Futter für die Schweine. Wo sich doch noch manch schmackhaftes Ragout fin aus den abgestandenen Speisen vom Vortag bereiten ließe. Sind sie vielleicht unbrauchbar, die Reste auf der Palette? O nein! Mit Weiß vermischt – ein raffiniertes Grau kann, wie die Schwalbennester beim Festmahl, auch auf der Leinwand zur Delikatesse werden. Und überhaupt, wie anspruchsvoll man war, sogar nördlich der Alpen, wenn es um die Farbpigmente ging. Erde aus Siena, Erde aus Pozzuoli oder die grüne Veroneser Erde. Da mußte es, allein nur zum Grundieren der Leinwand, unbedingt reine Bologneser Kreide sein. Die vielen Rezepte. Wie wurden sie gehütet und nur an Auserwählte weitergegeben. Aber selbst diesen hatte man eine Zutat, die scheinbar nebensächlichste, verschwiegen. Denn die alten Meister wollten, wie auch die Köche in den Feinschmeckerlokalen, einzigartig sein.

Und wie geht man dagegen heutzutage mit den Zutaten um, wo sie inzwischen so billig und für jedermann erschwinglich sind? Wo nicht mehr einige Farben, oder Gewürze, mit Gold aufgewogen werden müssen. Wo man die italienischen Gerichte, die raffinierten französischen Saucen, in Büchsen oder Tuben überall kaufen kann. Ach, und kaum jemand bemerkt den Verfall oder erhebt

Einspruch wegen der verarbeiteten minderwertigen Ersatzstoffe. Verschnittene Farben, durch Produkte der Teerchemie geschönt, sind heute dem Maler so willkommen wie die Geschmacksverstärker dem schlechten Koch ... Wie in einer Küche, wo man vor dem Mahl an den Gerüchen erkennt, daß der Koch Hervorragendes zu leisten vermag, so weiß Balthasar, wenn er ein Atelier betritt, noch ehe er ein Bild gesehen hat, ob er es mit einem guten oder nur mittelmäßigen Maler zu tun hat. *Qualität in der Malerei kann man nicht nur sehen, manchmal kann man sie auch riechen.* Falls man, was sehr selten ist, über verfeinerte Sinne verfügt. Das kaltgepreßte eingedickte Leinöl, goldgelb wie Bienenhonig, das Öl aus den Kernen der Sonnenblumen, die auf den weiten russischen Feldern blühen, aus Asien das langsam trocknende Mohnöl oder das Öl der Walnuß, das den Farben Brillanz verleiht, all diese Produkte verursachen nie gekanntes Wohlempfinden. Ganz zu schweigen von den Düften, die den besten Sorten Dammar oder den fetten Mastixharzen entströmen.

Wie in einer guten Küche, wo auch mitunter die Gerüche einiger Zutaten nicht als angenehm empfunden werden – ein streng riechender Käse etwa, der aber dennoch im Geschmack unübertrefflich sein kann , so ist es auch bei den Werkstoffen für die anspruchsvolle Malerei. Unangenehm riechen beim Aufquellen im warmen Wasser alle Knochen- und Fischleime, die in der Grundiermasse Verwendung finden. Wer aber, außer den Ikonenmalern – zu denen auch Theotokopulos einmal gehört hatte, ehe er auf seinem langen Weg über Italien Toledo erreichte –, weiß noch einen Leim zu schätzen, der, bei hoher Gallertfestigkeit, milchig trübe und ganz leicht bläulich irisierend weiß aussieht, der aus den Rückenflossen des Störs gewonnen wird? Ein Leim von jenem Fisch also, der in den mächtigen Strömen Rußlands lebt, dessen Fleisch eine Delikatesse ist und der auch den teuren Kaviar liefert.

An der Grenze zwischen Halb- und Tiefschlaf im Coupé des Zuges durch die trockene »La Mancha« hatte auch das Gift, hatte jene schon fast vergessene Lektion der Materialkunde sich aus dem Unterbewußtsein wieder gemeldet. Warum sollte man in einem angesehenen Hause gerade das Gift so gering schätzen? Warum seine einstige Bedeutung für Kunst, Politik und Ränkespiele nicht würdigen? Es ist geheimnisvoll und magisch zugleich. Es kann von einem ganz besonderen Grün sein. Und kaum einer ist zu finden, der heute noch wagt, es anzuwenden. In den Werken des Theotokopulos gibt es dieses nicht. Erst später, lange nach seinem Tode, wurde die Farbe erfunden. Kirschberger Grün, Pfirsichgrün, Kaisergrün, Papageiengrün, Maigrün, Jasmingrün, Pickelgrün und so fort. Balthasar kennt über hundert harmlos klingende Namen dieser hochgiftigen Kupferarsenverbindung. Oftmals ist diese Farbe, die Balthasar nur mit Schauder, wie etwa eine prächtige, aber gefährliche Viper, bewundern kann, auch nach so braven und rechtschaffenen Städten wie Basel, Leipzig, Kassel, Brixen oder Schweinfurt benannt. Aber auch mit Ländernamen schmückt sich die Schöne und Gefährliche: Schweizer Grün, Schwedischgrün und, als käme sie aus dem Morgenland, sogar Persischgrün. Mal heißt sie Wiener, mal heißt sie Wiesengrün, … der … Wiesenchampignon, … der … Knollen … grünblättriger Salate … Beete … Erde, … angereichert mit Schwermetallen, Blei und Kadmium, unsichtbar und am Ende der Nahrungskette … Der Zug hält auf freier Strecke und fährt langsam wieder an.

Das Schweinfurter Grün also, durch Imitationen nur annähernd zu erreichen und entgegen anders lautender Angaben lichtecht, wetterfest und kalkecht. Dennoch ist in neuerer Zeit das Interesse an diesem Farbton merklich zurückgegangen. Früher hat man das Farbpulver sogar bei Heuschreckenplagen verstreut. Und als Ölfarbe bei Schiffsunterwasseranstrichen gegen Algenbildung wird es noch heute verwendet. Es war aber, wie man heraus-fand, eine englische Tapete mit schlecht gebundener Farbe von Schweinfurter Grün gewesen, die 1920 in Berlin einer Familie den Tod brachte. Welch ein Unglück, weil eine Farbe in die Hände Unberufener geriet! Für den Chemiker ist der Stoff nur eine For-mel. Aber Balthasar empfindet bei diesem Grün neben Ehrfurcht auch Bewunderung.

Wenn Balthasar nichts tat und sich nur seinen Träumen hingab, wenn er sich ausgestreckt hatte auf der Blumenwiese, wenn er im Zugabteil sitzend die Landschaft an sich vorüberziehen ließ, wa-ren sie da, seine großen Kunstwerke, war sein Kopf so voller guter Bilder. Eines allein schon hätte genügt, ihn berühmt zu machen. Balthasar wußte, einmal würde es ihm gelingen. Irgendwann wür-de er ein Meisterwerk schaffen, und müßte er seinen Schatten verpfänden, wenn es ihm so schwer fiel, darüber zu springen.

Buch zwei

Die Stadt vom Vierfarbendruck. Der falsche Bahnhofsvorsteher.
Hotel einer Generalswitwe. Sammlerleidenschaften. Die verbotene
Pflanze.

In respektvollem Abstand vor der Stadt endete der Schienenstrang.
Ungewisse Erwartung, zuweilen unverhohlene Neugier verrieten
die Blicke der Neuankömmlinge. Von nun an wird manch einen
die Sorge bedrücken, die Rückfahrkarte könne ihm abhanden
kommen. Aber erst einmal bot sich allen ein Anblick, der ihnen
Ausrufe des Erstaunens entlockte. Wie ein Reliquienschrein, unveränderlich im Felsplateau verwachsen, erhob sich Toledo über
der Ebene. Stein gewordener Zorn des Großinquisitors. Die
Vergangenheit sog die Gegenwart in sich auf, und der ungewisse
Schatten der Zukunft war weit weg.

Es war kein beliebiger Bahnhof. Die hohe Empfangshalle im
neomaurischen Stil wirkte, es mag eigenartig klingen, streng ka-
tholisch. Aus massivem, dunklem Holz gearbeitet, glichen die
Fahrkartenschalter Beichtstühlen in einer Kathedrale. Wohl um
die Stimmen zu dämpfen, hatte man sie mit schwarzem Tuch ver-
hängt. Die ovale Öffnung, in die man sprach, jenes durchlöcherte
Blech, wo man bisher auf eine Antwort lauschte, war verschlossen.
Schon lange hatten keine Beamten mehr hinter den Schaltern gesessen, um Worte oder Geld zu wechseln.

Ein Bahnhof, groß und beeindruckend, aber mit nur einem
Bahnsteig, mit einem einzigen Gleis, das hier endete. Als solle die
Sehnsucht nach der Ferne nicht uferlos werden. Deshalb war wohl
der Perron nicht nur zum Ein- oder Aussteigen, sondern mehr
noch zum Flanieren geschaffen; er lief auf ein Geviert zu, das von
halbstämmigen Palmen umgeben war. Ein schattiges Plätzchen,
einfach und aufgeräumt. Eine schwere gußeiserne Bank und einige
mit Steinen eingefaßte Beete, auf denen noch vereinzelte Schwertlilien blühten. Von der lauten Straße abgewandt, eine stille Zierde,

die die pflegende Hand eines Botanikers verriet. Von diesem Platz aus, mit Abstand von einer guten halben Meile, konnte man die Stadt, als ein versteinertes Abbild verflossener Zeiten, am besten begreifen. *Es bedarf einer räumlichen Distanz, etwas, das aus vielen Teilen zusammengefügt ist, als Ganzes zu erleben.* Auf begrenztem Raum schmiegten sich die Bauwerke aneinander und formten jene Silhouette, die der Ankömmling erwartet hatte. »Also hat sich die Stadt nicht verändert«, war sein erster Gedanke. Sie ist noch so, wie man sie von vielen Stichen und von dem berühmten Gemälde des Theotokopulos her kennt. Muß man sich ihr nun noch weiter nähern? Muß man die Stadt denn überhaupt noch betreten? Ja, mancher Reisende wollte den Bahnhof, der nur seinetwegen erschaffen worden war, nicht mehr verlassen.

Das Bild »Toledo vor dem Gewitter« ist eine augenfällige Ausnahme in dem von frommer Ekstase getragenen Werk des Domenikos Theotokopulos. Ein Landschaftsbild, einfach und ganz ohne die sakralen Attribute, die man in seinen Bildern gewohnt ist. In einer Farbigkeit wie das heraufziehende Wetter, schwer und dunkel. Eine Impression, und vielleicht das erste nicht in der Werkstatt, sondern direkt vor der Natur gemalte Bild. Ohne alle Schnörkel, mit breitem Pinsel vorgetragen. Nichts war hinzugefügt, was sich über das Alltägliche erhob. Einsam übertrifft dieses »unheilige« Gemälde alles, was um diese Zeit geschaffen wurde. Eine Frage hatte sich Balthasar immer wieder gestellt, die ihn schließlich zu seiner Reise nach Toledo veranlaßte: Was es wohl sei, weshalb gerade von diesem Kunstwerk eine magische Wirkung ausgehe? Obwohl es doch nur die Wirklichkeit darstellte. Wenn es aber tatsächlich so war, dann mußte es etwas sein, was nur in dieser Stadt zu finden war. Einmal, das hatte er sich vorgenommen, würde er das Bild, das er selbst noch nie als Original gesehen, das er nur durch Reproduktionen kennengelernt hatte, mit der Wirklichkeit vergleichen … Ein Maler hatte ein

Landschaftsbild einer Stadt geschaffen, vor über 400 Jahren. Seltsam: daß die Stadt, die im Bilde des Theotokopulos festgehalten war, sich seither nicht mehr wesentlich verändert hatte. Wie ungewöhnlich, daß sie ihrem Konterfei immer noch glich, nach so langer Zeit! Als wäre die Stadt, weil er sie gemalt hatte, zur Unveränderlichkeit verdammt.

Er sah nach den geschlossenen Schaltern und begriff, in diesem Raum würde die lauteste Frage ungehört verhallen. Im Wartesaal und draußen, unter Palmen, vor den Beeten mit den Schwertlilien, lauerte Gleichmut. Es war gut, daß ihn niemand erwartete, daß ihm quälendes, ungewisses Warten, aber auch überschwengliche Begrüßung erspart blieb. Er war angekommen, er war nun endlich der Stadt, deren Umrisse ihm schon seit seiner Kindheit her vertraut waren, ganz nah. Aber es war eine ganze Ewigkeit zu spät! Das Bild, das er nun hätte malen wollen, als er die Stadt leibhaftig vor sich liegen sah, dieses Bild war eben schon über 400 Jahre alt. Die Malerei, heute dem Siechtum nahe, was konnte man von ihr noch Großes erwarten? Wo schon Theotokopulos mit einem einzigen Werk alles vorweggenommen hatte.

Das nahe Hotel »Princesa Galina« war dem Bahnhof nicht ebenbürtig, aber ihm dennoch architektonisch mustergültig angeglichen. Möglicherweise handelte es sich um ein Werk desselben Architekten, der vor hundert Jahren immer noch im Banne der italienischen Hochrenaissance und des Mudéjar-Baustiles stand. Leider verriet schon der äußere Zustand des Gebäudes, daß das Hotel seine besten Zeiten längst hinter sich hatte. Dennoch, ein Hauch von Exklusivität war geblieben und hatte sich, wie zu befürchten war, auf die Zimmerpreise niedergeschlagen.

Das Hostal, eine billige landesübliche Absteige, in dem Balthasar ein Zimmer bezog, erfüllte keine hohen ästhetischen Ansprüche. Es besaß weder besondere noch hervorstechende Merkmale. Sein architektonischer Wert war belanglos. Es hatte keine Küche, und es gab auch sonst nichts, was erwähnenswert wäre. So schien es also wenig geeignet, jemanden für längere Zeit festhalten zu können. Nur ein Dach über dem Kopf und ein Bett für die Nacht konnte der Logiergast, der immer im voraus zu zahlen hatte, hier erwarten. Einer, den Balthasar für den Bahnhofsvorsteher gehalten hatte, hatte ihm empfohlen, dort abzusteigen. Gewiß, es biete keinen Luxus, dafür sei der Zimmerpreis erschwinglich, und das Hostal liege in Bahnhofsnähe. Er brauche, um dahin zu gelangen, keine Taxe herbeizuwinken. Auch sei die Stadt dann leicht zu Fuß in einer guten halben Stunde zu erreichen. Aber noch sei die Haustür verschlossen, die Klingel gewöhnlich noch abgestellt, denn es sei die Stunde, um jemanden aufzusuchen, noch nicht gekommen, sagte der angebliche Vorsteher. Auf dem Bahnhof könne er aber verweilen, hier störe er nicht. Ein seltsamer, jedoch nicht unangenehmer Mißklang war dem Auskunftswilligen eigen. Dann schien es Balthasar (ihm war die Spitze eines Schleppsäbels aufgefallen, die unter seinem Mantel hervorlugte), daß der Mann eine Rolle probte, den Text aber noch zu schonen suchte, ihn vielmehr vorerst durch ein paar banale Worte ersetzte. Beeindruckend seine Uniform: Es war die eines Generals der Landstreitkräfte und nicht die Dienstkleidung eines gehobenen Eisenbahners, in der sich Alfredo Lamarillo, genannt ›der Oberst‹, zur Schau stellte. Er, der so gern Offizier geworden wäre, und nur weil er, zu spät in diese Welt hineingeboren, nicht unter der Regentschaft des Diktators hatte dienen können, konnte bloß noch heimlich, ohne Wissen seiner betagten Mutter, die Orte aufsuchen, an denen, seiner Meinung nach, Autorität noch angemessen schien. Balthasars anfängliches Erstaunen hielt der merkwürdig Gekleidete wohl für überzogen. Was der Grund sei für diese schon beleidigende Verwunderung, wollte er wissen. »Ihr Mantel und Ihre hochgeschlossene Kleidung in dieser heißen Jahreszeit«, erwiderte Balthasar. Er sammle ja nur ›Militaria‹, erklärte

der Fremde. Ausschließlich gebrauchte, versteht sich. Er sammle einfach alles, Uniformen, Rangabzeichen und Orden. Nicht
daß er eine besondere Waffengattung bevorzuge; es gehe ihm nur
darum, durch eine Uniform auch eine andere, bislang zu kurz ge-
kommene Seite seiner Persönlichkeit zur Geltung zu bringen. Es
sei wohl die dunkelste Seite, fürchte er. Aber er finde es erhebend,
einer Macht zu dienen, die es nicht mehr gibt. »Weshalb höre ich
ihm zu«, dachte Balthasar, schon bereit, ihm mit einer eindeuti-
gen Handbewegung zu verstehen zu geben, er möge sich trollen.
Doch langsam begann Balthasar den Sonderling zu verstehen. Im
Elternhaus, in seiner Familie müsse der Schlüssel für die Affinität
für Gewesenes zu finden sein. Auch Balthasar wäre gern Maler
unter dem Großinquisitor gewesen, hätte er die Welt schon vor
400 Jahren betreten können. »Auch ich sammle wie besessen«,
sagte er, statt sich zu entfernen. »Ich sammle die Eindrücke, die
ich von den Meisterwerken empfange, und ich bin bereit, weit zu
reisen, nur um gute Bilder betrachten zu können.«

Als Balthasar die Straße überquerte, meinte er, der Fremde in
der abgelaufenen Uniform könnte die Worte ebenso erstaunt aufgenommen haben, wie er zuvor die seinen. Die Straße war stark
befahren; immer dichter wurde der Verkehr zu dieser Stunde. Als
er, auf einer Verkehrsinsel stehend, über das Getümmel hinweg,
noch einmal zum Bahnhof zurückschaute, begriff er die Größe des
epigonalen Geistes in der neomaurischen Architektur ... Lamarillo war ihm gefolgt, gebeugt, als trüge er schwer an Balthasars Gepäck. Er hatte unversehens die Mützen gewechselt und sich einiger
martialischer Zeichen wie der breiten Epauletten entledigt. Auf
dem Bahnhof war ein Gepäckfach noch verschließbar und er hatte
den Schlüssel ... Nur in der einfachen Uniform eines Hotelpagen
und mit der Mütze eines Dienstmannes konnte er sich zu Hause
blicken lassen, konnte er der Patronin Doña Evita Lopez de Lamarillo, seiner betagten Frau Mutter, unter die Augen treten.

Die Tür war verschlossen. Als nach wiederholtem Läuten ihm schließlich geöffnet wurde, blickte Balthasar in das schmale Treppenhaus einer abgewohnten Mietskaserne. Gleich hinter der Türschwelle führten die Stufen steil nach oben. Am ersten Absatz eine Nische, oder war es ein fensterloser Abstellraum, abgetrennt durch ein Brett, das sich auf- und niederklappen ließ und in waagrechter Stellung als Schreibpult diente? Nägel waren in die Wand geschlagen, an denen, wie ein geheimnisvoller Code, die Zimmerschlüssel in ungeordneter Zahlenfolge hingen. Es war die Rezeption eines ehemals gutbürgerlichen Hotels. Die schmale Kammer der Ort, wo die Inhaberin, wie eine Erdspinne, den Tag verbrachte. Entspannt im Schaukelstuhl der Müdigkeit hingegeben.

Auf den Korridoren stand allerlei gebrauchtes Zeug herum. Alles Mögliche, wofür es keine Verwendung mehr gab, war entweder vorübergehend oder für immer abgestellt worden. Das alles habe einmal in ein Hotel gehört, aber heute sei es nicht mehr gefragt, klagte die Wirtin. »Das Nachtgeschirr etwa, es ist kaum noch üblich, dennoch muss es vorhanden sein. Schuhputzmaschinen vor dem Haus. Damit würde man heute die Gäste eher abschrecken, als sie zum Betreten des Salons zu ermuntern.« Wo also könne man derartiges noch aufstellen, fragte sie. Oder die vielen Kleiderständer, die die Gäste förmlich zum Bleiben genötigt hätten. Sei es etwa höflich, den Leuten auf diese Art zu zeigen, daß sie ihre Kleidung ablegen sollen. Und was sei erlaubt und was sei unschicklich. Immerzu änderten sich die Gewohnheiten. Die Kleiderbügel, achtlos lagen sie herum, seit die Gäste nur noch hemdsärmlig erschienen. Kann man das alles auf den Müll werfen, kann man sich einfach davon trennen? Gerade so, als wollte man die Zeit beseitigen. Die gute Zeit für sie unter dem General, die schlimme für die anderen, habe sie beinahe schon vergessen. Was aber die Zimmer füllte, was sie so vollstopfte, daß sie nahezu unbewohnbar geworden waren, stammte von den Gästen selbst. Fremde, die einstmals hier logierten. Ob sie länger oder nur ganz kurz hier weilten, immer mußten sie irgendetwas dalassen, und nur ganz selten kehrten die Vergeßlichen zurück. Oft waren es nur Kleinigkeiten, die sie in der Eile übersahen. Sachen, die leicht zu entbehren sind – hier nahmen sie zunehmend Unersetzbarem den Platz. Ein paar Socken, ein Karton mit einem Paar noch ungetragener Schuhe. Viele Gepäckstücke waren noch fest verschnürt, die Koffer verschlossen. Was mochten sie alles enthalten? »Das Vergessene füllt nun unser ganzes Haus«, klagte sie. »Eine uns von den Fremden auferlegte Last. Vom Boden bis in den Keller stapelt sich zurückgelassenes Gut. Das Vergessen. Was kann man schon dagegen tun«, fragte die Patronin, »wie damit leben? Schließlich mußten auch noch die Gästezimmer dafür in Anspruch genommen werden. Die besten Zeiten sind lange vorüber, und in der Zukunft wird es noch enger.« ... »Es ist besser, ich zahle den Preis, noch bevor ich mein Zimmer gesehen habe«, dachte Balthasar. »Wer weiß, welche Bedenken mir sonst kommen.«

Nun sprach die Wirtin von zukünftigen Plänen. »Bald setze ich mich endgültig zur Ruhe«, sagte sie, »dann öffne ich die fremden, verschlossenen Koffer und all die zugeschnürten Pakete und lasse die Erinnerung, den lange gefangengehaltenen Vogel, frei.« Sie hoffe, daß sich Gönner fänden, dann würde sie das Haus renovieren lassen. Alle Räume, bis auf den einen, das Sterbezimmer des Generals, bekämen einen neuen Anstrich, danach könne man, wenn die Gäste ganz ausblieben, endlich einmal beginnen, die Sachen zu ordnen. Ein Zimmer, wo die Rasierpinsel, eines, wo die Zahnbürsten, ein anderes, wo die Plüschtiere aufbewahrt würden. Im Salon lägen in Vitrinen die kostbaren Colliers der Damen. Gelungene Imitate, wie sie noch niemand von denen, die es gewöhnt sind, in einfachen Häusern abzusteigen, je zu Gesicht bekommen hätte.

Man solle die Treppe nie zu zweit betreten, riet die Wirtin und blieb nun zurück. Balthasar fand sein Zimmer im obersten Stockwerk am Ende eines Ganges, auf dem die Neonbeleuchtung fortwährend zuckte. Die Zimmer waren durch dünne Zwischenwände geteilt und nur noch so groß, daß kaum das Allernotwendigste darin Platz fand: ein Bett und dahinter, unten auf dem Fußboden, ein Fernsehgerät. Es war noch eingeschaltet.

Es schien unmöglich, sich anders als schlafend im Zimmer aufzuhalten. Selbst das Mobiliar war in den Zimmern gefangen. Unverrückbar für alle Zeiten. Wie sollte der Gast die Tür hinter sich schließen? Wo, wenn nicht auf dem Bett, konnte er im Zimmer denn überhaupt noch stehen? Deshalb wohl gab es vor der Tür einen Stuhl, damit der Gast schon auf dem Gang seine Kleidung ablegen konnte. Erst wenn man für seine Person keinen Platz mehr beanspruchte, waren im Zimmer ein paar Handhabungen möglich. So erfuhr Balthasar, auf der Matratze liegend, nun jeden Tag aufs neue, wie wahr es ist, was man oft zu hören bekommt: *Daß man mehr erreichen kann, wenn man sich nicht ständig selbst im Wege steht.* In den ersten Nächten, die er in der Herberge verbrachte, blieben die Träume seinem Lager fern. Wenn er, schlaflos, sich im Bett von der einen auf die andere Seite drehte, spürte er, daß auch das Hostal keine Ruhe fand. Immer wieder wurde die Haustür geöffnet und geschlossen. Zuweilen war es auffällig ruhig, dann, hin und wieder, ein unterdrückter zustimmender Aufschrei. Morgens dann im Bad, wie war es anders zu erwarten, die Rasierpinsel der Männer. Eine Sammlung eines einzigen Gegenstandes, und dennoch waren Form und Material, je nach Herkunft, unterschiedlich. Rasiermesser und Klingen gab es aus verschiedenen Zeitabschnitten. Am Waschbecken, an den bereithängenden Handtüchern, noch eine andere Sammlung: Sie bestand aus vieler Herren Schweiß- und Blutflecken ... Wozu der große Spiegel am Ende des Ganges? Konnte es sein, daß während der Nacht Außenstehende, vielleicht mittellose Schauspieler, in die abgelegten Kleider der Gäste schlüpften und wortlos vor dem Spiegel deren Rolle probten? Manchmal fand Balthasar am Morgen seine Kleidung gewaschen und gebügelt, ordentlich zusammengelegt auf dem Stuhl. Und manchmal hatten sich dann schon verloren geglaubte Wäschestücke wieder eingefunden. »Ja«, dachte Balthasar, »die Wirklichkeit entspricht nie ganz genau der Wahrnehmung; sie ist, wie ich sie sehen will; vielleicht ist sie besser, vielleicht ist sie schlechter.«

Aber wie ist die Wirklichkeit denn nun wirklich? Wahr ist, sie ändert sich immerzu, mit jedem Schritt, den du gehst, mit jeder Stunde, die du wartend vergeudest ... Er brauchte nur den hinteren Trakt des Hostals zu betreten, um einen neuen, einen ganz anderen Eindruck zu gewinnen. Sind es Diebe gewesen, die ungewollt vorteilhaft gewirkt hatten, oder hatte die Besitzerin, Doña Evita, Witwe des Generals Lopez de Lamarillo, sich selbst des Überkommenen zu entledigen gewußt? Hier herrschte in keinem Zimmer jene beklemmende Düsternis, wie Balthasar sie bei seiner Ankunft im Hostal erlebt hatte. Nicht mal das übliche abgewohnte Mobiliar gab es. Eine Isomatte als Bett, die nackte Wand als Schrank, das war alles. So schien in diesen Räumen die unerwartete Helligkeit allein vom Mangel verursacht. Denn nichts konnte den Lichteinfall durch die schmalen Fenster behindern. Eine Tür nach der anderen hatte Balthasar aufgestoßen; immer war es das Gleiche: Innen nichts als gähnende Leere. Von den Folgen krankhaften Zwanges, Dinge, für die es schon lange keine Verwendung mehr gab, dennoch zu bewahren, waren also Räume verschont geblieben, wenn auch überwiegend bescheidene Zimmer mit Hofblick.

Aber ein leeres Zimmer, meinte Balthasar, errege nur allzu leicht auch den Verdacht, es könnte noch etwas überaus Wichtiges darin verborgen sein.

Jedoch, es fanden sich nur Kleinigkeiten, Dinge, die gewöhnlich in einem Hotelzimmer kaum anzutreffen sind. Zum Beispiel: diverse Vogelbauer. Nicht selten befanden sich in ihnen noch Vögel; eine anspruchslose Finkenart, die man gerne im Haus hielt. Mitunter wurden die Vögel von einer seltsamen Unruhe ergriffen, die Balthasar im ersten Moment für Lebhaftigkeit hielt. Aber je länger er ihnen zuschaute, umso mehr offenbarte sich ihm ihr bedauernswerter Zustand. Ihr hilfloses Flattern im engen Gehäuse glich der verzweifelten Suche eines der Lüge Überführten nach einer Rechtfertigung. Besonders ein kleiner, verängstigter Vogel zog Balthasars Aufmerksamkeit durch ein paar lustlose Flügelschläge auf sich. Der Käfig stand abseits in einer Nische. Der Handspiegel, den man an den Gitterstäben befestigt hatte, war blind und ganz mit Schmutz bedeckt. Sein eigenes Spiegelbild wollte der Vogel wohl deshalb nicht mehr liebkosen. Auch den kleinen Gefährten aus Plexiglas ließ er unbeachtet.

Hin und wieder standen noch Blumentöpfe in den Fenstern. Sein Verdacht, etwas könne, vor nicht allzu langer Zeit, hier nicht mit rechten Dingen zugegangen sein, schien sich zu erhärten. Jemand hatte die Pflanzen abgeschnitten. Offensichtlich war heimlich und in großer Eile geerntet worden. Der Ertrag, auch wenn er nur sehr bescheiden ausgefallen sein konnte, sollte dennoch geheim bleiben. Schon deshalb, weil diese Feldpflanze gewöhnlich kein Hotelzimmer ziert. Auffällig die Pflege eines anonymen Pflanzenfreundes. Galt seine Fürsorge nicht etwa gar einer verfemten Spezies, einer verbannten Nutzpflanze?

Balthasar mußte bald einsehen, daß es nur Absonderlichkeiten am Rande waren, die ihn nachhaltig beeindruckten. Sie seien es nicht, wonach er suche, aber wo er auch sei, ob in Toledo oder an anderen Orten, er stoße auf sie, unausweichlich und ohne jede Absicht. Ob das nicht vielleicht auch ein Fingerzeig war, der ihm half, sich dem Ziel ein winziges Stück zu nähern? Der

Formel für ein wirkliches Kunstwerk. – Warum sollte sie nicht da verborgen sein, wo sie niemand vermutet? Verschnürt oder in kleine Krümel zerfallen, unter einer Decke aus Staub begraben. In einem Labyrinth, das man zwar betreten, aber nicht wieder verlassen konnte.

Inzwischen hatte die Patronin, mit einem Gießkännchen in der Hand, die letzten Stufen der selten begangenen Treppe im Hinterhaus erklommen. »Von allen bisherigen Anstrengungen war das meine vergeblichste Mühe«, sagte sie.

Balthasar verstand den tieferen Sinn dieser wenigen Worte nicht auf Anhieb. Er suchte, um Zeit zu gewinnen, nach einer Geste, die Freude und Bedauern gleichermaßen ausdrücken konnte; als sei er von ihren Worten beeindruckt, hob er erst einmal beschwichtigend die Hand und führte sie, leicht gewölbt, an sein Ohr.

Es sei ihr wieder zu spät bewußt geworden, fuhr sie fort, daß hier oben kein Wasser mehr benötigt werde. Wieder habe sie vergessen oder vergessen wollen, daß nun alles unwiederbringlich verloren sei.

Wie es schien, hatte es die Patronin erwartet, daß Balthasar das Hostal einer sorgfältigen Inspektion unterzöge. Es überraschte sie nicht, ihn hier zu finden. Sie wußte, sie würde sich wohl oder übel damit abfinden müssen, daß er nach und nach bald alle bisher verborgen gehaltenen Eigentümlichkeiten ihres Hauses aufdecken würde. Gern möchte ein Gast mehr sein, als eben nur ein Gast. Deshalb übe sich manch einer auch immerzu in der raffinierten Kunst, Mißstände zu erkennen, bis er darin so firm sei, daß er weit besser zu reklamieren, als zu zahlen verstehe. Eine verzeihliche Unart der Fremden sei ihre Gier auf Ungewohntes.

Sie zeigte wie beiläufig auf das Gießkännchen, dann erklärte sie bereitwillig: »Der Teil des Hostals, in dem wir uns gerade befinden, ist schon seit jeher ohne Wasseranschluß und deshalb auch nicht zu vermieten.« Aber gerade deswegen ziehe es wohl immer mal wieder Gäste hierher. Es helfe wenig, wenn sie ihnen erkläre, sie könne ihnen den Wunsch, sich hier breitzumachen, nicht erfüllen.

»Ablehnung muß man nicht nur lernen zu ertragen, man soll auch bereit sein, Freude darüber zu empfinden!« sagte Balthasar. Er nahm es als Zeichen innerer Übereinstimmung, als die Patronin ein wenig pathetisch ausrief: »Oh, wie haben die Fremden unser Wissen von der Welt bereichert!« Sogar das Nichtvorhandensein von Toiletten und Waschgelegenheiten habe für einige von ihnen schon den Reiz der Exotik. Sie schienen das zu suchen, worüber sie dann später, stets mit einem verständnisvollen Unterton, berichten könnten. Eine gewinnbringende Reise sei eine, die Vorurteile bestätige.

Davon sei er weit entfernt, erklärte Balthasar. Er sehe vielmehr in der lokal begrenzten Rückständigkeit die zeitliche Nähe zum Alltag des Theotokopulos. Er frage sich, was dieser Maler wohl alles an Unbequemlichkeiten, besonders bei seiner Ankunft in Toledo, hatte auf sich nehmen müssen, obwohl es das Hostal noch nicht gegeben habe. Ob er wohl auch wie Balthasar beargwöhnt und befragt wurde, weshalb er denn nach Toledo habe kommen wollen, nachdem er zuvor in Venedig, ja sogar in Rom gearbeitet habe. Polizeispitzel könnten ihm Venedig verleidet haben. Oder daß er in der vergnügungssüchtigen Stadt zu sehr vom Malen abgelenkt worden wäre und fortwährend zu hören bekommen hätte, er sei bei seinen Gemälden, besonders wenn sie tiefe Religiosität zum Inhalt hatten, dem Manierismus verfallen.

Aus sicherer Quelle wollte Balthasar wissen, nicht um die öffentliche Meinung habe sich Theotokopulos geschert. Daß er Italien schließlich verließ, habe Rom, habe der Papst allein zu verantworten! Seinetwegen habe er sich gezwungen gesehen, die Fährnisse einer Reise nach Toledo auf sich zu nehmen.

Darüber sei ihr bisher noch nichts zu Ohren gekommen, sagte die Wirtin. »Womit hat er sich denn das Wohlwollen Roms verscherzt?«

»Einer Bitte wegen«, sagte Balthasar, »die er dem Heiligen Vater nicht erfüllen wollte.«

»Eine ungeheuere, kaum zu erfüllende Anordnung«, mutmaßte die Patronin. »Ein Befehl von ganz oben?«

»Nein«, sagte Balthasar, »der Papst bat ihn um einen Gefallen: Er sollte einen Fehler beheben, der dem großen Buonarroti bei der Ausmalung der Sixtinischen Kapelle unterlaufen war.«

Mit erstauntem Blick, als stünde sie einem Lügner gegenüber, sah die Patronin auf Balthasar herab, bevor sie etwas zu erwidern wußte: Ob es nicht denkbar sei, daß allein Ehrfurcht vor dem allergrößten Kunstwerk es ihm geboten habe, Nein zu sagen.

»Im Gegenteil«, sagte Balthasar, »Theotokopulos wollte gleich die ganze Decke n e u bemalen.« Man könne den Mitmenschen, zumal wenn es ein Fremder sei, wohl nie ganz verstehen, sagte die Wirtin. – Aber blieb sie Balthasar nicht noch eine Erklärung für einen anderen Sachverhalt schuldig? In ihrem Hostal wie auch im Gemälde, das Theotokopulos von Toledo geschaffen hatte, schien ein magisches Geheimnis verborgen. Er sei Maler, verriet Balthasar, und deshalb bedeute ihm ein Blumentopf eben mehr als anderen Menschen. Es habe etwas in ihm wachsen können, aber der Zeichner verstehe, was es gewesen sein könnte. Allein die Wurzeln würden seiner Vorstellungskraft genügen. Er sehe die Pflanze und am Ende auch ihre Blüte. Gewiß sei der Blumentopf nur ein praktischer Gegenstand, – doch er enthalte, wie ein Abgrund, eine unerklärliche Kraft, die diejenigen, welche von seinem Zauber erfaßt würden, nicht mehr loslasse. Niemand solle die Magie geringschätzen, die auch in einem Blumentopf verborgen sein könne.

Dem Vogelfutter, sagte sie, habe einmal ihr Interesse gegolten.

Damit sei das Kraut eingeschleppt worden, und sagenhafter Wohlstand von begrenzter Dauer sei gefolgt. Unbemerkt gelangte eine verfemte Pflanze ins Hostal. In kleinen Tüten, mit einer Mischung aus Sonnenblumenkernen, Gras und Unkrautsamen. Ein paar dieser unscheinbaren Papiertüten lagen noch achtlos herum. Die Patronin ließ den Inhalt einer Tüte langsam zu Boden rieseln – ein feines, beruhigendes Geräusch, kaum hörbar, als käme es aus weiter Ferne. Die Sämereien verteilten sich auch sogleich unwiederbringlich in alle Winkel oder verloren sich in den Fußbodenritzen ... Daß etwas in die Tüten geriet, was nicht hineingehörte, ließ sich nicht verhindern: Mitunter hatte sich Haschischsamen im Vogelfutter befunden. Aber in so geringen Mengen, daß es nie Grund für eine Beanstandung gab. Wie sollte man etwas wahrnehmen, das nicht zu sehen ist? Ja, das nicht mal in jeder Tüte vorhanden war. Schätzungsweise höchstens in einer von hundert ein paar der winzigen Körnchen. Von einer Verunreinigung des Inhalts konnte eigentlich nicht gesprochen werden.

Als dann eines Tages unerwartet die ersten Pflänzchen sprossen, hatte wohl eine Laune des Zufalls das beharrliche und liebevolle Füttern der Vögel belohnt. Niemand hatte in das Füllhorn gegriffen – es war ungebeten über den Vogelfreunden ausgeschüttet worden ... Cannabis, die bisher nur vom Hörensagen bekannte Droge, bot sich an, ganz von selbst.

Eine Strafexpedition (so hatte der Oberst die Kampagne genannt) sei in Marsch gesetzt worden, berichtete die Patronin. Denn allzu schnell wurde Fürsorge zur Gewohnheit, das Halten von Vögeln in Käfigen gar zur Sucht.

Auch am Hostal sei diese Zeit nicht spurlos vorübergegangen. In Waschkörben hatte man fruchtbare Erde aus dem Haus tragen müssen. Sogar die Treppen zu den Vorratskammern wollte man abreißen, in der Absicht, das Hostal für immer unfruchtbar zu machen.

Für solch eine Pflanzung, die, wie jeder wisse, immer noch illegal sei, wäre wohl der Garten besser geeignet, falls er von einer hohen Mauer umgeben würde, meinte Balthasar. »Nein«, sagte die Patronin, »nichts geht über ein Hotel, es ist der diskreteste Ort, den man sich vorstellen kann. Was auch alles in Hotelräumen geschieht, nichts davon gelangt nach draußen!«

Die Vögel seien es gewesen, die alles verraten hätten durch Gesang, Getriller und ihre Heiterkeit. Untersuchungen, warum die Liebe zu gefangengehaltenen Vögeln so angestiegen sei, hätten den letzten Beweis geliefert.

»Ich fürchte«, sagte Balthasar, »daß Sie bei unserem Gespräch im Treppenhaus doch nicht über alles Vergangene reden möchten?« Er zeigte auf die leeren Käfige. In manchen waren noch halbgefüllte Futternäpfe. Die Vögel hatten nicht die Zeit, sie ganz zu leeren. »Was anders kann das bedeuten, als einen unerwarteten Tod. Was anders, als daß Sie nachts heimlich die Treppe hochgestiegen sind, sich in die Zimmer schlichen, um die Vögel im Schlaf zu überraschen. Sie haben wahrscheinlich viele von ihnen getötet.« Nun traf Balthasar der feste, entschlossene Blick einer Geschäftsfrau: »Nein!« sagte sie, dessen sei sie gar nicht fähig, nur einer Taube, die sich ungebeten hier oben eingenistet habe, habe sie mal den Hals umgedreht; und das vor sehr, sehr langer Zeit, als das Hostal noch ein richtiges Hotel gewesen sei, das viele Sterne und vor allem eine gute, weithin bekannte Küche besessen habe. Was aber die Finken betreffe, so habe sie nur ihre Fürsorgepflicht erfüllt und Wolldecken oder Tücher über die Käfige gehängt. Die kleinen Sänger hätten geglaubt, es gäbe nur noch die Nacht. Vielleicht hätten sie es nicht ertragen, mit reichlich Futter, doch ohne Gesang weiterleben zu müssen? … Wenn ein Vogel starb, so erzählte sie weiter, wurde er in aller Stille, draußen, weitab vom Hotel, in der freien Natur begraben. Eine Handvoll Erde über den kleinen Leib gehäuft genügte! Und wie ein Wunder, dank ihrer vollen Mägen, manchmal war aus dem Grab auch eine verbotene Pflanze gesprossen. Drüben am Hang, unterhalb der Militärakademie, gebe es noch heute, im Schatten des Hostals, ein Feld mit prächtig gediehenem indischem Hanf. Oh, welch ein erfolgreicher Anbau dieser froh machenden, genügsamen Pflanzen, den man den toten Vögeln verdanke.

Während der Oberst selbst seine Uniformen vom Staub befreit hatte, hatte man vielleicht auch in der nahen Militärakademie mit den Vorbereitungen für den sonntäglichen Ausgang begonnen, wobei die Kadetten gehalten gewesen waren, auch den kleinsten, fast unsichtbaren Makel an ihrer Kleidung noch zu beheben und danach alle Wäschestücke, vorschriftsmäßig zusammengelegt, für den nächsten Tag bereitzuhalten. Vielleicht hatte die Santa Semana auch mit einer Spindkontrolle begonnen, die zum Verlust einer größeren Menge des unerlaubten Krautes vom Hang hinter dem Hostal geführt hatte. Eines Produktes mexikanischer Herkunft, dessen Name »Marihuana« eine Zusammensetzung der Vornamen Maria und Juana ist ... Unten im Hofe des Hostals hing die Uniformensammlung Alfredos zum Auslüften auf einer Wäscheleine. Ein Bild von nichtalltäglicher Komik, das die hängenden Waffenröcke dem zufälligen Betrachter boten. Die schweren Tuche, die mit den Jahren auch langsam ihre Farben einbüßten, die wulstige Silberstickerei auf Aufschlägen und Axelstücken – stumpf und glanzlos, oder schon völlig geschwärzt. Welch eine Tristesse von unvergleichlicher Schönheit. – Davor Alfredo, dem Weinen nah, bekleidet nur mit Hose und wollenem Unterhemd, einen Stock in der Hand, vielleicht einen Teppichklopfer? Er wirkte klein, von der oberen Mansarde aus gesehen, er schien dem Jungen auf einem Bild ähnlich, das Ribera im Jahre 1645 gemalt hatte. Das Bild heißt »El niño cojo«, es hängt im Louvre. Balthasar hatte es einmal an Ort und Stelle bewundern können. Der Junge hatte kräftige Hände, einen Körper, der von harter Arbeit geformt war. Er trug etwas wie einen Stock geschultert. Vielleicht ein Werkzeug für die Arbeit auf dem Feld, ein Spatenstiel. – Alfredo, genannt der Oberst, dagegen hielt in seiner Hand einen Teppichklopfer … »Wenn ich nur alle Fenster im Hotel verhängen könnte«, sagte die Patronin. Niemand brauche zu sehen, daß Alfredo, den sie scherzhaft Oberst oder sogar General nannten, sich bei seinen patriotischen Anfällen selbst zum Wichser machen müsse. Kein Bursche, der ihm heutzutage noch die Stiefel putze … Alfredo, auf einem Melkschemel sitzend, bürstete lange und angestrengt, den Ellenbogen angewinkelt. Er kannte manchen Kniff, um das Aussehen des abgenutzten Gewebes zu verbessern: Die dunklen Stoffe wollten feucht mit schwarzem Kaffee gebürstet, die weißen Uniformteile aber mit Talkum abgerieben werden. Mit Spucke die verletzten oder porösen Stellen im Gewebe. Auch neuere chemische Mittel wie Fleckenentferner kamen zum Einsatz. Es roch hinter dem Haus nach Staub, Spiritus und altem Kaffee.

Zwischendurch zeigte sich Alfredo als der leidenschaftliche Sammler, der er ja eigentlich war. Er unterbrach nur allzu oft die monotone Tätigkeit. Kniend und hingebungsvoll, als lausche er einer Predigt, betrachtete er dann seine Militaria. Alle Stücke, die er kurz vorher in seiner Gestalt als Wichser so unbarmherzig bearbeitet hatte, berührte er nun überaus vorsichtig. Er küßte, da er sich ja unbeobachtet glaubte, die blanken Knöpfe der Offiziersröcke.

Es ist schwer, bei einem alten Bild den Farben ihre ursprüngliche Brillanz zurückzugeben. Das wußte auch Balthasar nur zu gut. Und daß Erfolge von kurzer, ja sehr kurzer Dauer sein können. Wie lange und wo auch immer mit tiefschwarzem Kaffee gebürstet wurde, alle Stellen werden wieder stumpf, sobald sie trokken sind. Wozu also die ganze Prozedur? Geht es nicht vielmehr darum, die optische Situation grundlegend zu verändern, indem die reflektierten Lichtstrahlen nicht mehr direkt von einer matten Oberfläche aus ins Auge des Betrachters gelangen, sondern auf Umwegen über eine glasige Substanz? Also in Vitrinen, oder wie Bilder unter Glas gerahmt, sollte die Sammlung des Alfredo Lamarillo präsentiert werden. Eine Dauerleihgabe für ein Museum könnte sie werden. Sogar eine Lamarillo-Stiftung wäre denkbar.

Alfredo hatte sich unter seiner Militaria-Sammlung ins Gras gesetzt. Die aufwendige Pflege der Textilien war ermüdend. Dabei hatte er nur ein paar Glanzlichter setzen können. Durch mühsam mit Spucke gereinigte silberne Tressen und ein poliertes Koppelschloß. Dennoch schien dem Kunstobjekt Lamarillos der Höhepunkt zu fehlen: Die nagelneue, nie getragene Paradeuniform seines Vaters.

Mit dem Ergebnis, mit sich selbst unzufrieden, verharrte der Oberst lange am Boden, in einer devoten, für einen Offizier unwürdigen Haltung. Und wieder glich er einer Figur aus einem Bild, das Balthasar kannte. Es heißt »Niño espulgándose« (Sich von Flöhen befreiender Junge), Estaban Murillo hat es im Jahre 1645 gemalt. Die Gesichtszüge des Knaben glichen in diesem großartigen Gemälde denen der Erwachsenen. Auch das Antlitz Rudis, seines Oheims, glaubte Balthasar darin zu erkennen. Die Farben waren schwer – schwer wie der Boden eines fruchtbaren Ackers. Umbra gebrannt, Umbra natur und grüne Erde. Die Bildoberfläche wie eine ausgiebig mit robusten Geräten bearbeitete Ackerkrume. Pinsel mit den Borsten von Schweinen aus La Mancha.

Es sei ihm egal, auf welchem Wege der Haschischsamen ins Hotel gelangt war, hatte der Untersuchungsbeamte gesagt. Für die zu erwartende Geldstrafe wäre das ohne Belang. Ob im Vogelfutter oder im Frühstücksmüsli. – »Müsli!« – Als der Beamte dieses Wort aussprach, sei ihr endlich ein Licht aufgegangen! »Die Fremden«, sagte die Patronin. »Immer wieder die Fremden! Der Touristen wegen ist das Zeug auf den Tisch gekommen.« Manch einer habe sich am Frühstücksbüfett zu gut bedient und das Überschüssige in die Blumentöpfe verschwinden lassen.

Je vollständiger eine Sammlung, umso größer die Anerkennung, die ihr Besitzer sich mit ihr erwirbt. Der Ruhm sei Männersache, sagte der Oberst einmal, vielleicht nach einer Auseinandersetzung mit seiner Mutter – und er klärte Balthasar darüber auf, wie aus einem feinen Hotel, das den Namen einer Heiligen getragen hatte, ein einfaches, beinahe volkstümliches Hostal geworden war, in dem nur noch Menschen abstiegen, die das Geheimnisvolle suchten, und denen man deshalb stets mit Skepsis begegnete … Während immer neue Orden, die er auf vielen Trödelmärkten erworben hatte, seine Uniformen schmückten, hatte das Hotel daheim alle Sterne nach und nach verloren. Seine Mutter war nicht dazu geboren, ein Hotel in die moderne Zeit zu führen. Hinderlich ihr althergebrachter Drang zur Sparsamkeit. Sie hatte am Ende sogar billiges Vogelfutter dem Müsli untergemischt. Nie war dem Angedenken des großen Mannes mehr Schaden zugefügt worden, als durch das Handeln der eigenen Gattin, die er doch selbst zur Patronin, zur Herrin, im Hotel Santa B. gemacht hatte.

Wenn Balthasar das Hostal früh am Morgen verließ, sah er auf seinem Wege zur Puente de San Martín die geöffneten Türen der Wirtshäuser. Viele der kleinen Lokalitäten lagen an der breiten, staubigen Straße, dem Paseo de la Rosa, unterhalb eines lang zur Ebene hin gestreckten Hanges, wie matte Perlen, lose aufgereiht an einer schmutzigen Schnur. Der Geruch von frisch gebrühtem Kaffee mischte sich schon in der Frühe mit den Abgasen aus schlecht verbranntem Dieselöl. Als er eines dieser Lokale betrat, erschrak er zunächst über die vielen Schnecken, die, samt ihren Häusern, auf der Theke aufgeschichtet und zum Kauf angeboten wurden. Man hatte sie wohl in der Nacht oder ganz früh am Morgen in den Weinbergen aufgelesen. Balthasar glaubte zuerst, im

Land herrsche Hungersnot, und die Leute seien gezwungen, alles, selbst so widerwärtige Lebewesen, zu verspeisen. Aber dann sah er die Backwaren, von denen noch das heiße Öl tropfte. Es gab auch sie im Überfluß.

Die Gäste kamen, und sie gingen. Es waren immer dieselben, die, ehe sie ihr Tagewerk begannen, erst einmal bei Don Pedro hereinschauten. Männer aus der Umgebung, die herumstanden oder auf Hockern vor der Theke saßen. Die Frühaufsteher tranken ihren Kaffee mit Milch, aßen eine Kleinigkeit und rauchten. Sie sprachen laut und deutlich, unterstützten ihre Worte durch hektische Gestik. Immer stießen sie irgendeine Kleinigkeit von sich. Abfall, sie ließen alles zu Boden fallen. Das abgebrannte Streichholz ebenso wie die aufgerauchte Zigarette oder den Zigarrenstummel, oder was es auch war. Das geschah nicht einmal unbedacht, sondern aus dem Gefühl heraus, hierherzugehören. Eine alte Gewohnheit, ein flüchtiges Zeichen von Ehrerbietung. Kaum daß der Tag begonnen hatte, begann der Wettstreit um das schmutzigste Wirtshaus. Schon früh am Morgen halfen die Gäste, den Abfall zu mehren. Kaum hatten die Wirtshäuser geöffnet, waren die Fußböden auch schon wieder mit dem üblichen Unrat übersät. Doch das nicht zum Ärger des Wirtes. Im Gegenteil, mit großer Freude schaute er zu, genoß er die Verunreinigung jeden Tag aufs neue. Sein prüfender Blick galt dem Boden. Aber in diesem Blick war kein Tadel. Denn der Fußboden verriet: Wieder würden sich all seine Wünsche und seine an den Tag geknüpften Erwartungen erfüllen. Es könnte ihm so leicht nichts Besseres geschehen, und voller Stolz schaute er von der Theke herab wohlwollend den Gästen zu, wie sie sich vom Unrat befreiten. Wie sie, kaum daß sie das Lokal betreten hatten, sogleich ihre Rocktaschen umkrempelten und alles, was sich tags zuvor darin angesammelt hatte, nun bei ihm zu Boden fallen ließen. Hatte einer Platz genommen, so kippte er erst einmal seine Tabakspfeife unter dem Tische aus, auch wenn er sie zuvor draußen schon zu Ende geraucht hatte. »Warum wohl«, fragte sich der Wirt, »sollte er sie auf der Straße reinigen? Womöglich vergißt er darüber seinen nächsten Schritt und geht an meiner Tür vorbei.« – Nein, erklärte der Wirt, er freue sich über das, was unter den Tischen liege, ebenso wie über das, was auf den Tischen stehe. Niemals würde er tagsüber, wenn sich mal kein Gast im Lokal aufhalte, die Zeit nutzen und den Raum ausfegen. »Weshalb, mein Herr, sollte ich die schönen Spuren der Prosperität verwischen? Sollte ich etwa den Eindruck erwecken, ich hätte noch keine Gäste bedienen können? Erst nach Feierabend, wenn sie alle gegangen sind, nachts, wenn es draußen dunkel und das Lokal sicher verschlossen ist«, sagte der Wirt, »wenn mich niemand dabei sehen kann, erst dann fege ich den Boden und merke schon am Müll, noch bevor ich das Geld in der Kasse gezählt habe, ob es ein guter Tag gewesen ist. Wenn der Fußboden kaum verschmutzt ist, wenn es wenig Abfall gibt, oder, aber davor möge mich Gott bewahren, wenn mein Lokal den ganzen Tag über sauber geblieben ist, brauche ich nachher das Geld gar nicht erst zu zählen.« Er meinte, an Orten, wo die Gäste auch ihren Schmutz hinterließen, bliebe auch ihr Geld besser kleben. Wozu die Sauberkeit, sie sollen sich schließlich nicht wie zu Hause fühlen! Es wäre doch töricht, immerzu die Tische abzuwischen. Wie leicht könnten Gäste beim Anblick eines sauberen Lokals glauben, es herrsche wenig Betrieb, weil das Haus überteuert und der Wein schlecht sei. Also sei es für den Wirt ein Segen, wenn der Schmutz in der Gaststube überhandnehme. Wenn es nur vor der Tür, draußen auf der Straße, sauber bleibe ... »Mitunter«, sagte der Wirt, »verlangen Gäste, die nicht von hier sind, in der Absicht, einen guten Eindruck zu hinterlassen, einen Aschenbecher. Ich tue ihnen diesen Gefallen, für solche Fälle habe ich immer einen in Reichweite. Doch wenn sie gegangen sind, leere ich ihn auf dem Fußboden aus. Touristen übrigens verirren sich recht selten in ein Lokal wie meines. Und wenn, sollte gerade ich sie dann enttäuschen? Ihnen ihr Vorurteil nehmen: daß es nur bei ihnen zu Hause sauber ist?«

»Ja«, sagte Balthasar, »es ist nie so, wie es zu sein scheint. Es ist meistens viel angenehmer.« »Und ist es nicht auch schon mal vorgekommen«, gab er zu bedenken, »daß Sie ein wenig nachgeholfen haben, um die Wertschätzung Ihres Etablissements noch mehr hervorzuheben, indem Sie vielleicht auch abends mal vergaßen, den Unrat der Gäste wegzufegen? Oder daß, wenn die Gäste einmal ausgeblieben sind, Sie Ihr Lokal selbst beschmutzt haben? Haben Sie schon einmal eine falsche Spur gelegt und heimlich kleine Abfälle verstreut? Damit jeder glaubte, bei Ihnen ginge es immer hoch her.«–»Aber gewiß doch«, sagte der Wirt, »und nicht nur einmal! Ja, nennen Sie es ruhig Betrug.«–»Vielleicht ist es unredlich«, sagte Balthasar, während er sich den Staub mit dem Zipfel des sauberen Tischtuchs von den Schuhen wischte, »doch wenn es mir und anderen nicht schadet, aber für Sie von Vorteil ist, dann sollten Sie es weiter so halten.«

Ein Fluß, der bergan fließt. Das Hotel mit den fünf Türmen. Langes Warten auf den idealen Gast. Blüten und abgenutzte Banknoten. Hirtenpfade in arkadischer Landschaft.

Einmal stand Balthasar auf der hohen Steinbrücke und schaute auf den Tajo. Er sah die Felsentauben aufsteigen und niedersinken. Er sah die Angler am Ufer, wie sie Fische ins Wasser warfen, sah schneeweiße Gänse und schwarz-grünes Wasser. Er nahm beiläufig auch den feinen Phenolgeruch wahr, der aus dem Fluß aufstieg. Er sah, was nicht sein konnte. *Er sah den Fluß bergan fließen.* Er beugte sich weit über die Brüstung der hohen Brücke, starrte lange in die Tiefe, aber das unheimliche Bild blieb unverändert. Schaum und Unrat schwammen im Fluß, trieben auf die Berge zu und verschwanden hinter den Felsen. Welch ein schönes Trugbild! Strudel, die sich so langsam drehten, als könnten sie jeden Moment zum Stillstand kommen. Blätter, Holz, alles, was im Wasser trieb und die niedrigen Staustufen hochsprang, zeigte, daß sich der Fluß in die falsche Richtung bewegte ... Es war wohl zu erwarten, daß hier einiges anders sein würde, als er es gewohnt war. Daß sich aber vor dem Tore der Stadt Unumstößliches ins Gegenteil gewendet hatte, war unbegreiflich. Faszinierend und zugleich rätselhaft war dieses trügerische Bild. Je länger er es auch betrachtete, es gelang ihm nicht, es zu korrigieren. *So unvollkommen sind unsere Sinne, daß sie nicht ohne Verstand auskommen.* Es war entmutigend, wenn man sehend zwar, aber ohne die notwendige Erfahrung dennoch so gut wie blind war. Denn es ist doch selbstverständlich, daß Fortbewegung ohne Antrieb auf einer *Neigung* beruhen muß. Wie kam dieses Trugbild zustande? Weshalb konnte er, so nahe der ersehnten Stadt, mitten auf der Brücke seinen Augen nicht mehr trauen? Wie konnte er Opfer einer möglicherweise recht einfachen optischen Täuschung werden? Natürlich wußte er: Es gab Orte, wo Trugbilder allzu leicht entstanden; und überhaupt, auch ohne Kopfstand sah man die Welt fast immer verkehrt. Rätselhafte Vorspiegelungen wundersamer Wahrnehmungen entsprangen nur allzu oft dem begrenzten Horizont des Menschen. Man hörte hin und wieder von Plätzen, an denen sich sonderbare Dinge abgespielt haben sollen. Wunder könnten es sein, wenn wir nur glauben könnten, was wir sehen, und nicht nur sehen, was wir auch glauben wollen.

Die Brücke über den Tajo aus der Zeit der Römer war kein Bauwerk, das den Blick verstellte. Aus großer Höhe konnte man dem Lauf des Flusses folgen. Aber welch ein Irrtum zu glauben, ein erhöhter Standpunkt allein verschaffe schon einen Überblick. Wandte man sich der Stadt zu, so waren von der linken Brüstung aus die nahen schroffen Felsen zu sehen, die, weil sie alles das überragten, was vordergründig ins Blickfeld geriet, so hoch erschienen. Gegenüber sah man die Ebene, die in sanften Schwüngen in der Ferne verlief, wie eine leichte Dünung auf See. Was aber in der flachen Landschaft am Horizont gerade noch als schmale, geschwungene Linie erkennbar war, das war, wie konnte ein Fremder es wissen, eine ferne Kette schneebedeckter hoher Berge. Das Wasser floß nicht zur Ebene hin, sondern, es mag befremdlich klingen, es kam aus ihr und strömte den Bergen zu. Jenen nahen Bergen, die uns in Gestalt schroffer Felsen beeindruckten und die doch so unbedeutend im Vergleich mit den fernen, kaum sichtbaren waren. Was Wunder, daß manch einer, der sich ins Detail vertiefte, zugleich erschauerte und dann seinen Blick vom schroffen Gestein nicht mehr abzuwenden vermochte. Allzu schnell ließ sich der Ortsunkundige verwirren. Hielt unten für oben und nah für fern. Allein eine Landkarte hätte ihm gezeigt, wohin der Fluß strömte. Aber Unkenntnis der Topographie und mangelhafte geographische Kenntnisse bescherten Balthasar ein zauberhaftes, unwiederholbares Erlebnis. *Mitunter ist das gefälschte Bild schöner als das echte, das Unwirkliche faszinierender als die Wirklichkeit.*

»Besser staunen als grübeln«, dachte er, »warum immer gleich nach der Ursache fragen, wenn einem etwas Außergewöhnliches begegnet. Was eben noch eine magische, bezaubernde Wirkung ausübt, kann sich schnell als banal und alltäglich erweisen. Ungewohnt, daß ein Fluß, aus der Ebene kommend, in bergiges Terrain gelangt. Da man auch von der hohen Brücke aus nicht wahrnimmt, wie er im Bogen das Plateau umfließt, auf dem die Stadt errichtet ist, entsteht ein Trugbild.« Ein außergewöhnlich seltenes, das zu erleben nicht einmal jedem vergönnt war, den es hierher verschlagen hatte. Nun kannte auch Balthasar den Tajo und wußte: Die Felsen und Toledo hatten seinen Lauf bestimmt.

Er wollte schon gehen, blickte aber noch kurz nach unten auf das ruhige, fast stehende Wasser. Da, schon wieder warf ein Angler einen Karpfen in den Fluß. »Derartige Momente«, dachte Balthasar, »sind außergewöhnlich, kaum nachvollziehbar und wohl geeignet, Aufmerksamkeit zu erregen. Wenn ein Angler einen Fisch an Land zieht, ist das kaum erwähnenswert. Es ist etwas, womit man ohnehin rechnet. Aber das Gegenteil einer Handhabung, die man vom Angler gemeinhin erwartet hätte, das Ungewöhnliche also, prägt sich ein, beansprucht im Hirn einen Extraplatz.« Fügte sich ein weiteres Teilchen ins Puzzle? War er auf der Suche nach der Formel für ein unsterbliches Kunstwerk ein kleines Stück vorangekommen? Das Ungewöhnliche konnte es sein, was ein Bild erst zu einem Kunstwerk werden ließ ... Aber auf dem Gemälde des Theotokopulos war eigentlich nichts, was ungewöhnlich zu nennen gewesen wäre. Weder die Gänse im Fluß noch die Badenden oder die Frauen, die am Ufer Wäsche wuschen; selbst das aufkommende Gewitter, vielleicht lange erwartet, ungewöhnlich war es nicht.

Er schaute weiter in die Tiefe, bis ihn nach geraumer Zeit ein leichter Schwindel erfaßte. Doch dann hatte er plötzlich etwas gesehen, was er kannte, obwohl er vorher noch nie auf dieser Brücke gestanden hatte. In der Mitte des Flusses, unterhalb des Brückenbogens, ragte es aus dem Wasser. Das große Felsstück, das auch auf dem Gemälde des Domenikos Theotokopulos zu sehen war. Könnte es sein, daß er die Stelle gefunden hatte? Die Stelle, wo, nicht weit von hier, vielleicht auf der Anhöhe neben dem Fluß, Theotokopulos mit seiner Staffelei einmal gestanden hatte. Wo er über den Fluß hinweg zur Stadt aufgeschaut hatte, während das Gewitter heranzogen war und ihn zur Eile getrieben hatte? »Wenn das so ist«, sagte er sich, »wäre meine Reise allein schon dadurch, daß ich einmal an der gleichen Stelle stehen durfte wie der Meister, für mich ein großer Gewinn.« Hoch über dem Tajo entrollte er auf der Brücke den Kunstdruck. Er war überrascht, als er die Gemäldereproduktion mit der Natur verglich und feststellte, daß die Zeit kaum verändernd gewirkt hatte. Alles schien wie damals. Der Fluß hatte sogar den gleichen Wasserstand wie in jenen Tagen, als Theotokopulos das Werk erschaffen hatte. Das war an jenem Felsstück, das nahe der Brücke aus dem Wasser ragte, leicht abzulesen. Nur der Himmel war anders als auf dem Gemälde, war ungewohnt neu, zeigte sich wolkenlos und lehrte Balthasar ein reines Blau, das auch Theotokopulos noch nicht gekannt hatte. Mit großer Genugtuung sah er, daß auch Theotokopulos einem Trugbilde aufgesessen war, als er jenes Kunstwerk erschuf. Auch er hatte den Fluß gemalt, wie er zu sein schien, aber doch nicht sein konnte. Auch auf seinem Gemälde floß der Tajo den Berg hinauf.

Balthasar beugte sich weit über die Brüstung, und abermals erfaßte ihn, wohl der ungewohnten Höhe wegen, ein leichtes Schwindelgefühl. Magisch zog ihn der Abgrund an. Unter den Füßen spürte er festen Boden, sein Kopf aber war frei, seine Gedanken wie losgelöst vom Körper.

»Man sollte sich viel öfter fragen«, dachte er, »wodurch die Wirkung bei wahren Kunstwerken eigentlich hervorgerufen wird. Einerseits durch Verblüffung und andererseits vielleicht doch durch einen groben und dennoch schwer auffindbaren Fehler.

Durch etwas, was nicht so sein kann und doch so ist.« Begeht der Durchschnittsmensch einen Fehler, bleibt das ein bedauerlicher Irrtum. Der Fehler aber, der einem Genie unterläuft, verkehrt sich in sein Gegenteil und bringt Neues hervor. »Junger Mann«, hatte sein Lehrer an der Akademie gesagt, »wenn Sie einmal alles fehlerfrei werden abbilden können, dann wird das, was Sie hervorbringen, keine Kunst mehr sein.« Ein Fehler, der nicht gleich jedem ins Auge falle, der aber da sei und auch wieder nicht, der so unwahrscheinlich sei, daß ihn niemand vermute. Ein heimlicher und wunderlicher Fehler. Oh, wie ein verborgener Irrtum uns auf boshafte Art doch irritieren könne. So entstehe Magie. Alltägliches werde zauberhaft, verwirrend und im höchsten Maße unberechenbar. Ja, es sei oft nur einer Unzulänglichkeit zuzuschreiben, daß etwas Großartiges entstehe. Doch darüber sollte man, dem Künstler zuliebe, nicht weiter nachsinnen. Denn wie enttäuschend die Erkenntnis, daß irgendeine Ungereimtheit zuweilen wahre Kunst ermöglicht habe.

Durch die Einzigartigkeit einer Landschaft und deren topographischer Besonderheit ließen sich Menschen täuschen, die, wenn sie nur länger im Lande blieben, ihren Irrtum dann selbst nicht mehr verstünden. In Italien, hatte er sagen hören, gebe es eine Straße, auf der man an einer bestimmten Stelle, um Touristen zu beeindrucken, Weinflaschen anscheinend bergan rollen lasse.

Gehe rasch weiter, wenn dir Ähnliches widerfährt, oder schließe die Augen, um nicht zu erleben, daß ein wunderbarer Augenblick sich auflöst in nichts. Dem Rausch, der kurz ist, folgt bleibende Ernüchterung.

Das zweite Brückentor, das sich schon am anderen Ufer befand, trotzig wie ein Triumphbogen, wollte er an diesem Tage nicht durchschreiten. Die vielen Stufen, die in die hochgelegene Stadt führten, wollte er noch nicht ersteigen. Schien es denn überhaupt noch angebracht, die Stadt zu betreten? Wo schon vor ihren Toren, mitten auf der Brücke, die Magie des Bildes sich zu enträtseln begann? Ein Wunder entsteht immer nur, wenn die Augen mehr sehen, als der Verstand begreift. Den Zauber, den das Meisterwerk bisher auf ihn ausgeübt hatte, wollte er ihn eigentlich wirklich ganz durchschauen?

Wäre nicht ein so sonniger Tag gewesen, sondern hätten Wolkenfetzen über der Stadt gehangen, Balthasar hätte die Entstehung des Gemäldes »Toledo vor dem Gewitter« miterleben können. Er hätte das Motiv gesehen, so wie es war, als der Maler sich dazu entschlossen hatte, das Werk zu schaffen. Es war, als läse er die Gedanken des Theotokopulos. Der Meister hatte es wohl verstanden, die Irritation, die auch Balthasar beim Blick von der Brücke ergriff, in einem Gemälde festzuhalten. Wie wunderbar! Er hatte es mit Balthasars Augen gesehen, mit den Augen eines Malers, der nun freudig erregt ausrief: »Dieses Bild könnte von mir sein, denn ich empfinde, wie er empfand!«

Ein verhängnisvoller Satz verhallte ungehört. An diesem Tag verzichtete Balthasar darauf, die Brücke, die über den Tajo führte, zu überschreiten. Ein Glück, daß die Touristenmassen sie nicht benutzten. Über eine neue Straßenbrücke wurden sie mit Bussen hoch in die Stadt gefahren, bis auf einen Platz, den Zocodover, was in der Sprache der Mauren »auf dem Viehmarkt« heißt. Dort sammelten sich die Fremden und wurden, wenn sie sehr zahlreich waren, von den Fremdenführern durch Straßen und Gassen zu den Sehenswürdigkeiten getrieben. So war die alte Puente de San Martín kaum noch begangen, und Balthasar konnte sich auf ihr ungestört seinen Betrachtungen hingeben. Nachdenken über Fehler, die dennoch keine Irrtümer waren. Oder Fehler, die wissentlich begangen wurden, nur um die Kunstwerke aufregender zu machen. Der doppelte Horizont in Bildern der Renaissance etwa. Und hatte man den Turm von Pisa absichtlich schief errichtet? Es ließ ihn nicht mehr los. »Sollen sie alle über mich lachen«, dachte er, »irgend etwas muß es ja schließlich sein, wodurch ein Meisterwerk unsterblich wird. Und es ist meist das, was man am allerletzten vermutet hätte.« ... Häuften sich in Balthasars Hirn auch die überflüssigen Gedanken, sein Magen blieb leer und unbeschäftigt. »Heute ist ein guter Tag, und ich sollte ihn feiern«, nahm er sich vor. »Am besten mit einer guten Mahlzeit in einem Lokal, wo man die gehobenen Tafelfreuden noch zu schätzen weiß.« Wo anders also, als im Hotel mit den fünf Türmen, unweit von hier oben in den Berghängen.

Nichts war geschehen, und dennoch war der Tag ereignisreich gewesen. Dabei hatte er Toledo, die Stadt, die einst die Hauptstadt Kastiliens gewesen war, überhaupt noch nicht betreten, und schon schien sich seine These zu bestätigen: daß auch Domenikos Theotokopulos einmal im Irrtum befangen und sein Meisterwerk das Abbild eines Trugbildes war.

Also hatte Balthasar, eines optischen Eindruckes wegen, die Brücke an diesem Tage nicht mehr überquert. In der Mitte des antiken Bauwerks hatte er seine Schritte gewendet und war so, die Stadt meidend, dem scheinbar bergan fließenden Flusse gefolgt. Zuweilen hoch über dem Wasser, auf dem nackten Fels, bald auf einer asphaltierten Straße, welche, wie der Fluß, die Stadt im weiten Bogen umging. Wo er sich auch befand, immer blieb von der Straße aus die Stadt sichtbar, ihre Silhouette stets gegenwärtig. Der Tajo floß nicht mehr bergan. Er wußte nicht, an welcher Stelle die Wendung eingetreten war. Der Fluß bekam mehr Gefälle, wodurch seine Fließgeschwindigkeit zunahm. Nur wo die Straße ihren höchsten Punkt erreichte, lag er in der Schlucht unbeweglich wie ein ausgefranstes dunkelgrünes Band. Und noch etwas sah man von den Anhöhen: Drüben auf der anderen Seite der Stadt gab es eine *weitere* Brücke über den Fluß. Die Stelle, von der aus das Bild entstanden war, könnte auch eine andere gewesen sein als die, die Balthasar glaubte gefunden zu haben. War es auch zu voreilig, sich festzulegen, war es noch nicht die Zeit, die Stadt zu betreten, so war es doch klug, sie erst einmal zu umgehen, um sie aus der Distanz, von jedem nur denkbaren Orte aus, in Augenschein zu nehmen.

Oben, verstreut in den Berghängen, gab es die feinen Hotels, die anspruchsvollen Gästen vorbehalten waren. Auffahrten führten zu gepflegten Parkplätzen. Nie war bisher ein Gast zu Fuß gekommen. Hier oben, in der freien Luft der Berge, hielt sich eine vornehme Welt verborgen. Wie Adlerhorste waren die teuren Etablissements in die steilen Hänge gefügt. Die Kellner, dunkel gekleidete Herren, erkannten am Klang der Motoren, wie wohlhabend die ankommenden Gäste waren. Auf einen Motor, der so leise und gleichmäßig lief, daß man auf die Kühlerhaube einen Bleistift stellen konnte, ohne daß er umgefallen wäre, hatten sie bisher vergeblich gewartet. Ein solches Wunderwerk der Technik kannten auch sie nur vom Hörensagen.

Als Balthasar im unbesetzten Speisesaal des Hotels mit den fünf Türmen erschien, veränderte sich die Körperhaltung der Kellner nicht, blieb ihr Blick weiter in imaginärer Ferne haften. Und es dauerte, bis sich endlich einer aus der Gruppe der Stoiker löste und sich widerstrebend Balthasar in devoter Haltung näherte. Den Notizblock, den er sonst immer bei sich trug, um sich die endlosen Wünsche der Gäste zu notieren, hatte er gleich, mit einem Ausdruck, der seine Enttäuschung nicht verbarg, wieder weggesteckt. »Wie Sie es wünschen«, sagte er bedauernd. Balthasars Bestellung schien unangemessen kurz und entsprach nicht der reichen Auswahl, die die Speisekarte versprach. Die noblen Blumenarrangements auf den Tischen, die überschwengliche Heraldik auf Servietten und Bestecken wußte er wenig zu schätzen. Was aber den Tisch betraf, war Balthasar wählerischer, als ihm zustand. Immer wieder hatte er seine Position geändert und konnte sich doch für keinen der eingedeckten Tische entscheiden.

Schließlich wollte er im Freien speisen. Im Garten bevorzugte er einen Tisch auf einer Terrasse, wo sich ihm die beste Aussicht auf Toledo bot. Mit angemessenem Abstand war ihm der Kellner in den Garten gefolgt. Die schwere, in Leder gebundene Speisekarte hatte er ihm nachgetragen. Unaufdringlich hatte er sie wiederholt aufgeschlagen und Seite für Seite vor den Augen des vom Hunger Erschöpften umgeblättert. Jetzt erst spürte Balthasar die ganze Mühsal seines Aufstiegs. Nur schwer formte seine trockene Zunge den Namen des gewünschten Gerichtes. Doch kaum hatte er das letzte Wort seiner Bestellung ausgesprochen, stand es, wie von Zauberhand herbeigeschafft, auch schon vor ihm.

Durch kleine, schmale Fenster und Schlüssellöcher schaute das Küchenpersonal ihm erwartungsvoll beim Speisen zu. Irgendetwas an diesem Gast schien ihre Neugier zu erregen. Die Kellner, obwohl sie auf keine weitere Bestellung mehr hoffen konnten, blieben stets in seiner Nähe. Einer hatte sich, noch während Balthasar aß, hinter seinem Rücken aufgestellt und schaute ihm, als wolle er seine Bissen zählen, über die Schulter.

Was der Kellner argwöhnte, sollte sich alsbald bestätigen: Der Gast reichte ihm keine Kreditkarte. Wie ein Kavalierstüchlein gefaltet, in der oberen Tasche seines abgetragenen Jacketts, steckte diskret die wertvollste Banknote, die Balthasar besaß. Sie steckte so sicher, weil jedermann sie sehen konnte. Das Dreieck aus Papier, war es nur eine schlichte Verzierung seines Äußeren oder die Zurschaustellung dessen, was man gemeinhin verborgen hält? Eine Eigenart Balthasars und zugleich auch eine Maßnahme der Vorsicht, geeignet, jeden Dieb zu verwirren. Ein Trick, der es ihm erlaubte, auch bei unpassender Gelegenheit den feinen Herrn herauszukehren. Ein modisches Attribut seiner dezenten Kleidung, das den Gaunern eine Frage stellte, über die sie erst einmal lange nachzudenken hatten: Würde ein Wohlhabender sein Geld so offen zur Schau stellen? Die Taschendiebe mißtrauten dieser einfachen Art des Broterwerbs. So betrog Balthasar die Betrüger. Um den Erfolg brachte er jene, die an falscher Stelle – in seiner Börse – sein Geld vermuteten.

Nachdem Balthasar das Menü verspeist, den Wein getrunken hatte, winkte er dem Kellner, um die Rechnung zu begleichen. Er reichte dem Erstaunten sein Kavalierstüchlein, das, wie schon erwähnt, aus einer einzigen, hochdotierten Banknote bestand. Sie konnte sich sehen lassen, sie war nahezu neu, ihr Wert beträchtlich. Und anders als bei vielen Menschen, die ihre Nichtachtung für die Währung bekunden, indem sie Geld in der Brieftasche, oder gar, achtlos zerknüllt, in ihrer Hosentasche aufbewahren, war sein Schein sauber und anständig wie eine Serviette gefaltet.

Zögernd, ein wenig mißtrauisch, als hätte Balthasar sich hinein geschneuzt, nahm der Kellner die Banknote schließlich entgegen und prüfte sie sorgfältig. Dann bat er den Gast um etwas Geduld und verschwand mit dem Schein in die Küche. Bald wäre der Gast ihm gefolgt. Doch er beschloß auszuharren und auf die Rückkehr des Kellners zu warten, bis er das Wechselgeld in Empfang nehmen könnte. Wie aber kann ein Kellner ohne Gäste zu Geld kommen, und wie soll er, ohne Geld, Geldscheine wechseln? Warum hatte der Gast denn überhaupt noch druckfrisches Geld und keine der beliebten Kreditkarten, die längst allerorts in Gebrauch waren? Es dauerte also eine Weile, bis der Kellner mit dem Wechselgeld zurückkam. Ein Bündel wahllos übereinanderliegender Scheine mußte Balthasar nachzählen, ehe er feststellen konnte, daß die Summe zwar stimmte, daß aber ein ungutes Gefühl, das ihn während der Abwesenheit des Kellners beschlichen hatte, nicht ganz unbegründet gewesen war. Diese Scheine waren keine Augenweide! Alle waren sie unansehnlich und abgegriffen, wie Altpapier zerknittert, an den Rändern eingerissen. Einige hatten, das sah man deutlich, in Rotweinlachen gelegen, und zudem ließen Fettflecke ahnen, durch wessen Hände sie gegangen waren.

Oh, diese kleinen Kunstwerke! Sie waren, damit die Menschen das Geld bewundern, es schätzen und achten lernen, in Stahl gestochen. Auf ihnen gab es die Bildnisse von Königinnen und Königen, verdienstvollen Männern, Entdeckern und Eroberern. – Nun aber trugen sie alle den Makel des schlechten Umgangs. Es war ihnen anzumerken: Man hatte sie in Spelunken herumgereicht, sie hatten die Besitzer gewechselt, so häufig wie die Hure ihre Liebhaber. Und unter all den verschlissenen Banknoten befand sich eine, deren Zustand zwar akzeptabel war, deren Anblick aber Flüche statt Freude auslösen konnte.

Die vornehme Atmosphäre des Hauses und das seriöse Auftreten des Personals hatten Balthasar beeindruckt. Die gähnende Leere des Etablissements hatte er als wohltuend empfunden. Eine Form von Geselligkeit, die es sonst kaum noch gab. Dennoch, nur zum Teil wurde seine Aufmerksamkeit durch Äußerliches beansprucht. Kaum zu bemerkende Auffälligkeiten konnten ihm deshalb nicht entgehen. Sein Malerauge erkannte gleich die geringe farbliche Abweichung bei einer Dos-Mill-Pesetas-Note. Hier, wo sie keiner vermutete, gab es sie noch: Papierblumen in den Vasen und spanische Blüten in den Kassen.

Balthasar ersuchte daraufhin um eine Unterredung mit dem Geschäftsführer. Mit den Worten »Sie sind doch sicher in Eile, mein Herr, und wir alle haben nicht Zeit im Überfluß« wurde er diskret vom Oberkellner ins Kontor geschubst. Es war ein ernster und schmuckloser Raum. Hanteln und einige Expander lagen herum. Hinter dem Schreibtisch saß der Hotelier, er lächelte freundlich, an den Wänden standen Kellner und Köche. Die Kellner hielten sich mit zitternden Händen die Notizblöcke wie Fächer vor ihr Gesicht. Die Köche hielten in ihren Händen Rührlöffel und Schöpfkellen, als wollten sie damit zu verstehen geben, daß ihnen der Brei anbrenne, falls sich hier das Gespräch in die Länge ziehe.

»Bei uns«, sagte der Hotelier, »zahlen die Gäste schon längst nicht mehr in bar! Und wir akzeptieren auch nicht jede Kreditkarte, sondern bevorzugen solche, die nur Auserwählte besitzen. Leider ist die Karte, auf die wir warten, noch nicht einmal erfunden. Sie sollte alles über ihren Besitzer offenbaren können. Das Guthaben, über das er verfügt, sowie auch die Summen, die ihm in Zukunft zufließen werden. Die Karte müßte die Eigenschaft haben, ihre Farbe zu verändern, sowie sich die Stimmung ihres Besitzers wandelt. Sie müßte sich permanent seinen Gefühlsschwankungen anpassen können, damit auch der weniger erfahrene Gastronom sich auf einen Gast, den er vorher noch nie gesehen hat, einzustellen vermag. Schon an kleinen Nuancen würde er erkennen, daß die Laune des Gastes umzuschlagen droht. Wenn wir die Kreditkarte, noch bevor der Gast die Speisekarte gelesen und ein Gericht bestellt hat, in den Schlitz des Ablesegeräts einführen, sollte eine angemessene Musik erklingen.« »Daß man alle Hoffnung in die Technik legt«, erwiderte Balthasar, »ist wohl dem vielerorts anzutreffenden Mangel an wirklicher Befähigung in der heutigen Zeit zuzuschreiben. In dem kleinen Land der Magyaren sind die meisten Leute Oberkellner. Die Besten unter ihnen sehen schon, kaum hat der Gast das Lokal betreten, durch seine Kleidung hindurch, auf Heller und Pfennig genau, was dieser in seiner Börse bei sich trägt. Und die Musik, die, während der Gast speist, für ihn erklingt, wird ausgeführt von Virtuosen, denen Musik seit Generationen im Blute liegt.«

Diesen Einwand Balthasars schien der Hotelier überhört zu haben. Ohne auf das Gesagte einzugehen, fuhr er fort: »Daß unser Haus über freie Tische verfügt, daß unsere Zimmer kaum belegt sind, daraus sollten Sie keine falschen, wenn auch naheliegende Schlüsse ziehen. Wir sind gewohnt, lange auf den entsprechenden Gast zu warten. Auch wenn der sich heute oder morgen noch nicht einstellen sollte, müssen wir dennoch die vielen Zimmer, die langen Gänge sauberhalten, täglich in den Speisesälen die

Tische immer wieder neu eindecken und auch die unbenutzten Betten wieder frisch beziehen. All diese ständigen Bemühungen können doch auch Sie nicht übersehen haben. Wie sollte man darin etwas anderes erkennen als den hohen Standard, dem unser Haus verpflichtet ist? Wir haben versucht, auch Sie zufriedenzustellen, obwohl es danach dem Kellner schwer gefallen ist, Ihrer ungewöhnlichen Banknote wegen, so schnell Wechselgeld zu beschaffen.«–»Sie alle«, sagte er anerkennend, und dabei wies er auf das umherstehende Personal, »haben getan, was sie konnten. Sie haben nicht gezögert, ihre Börsen zu leeren, um dem Kellner aus der Verlegenheit zu helfen.« »Wir haben«, schrien sie, »all unser Bargeld zusammengelegt und es dem Kellner anvertraut.«–Das sei ja wohl selbstverständlich, meinte der Hotelier und winkte ab. Sie verließen den Raum, ihren Verdruß nur mühsam unterdrückend, mit leisem Murren. »Nun werden Sie hoffentlich auch verstehen, verehrter Herr«, wandte sich der Hotelier an Balthasar, »daß bei einer Summe, die aus so vielen Quellen stammt, die einzelnen Banknoten mitunter recht unterschiedlich beschaffen sein können. Es kommt vor, daß sie mal weniger, mal mehr abgenutzt sind, also durch individuelle Behandlung ein von der Norm abweichendes Aussehen bekommen haben.« Alle Banknoten hätten zwar gelitten, ihren Wert aber dennoch nicht verloren. So sehr sich die Menschen auch glichen, so verschieden seien ihre Taschen, selten seien sie sauber und nie ganz ohne Mängel. Und übrigens: Alle jagten sie dem Gelde nach, aber niemand frage, wo es eigentlich herkomme, wo es sich für kurze oder längere Zeit verborgen halten müsse. »Gewiß doch«, sagte Balthasar, und nachdenklich fügte er hinzu: »Was man doch alles auf Reisen lernen kann!« Bisher seien ihm die Dinge einfach und gleichförmig erschienen. Jetzt wisse er es besser: *Nichts auf der Welt gleiche sich, nicht einmal die eine Banknote der anderen.* Nun wieder um eine Erfahrung reicher, wolle er künftig besonnener seiner Wege gehen.

»Halt!« rief der Hotelier und streckte seine Hand aus. Aber nicht zum Abschied reichte er sie. Mit den gespreizten Fingern seiner mit Narben vieler Schnittwunden bedeckten Hand schob er Balthasar nun behutsam in die Wirtschaftsräume. »Ich kann sie alle verstehen«, sagte er, und meinte die bunt zusammengewürfelte kleine Gesellschaft, die sich auf seinen Wink hin so schnell verdrückt hatte. »Auch ich habe einmal ganz unten anfangen müssen.« Jetzt, mit seinem Gast allein, schlug der Hotelier einen vertrauteren Ton an. Hinter vorgehaltener Hand, kaum hörbar: Ein wenig Eigennutz, bei aller Hilfsbereitschaft, die der Anerkennung wert sei, könne sie schon zu ihrem Tun ermuntert haben. »Möglich, daß der eine oder andere froh war, einen unansehnlich gewordenen Geldschein loszuwerden.«

Doch wirkte der Hotelier auch ein wenig niedergeschlagen. Es gehöre ihm hier nichts, außer seiner ehrlichen Haut, sagte er, die Worte mit Gesten seiner Hände unterstützend. Er sei ja nur der Geschäftsführer. Die Narben an seinen Händen waren ein beredtes Zeichen. Wie lange mochte es gedauert haben, bis er mit dem Messer das flinke Zerkleinern der frischen Kräuter beherrschte? Unwillkürlich suchte Balthasar bei sich die Spuren seines gesellschaftlichen Aufstiegs. Es gab sie nicht. Abgesehen davon, daß sein rechter Handballen vom Drucken dunkel war, weil die tief in den Poren sitzende Druckerschwärze sich nicht mehr restlos durch Wasser und Seife entfernen ließ. Abgesehen von den Farbresten unter den Nägeln oder den vom Nikotin gelblich gefärbten Fingerkuppen, waren seine Hände zwar makellos, aber dennoch nicht des Vorzeigens wert. Er steckte sie in die Hosentaschen. War es aus Verlegenheit oder Trotz – langsam aufkeimend begann Widerstand. Hatte er den Rechtfertigungen des Hoteliers noch etwas zu entgegnen? Nein, er würde sich hüten, noch einmal mit dem Finger auf einen Mißstand zu zeigen oder gar schmutziges Geld zum Anlaß einer Beschwerde zu nehmen. Zum Abschied (den er herbeisehnte), dachte er, reiche es, wenn er sich kurz verbeuge. Aber erst einmal betraten sie einen Küchenvorraum von beachtlicher Größe. »Gewöhnlich«, sagte der Hotelier, »und darauf sehen wir gewissenhaft, wird kaum ein Gast von sich aus in diesen Trakt unserer gastronomischen Einrichtung gelangen.«

Kochtöpfe und Pfannen, blitzblank gescheuert, waren auf langen Tischen ausgebreitet, das irdene Geschirr in verschließbaren Schränken aus Eichenholz verstaut. Alles war sauber gespült und der Größe nach übereinandergestellt. Endlos reihte sich Stapel an Stapel. Und manchmal befand sich in ihnen ein Teller, der durch Ungeschicklichkeit der Kellner oder durch gutgelaunte Gäste zu Bruch gegangen war. Geschickt hatte man ihn wieder zusammengefügt und dem entsprechenden Stapel heimlich einverleibt. Ganz beiläufig und unaufgefordert öffnete der Hotelier immer neue Schranktüren. »Schauen Sie«, sagte er jedesmal voller Stolz, wenn er solch kleinen Betrug erkannte, »auch bereits Unbrauchbares ist immer noch wohlgeordnet.« Aber dann, für einen Augenblick, wurde seine Zufriedenheit durch eine unangenehme Entdeckung getrübt. Er nahm aus einem hohen Stoß eine zerbrochene Untertasse. »Sehen Sie sich das an, sehen Sie ganz genau hin«, sagte er. »Jeder meint, Zufall sei Zufall und Schluß! Etwas, was darüber hinausginge, sei unvorstellbar. Doch das hier ist noch zufälliger als das Zufälligste. Wie soll zu Boden gefallenes Porzellangeschirr zweier Services, auch wenn es von gleicher Scherbenstärke ist, zu jeweils völlig übereinstimmenden Scherbenmustern zerschellen? Eine solche Möglichkeit, meint man, sei nahezu ausgeschlossen. Herbeiführen könne man sie nicht, selbst wenn man alles Porzellan der Welt zerschlüge. Die seltenste aller Seltenheiten – kaum vorstellbar – es gibt sie! Nur eine Frage der Zeit, daß eine solche sich unerwartet einstellt. Nicht mal das Unmöglichste ist wirklich unmöglich.«

Obwohl die Bruchstellen einer Untertasse sich genau ineinander fügten, gehörten die Scherben dennoch nicht zusammen. Er entnahm einem anderen Stapel noch eine Untertasse und reichte sie Balthasar. Auch sie war zerbrochen. Und auch ihre beiden Hälften ließen sich nahtlos zusammenfügen. Doch die eine Hälfte zierte ein blaues Zwiebelmuster, die andere ein grünes Weinlaubdekor. Gleiches hielt der Hotelier in umgekehrter Folge in den Händen. Auch seine zerbrochene Untertasse paßte an den Bruchstellen zusammen, aber nicht mit dem Dekor. Sie brauchten nur, um die Sache in Ordnung zu bringen, jeweils eine Hälfte zu tauschen. So konnte der Hotelier zwei unbrauchbare Untertassen dem richtigen Stapel wieder zuordnen. Gleich schwand auch seine Unzufriedenheit. Daraufhin sagte er, und es klang verlegen wie eine Entschuldigung: »Ich habe nicht gewußt, daß sich mein Personal so leicht täuschen konnte und nicht sah, was doch am augenfälligsten war, und statt dessen lieber dem vertraute, was wirklich weit außerhalb bisheriger Möglichkeiten lag. Ein Blinder wird sich unter ihnen befunden haben, der zwar nicht die Muster zu unterscheiden, aber dafür umso zuverlässiger die Form der Bruchstücke zu ertasten wußte. Ein entschuldbares Versehen also, ein Fehler eines ungeeigneten Mitarbeiters. Vergessen Sie den Vorfall und erfreuen Sie sich dafür lieber am Anblick der unzähligen Weingläser in den Regalen.« »Glauben Sie mir!« sagte er fast beschwörend, »sie beanspruchen die meiste Pflege, immer und immer muß man sie putzen, bis sie endlich zu blinken beginnen, bis sie glänzen, so hell und rein wie Bergkristall.« Und wirklich – da war ein Glanz, daß es Balthasar vorkam, als würde er durch tausend Sterne geblendet, und er müsse, um etwas zu erkennen, seine Augen mit der flachen Hand vor dem Lichte abdecken. Alsbald hielt der Hotelier einen Kelch am Stiele und drehte ihn langsam zwischen Daumen und Zeigefinger im schräg einfallenden Restlicht des Tages. Nur wegen der feinen eingeschliffenen Verzierungen im hauchdünnen

Glas erkannte man, daß es nicht Luft war, was er in der Hand hielt. Ein kleiner Stern blitzte auf, immer dann, wenn sich das Glas im richtigen Winkel zum Licht befand. »Ich könnte mir denken«, sagte Balthasar, »hier gehen häufiger Gläser zu Bruch als anderswo, gerade weil sie so oft poliert werden.«–»Früher, als wir noch billiges Preßglas im Hause führten, waren die Verluste hoch. Aber bei den unbezahlbaren Böhmischen Gläsern, die wir jetzt kredenzen, zittert der Mitarbeiter schon, bevor er das Glas überhaupt angefaßt hat. Eher würde er tot umfallen, als daß das Glas ihm aus der Hand gleiten könnte.«

Als Balthasars Interesse an der gastronomischen Ausrüstung des seltsamen Hotels schon zu erlahmen begann, breitete der Hotelier vor ihm noch sein geputztes Tafelsilber aus. Schwere Bestecke, die mühsam in der Hand zu halten waren und durch die ein langes Mahl zur Qual werden konnte. In die Messergriffe, in die Löffelstiele waren Namen und Wappen eingraviert. Manchmal täuschte der Glanz. »Alpaka, was sonst«, dachte Balthasar, »nichts als Vorspiegelung und falscher Prunk.« Es würde sich kein Stilleben zusammenstellen lassen, wie man es von der niederländischen Malerei des 16. Jahrhunderts her kennt. Obwohl zum großen Teil nicht in Gebrauch, wurden die Küchengeräte dennoch regelmäßig durch gewohnheitsmäßige Pflege daran gehindert Patina anzusetzen. Als der Hotelier auch noch die Schubkästen aufzog, in denen die Tranchiermesser, Wiegemesser und Küchenbeile lagen, als er schließlich eines der schönsten Messer herausnahm und (was beim Zuschauen schon einen Schauder hervorrief), um die Schärfe zu prüfen, mit dem Daumen sanft über die Klinge strich, hoffte Balthasar, daß der Hotelier es nun dabei beließe, oder wenigstens etwas zügiger mit seiner Führung fortführe.

Endlich gelangten sie noch in die Küche, und der Hotelier begann, den Gast am Jackenärmel festhaltend, kleine Freudensprünge zu vollführen. Ab jetzt umgab sie wohltuende Wärme, denn viele der Küchenherde waren beheizt. Kleine blaue Flämmchen züngelten gleichmäßig und lautlos. In den Töpfen brodelte es unentwegt. In den Pfannen schmorten die Gerichte den ganzen Tag über.

Mitunter lüftete der Hotelier die Deckel und nötigte den Gast, in die Töpfe zu schauen. Während Balthasar, über den Herd gebeugt, den einen oder anderen Blick über den Topfrand riskierte, steckte ihm der Hotelier jedesmal, heimlich, flink eine Banknote in die Jackentasche. Als Balthasar im Angesicht der vielen Speisen seine Verwunderung darüber auszudrücken versuchte, weshalb man denn, obwohl Gäste ausblieben, das Feuer im Herd nicht lösche, erwiderte ihm der Geschäftsführer: »Warum sollten die Speisen erst kalt werden? Wir halten alles am Kochen und servieren, wann immer etwas bestellt werden sollte, nichts, was wieder aufgewärmt werden mußte.«

Balthasar, der von den Zuwendungen, mit denen ihn der Geschäftsführer so verstohlen bedacht hatte, noch nichts ahnte, geschweige denn die Folgen voraussehen konnte, überlegte lange, um all das zu begreifen. *Beginnt echte Qualität da, wo der Aufwand nicht mehr durch den Nutzen zu rechtfertigen ist?*

Eine Frage hatte er noch. Er wollte sie so anbringen, daß sie unmißverständlich war. Doch das Verb ist unregelmäßig, so wußte er, eine schwierige Konjugation. Um einen Wunsch auszudrücken, muß man den Subjunktiv anwenden. Der Hotelier spürte wohl, daß Balthasar um eine Frage rang. Um ihm zuvorzukommen, sagte er unangemessen laut: »Man kann uns manches vorwerfen, aber nicht, daß unsere Speisen Blähungen verursachen.«

Mit Falschgeld in der Tasche, aber frohen Mutes, hatte Balthasar seinen Fußmarsch fortgesetzt. Das Hotel mit den fünf Türmen im neo-maurischen Baustil war bald wieder außer Sicht. Raschen Schrittes überwand er das heiße Asphaltband der Landstraße. Nunmehr ging es nur noch bergab, denn er hatte die halbe Wegstrecke bereits hinter sich. Hin und wieder verließ er die Straße und folgte den beschwerlichen Pfaden der Ziegenhirtinnen. Liebliches Schellengeläut erklang in den steinigen Hängen über dem Tajo. Er hörte es, noch bevor er die Tiere mit den braungefleckten Fellen nach einer Wegbiegung erblickte. Langsam zog die Herde ins weglose Tal. Zwei Mädchen, barfuß, die Beine von Brombeersträuchern zerkratzt, die Haare zerzaust, liefen den Ziegen voraus. Flinker als die Geißen sprangen sie von Stein zu Stein, bis sie einen Felsvorsprung erreichten, von dem aus sie die zerstreut äsende Herde überblicken konnten. Doch waren sie ganz bei der Sache? Galt ihre Aufmerksamkeit nur den Ziegen? Ja, sie spielten für sie auf kleinen Flöten. Doch bald legten sie die Instrumente zur Seite und sich selbst zur Ruhe. Ihre weiten Röcke hatten sie sich, damit ihre Gesichter nicht in der Sonne erröteten, über den Kopf gezogen. »Welch köstlichen Anblick dieses Tal mir doch bietet«, dachte Balthasar, »alles hier ist echt und von unverdorbener Natürlichkeit. Für alle Unbill, die ich auf meiner Reise in Kauf nehmen muß, werde ich doch auf wundersame Weise immer wieder entschädigt.« Gewiß, die echte Million-Pesetas-Note der Bank von Kastilien gehörte ihm nun nicht mehr. Er hatte sie einwechseln müssen, um die Rechnung über ein Fischgericht zahlen zu können. Dafür hatte er jetzt viele Scheine in seinen Taschen. Darunter solche, die nicht der Bank von Kastilien, dafür aber einem Kopiergerät entstammten.

»Es wird das Klügste sein«, dachte der Hotelier währenddessen, »ich wähle die Nummer des Reviers. Besser, ich melde mich bei ihnen, als daß sie hier unangemeldet auftauchen.« – »Da geht einer auf der Straße zu Fuß durch die Berge und hat die Taschen voll«, hauchte er leise, als sänge er ein Schlaflied, in die Muschel. »Er war hier und hat versucht, seinen Blütenstaub im Hotel abzustreifen.« Vergeblich hätten er und seine Angestellten versucht, ihn aufzuhalten. Zu den Kellnern aber sagte er: Es sei nun nichts mehr zu beanstanden, das Hotel sei wieder rein.

Dank seines Abstechers in eine arkadische Landschaft, die zuweilen beschwerlicher zu betreten war, als es die Gemälde von Hans Thoma oder Arnold Böcklin vermuten ließen, war der Wanderer, ohne es zu wissen, großen Unannehmlichkeiten entronnen. Nur weil er aus einer Laune heraus, voll unbedachten Übermutes, von der asphaltierten Straße abgekommen war, konnte er weiterhin den Pfad der Tugend beschreiten. Just in dem Moment, als eine Mauerlücke es ihm ermöglichte, seine Füße auf steinigen Grundbesitz zu setzen, fuhr die Limousine, mit vier Beamten besetzt, die Bergstraße hinauf.

Das Hotel mit den fünf Türmen gab sein Geheimnis nicht preis. Waren sie alle eingeweiht, und lief hier alles nur noch zum Scheine, oder hatte vielleicht ein Betrüger, der unauffällig unter den Angestellten lebte, die Absicht, dem Hotel zu schaden? Wollte der Geschäftsführer am Ende gar selbst es nur für seine ehrgeizigen Pläne mißbrauchen? Wer war eigentlich am Niedergang schuld? Nie wird man die ganze Wahrheit erfahren. »Es sind womöglich die Gäste«, dachte Balthasar und fühlte sich mitschuldig, »die immer wieder versuchen, mit Geld, statt mit Kreditkarten, die Rechnungen zu begleichen.«

Wie Balthasar bei seinem Blick auf Toledo die Dornenkrone wie von selbst ins Gesicht wächst. Das Schinkenmuseum. Alptraum unter dem Granatapfelbäumchen. Eine Reise zu Fuß entlang des Flußes.

Damals, gleich an Ort und Stelle, sagte Balthasar, habe ihn der Name dieser seltsamen Pflanze, auf die er das erste Mal in seinem Leben gestoßen war, brennend interessiert. Nachdem er unter Umständen, die er als recht peinlich empfunden habe, so schmerzliche Bekanntschaft mit einem Gewächs habe machen müssen, das sanft wie die silbergrauen Haarsträhnen einer Greisin den Berghang bedeckt habe, habe er sich überall danach erkundigt. Aber eigenartig, obwohl es alle kannten, hatte ihm niemand sagen können oder wollen, wie es hieß. Alle hatten nur ein Wort genannt, immer wieder das gleiche Wort, das er kannte, ohne daß er sich erst hätte befragen müssen. Dieses Wort entsprach nicht nur der Pflanze, es drückte auch die Unannehmlichkeiten aus, die dieses sonderbare Gewächs dem Ahnungslosen bereiten konnte. Der Name der Pflanze war das Wort nicht. Vielleicht konnte es auch gar keine bessere Bezeichnung für sie geben. Das Wort, meist gleich im ersten Schreck, zornig nach der zufälligen, ungewollten Berührung hervorgestoßen, sagte gewiß viel besser als ihr Name, worum es sich handelte. Wahrscheinlich kannte oder gebrauchte deshalb niemand ihren eigentlichen, ihren botanischen Namen. Ganz sicher war die wissenschaftliche Bezeichnung dieser subtropischen Spezies sogar eher Naturkennern im Ausland geläufig, auch wenn diese über die Pflanze nur gelesen, sie aber niemals berührt hatten. Für die Leute, die nahe bei der Pflanze lebten, war der Name unwichtig. Sie nannten sie einfach nur »las pinchas«, das heißt: die Stacheln.

Viele Gewächse in den trockenen Gebieten der Erde besitzen Stacheln, die, obwohl sie allesamt sehr unangenehm sein können, mit dieser auf dem felsigen Hange bei Toledo anzutreffenden Art verglichen, noch harmlos sind. Vor den Stacheln der vereinzelten Opuntien, die mit reifen Früchten lockten, hatte er sich gehütet. Er hatte stets, ehe er sie verzehrte, sorgfältig all die kleinen Borsten von den dunkelroten Früchten entfernt. Denn er wußte, daß die kleinste Borste, die man übersehen hatte, zur Qual werden konnte. Gelangte sie erst einmal an die Lippen, wanderte sie nämlich bei jeder Bemühung, sie wieder loszuwerden, bei jedem vergeblichen Versuch, sie auszuspucken, tiefer und tiefer in den Rachen, so daß der Unglückliche sich wünschte, nie von dieser Frucht gekostet und nie an dieser Stelle verweilt zu haben. Das alles kannte Balthasar, es war für ihn nichts Neues. Die langen Stacheln an den dicken, fleischigen Blättern der Feigenkakteen waren nicht zu übersehen, man hatte sie zu respektieren, und nur den Uneinsichtigen und denen, die ungeschickt zu Werke gingen, konnten sie zum Ärgernis werden. Aber das unscheinbare Gewächs, um das es hier ging, das zwischen den Opuntien auf der Erde kriecht, das, silbergrau und saftlos, sich bei Dürre nicht aus eigner Kraft vom Boden erheben kann, das sich sanft und haarig über heißem Gestein ausbreitet, wieso sollte auch da Vorsicht geboten sein? War es denn wert, daß es überhaupt wahrgenommen wurde?

Also nicht sorglos, sondern mit aller Vorsicht genoß Balthasar die Speise, die die Natur ihm so freizügig bot. Die Früchte der Feigenkakteen auf der Bergkuppe waren überreif. Er aß, bis er ihrer überdrüssig ward, und mit einem leicht schon widerlich süßen Nachgeschmack im Munde schaute er auf Toledo. Er sah auch das Zisterzienser-Kloster, in dessen Mauern sich die Ruhestätte mit den sterblichen Überresten des großen Malers befand. Er konnte der Versuchung nicht widerstehen, noch einige Meter weiter auf dem silbrigen Pflanzenteppich bis an den Rand des Berghangs zu gehen, damit, wie auf dem Gemälde des Theotokopulos, auch der Fluß mit ins Blickfeld geriet. »Von welcher Stelle aus man diese Stadt auch betrachtet«, dachte er, »sie bietet immer wieder einen erhabenen Anblick.« Nicht anders hatte es schon Domenikos Theotokopulos gesehen. »Wie schön und würdevoll es hier ist«, dachte Balthasar, als er plötzlich auf seiner Fußsohle ein eigenartiges Gefühl unerklärlicher Herkunft verspürte. Ein Kratzen, als stünde er auf aufgerichteten Schweinsborsten. Und bald auch ein Stechen, als wäre ihm eine Büchse Nadeln in den Schuh gefallen. Nach jedem noch so zaghaften Schritte verschlimmerte sich das unangenehme Gefühl. Schon nach wenigen Metern wurde es unerträglich. Er blickte zu Boden und entdeckte: An seinen Schuhsohlen hingen Büschel dieser ihm unbekannten sukkulenten Pflanzen, die sich unscheinbar zwischen den Feigenkakteen ausgebreitet hatten. Als er vergeblich versuchte, sie zu entfernen, stellte er erstaunt fest: Die Stacheln hatten sein festes Schuhwerk mühelos durchbohrt. Er begann sie mit bloßen Händen aus dem Leder zu reißen. Aber es war vergeblich. Bald hingen sie auch schon an seinen Händen und Armen. Überall war er unversehens mit Stacheln übersät. Sie waren hauchdünn und fest wie Stahlfäden. Durch ihre Widerhaken hatten sie sich in seiner Haut verkrallt. Versuchte er nur einen Stachel zu entfernen, hatten gleich ein Dutzend neue sich auf seinem Körper festgehakt. Und nach jeder unbedachten Bewegung verschlimmerte sich seine Lage. Mit einer Hand wollte er sich bloß den Schweiß von der Stirn wischen, und sogleich wurde auch sein Gesicht von den kleinen pfeilähnlichen Stacheln befallen. Der Versuch, wenigstens seine Augen vor ihnen zu schützen, bewirkte das Gegenteil. Nun wagte er keinen Muskel mehr zu bewegen. Sein Antlitz erstarrte schmerzverzerrt. Hilflos ergeben der Geißelung durch tausende mit Widerhaken versehene Nadelspitzen einer namenlosen sukkulenten Pflanze.

Doch welch ein Wunder: Mit geschlossenen Augen sah er nun, bei strahlendem Sonnenschein, die Zinnen und die Türme der

Stadt, unter einem Himmel, der wie auf dem Gemälde des Theotokopulos von schweren Wolkenfetzen verhangen war. Er sah und fühlte zugleich tausend Blitze eines fernen Wetterleuchtens am Himmel. Er sah das Gemälde, als wäre es eben erst jetzt vollendet worden.

Dann, als das Bild durch Balthasars Bewegungslosigkeit langsam wieder zu schwinden begann, war es ihm, als sei von fern unterdrücktes Gelächter zu hören. Und wirklich: Bald darauf vernahm er Stimmen und Schritte ... Behutsam wurde der geblendete Seher aus dem Kakteenfeld geleitet, bis zu einigen übereinandergeschichteten Steinen, die dem Unglücklichen wohl als Bank dienen sollten ... »Los pinchos«, sagten die Retterinnen, die aus dem kleinen Häuschen, das am Wege lag, geeilt waren, um ihn aus der Bedrängnis zu befreien. Zwei junge Frauen erblickte Balthasar, als er wieder seine Augen öffnen durfte. Ein angenehmer Duft nach Ziegenmilch und nach Konfitüre aus den Früchten der Feigenkakteen entströmte ihren weiten Kleidern. Mit Pinzetten, die sie für solche Fälle immer zur Hand hatten, gingen sie mit großer Umsicht zu Werke und zogen ihm Stachel um Stachel aus der Haut. Jetzt erst spürte er, wie tief sie ihm ins Fleisch gedrungen waren, und es wurde ihm bewußt, daß er es selbst nicht vermocht hätte, sich ihrer wieder zu entledigen. Er war dem Geschick dankbar, daß sich geübte Hände fanden ... Blutstropfen quollen ihm nach der Prozedur aus der Stirn, Blut tropfte ihm von den Händen, rann von seinen Armen, die er ausgestreckt halten sollte, damit sie ihn untersuchen konnten, denn auch in den Achselhöhlen hatte sich das Übel noch verborgen.

Welch ein unvergeßliches Erlebnis: Auf einem Feldstein stehend, Toledo zu seinen Füßen, die Arme ausgebreitet, glich er nun dem Schmerzensmann. Davor Frauen, die zu ihm aufschauten und in einer Sprache, die ihm fremd war, etwas Vertrautes sagten.

Ein älterer Herr trat aus dem Haus, näherte sich würdevoll und betrachtete schweigend die beredte Szene. Auf seinem Antlitz der Ausdruck von Skepsis und Neugier, der besagte: »Schon wieder! Wer ist es diesmal?« Wäre der Herr vornehmer gekleidet gewesen, es hätte der Kardinal Juan de Tavera sein können, der Gründer des Krankenhauses in Toledo, dessen Bildnis Theotokopulos, vermutlich 1608, nach der Totenmaske des 1545 Verstorbenen gemalt hatte. Der Ankömmling stellte keine Fragen, seine bloße Anwesenheit machte Balthasar die Leichtfertigkeit seines Verhaltens noch mehr bewußt ... Eine dunkelgrüne Flasche aus starkem Glas, mit einer Flamme auf dem Etikett, hatte er mitgebracht. Es war kein Willkommenstrunk. Es war Brennspiritus, um die Wunden zu reinigen. »Man hat alles zur Hand, was man für solche Fälle braucht«, dachte Balthasar, »sie waren vorbereitet, als hätten sie nur auf mich gewartet, denn nicht einmal zu Hilfe zu rufen brauchte ich sie.« Die Flasche war bis zur Hälfte schon geleert. War Balthasar möglicherweise doch nicht der einzige Pilger, der auf den Spuren des Theotokopulos zu diesem Ort gelangt war? Der nun die Stadt von jedem nur erreichbaren Standpunkt aus betrachten mußte, um die Stelle zu finden, von der aus sie Theotokopulos gemalt hatte.

»De nada«, sagte der Alte und winkte ab, als ihm Balthasar für seine Hilfe dankte. Er hatte die Flasche wieder an sich genommen und sich schon halb zum Gehen gewandt. Auf Balthasars Frage, ob er den botanischen Namen dieser Pflanze kenne, durch die ein zufällig Vorbeikommender solche Pein erfahren könne, schwieg er. Und nach einer Weile, indem er der Frage auswich, sagte er beschwichtigend: »Es wird zu keiner Infektion kommen. Wenn die Stacheln alle entfernt sind und die Stiche mit Spiritus ausgewaschen werden, hat man keine Folgen zu befürchten. Und was den Namen der Pflanze betrifft: Sie wird schon einen haben, und wie will der, der ihn kennt, denn wissen, ob er ihr wirklich entspricht? Ja, sie wird wohl einen Namen haben, einen, den man aus dem Schulbuch kennt und bald auch wieder vergißt. Wozu auch ein Wort merken, wenn es jeder spüren kann. Ist es nicht treffender, eine Eigenschaft zu fühlen, als sie nur zu benennen? Denn nur so wird man fortan auf sie achtgeben!« »Es sind die Stacheln«, sagte er, ungehalten, »son los pinchos, hombre.«

Die Behandlung hatte, der Sorgfalt wegen, mit der sie durchgeführt worden war, nun doch einige Zeit in Anspruch genommen. Schon war der Abend hereingebrochen. Die Sonne begann, sich an diesem Spätsommerabend glutrot zu verabschieden, in der lauwarmen Luft hingen lange weiße Fädchen, die Bergkuppen bedeckten schon graue Schleier. Unversehens standen Wolken winziger Mücken über dem steinigen Boden. Trunken vom Blut des Malers wurden sie immer aggressiver, und das Wedeln der Frauen mit ihren bunten Kopftüchern war vergebens. Die dichten Wolken, die aus kaum sichtbaren Pünktchen bestanden, konnten auch sie nicht vertreiben. Für die hilfsbereiten Frauen war es nun Zeit, den Aufenthalt im Freien abrupt abzubrechen, zumal ihre Aufgabe auf das trefflichste erfüllt schien.

Dennoch machten sich auch danach, ab und zu, wieder Stacheln, die man übersehen hatte, bemerkbar. Es hingen, wie sich bald zeigte, noch viele in seiner Kleidung, durchbohrten seine Strümpfe, seine Hosen; und als er sein Jackett auf dem Bett abgelegt hatte, gelangten vereinzelte noch auf sein Lager. Auch nach der Wäsche, in seinen frisch gebügelten Hemden, fand Balthasar unauffällig in den Nähten verborgene Pflanzenteile. Er dachte an die beiden Frauen, und allzu oft verlangte es ihn erneut nach ihrer Obhut.

Vielleicht war das die Stelle, die Theotokopulos von einer Anhöhe aus mit Badenden im Fluß gesehen hatte, wo ihm eine Schar Gänse Anregung für ein paar Spritzer Kremser Weiß auf dunkelgrüner Fläche gegeben hatte, wo sich heute noch die kaum mehr aufgesuchte kleine Badeanstalt befindet. Von da, auf einer Holzpritsche liegend, betrachtete Balthasar an den folgenden Tagen hin und wieder die Hänge auf der anderen Flußseite. Es waren Bergkuppen, kaum mit Pflanzenwuchs bedeckt, die, braun wie Brandstellen, einander glichen. Nur der kleine, runde Berg gegenüber, der aussah, als liefe über seine Krone geschmolzenes Zinn, hob sich von den übrigen Erhebungen merklich ab. Der Berg, bedeckt mit vereinzelten Feigenkakteen und dem weiten Netz aus stachligen Maschen. Der Berg, auf dem das Haus stand, das Haus, in dem die hilfsbereiten Frauen mit dem alten Herrn lebten.

Von hier unten war das Haus zwar nicht sichtbar, auch die Frauen nicht. Nur einmal sah Balthasar oben auf der Kuppe ihre zum Trocknen aufgehängte Wäsche. An Leinen hingen die Bettlaken schlaff, wie einst die Bramsegel einer Karavelle bei Flaute, und ihre zartfarbenen Hemden und Höschen grüßten herab wie winzige Wimpel.

Hier, unterhalb des Berges, auf dessen Kuppe sich Toledo mit tausend Nadeln in Balthasars Haut gestochen hatte, hatte der Fluß sein Bett verbreitert und seine Fließgeschwindigkeit fast bis zum Stillstand verringert. Ein flacher, sumpfiger Tümpel war entstanden, an dessen Rändern hochgewachsene und dicht belaubte Bäume wuchsen. Wohl auch durch das Ausbleiben der Badegäste hatte sich ein kleines Biotop herausgebildet, das Enten und Gänse mit Reihern und Wassernattern teilten. »Es gibt wohl nicht so leicht noch einen Flecken, der so friedvoll anmutet und sich als idealer Tummelplatz für allerlei Getier erweist«, dachte Balthasar, als plötzlich ein furchtbares Krachen ihn bei seiner Betrachtung aufschreckte. Ein mächtiger Ast hatte sich vom Stamm gelöst und war laut klatschend im Sumpf aufgeschlagen und zerborsten. Das Federvieh stob auseinander und stand danach verdutzt um den Tümpel herum. Die hochschwappende Welle verebbte rasch, und der kleine Tümpel glich danach einem riesigen Teller dünner Erbsensuppe. Es war danach noch ruhiger als vorher. Auf der Oberfläche des lehmigen Wassers schwammen weiße Federn. »Es ist gut möglich«, überlegte Balthasar, »daß nun einige der eben noch glücklichen Gänse dem Ereignis ihr etwas verfrühtes Lebensende zu verdanken haben.« Aber nicht das bekümmerte ihn. Was gingen ihn die Gänse im fremden Kastilien an. Was ist daran Besonderes, wenn Bäume umfallen, Äste herabbrechen? Das Besondere war die Stille. Daß es bei völliger Stille geschah! Eigenartig, kein Windstoß hatte in diesem Moment die Bäume gebogen, nicht mal ein Lüftchen hatte sich geregt. Es gab keine Ursache, nichts, was die kleine Katastrophe hätte auslösen können. Sie hatte sich durch nichts angekündigt. Der schwere Ast stürzte anscheinend durch sich selbst, brach durch seine eigene Last. Sein Wachstum allein brachte ihn zu Fall. Ein leichter Vogel, der sich auf dem Ast niederließ, trug vielleicht dazu bei. Oder ein einziges Blatt, das zu viel war, ein Wassertropfen gar, ward plötzlich unerträglich. Es dauerte nur wenige Augenblicke, aber in Balthasars Ohr blieb das kurze Krächzen des berstenden Geästs noch lange Zeit gefangen. Den ganzen Abend noch und die nicht enden wollende Nacht.

Wenn ein Fluß den Berg hinaufflösse, könnte man es nicht hören. Es würde völlig lautlos sein. Derweil, wenn er ins Tal stürzt, es nur mit lautem Getöse vonstatten geht. Was hatten die unverständlichen fremden Laute zu bedeuten, die jede Nacht im Lichthof des Hostals anschwollen und den Schlaf des Gastes und jeden seiner schönen Träume unterbrachen. Sie kamen von unten, wie schlechter Küchenbrodem, aus dem engen Gemach der Wirtin, der Patronin Evita Lopez de Lamarillo. Die grellen Wörter – ungehemmt stiegen sie im Lichtschacht nach oben und erreichten jedes Zimmer. Die Worte, die, wie überreife Früchte, wenn sie aufschlagen, zerplatzten, galten dem Sohn, der unten im Hofe stand. Er war wieder der Oberst und befand sich in einer nur noch für ihn existierenden Welt. Er befahl seiner imaginären Kompanie, das Hostal so lange zu beschießen, bis aus allen Fenstern weiße Fahnen hingen und der Bürgerkrieg abermals als beendet hingenommen werden mußte. Aber wie sollte sich ein Haus ergeben, wenn seine Bewohner den Krieg ignorierten? Die Pistolenschüsse des Obersten und seiner erdachten Mannschaft gingen also weiter, doch sie blieben wirkungslos. Die Pistole, die Drohwaffe Alfredos, war nur sein ausgestreckter Zeigefinger. Die Zurechtweisungen der Patronin dagegen waren echt. Laute, nicht enden wollende Schimpfkanonaden wie gewöhnlich. »Wie ruhig«, dachte Balthasar, »könnte es nachts im Hostal sein, wenn die Mutter ihn gewähren ließe.«

Der Aufgang zur Stadt beginne, sobald man den letzten Torbogen, der nach der Brücke komme, durchschritten habe, mit breiten Stufen. Der Aufstieg sei bequem und nicht allzu steil, sagte Balthasar. Man solle ihn aber dennoch allmählich und ohne Eile angehen, damit auch die letzte Stufe nie schwerer als die erste falle. Immer habe man die hohen fensterlosen Mauern eines Klosters vor sich. Wenn man zurückschaue unter sich den Fluß, der sich kraftlos an den Felsen schmiege. Manchmal sehe man ein paar Mönche, die betont langsam nach oben gingen und die man dennoch nicht einhole. Und dann, vielleicht auf halber Höhe, der Vorplatz von Kloster Santo Miguel. Oben in der Rosette über dem Portal seien noch die Spuren einer Maschinengewehrsalve sichtbar.

Woran erkenne man denn, ob ein Bild wirklich gut sei? Oder die oft gestellte Frage: Was ist überhaupt Kunst? *Es kann nur etwas sein, was gewachsen ist und lange hat reifen können, etwas, was nicht verdirbt und dennoch meist nur in Museen aufbewahrt wird.*

Toledo, das einmal die Hauptstadt Kastiliens gewesen war – noch bevor sie der fremde Maler, der sich Theotokopulos nannte, heute vor genau 427 Jahren das erste Mal betreten hatte. In Toledo war das Pflaster hart, aber das Leben leicht. Hier floß klares Wasser aus dem Gestein, überall am Wege waren Brunnen. Wein gab es im Überfluß, und in den Tavernen hingen über den Köpfen der Gäste pralle Hälften von geräucherten Schweinen. So dicht und schwer hingen sie in den Lokalen von der Decke herab, daß sich die Balken bogen. Oh, es reichte ein langes Leben nicht, um sie zu verzehren. Alte, respektable Schinken hingen an den Wänden, alle waren sie so nachgedunkelt, daß sie kaum noch etwas zu erkennen gaben. Geruchlos und verstaubt wie alte Gemälde, und immer noch veränderte sich ihre Farbigkeit, und sie erlangten nach und nach, durch den nie abgeschlossenen Prozeß der Oxydation, jene fein abgestimmten Valeurs, die man sonst nur in den Gemälden der alten Meister bewundern kann. Die Runzeln in den pastos aufgetragenen Farbschichten, das Craquelé, das durch unterschiedliche Spannung der einzelnen Farbschichten während des Trockenvorganges entstand. Ein Netzwerk feiner Risse, wie es oft bei alten Bildern in den dunklen, dünn aufgetragenen Farbschichten anzutreffen ist, überzog manchen Schinken. Pigmente mit katalytischer Wirkung auf oxydierbare Öle waren dafür verantwortlich. Während die Gäste speisten, der Wirt sie zum Trinken ermahnte, bewunderte Balthasar den kostbaren Wandschmuck, die vielen prachtvollen Schinken. Einige, die wohl schon sehr lange in der Wirtschaft hingen, wirkten, als seien sie wie mit einer dicken, braunen Lackschicht, mit syrischem Asphalt überzogen. Manche Schweinehälften schienen schon mumifiziert, sie waren wohl bei den jahrhundertelang währenden Schlemmereien übersehen worden. Sie werden der Kaumuskulatur einmal alles abverlangen. Schinken, luftgetrocknet oder geräuchert, immer wieder ein überwältigender Anblick. Starke Fettpartien, Kremser Weiß, vom Kohlendioxid in der Luft, an den Rändern geschwärzt. Neuere, unlängst verarbeitete Ware zeigte noch großflächige

Töne aus lichtem Ocker. Die Partien, die in Terra di Siena gehalten waren, schienen pastos, wie mit breitem Pinsel angelegt. Caput mortuum hatte sich an den Stellen, wo die Muskeln lagen, durchgesetzt. Die Signaturen waren, für den Unkundigen kaum zu entziffern, auf den Rückseiten mit kühnen Schriftzügen angebracht. Wie Bilder in einer Gemäldesammlung hatten auch die Schinken Inventarnummern, die man hier und da versucht hatte, wieder zu entfernen. Wie kleine Hämatome waren Spuren vom Kopierstift noch zu erkennen. Frisch angeschnittene Schinken glichen Gemälden, bei denen ein erfahrener Restaurator begonnen hatte, vergilbte Firnisschichten zu entfernen. Und wohltuend empfand Balthasar, daß in diesem Museum die moderne Malerei nicht vertreten war. Sie hätte ohnehin nur Übelkeit, bestenfalls Unverständnis bei den Gästen hervorgerufen. Wie Gedärm aus Schweineleibern, Blutspritzer an den Wänden und ungereinigte Tröge auf den Tischen! Nein, in den Lokalen, die Balthasar aufsuchte, war noch gutes Handwerk zu bewundern. Da hingen die Werke der »Alten Meister«. Unübertrefflich, Malerei vom Lande aus Fett und festem Fleisch, haltbar geworden durch Rauch, langsam und in Würde gereift. Ja, es ist wahr, von der Decke hing die gute Zeit. Das wußten alle, die hier seit Jahr und Tag verkehrten. Aber immer wieder blickten die Gäste staunend zu den Werken auf. Kein Besucher war in Eile. Ein jeder kaute seinen Bissen mit Bedacht. Die gute Laune kam von den Schinken und aus den vollen Gläsern mit dem Blute des Herrn, dem kräftigen rubinroten Wein. Balthasar gewann den Eindruck, daß die vielen Schinken von der Decke und von den Wänden die Leute zum Guten bekehrten. Alle lachten und scherzten im Angesicht der mächtigen Keulen, ihre Worte wurden unverständlich, wenn der im Übermaß genossene Wein die Zunge zu lähmen begann, so daß kein Fluch mehr ihren Mund verlassen, keine Faust sich mehr ballen konnte. »Hier verweile ich gern und sehe nicht auf die Uhr. In einem Lande, wo die Schinken im Volke hängen, läßt sich's gut leben«, dachte Balthasar. »Oh, möge mir einmal etwas gelingen, was so vollkommen ist wie diese Schinken. Ein Bild nur, das Menschen in Erstaunen versetzt«, dachte Balthasar mit sehnsuchtsvollem Blick zur Kneipendecke. »Nein«, sagte er, »laßt ihn noch hängen«, als der Wirt nach einem Schinken langte, »er soll weiter reifen, im Rauche meiner handgerollten Havanna.« Ja, mit vollem Bauch und eine gute Zigarre rauchend, konnte Balthasar nicht verstehen, daß man ein schlechtes Bild zuweilen einen alten Schinken nannte.

Argwohn erregt er, wo er sich auch zeigt. Allein schon sein Äußeres läßt die Spuren eines beschwerlichen Weges erkennen. Doch in der vagen Hoffnung, daß die Taschen des Ankömmlings dennoch nicht leer sind, wird ihn der Wirt, sein Mißtrauen überwindend, freundlich willkommen heißen. In den entvölkerten Landstrichen ist eine Herberge oftmals schwer zu finden. Und hat der Fremdling endlich das Tor eines einsamen Wirtshauses erreicht, meist erst spät in der Nacht, verwehren ihm die Hunde des Hausherrn den Zutritt. Diese Wächter, denkt Balthasar, sind gedungene Söldner, die ihre Rüstung in einer Kaschemme beim Kartenspiel verloren haben. Die ihrer Treue wegen ein böser Zauberer zur Strafe in Hunde verwandelt hat. Die nun nackt und ohne Habe in den Höfen herumlungern und fortwährend von Geborgenheit träumen. Unterwürfigkeit ist ihnen eigen. Eine verachtenswerte Eigenschaft, deren sich Beamte und Soldaten rühmen. Sie alle suchen die Treue zu verklären und rechtfertigen damit oft nur ihre Grausamkeit. Selbst dem Hunger wollen sie widerstehen. Schrecklich, wenn die des Urteils unfähige Kreatur fortwährend nur ihre Pflicht erfüllt. Sie bewachen weiter den zerronnenen Besitz ihrer früheren Herren und weichen nicht von deren verfallenen Hütten, selbst wenn darin nur noch Skorpione und Nattern ihren Unterschlupf haben. Sie bleiben auf ihren Posten, auch wenn der Wind Mauern und Gehöfte längst eingeebnet hat.

Als Balthasar einmal, nach einem langen Marsch in der Mittagsglut, den einzigen Baum in der weiten Savanne endlich erreicht hatte, fand er in seinem Schatten eine Meute verwahrloster Domestiken, ein ganzes Rudel verwilderter Hofhunde. Da schrie er wie von Sinnen: »Weg da, Wegelagerer! Hier ist *mein* Platz, das ist mein Schatten, den ich nicht mit euch teilen werde!«

Die Herrenlosen, die brotlosen Türsteher, da wichen sie aufgeschreckt zurück. Vom Hunger gezeichnete Tiere, die im Halbschatten des alten Olivenbaumes dahindösten, wollten sich feige davonstehlen. Am Baumstamm aber lag ihr Anführer, ein kräftiges, wohlgenährtes Tier, das keine Störung ertrug. Langsam erhob sich das Leittier und trieb die Zurückgewichenen wieder nach vorn. »Nun denn«, sprach Balthasar zum feindlichen Heerführer, »so lernt unsere Lanzen kennen!« – »Attacke«, rief er und gab seinem imaginären Gaul die Sporen, und sogleich begann das Hauen und Stechen. »Holt euch nur neue Wunden, wenn euch die alten Narben nicht mehr jucken.« Ein herrliches Schlachtenbild entstand auf einer Leinwand aus Staub, die von keinem Keilrahmen begrenzt war. Der Rucksack in der Linken wurde zum Schild, der Weidenstock in seiner rechten Faust zum Schwert, und schon sausten die Hiebe auf die geschundenen Rücken der Kriegsknechte. Sie wanden sich am Boden mit schmerzverzerrten Mäulern. Nach und nach verstummten die rauhen Schlachtrufe der Feinde. Auf Jaulen folgte flehendes Gewinsel. Der Kampf war kurz, und der geschlagene Feind, unfähig zur Flucht, bekundete seine Untergebenheit. Balthasar, der Held, der den Schatten erobert hatte, legte danach die Waffen ab und begab sich auf einem Moosbett am Fuße des Baumstammes zur Ruhe. Nach und nach nahmen die Flöhe des vorherigen Despoten nun von seiner Haut Besitz.

Draußen, im heißen Staub, standen die geschlagenen Krieger und bewachten den Mittagsschlaf ihres neuen Herrschers. Von nun an führte Balthasar die heruntergekommene Kolonne durch das unwirtliche fremde Land. Wo er auch hinging, die Bastarde hefteten sich an seine Fersen. Sie brauchten die Prügel, und sie brauchten das Brot. Also zerteilte Balthasar dieses in ungleiche Stücke und warf jedem seinen Anteil zu. Die großen fetten Brocken den Wohlgenährten, aber den Zahnlosen, den Unterernährten sowie all denen, die schlecht zu Fuße und nur noch hinkend dem Rudel zu folgen vermochten, gab er lediglich harte Rindenstücke. Bisher war so unter ihnen kein Zwist entstanden. Die Meute hatte alles ohne Murren hingenommen. Die Legionäre wachten, wenn Balthasar ruhte. Aber bald ging sein Vorrat an Verpflegung zur Neige. Und die Domestiken begannen, nachts heimlich auf eigene Faust wilde Kaninchen zu jagen, statt zu wachen. Deshalb beschloß Balthasar, das wenige, was ihm noch blieb, gerechter zu vergeben. Er brach alles zu gleichen Teilen. Aber nun erst entstand Unzufriedenheit. Die Tiere fingen an, einander zu mißtrauen. Sie fielen sogleich über das Leittier her, als sie gewahr wurden, daß ihr langjähriger Anführer keinen Anspruch auf eine bessere Entlohnung hatte. Plötzlich waren sie uneins, und jeder war gegen jeden. Eine blutige Meuterei entwickelte sich im Handumdrehen, bei der sich die geschundenen Kreaturen gegenseitig zu zerfleischen suchten. Angewidert wandte sich Balthasar ab. Er lief so schnell er konnte. Und als er vom Schauplatz weit genug entfernt war, rief er ihnen zu: »Gesindel, aus Mitleid habe ich euch ertragen. Den Bauch habt ihr euch vollgeschlagen auf meine Kosten, und so dankt ihr mir es!« Er warf seinen leeren Beutel vor die gefräßigen Mäuler der Räuber, machte sich auf den Weg und gelangte mittellos zur nächsten Finca. Vor dem Tore saßen auf einer Bank zwei Greise, der eine war blind, der andere taub. Als Balthasar sein Ziel nannte und sich nach dem Weg erkundigte, schwieg der Blinde, und der Sehende schloß die Augen. Nach einer Weile, Balthasar war schon ein Stück weitergegangen, wiesen beide hinter seinem Rücken mit ihren Stöcken in eine Richtung. Es war die, aus der Balthasar gekommen war.

Es war ein langer Traum zwischen den kurzen Kommandos, zwischen den Intervallen der Trommelschläge, die seit den frühen Morgenstunden von der Militärakademie herüberdrangen. Das dumpfe Grollen, das von hundert gespannten Kuhhäuten ausging, schien abgestimmt mit der mittäglichen Schläfrigkeit, die über der Stadt hing. Trotz dieser monotonen Geräusche, die aus der Ferne kamen, war der Ort angenehm und verführte zum untätigen Verweilen. Balthasar hatte das Hoftor hinter sich geschlossen und es sich auf einer breiten Bank bequem gemacht. Der Platz maß nur wenige Schritte. In seiner Mitte stand ein junges Granatapfelbäumchen. Es war wohlgewachsen und hing voller reifender Früchte. Hohe Mauern, mit Azulejos, den schönen blauen Fliesen verziert, spendeten Schatten. Auf der dem Tal zugewandten Seite war die Einfassung niedrig und der Hof offener. Man konnte gut auf der gegenüberliegenden Anhöhe die Militärakademie ausmachen. Balthasar entrollte seinen Vierfarbendruck und wirklich, auch Theotokopulos hatte schon an dieser Stelle eine Wehranlage gesehen. Aber Balthasar erblickte nun auch die Soldaten, die wie kleine, bunt bemalte Zinnfiguren vor den schmucklosen Gebäuden in Reih und Glied aufgestellt waren. Ununterbrochen hatten sie, Tag ein, Tag aus, auf ihren Trommeln die immergleichen Wirbel schlagen müssen. Konnten sie ihre Fertigkeiten auf diesen einfachen Instrumenten denn noch vervollkommnen? Wurde von ihnen erwartet, daß sie sich immer noch verbesserten? Hatten sie nicht längst schon jene Perfektion erreicht, die beim Zuhörer nur noch auf Gleichgültigkeit stößt, ihn schlimmstenfalls sogar ermüdet? Wie war eine Steigerung noch möglich, wo die Schläge so synchron, wie von *einer* Hand geführt, auf die vielen Trommeln fielen. Längst schon waren die Trommelwirbel den Soldaten in Fleisch und Blut übergegangen. Sie werden ihnen lebenslang wie Kieselsteine im Gedächtnis liegen. Und noch im Schlaf bleiben ihnen auch die schwierigsten Stockkombinationen immer gegenwärtig. Dabei hatte wohl keiner ein angeborenes Talent für das Trommeln besessen. Wem wird es schon in die Wiege gelegt, was ihm später einmal so große Mühen bereiten wird. Auch die Besten unter ihnen hatten die Trommel bisher nur aus dem Bilderbuch gekannt.

Weit trug der Wind den seltsamen Klang, bis er unhörbar, fast nur noch gefühlt war. Wie der Wind selbst oder wie die zerhackte Luft. So schnell fielen die Schläge hintereinander, daß die Zwischenräume nicht mehr zu hören waren, daß es klang wie ein langer Schrei, wie ein Flehen um Anerkennung. Hatte es Sinn, immer weiterzuproben, wozu das ganze Zeremoniell ohne gegebenen Anlaß? Ohne Notwendigkeit! War es überhaupt sinnvoll, immer nach dem Sinn zu fragen, wenn etwas zur Gewohnheit geworden war, gerade weil der Sinn längst verloren gegangen war? ... Wenn Balthasar bisher die Ausdauer hoch eingeschätzt hatte, so lehrten ihn die Militärtrommeln nun: *Daß mitunter Beharrlichkeit zu nichts führt, nichts Neues erschaffen kann, und daß Fleiß, zu häufiges Üben, nur ein Aufderstelletreten zur Folge hat.*

An diesem Tage wenigstens hatte das unaufhörliche Trommeln dazu gedient, Balthasar in einen nachmittäglichen Schlaf zu wiegen. Es hatte ihm einen Traum beschert, über den er so schnell, wie er ihn wieder verlor, nicht nachdenken konnte.

Es passiert nicht so häufig, daß man erleben kann, wie sich die Marschmusik zu einem Schlaflied wandelt. Wenn er auch bisher das Trommeln nicht ausstehen konnte, an diesem Tag konnte er den jungen Trommlern, die drüben auf dem Hang vor der Militärakademie in Reih und Glied angetreten waren, seine Anerkennung nicht entziehen. Wie gut der Drill sie geformt hatte, war selbst aus großer Entfernung noch wahrzunehmen. Welch sicheres Augenmaß sie besaßen. Ihre Reihen waren auf das genaueste ausgerichtet, egal ob die Kolonne stand, ob sie marschierte oder eine Kehrtwendung ausführte. Diese Perfektion, die man nur noch ungläubig bewundern konnte, war dennoch dazu angetan, den Außenstehenden zu ermüden. Das Gleichbleibende, wo nichts aus der Rolle fällt, ist im wachen Zustand schwer erträglich. Nicht einer, der noch den Unmut der Ausbilder hervorgerufen hätte, weil er die Trommelstöcke unvorschriftsmäßig in den Händen hielt. Nicht ein Soldat, an dessen Uniform auch nur ein Kragenknopf schief angenäht gewesen wäre oder irgendeine Kleinigkeit gefehlt oder sich nicht ganz genau an der richtigen Stelle befunden hätte.

Nein, wie sollten sie noch besser werden, wo sie die höchste Stufe der Vollkommenheit, die absolute Unterordnung, erreicht, wenn nicht gar schon überschritten hatten. Wo der akustische und der optische Eindruck so übereinstimmten, wo sie alle den Tag auf dem gleichen Bein begannen … Aber schleichend, sie würden es anfangs selbst nicht bemerken, konnten sie durch Selbstzufriedenheit ihre Virtuosität allmählich wieder verlieren. Sie waren angehalten, von nun an noch eifriger zu üben. Sie rührten die Trommeln jeden Tag aufs neue, von Sonnenaufgang bis Sonnenuntergang. *Wenn man einmal mit etwas Überflüssigem begonnen hat, ist es fast unmöglich, damit aufzuhören.* Sie trommelten des Trommelns wegen! Sie trommelten, um sich die Geschicklichkeit am Trommeln zu erhalten! Durch keine auch noch so kurze Unterbrechung wollten sie diese leichtfertig aufs Spiel setzen. Gern hätten die Offiziere den jungen Leuten eine Pause gegönnt. Eine kleine Abwechslung, wenigstens von Zeit zu Zeit, hätte ihnen zugestanden. Ins Gras zu spucken, ein Lied zu pfeifen oder einfach nur mal sich an den Händen zu fassen und im Kreise zu drehen.

Doch leider mußten die Ausbilder feststellen, daß sich immer noch geringfügige Schwankungen einstellten, auch schon nach so unvermeidlichen Unterbrechungen, wie sie Nachtruhe oder die gemeinsam eingenommenen Mahlzeiten mit sich brachten. Immer wieder mußte ein neuer Tag die Schwächen des vorangegangenen beheben. Allerlei unsichtbare, aber schmerzliche Schäden, durch freie Stunden und lange Nächte verursacht, sollte straffes Exerzieren wieder mindern.

Und dann hieß es auch immer: Man müsse vorbereitet sein auf die Ereignisse, die zwar niemals einträfen, aber dennoch möglich seien. Sie glaubten noch daran, daß es den Mann gäbe, den diese Übungen erfreuten und der ihr Können richtig einzuschätzen wüßte. Der einzige noch, der sie gerecht beurteilen könnte. Er könnte einmal unangemeldet plötzlich da sein, der große General, der sich nur noch bei ganz besonderen Anlässen seinen Truppen zeigte. Jeden Morgen verkündeten die Offiziere den Soldaten aufs neue: Der Tag, an dem der oberste Befehlshaber die Akademie besuche, sei für sie ein unvergeßliches Ereignis. Sie alle lebten für diesen einen Tag, für diese bange Stunde, für diesen kurzen und ungewissen Augenblick. Sie trommelten um ein gutes Gewissen. Sie übten, damit sie sich nicht selbst einmal etwas vorzuwerfen hätten. Denn es wäre fatal, sich nach einer Inspektion eingestehen zu müssen: »Heute ist er endlich gekommen, aber gestern waren wir alle in besserer Form.« Wie gut sie schliefen, wenn sie dagegen sagen konnten: »Wäre er heute gekommen, brauchten wir um unseren Ruf nicht zu bangen.« Sie trommelten in großer Erwartung, und es tröstete sie dann auch ein wenig, wenn sie erfuhren, daß er beinahe erschienen sei. Aber der General sei wieder einmal zu einer noch wichtigeren Aufgabe geeilt. Er habe sich der Anstalt schon bis auf wenige Meter genähert, aber vor dem Tore, noch ehe die Wachen salutieren konnten, habe sein Wagen abrupt gewendet. Der hohe Gast sei von noch höheren Herren abberufen worden.

Aber was man den zukünftigen Soldaten, um sie bei ihren

Übungen nicht zu entmutigen, verschwieg: Der greise General konnte sich an die Kadettenanstalt, der er einmal selbst als Zögling angehört hatte, kaum noch erinnern. Manöver und Paraden, die er seit einer Ewigkeit hatte abnehmen müssen, hatten seine Gesundheit angegriffen. Die Salutschüsse hatten zudem sein Gehör so geschwächt, daß, wenn hundert Trommeln geschlagen wurden, er stets meinte, nur eine einzige zu vernehmen. Und niemand wußte, daß er davoneilte, daß er den Ereignissen auswich, weil er die Enttäuschung nicht mehr ertrug.

Einmal schon hatte der Tajo Balthasar durch sein stilles Wasser über seinen Verlauf zu täuschen gewußt. Das war an der Puente de San Martín, ehe sich der Fluß nach einer Biegung hinter dem Felsplateau verbarg. Hufeisenförmig hatte er sich um Fels und Stadt gelegt und sie so einengend gezwungen, in den Himmel zu wachsen. Nun, am anderen Ende, unter dem Halbbogen einer modernen Straßenbrücke, gewann Balthasar einen anderen Eindruck. Hier eilte der Fluß der Stadt davon. Ein hohes, weithin sichtbares Schöpfrad am Ufer drehte sich nicht, stand still, während der Tajo, an Kraft gewinnend, entschlossen im breiten Urstromtal dahinströmte. Als wolle er den ausgedörrten Feldern entfliehen. Balthasar entschloß sich, den Fluß auf seiner Reise zum Meer ein Stück des Weges vom Ufer aus zu begleiten, so weit, bis die Türme der Stadt gerade noch sichtbar wären.

Als er die Kläranlagen schon hinter sich, den Hof einer zerfallenen Wassermühle durchschritten hatte, führte ein schmaler, wenig begangener Weg entlang des Tajo. Es war mitunter nicht leicht, mit dem Fluß Schritt zu halten. Oftmals schien es dann, als wolle er verschnaufen und auf Balthasar, den Wanderer, warten. Denn er verlangsamte seinen Lauf und verharrte hin und wieder ruhig am Wegesrand. Doch in der Flußmitte war das Wasser schneller und eilte den Blicken Balthasars voraus.

Hochgewachsenes, bambusartiges Schilf und üppige Vegetation säumten die Ufer. Hin und wieder kam er an eine Brücke, aber immer endete die mitten im Strom. Manchmal betrat Balthasar ohne bestimmte Absicht eine solche, lief bis zu ihrem Ende und erschrak. Er blickte auf die wahre Kraft des sonst so sanftmütigen Stromes, der, wenn er im Zorne anschwoll, mit sich nahm, was ihm beliebte. Besonders gern ufernahe Schweineställe ... Auch Reiher hatten sich hier in großen Kolonien angesiedelt. An ihren Schlafplätzen waren die Bäume kahl und abgestorben. Gespenstische Baumgerippe, grellweiß, dick bedeckt mit dem ätzenden Kot der riesigen Vögel. Rechts des Weges, in geringer Entfernung vom Fluß, war die Gegend bereits baumlos. Hier begannen weite, ausgedörrte Äcker. Nur ganz vereinzelt gab es auf dem harten, mit Löchern übersäten Boden noch ein paar dornige Büsche. Es war heiß, und der Geruch wilder Kaninchen lag in der Luft. Langsam näherte sich ein Auto. Es schlug, während es an Balthasar vorüberfuhr, ein um das andere Mal mit der Hinterachse in Bodenrinnen auf, die eingestürzte Kaninchenbaue verursacht hatten. Hinter den staubigen Scheiben des Automobils waren Fahrer und Insassen nur verschwommen zu erkennen, und nach wenigen Metern war auch das Auto in einer Staubwolke verschwunden, die sich langsam davonwälzte.

Die Privatstraße führte schnurgerade über abgeerntete Felder zu einer entlegenen Finca, auf deren Grund und Boden, wie jedes Jahr, Privilegierte ein aufregendes Vergnügen suchten. Es war Jagdsaison. Immer wieder in Abständen hörte Balthasar Schüsse. Doch nie sah er in der baumlosen Gegend den Schützen. Eigenartig: Wo waren eigentlich die Jäger, die ihre Anwesenheit so laut verkündeten? Nirgends waren sie zu sehen. Hatten sie vielleicht ihr Ziel an diesem Tag zu oft verfehlt und wollten nicht, daß man ihnen die Enttäuschung schon von weitem ansah? Wie konnten sie sich aber hier überhaupt verbergen? Wo es nichts gab, hinter das man sich hätte stellen können; schon ein Kaninchen, wenn es den Bau verließ, war auf viele Meilen hin sichtbar. Als der letzte Schuß fiel an diesem Tage, war Toledo in der Ferne nicht mehr auszumachen. Auch vom Fluß mit seinem unvorhersehbaren Verlauf hatte sich Balthasar unbeabsichtigt getrennt. Und nun war nichts, was dem Auge eine Abwechslung bot. Außer einigen Rollen Stacheldraht am Wegesrand. Eine Jagd hatte stattgefunden, doch wo waren die Jäger? Es war in dieser offenen Landschaft unmöglich, daß der Schütze verborgen bliebe. »Es sei denn«, dachte Balthasar, »er hat sich wie die Kaninchen tief in die Erde eingegraben, und er verläßt sein Erdloch nur bei Dunkelheit. Er verhält sich so, wie er es von seiner Beute gewohnt ist.«

Nun hatte Balthasar die erste Finca auf seiner einsamen Wanderung entlang des Tajo nahezu erreicht. Ein paar Pfähle hatten, als sich die Straße im Acker verlor, den Weg gewiesen. Es sah so aus, als müsse er bald auf einen Weidezaun stoßen. Balthasar stellte sich aufrecht neben den Pfahl, reckte sich, bis ihm die Knochen schmerzten. Welch ein Glück, dachte er, vieles hier ist mir noch fremd, und dennoch bin ich der einzige, der weithin für jeden, also auch für die glücklosen Jäger, sichtbar ist. Aber niemand, der ihm entgegenkam, niemand, der ihm winkte näher heranzutreten.

Nichts, was hinter den Mauern des Anwesens auf große Betriebsamkeit schließen ließ. Kein Hundegebell im Hofe, keine Tierlaute aus den Stallungen und kein Trinkspruch am gedeckten Tische. Nur das Auto, das Balthasar zuvor gesehen hatte, stand verlassen am Tor.

Die Eintönigkeit der Gegend, die ihn anfangs so sehr gefangengenommen hatte, lähmte nun, da es auf den Abend zuging, zusehends seine Schritte. Auf den frisch gepflügten Feldern hatte die Egge die grob gebrochene Scholle zerkleinert, dabei jede Unregelmäßigkeit beseitigt und somit eine in ihrer Langweiligkeit faszinierende, zugleich aber einschläfernde Oberfläche erzeugt. So

weit man schauen konnte die immer gleiche Struktur der Ackerkrume. Nichts als eine leere, leicht gewellte Fläche. Wo hatte er
dergleichen vorher schon mal gesehen, fragte sich der Wanderer.
Wo sonst läßt sich die vollendete Monotonie noch erleben? Auf
einem rauhen Blatt Papier, das nur mit einer einzigen Linie, die
man den Horizont nennt, in zwei Hälften geteilt ist.

Auf einem gedrungenen, hochbeinigen Pferd ritt ein Mann von
ungewöhnlicher Körpergröße über das gepflügte, aber noch nicht
wieder bestellte Feld. Es war der Jagdpächter. Von allen Seiten
war er sichtbar. Er kam aus der Weite der Eintönigkeit. Ohne
Begleitung, wie ein Meldereiter, der sich, im schwerfälligen Trab
unentdeckt, lautlos durch ein Niemandsland bewegt. Dabei saß
er aufrecht und stolz im Sattel. Er blickte weder nach rechts noch
nach links, und das Pferd, dem der Reiter viel Zügel ließ, näherte
sich unentwegt der Finca. Die mächtigen Hufe des Reittieres – in
der weichen Erde hatten sie keinen Widerhall.

Der Zeichner saß auf der nackten Erde. Man nannte die Gegend
»La Mancha«. Wie gesagt: Sie war eintönig und dazu staubig wie
kaum eine andere Landschaft Kastiliens. Im Schatten eines Pfahles
hatte Balthasar, dem Laufe der Sonne folgend, seine Position in
jeder Minute verändernd, die Zeichnung noch nicht vollendet, als
der Riese ohne hörbaren Hufschlag, seine Überlegenheit vornehm
verbergend, grußlos an ihm vorüberritt. Roß und Reiter gewannen
noch an Würde, denn sie schienen aus bloßem Staub gegossen.
Balthasar nahm den Stallgeruch wahr und sah: Das Sattelzeug war
voller wilder Kaninchen. An ihren mageren Läufen zu Bündeln ge-
schnürt, hingen sie, ausblutend, kopfüber am Sattelknauf. Wieder
war ein Tag zu Ende. Unter dem Bauch des Pferdes verlief in der
Ferne ein flacher Horizont. Die Sonne, im Begriff zu sinken, ver-
färbte sich dunkel. Tief in der Erde verharrten zitternd die Kaninchen in ihren Röhren. »Ohne Titel«, schrieb Balthasar erst einmal
unter die Zeichnung; später nannte er sie dann »Der Stolz«.

Das Pinselhaar. Rechtfertigung des Fälschens. Das Bild, das ein Maler nach seinem Tode malt. Der Oberst schildert einen Stierkampf und regt damit Balthasar zu einer Kaltnadelradierung an.

»Zu jeder Zeit muß man wissen, wie man sich in ungewohnter Umgebung zu verhalten hat«, riet ihm der Oberst. »Allzu großes Interesse ist schnell geneigt, auch Argwohn zu erregen.« »Ja«, sagte Balthasar, das verstehe er. Auch er habe einmal unfreiwillig Anlaß für eine kurze Irritation geboten. Überall, und ganz besonders bei Kunstwerken, seien außer den mutwillig zugefügten noch die unbeabsichtigten Schäden zu befürchten. Es vergehe kaum ein Augenblick, wo man nicht auf ein Unheil zu warten scheine.

Dadurch, daß er einmal in einem Saal einer der berühmtesten Gemäldesammlungen, die es auf der Welt gebe, ein Gemälde besonders eingehend betrachtet habe, sei er in eine recht peinliche Situation geraten. Wie ein Dieb habe er danach dagestanden, als sein Blick einmal mehr erfaßt habe, als ihm zustand: Als wäre ihm Nacktheit allein nicht genug, hatte er noch unter die Haut bis auf den Malgrund schauen wollen. In der Absicht, auch in den feinsten Partien noch die meisterhafte Pinselführung zu genießen, hatte er an der Scham der Schönen das abgebrochene Pinselhaar entdeckt. Dabei vergaß er den gebührenden Abstand und war, ohne es zu merken, so nahe an das Bild herangetreten, daß seine Kleidung zufällig ein wenig die Absperrkordel berührte, die vor dem Kunstwerk angebracht war. Wie gesagt, nur mit der Schnur war er in Verbindung gekommen, keinesfalls aber mit der Dame. Und nie hätte er gewagt, die glatte, makellose Oberfläche des Bildes zu betasten. Sein besonderes Interesse galt nur einem Marderhaar, das sich vom Pinsel des Meisters gelöst hatte, als der eine delikate Partie vollendete ... Die Kordel war nicht einfach nur eine Schnur, denn plötzlich ertönte das schrille Läuten der Alarmanlage. Es drang allen, die sich im Saal befanden, in Mark und Bein, riß die

Besucher aus ihrer stillen Betrachtung der Meisterwerke vergangener Zeiten und holte sie unvermittelt in die Gegenwart zurück. Jetzt waren die Augen aller im prunkvollen Saal auf Balthasar statt auf die Kunstwerke gerichtet. Gleich darauf hatte ihn das Aufsichtspersonal, so diskret es die Situation noch erlaubte, auf seine Verfehlung hingewiesen. Gewiß, der Tadel war berechtigt, aber er war dennoch für ihn überflüssig. Er wußte selbst sehr gut, daß Keime allein schon durch den Atem der Betrachter an die Bilder gelangten. Wie weit weg vom Gemälde müßte die Absperrung eigentlich aufgestellt werden, um wirklichen Schutz zu bieten? Wie kann man die Kunstwerke vor Erregern bewahren, die die Besucher durch nasse Kleidung oder Hustenanfälle einschleppen? Sollte man nicht besser alle Galerien schließen, um diese so vor den Gefahren zu schützen, die ihnen von den Liebhabern der Malerei drohen? »Vernünftig wäre, daß die Menschen künftig beim Besuch einer Gemäldegalerie ihre Straßenkleidung ablegen und in eigens dafür bereitgestellte keimfreie Schutzanzüge schlüpfen müssen«, meinte sein Gegenüber. Vielleicht einen Mundschutz tragen, wie der Chirurg während der Operation, wenn man einen tieferen Blick, als gemeinhin üblich, riskieren wolle, ergänzte ihn Balthasar. Ob das denn wirklich nütze. Man käme am Ende doch nicht umhin, aus Sälen, die so einmalige wie unwiederbringliche Dinge beherbergen, den Menschen ganz auszusperren. »Ich halte den Atem an, wenn es spannend wird«, gestand Balthasar. Und wenn es nur ein abgebrochenes Pinselhaar sei, was er auf einem Bild entdecke. Es könnte ja noch vom Meister selbst stammen, es könnte auch noch älter sein als das Bild. Die strengen Wächter, verständnislos hatten sie ihn angesehen, als er ihnen das als Rechtfertigung seines Handelns erklärte.

Ja, es mag wohl sein: Bei jeder noch so unscheinbaren Entdekkung, wie etwa den gerade noch erkennbaren Spuren der Vorzeichnung oder der Struktur der handgewebten Leinwand mit ihren kleinen, unregelmäßigen Knoten (was man nur wahrnimmt, wenn man nahe genug davorsteht) – bei der geringfügigsten Auffälligkeit hält Balthasar vor Spannung unbewußt den Atem an. Aber kann alle Vorsicht letzten Endes den Zerfall eines Kunstwerks überhaupt verhindern? Und trägt allzu großes Interesse an der Malerei nicht dazu bei, den Prozeß noch zu beschleunigen?

Doch sollte man sich anderseits nicht auch fragen, wozu die Vorsicht denn tauge, wenn sie den Genuß an der Malerei derart schmälert, daß man mit keinem Bild mehr auf Tuchfühlung gehen kann? Die Meisterwerke werden den Leuten noch fremder, als sie es ohnehin schon sind! Die Sinnlichkeit der Farbe wird uns kaum noch erregen. Ist es daher nicht eher zu begrüßen, wenn ein Kunstwerk außer den Werkspuren des Künstlers zugleich auch die Spuren der Bewunderung aufzuweisen hat? Zum Beispiel bei einer schönen Skulptur, die in einem schattigen Park aufgestellt ist. Ihre wohlgeformten Körperteile, von den Spaziergängern ab und zu zärtlich gestreichelt, bekommen mit der Zeit so glatte Rundungen, daß sie scheinen wie auf Hochglanz poliert. Welch ein Glück, wenn durch die Liebhaber erst das Werk erblüht. Welch ein Wunder aber auch, wenn ein unsterbliches Meisterwerk wieder sterblich wird. Wenn Sonnenlicht seiner Haut schadet. Wenn Wind und Wetter tiefe Furchen in sein Antlitz graben. Kurz, wenn ihm also, wie uns Menschen, nur ein kurzes Dasein beschieden ist. Dann würden wir wohl spüren, es gehört zu uns, und bei einem Verlust, der einmal unvermeidlich sein würde, könnten wir Trauer und Betroffenheit empfinden.

Als Balthasar durch die Alarmglocke schlagartig ins Licht der Öffentlichkeit geriet, war es ihm, als hätten sie alle etwas erwartet. Etwas Schlimmes und zugleich auch etwas Außergewöhnliches. Eine bedrückende Stille war plötzlich eingetreten, und die Aufmerksamkeit vieler Menschen galt für einen kurzen Moment ihm. Sie wären all gern Zeugen eines unangenehmen Vorfalls gewesen. Doch wie peinlich, auf dem Höhepunkt, als die Spannung im Raume stand, als sie förmlich zu knistern begann, als sie jeder schon auf der Haut spürte, da geschah nichts. Nervös begann er, seine Kleidung zu ordnen, blickte zu Boden und sah errötend, daß seine Schuhe beschmutzt waren und ein Schnürsenkel sich gelöst hatte.

Hatte er sie enttäuscht, weil er ihre geheimen Erwartungen nicht erfüllte? Jeder, dem das Mißgeschick nicht passiert war, fühlte sich gleich besser und dachte mit Befriedigung: »Meine Zurückhaltung hat sich ausgezahlt!« Dagegen Balthasar – für einen kurzen Moment war er von allen wahrgenommen, ja mehr noch, ernstgenommen worden. Sonst war der Alarm wieder ohne Folgen geblieben. Zu schnell hatten sich die Leute wieder von ihm abgewandt. Nichts war passiert, außer einer Unachtsamkeit seinerseits, die nichts zu bedeuten hatte. Es war wie gehabt. »Man hat wieder einmal mehr, als ich bieten konnte, von mir erwartet«, mußte er sich eingestehen. »Dennoch habe ich es ein Mal erreicht«, sagte Balthasar, »daß Leute meinetwegen erschraken.« Und dann, es klang nicht nach Reue: Er würde diese Erfahrung gern ein weiteres Mal machen … Während der Oberst einen kleinen Sprengkörper zwischen Daumen und Zeigefinger drehte, fuhr er fort: »Leider habe ich doch nur ungewollt die Gleichgültigkeit der Leute für einen winzigen Augenblick, den man so treffend eine Schrecksekunde nennt, unterbrochen.«

Der Oberst fingerte in seinen Hosentaschen, er suchte nach Knallerbsen. Wollte er sie bergen, bevor das Beinkleid in die Wäsche kam? Oder hatte er die Absicht, die Aufmerksamkeit auf sich zu lenken? War der Oberst noch bei der Sache, und hatte es Balthasar verstanden, ihm seine damalige Lage überzeugend zu beschreiben?

»Der schrille Klingelton ersuchte gebieterisch um Aufmerksamkeit, um Aufmerksamkeit nur für mich! In diesem Augenblick, den ich ungenutzt verstreichen ließ, hätte sich viel ereignen können! Denken Sie nur, sogar aus den angrenzenden Sälen kamen in ängstlicher Erwartung die Aufsichtskräfte geeilt! Ist ein Klingelzeichen nicht geradezu eine Aufforderung zu einer spontanen Aktion? Oder die Aufforderung, etwas, was jemand zu tun im Begriff ist, abrupt abzubrechen? Auf jeden Fall war es ein Befehl, dem ich mich nicht widersetzen konnte.« »Alles, womit Sie ständig rechnen, kommt dann dennoch meist unerwartet«, sagte der Oberst leise und kaum verständlich. Nichts könnten Sie vorhersagen, nichts, wenn der Ernstfall eintrete, verhindern.

Andererseits, wenn er es richtig bedenke, fuhr Balthasar fort, dann sei etwas ganz Entscheidendes, ja Einzigartiges geschehen. »Ich habe mich nicht auf Abstand halten lassen! Ein einziges Pinselhaar hat der Meister in seinem Werke zurückgelassen, und keiner außer mir hat es bemerkt.« Ein kleines Geheimnis, das er mit niemandem zu teilen brauche ... Wenn er heute an den Vorfall denke, wisse er, wie leicht er sich mit ein wenig Unverfrorenheit hätte aus der Affäre ziehen können. Wieso sollte gerade er es gewesen sein. Ebensogut hätte doch jeder im Saal ein Band berührt haben können. Hätten nicht zuerst alle einander fragend ins Gesicht geschaut, und hätte es nicht jeder dem ihm Nächststehenden zugetraut. Während sie einander gegenseitig verdächtigten, hätte Balthasar es ihnen gleichtun können. Die Dame neben ihm, er hätte ihr nur einen vorwurfsvollen Blick zuwerfen sollen, und alle, auch sie selbst, hätten geglaubt, sie wäre die Unvorsichtige. Eine zufällige, absichtslose Bewegung seines Armes, seiner Hand, seines Zeigefingers – allen hätte sie gegolten haben können, aber irgendjemand hätte sie nur auf sich bezogen. Balthasar hätte ruhigen Schrittes, unauffällig, den Raum verlassen können. Erst indem er erschrocken einen Schritt zurückgewichen sei, habe er auf *sich* und sein sträfliches Verhalten aufmerksam gemacht.

»Jetzt fällt mir wieder ein«, erzählte Balthasar weiter, »jemand war da im Saal, saß vor seiner Staffelei und kopierte Brueghel den Älteren« Neidvoll habe er wahrgenommen: Dieser Künstler, obwohl noch jung und unerfahren, genoß das besondere Interesse der Kunstliebhaber. Ein auffälliger Terpentingeruch umgab den Kopisten. Und unverzeihlich, wie sollte die Absperrkordel ihn zurückhalten? Es war nicht zu verhindern, und es stieß sich auch keiner daran, daß die Meisterwerke in seiner Nähe einen fremden Geruch von billigem Terpentinersatz annahmen. Mit bewundernder Zustimmung wurde die Arbeit des Kopisten von den Schaulustigen belohnt. Im Saale, zwischen all den unsterblichen Meisterwerken, war er mit seiner ungeschickten Nachahmung ein Höhepunkt.

Es war letztlich nur einem Pinselhaar zuzuschreiben, daß Balthasar beim Betrachten eines Bildes an eine Schnur geriet, die den Kontakt auslöste und die Alarmanlage ertönen ließ. Dieses Bild war von einer erstaunlichen Glätte und verfügte über keinerlei überraschende Farbstrukturen, die ihn zum Betrachten aus nächster Nähe hätten verführen können. Aber gerade das Nichtvorhandensein einer Oberflächenstruktur warf die Frage auf: Wie hatte der Maler sie vermieden? Und wie hatte er auf der Bildoberfläche, die sauber wie ein geschliffener Achat war, ein Pinselhaar übersehen können? Warum hatte er es nicht entfernt? Von der noch nassen Farbe hätte er es leicht mit der Spitze seines Pinsels wieder aufheben können, ohne daß es einen Abdruck hinterlassen hätte. Er, der die Jugendlichkeit der Dargestellten für immer im Bild hatte festhalten wollen, hatte es übersehen, weil auf der Höhe seines Ruhmes seine Sehkraft nachließ.

Der Oberst hatte viele Taschen, in denen er seine kleinen Sprengkörper aufbewahren konnte. Er suchte nach Knallerbsen nun auch in den Brusttaschen seines Oberhemds. Dann fragte er Balthasar, was er denn an einem Pinselhaar so außergewöhnlich finde, daß er es am liebsten unter der Lupe betrachtet hätte. »Es ist der Beweis seiner ganz gewöhnlichen Entstehung«, sagte Balthasar, »wäre es nicht vorhanden, könnte man meinen, die Götter selbst hätten jenes Gemälde erschaffen!« Das Pinselhaar schien kaum vorhanden, doch es war das letzte irdische Stäubchen, das auf die Vollendung fiel.

Alfredo, der Möchtegernoberst, blickte blöd und verständnislos. »Ein Pinselhaar«, fing er an zu lallen, »das der Maler hinterließ, das keiner sieht, wenn er nicht so verdammt ins Detail verbohrt ist, hat keinen Einfluß auf die Malerei.« »Aber, mein Bester«, erwiderte Balthasar, »denken Sie doch mal an eine gute Küche. Mitunter braucht es bei einem Gericht, so vollkommen es auch ist, noch die Messerspitze einer Zutat, um es unnachahmlich werden zu lassen. Würde jemand die Messerspitze in die Speise werfen? Handwerkszeug oder auch nur Teile davon, die im Werkstück bleiben, können es leicht verderben.«

»Der Kopist begann von außen«, fuhr Balthasar fort, ohne auf den Oberst zu achten. »Mit der Oberfläche fing er an, und er schien bei allem Fleiß nicht zu verstehen, was sich darunter verbarg. Er sah bei dem Gemälde, das er kopierte, zwar, wie es beendet, aber nicht, wie es begonnen wurde.«

»Sie gehen nicht mehr los, wenn sie einmal naß geworden sind«, sagte der Oberst besorgt und legte einige Kügelchen auf der Tischplatte aus. Die kleinen Kugeln, wie es sich nun mal für eine Überraschung geziemt, sollten besser wie Pralinés mit silbernem Stanniolpapier umwickelt sein. – Der Kopist sei wohl der einzige gewesen, sagte Balthasar, der nicht über das Schrillen der Alarmglocke erschrocken sei. Er sei gefaßt erschienen. Weder habe seine Hand gezuckt, noch habe er seinen Kopf neugierig fragend gewendet. Er habe keinerlei Reaktion zu erkennen gegeben.

»Wie sollte er auch«, gab der Oberst zu bedenken, »wenn er schon wochenlang dort gesessen hat, hat er solche Zwischenfälle doch immer mal wieder erlebt. Warum sollte er ihnen noch Aufmerksamkeit schenken? Er macht nur seine Arbeit, und es interessiert ihn schon lange nicht mehr, warum wieder einmal Alarm ausgelöst worden ist. Noch nie ist an dieser Stelle etwas Ernsthaftes geschehen.«

»So ist es«, stimmte Balthasar zu. »Auch seine Erwartungen haben sich nie erfüllt. Nichts Außergewöhnliches ist eingetreten. Nichts, was man ständig befürchten muß, ist geschehen! Mit der Zeit ist er gleichgültig geworden!«

Kann man denn überhaupt noch heutzutage ein Kunstwerk unbeschwert betrachten? »Nichts ist mehr so wie früher«, sagte Balthasar, »säurefestes synthetisches Glas liegt heute hauchdünn, wie eine zweite Haut, über den kostbarsten Gemälden.«

Hatte sich der Oberst etwa bei der Inventur seines Vorrats an Knallkörpern verzählt? Denn nun begann er mit noch größerer Aufmerksamkeit von neuem und schob mit dem Zeigefinger jede seiner liebgewonnenen Erbsen einzeln an die ihr zugedachte Stelle.

»Vielleicht hat man nun«, überlegte Balthasar, »um die Werke zu schützen, um ihren fortschreitenden Alterungsprozeß aufzuhalten, sie gar luftdicht in Folie eingeschweißt, wie man es bei leicht verderblichen Lebensmitteln tut? Und dadurch könnte man, wie bei einem billigen Schinken, auch zugleich deren Aussehen noch verbessern.« Dieses neue spiegelfreie Glas, das man schon seit mehreren Jahren produzierte, schien jedes Fältchen glätten zu können. Schwundrisse wurden unsichtbar, so daß ein Bild wieder so makellos aussah, als sei es nicht das Original, sondern eine erstaunlich gute Reproduktion. Spiegelfrei! Aber ist es denn noch Glas, wenn ihm seine wichtigsten Eigenschaften genommen sind?

Nun konnte man sich nicht mehr auf einem fremden Bilde sehen, wie früher, als die Pastelle noch unter herkömmlichem

Glas gerahmt waren. Die dunklen glatten Stellen der Ölgemälde hatten mitunter, auch wenn sie nicht unter Glas gewesen waren, verschwommen das Antlitz des jeweiligen Betrachters zurückgeworfen. Es war gewesen, als schaute er in einen Spiegel. Er sah sein Antlitz heute, und darunter sein Antlitz vor 300 Jahren. Scheint dagegen ein Bild nicht wie tot, wenn seine Oberfläche keine flüchtigen, keine wechselnden Eindrücke mehr reflektiert?

»Ob nun unter Glas gerahmt oder nicht, ob spiegelfrei oder nicht, ein Bild ist tot, wenn es in einem Museum hängt!« stellte der Oberst fest. »Können Sie es dann noch beschimpfen, wutentbrannt mit dem Spazierstock darauf einschlagen, es obszön nennen? Wenn es erst einmal, eingefaßt im schweren, vergoldeten und reichverzierten Rahmen, in einem der feierlichen, vor Prunk strotzenden Musentempel hängt. Dann ist es doch über allen Zweifel erhaben. Wer wollte es jetzt noch verhöhnen?«

Der Oberst hatte die Kügelchen aus den vielen Taschen seiner Kleidungsstücke auf dem Tische in Reihen geordnet. Einige der kleinen Kugeln waren schon zerdrückt, und es bereitete ihm viel Mühe, das Pulver mit den Fingern aus den Taschennähten zu klauben. Immer wieder fanden sich im Unrat seiner tiefen Taschen auch ein paar abgegriffene Münzen. Alle mit einem Loch, wie es für Kleingeld in Kastilien üblich war. Er warf sie ärgerlich unter den Tisch, denn sein Augenmerk galt den Knallerbsen. Aber wie oft er seine Taschen noch durchsuchte, es wurden nicht mehr … Offen gestand er seine Abhängigkeit von diesem Scherzartikel. »Ich komme ohne sie nicht mehr aus«, sagte er. »Für schreckhafte Menschen sind sie meist ein Greuel. Sie wirken besonders gut, wenn es ganz still im Raume ist, wenn alle ganz angestrengt nachdenken über etwas, was ihnen unlösbar scheint. Aber was sind sie schon für einen General? Für ihn wirken sie wie ein gut bekömmliches Schlafmittel.« Stets habe er davon ein paar Schachteln auf seinem Nachttisch liegen, und bei Schlafstörung werfe er eine Erbse nach der anderen, im Bett sitzend, gegen die Schlafzimmertür, bis ihn die Müdigkeit besiegt habe. »Ja, im Bett erlebe ich all die Schlachten, bei denen ich noch nicht dabeigewesen sein konnte.« So büße er dafür, daß sein greiser Vater, der bekannte General, ihn so spät gezeugt habe.

Später an diesem Abend schlug der Oberst vor, seinen Vorrat an Knallerbsen brüderlich zu teilen. »Niemand erwartet eine Heldentat«, sagte er. »Es könnte Ihnen wie zufällig mal eine aus der Tasche fallen, wenn Sie Ihr Taschentuch benutzen, um sich den Schweiß von der Stirn zu wischen, sei es im Konzertsaal oder sei es in einer Gemäldegalerie.«

Was hatte Alfredo Lamarillo, genannt der Oberst, damit gemeint, als er bei einer geplanten Handlung den Zufall ins Spiel brachte. *Wollte er damit sagen, daß unbeabsichtigt eine Absicht ausgeführt werden könne?*

»Vorsicht!« dachte Balthasar. »So etwas könnte Folgen haben! Falls man daran Gefallen fände, könnte es leicht zur Gewohnheit werden. Und nach und nach würde man nach immer stärkerer Dosierung verlangen.« »Eine Handvoll von diesem Zeug«, schrie Alfredo, wie um seinen Kumpan aufzumuntern, »dem Gegner ins Gesicht. Zur Begrüßung, zum Abschied: Salve … Eine Maschinengewehrgarbe, auf das Pflaster gesät, oben im Hofe des Konvents, noch heute ist sie deutlich zu erkennen. Mir ist, als hätte ich sie selbst abgegeben, quasi noch vor meiner Geburt.« Später meinte Alfredo ganz beiläufig: »Ich frage nicht, auf welcher Seite du gestanden hättest, es ist jetzt von keinerlei Bedeutung mehr, und schließlich bist du nur ein Tourist.«

»Es wäre vielleicht nicht auf deiner Seite gewesen, Alfredo«, sagte Balthasar. »Aber auch mein Onkel, der seiner Gesinnung nach ein Interbrigadist hätte gewesen sein können, der uns Kinder das Lied vom spanischen Himmel lehrte, der seine Sterne über unseren Schützengräben ausbreitet, war, wie jeder schon vor mir wußte, nur ein Wilddieb. Und wäre ich nach Kastilien gekommen, zu einer Zeit, die ich mir hätte selbst aussuchen können, dann wäre es gewesen, um mich als Maler beim Großinquisitor zu verdingen. Bereitwillig hätte ich mich seiner strengen Doktrin unterworfen, nur um ein solches Bild wie ›Toledo vor dem Gewitter‹ einmal malen zu dürfen. Auch heute bin ich keiner, der nur von außen die Paläste der immer noch Mächtigen bestaunt. Nein, ich möchte auch in deren Betten schlafen.«

Sie waren wieder einmal die letzten Gäste in der schmutzigen Destille. Auf den meisten Tischen waren die verschütteten Getränke schon wieder aufgetrocknet. Dunkle Ränder hatte der schwere Wein hinterlassen. In einer Rotweinlache vollendete Balthasar noch rasch eine Zeichnung. Er arbeitete mit den Fingern, die Partien großflächig zu weichem Sfumato verwischend, mit abgestandenen Weinneigen lavierend, als würde er eine barocke Pinselzeichnung in Sepia ausführen. Er benutzte eine abgebrochene Gabel für die Kreuzlagen der harten Schraffuren. Die runde Tischplatte war die Stierkampfarena, eine Tischhälfte, im Lichtkegel der Deckenbeleuchtung, die Südseite mit den billigeren Plätzen, wo Balthasar hätte gesessen haben können. Wo die Zuschauer der sengenden Sonne ausgesetzt waren. Auf der dunklen Seite des Tisches, im Schatten, den die Männer schlugen, die verhangene Loge des Monarchen. Man erkannte nahe der Loge die kleine, lustige Gestalt mit dem Antlitz des Alfredo Lamarillo – der Oberst, der Balthasar einmal die ganze Tragik dieser ergreifenden Szene so plastisch vor Augen geführt hatte. Denn Balthasar, obwohl er sich schon lange genug in Kastilien aufhielt, hatte nie eine Stierkampfarena betreten. Eine unverzeihliche Unterlassung, die er wie folgt zu erklären suchte: »Nur was mir erzählt wird, beflügelt meine Phantasie. Das, was ich selbst gesehen habe, war nicht der Rede und des Nachbildens wert. Normal und sachlich und somit ohne jede Spannung.« Nur die Schilderungen eines Alfredo Lamarillo, den man zu Recht den Oberst nannte, blieben jedem, der das Glück hatte, ihm lauschen zu dürfen, gestochen scharf im Gedächtnis.

Man braucht nur Balthasars Kunstwerk annähernd zu beschreiben, um genau zu wissen, was ihm der Oberst über jene Corrida anvertraut hatte ... Schon begannen einige Zuschauer, ihre Plätze zu verlassen. Immer mehr Anhänger drängten nach den Ausgängen. Soeben war der Todesstoß, die *estocada mortal,* dem alternden Torero mißglückt. Sein Augenmaß hatte versagt und der Degen den idealen Punkt im Nacken um eine Handbreit verfehlt. Der lärmende Applaus der Aficionados war ausgeblieben. Die Corrida hatte sich schon zu lange unbefriedigend dahingezogen. Dem verwöhnten Publikum schien die Arbeit mit der Capa nicht elegant genug, der Matador selbst zu wenig herausfordernd. Nun sollte der verwundete Stier aus der Arena geschleift werden. Pferde ohne Reiter wurden hereingelassen. Es waren nicht die prächtig geschmückten Pferde der Picadores mit den kunstvoll mit Silber durchflochtenen Mähnen. Man hatte ihnen auch keine Sättel und keine Scheuklappen angepaßt. Es waren einfache Arbeitspferde im Geschirr, die zunächst keinerlei Aufmerksamkeit wert schienen. Doch dann, welch beeindruckender Anblick. Unlöschbar hat er sich der Menge ins Gedächtnis gegraben: Bevor sie ihre Aufgabe ausführten, erwiesen sie dem schlecht getroffenen Stier noch ihren Respekt. Kein Peitschenhieb konnte sie davon abhalten. Während das ehemals kraftstrotzende Tier, auf seine Vorderläufe gesunken, nun langsam und qualvoll starb, bildeten sie um ihn einen Kreis, um seine Schwäche der Menge zu verbergen. Wenn der Stier ein dumpfes, schmachvolles Stöhnen nicht mehr unterdrücken konnte, übertönten es die Rösser durch helles Gewieher. Es war das letzte, was sie jetzt noch für ihn tun konnten. Sie standen dann eine Zeitlang regungslos und hielten die Köpfe gesenkt. Noch einmal versuchte der Stier, sich aufzurichten. Die

Pferde bildeten einen noch engeren Kreis und verdeckten so seine vergebliche Anstrengung. Erst als sein Todeskampf beendet, erst als alles Leben aus ihm gewichen war, zogen die Pferde an und schleiften den Kadaver aus der Arena.

»Die geschundene Kreatur wollte ich darstellen und so der Qual ein bleibendes Denkmal setzen«, sagte Balthasar. Es sollte eine Blattfolge entstehen. Ein Blatt hieß »Die mitfühlende Kreatur erweist ihre Reverenz dem Unterlegenen«. Leider werden nur auf dem Kneipentisch noch lange die Spuren der Szene zu erkennen gewesen sein – so intensiv hatte Balthasar die Fläche bearbeitet. Aber weil kein frisch gestärktes Laken zur Hand war, der Abend schon weit fortgeschritten und der Wirt nicht bereit, ein sauberes Tischtuch auf die Druckplatte zu legen, blieb dieses Kunstwerk unbekannt. Es konnte für die Nachwelt kein Abdruck genommen werden. Nur der Oberst war befugt, geschätzte Anerkennung auszusprechen.

Nach und nach wurde Balthasars Zunge schwer. Die trüben Erinnerungen jedoch hatte der rote Landwein nicht vertreiben können. »Dabei ist es nun schon so lange her«, sagte er, »seit ich mit einem Zipfel meiner Kleidung die Schnur berührte. Seit durch mein Interesse ein Sicherheitsabstand verletzt wurde. Und noch immer, wenn ich mich heute ausgiebig einer Sache widme, ihr auf den Grund gehe, kurz, wenn ich mich dem Ergebnis zu weit genähert habe, dann höre ich ihn wieder, jenen langgezogenen, schrillen Ton. Wie damals erschrecke ich und trete schuldbewußt gleich einen Schritt zurück.« »Ja«, sagte Lamarillo mit gütiger Stimme. »Ja«, sagte der Mann, der ganz gegen seine Natur unbedingt ein Oberst oder gar ein General hatte sein wollen. »Es gibt Demütigungen, die uns prägen, ein Leben lang.«

Die Tür in die Nacht war schon weit geöffnet, die Gaststube nur noch spärlich beleuchtet. Auch die beiden Posten der Guardia Civil, die wie jeden Abend nach Dienstschluß ihre Zigarettenasche auf dem Boden der Weinstube verstreut und sich einen Schlaftrunk genehmigt hatten, waren schon gegangen. Es war die Stunde, wo auch die Zeche gern mit einer jener falschen Dos-Mil-Pesetas-Noten beglichen wird ... Wie hatte doch der Gastronom des Nobelhotels behauptet: Weil die Scheine durch so viele hilfsbereite Hände gegangen seien, wiesen sie, der unterschiedlichen Behandlung wegen, die sie erfahren hätten, mehr oder weniger auffällige Abweichungen auf. »Wenn man es recht bedenkt«, sagte sich Balthasar, »könnte ebensogut auch das Gegenteil zutreffend sein, daß nämlich nur anfangs, bei druckfrischen Banknoten, die Verschiedenheit augenfällig ist. (Nicht alles Geld kann auf der gleichen Presse gedruckt sein.) Einmal in Umlauf gebracht, beginnen sich doch die Unterschiede zu verwischen. Je schneller sie von Hand zu Hand gehen, je öfter sie den Besitzer wechseln, um so rascher werden sie sich gleichen, werden sich echt und unecht näherkommen. Niemand vermag dann zwischen zwei abgegriffenen Scheinen die ›Blüte‹ zu erkennen. Wer kann denn heute überhaupt Recht und Unrecht noch auseinanderhalten? Zu schnell werden Banknoten schmutzig, verschleißen oder gehen gar verloren und müssen ersetzt werden. Ob nun die Regierung Geld drucken läßt, oder ob ihr die Fälscher dabei helfen, ist das für die große Weltwirtschaft überhaupt noch von Belang? Ja, das liebe Geld. Ob es lange in den Beuteln von Geizhälsen verblieb oder Verschwender es bedenkenlos ausgaben, wer kann es ihm am Ende noch ansehen?«

Dennoch, beharrte der Oberst, müsse man den Dingen auf den Grund gehen. Schon jetzt sei es schwer, den Amateur noch zu erkennen, so sehr habe er sich vervollkommnet. Und über kurz oder lang werde er besseres Geld als die staatliche Wertpapierdruckerei drucken können. Warum also die Fälscher verachten? Auch Balthasar stimmte dem zu, denn er glaubte, daß ein Fälscher, wenn auch aus niederen Erwägungen wie Eigennutz, einer unübertreffbaren Leistung nacheifert, wobei er leider gezwungen ist, dies im Verborgenen, in aller Heimlichkeit zu tun, und im günstigsten Falle, wenn er unentdeckt bleibt, noch auf Lob und Anerkennung verzichten muß. »Es hat immer schon Beispiele gegeben«, sagte Balthasar, »wo der Fälscher sein Vorbild an Geschicklichkeit und Kunstsinn weit übertraf, weshalb man ihm mitunter recht schnell auf die Schliche kam.«

»Es soll ja in der Kunstgeschichte gerade auf diesem Gebiete mitunter ein völliges Durcheinander herrschen«, stimmte ihm der Oberst zu. »Man weiß hin und wieder nicht sicher, wer was geschaffen hat. Die Werke der Gesellen hält man für die Werke der Meister, und andererseits hat man sogar ein Werk, das der Meister eigenhändig vollendet hat, danach seinen Gesellen zugeschrieben.« Was Wunder also, daß sich das Fälscher zunutze machten. Ja, Unsicherheit und Zweifel seien es, die manchmal Unglaubliches noch geschehen ließen.

»Das alles gibt es«, sagte Balthasar. »Jeder weiß heute, daß man falsche Expertisen kaufen und sogar schmutziges Geld, ohne daß es Schaden nähme, waschen kann.« Dann erzählte er dem Oberst von jenem herrlichen Bild, das er selbst einmal gesehen hatte: »Die Verkündigung«. Wie könne man bei diesem Gemälde überhaupt daran zweifeln, daß es Theotokopulos geschaffen habe? »In diesem Bild sind doch schließlich alle typischen Merkmale des Stiles, der ihm eigen ist, vereinigt.«

»Es ist immer verdächtig, wenn etwas ohne Tadel ist«, erwiderte der Oberst ungehalten. (Schließlich sei Unfehlbarkeit nur dem Militär vorbehalten, aber niemals der Kunst eigen.) Wenn man es recht bedenke, könne doch am allerwenigsten das Original ohne Fehler sein, und wer, wenn nicht der Nachahmer, sollte sie erkennen. Doch vermag er auch der Verlockung zu widerstehen, sie zu verbessern? *Nur durch die Kritik am Urheber enttarnt sich der Nachahmer!*

»Wenn man das Bild nicht selbst gesehen hat«, fuhr Balthasar unbeirrt fort, »kann man sich kaum vorstellen, welche Ekstase, welch überirdische Kühle in diesem Kunstwerk zelebriert wird!« »In keinem seiner Bilder ist ihm das so vortrefflich gelungen«, behauptete er. Die Farben seien durchwachsen mit jenem seltsamen bläulichen Grundton, der alle Wärme im Bilde getilgt und den Figuren einen übersinnlichen Ausdruck verliehen habe. Es sei nicht nur ein Bild des Domenikos, es sei sein bestes! Und dennoch habe er es nicht gemalt!

»Wie soll ich das verstehen?« fragte der Oberst. »Wer sonst hat an seiner Statt das Bild gemalt?« »Niemand weiß es«, gab Balthasar zu, »nicht alles, was Theotokopulos erdachte, muß seine Hand ausgeführt haben – nur ein begnadeter Künstler kann es gewesen sein, der ihn auf so noble Weise vertrat. Und wie undankbar ist die Welt, sein Name blieb unbekannt. Ein anonymer Fälscher, über dessen Herkunft und Wirken wir nichts erfahren werden, solange die Fachleute diese ›Verkündigung‹ für ein Werk des Theotokopulos halten. Aber ich weiß, daß dieses Bild erst hundert Jahre nach dem Tode des Domenikos Theotokopulos gemalt sein kann.«

»¡Hombre, que tu sabes!« Die Stimme des Mannes, der die Rolle seines Vorfahren übernahm (weswegen sie ihn den Oberst nannten), klang nach Zweifel. »Womit läßt sich das belegen?« »Ich fühlte es!« sagte Balthasar, und obwohl sein Stil bei diesem Bild unverwechselbar sei, gebe es einen unwiderlegbaren Beweis: »Preußischblau«, triumphierte Balthasar, »welcher Maler kann damit richtig umgehen? Ganz schnell kann man mit dieser Farbe alles verderben. Ist es einmal da, und sei es, daß es, unerwünscht, nur aus Versehen ins Bild geriet, ist der Fehler schwer wieder ungeschehen zu machen. Die Farbe wird sich ausbreiten und sich an anderen Stellen bemerkbar machen. Ich erkenne es noch in den feinsten Ausmischungen.« (Wie es Musiker gibt, die das absolute

Gehör besitzen, so konnte Balthasar bei den Farben die feinsten Unterschiede erkennen und ihren DIN-Wert bloßen Auges bestimmen.)

»Preußischblau, eine Farbe unangenehm und großartig zugleich, manche nennen sie auch Pariser Blau, dabei handelt es sich lediglich um die unterschiedliche Bezeichnung des gleichen Materials«, stellte er fest. »Aus zwei klaren Lösungen, aus dem Eisen(III)-chlorid und dem Blutlaugensalz entsteht nach dem Zusammenschütten eine feste, körperhafte blaue Farbsubstanz. Als der Alchimist Diesbach im Jahre 1704 in Berlin das Preußischblau erfand, jene Farbe, die in diesem Gemälde nachzuweisen ist, war Domenikos Theotokopulos schon hundert Jahre tot.«

Mit viel Geduld hatte ihm der Oberst zugehört. Und dabei nie sein Lieblingsspielzeug, die kleinen, runden Knallkörper, außer acht gelassen. An der Tischkante hatte er sie sorgfältig abgelegt, abgezählt und bis in die kleinste Menge gerecht geteilt. Er hatte sich auch verkniffen, quasi zur Probe, mal eine Kugel zu werfen, eine nächtliche Demonstration der Wirkung seiner niedlichen Zündkörper abzuhalten. Nein, er hatte, weil die Zahl nicht aufging, die übrig gebliebene Knallerbse akkurat mit seinem Taschenmesser in zwei gleiche Hälften getrennt. »Es ist auch eine große Kunst sowie ein gewagtes Unterfangen, das Pulver zu zerschneiden«, hatte er gemeint. Nun roch es leicht nach Schwefel, als sei ein Streichholz verfrüht, bevor es sich noch nicht ganz entzündet hatte, wieder ausgeblasen worden.

»Wir sind an einem Punkt angelangt«, entgegnete Balthasar, »um den es sich immer wieder dreht, wenn ich mit Federdam, dem holländischen Kunsthändler, zusammentreffe: Auch er meint, daß die Gelehrten, die darüber dicke Bücher schreiben, besser wissen, was echt und unecht ist. ›Ja‹, sage ich dann immer, ›sie überblicken die großen Zusammenhänge und übersehen dabei das Pinselhaar!‹« »Wie das!« fragte der Oberst, »ist etwa ein abgeschossener Finger für eine Schlacht von Bedeutung?« »Man wird es nie erfahren«, schloß Balthasar, »aber vielleicht war es gerade der Finger, der einen anderen Ausgang der Schlacht hätte herbei führen können. Und wenn sie so ein Pinselhaar im Labor untersuchen, dann erkennen sie, wann und wo der Marder, aus dessen Fell es stammt, gelebt hat, wann es zu einem Pinsel verarbeitet wurde, und sie können auch zweifelsfrei bestimmen, wann der Pinsel das erste Mal in die Farbe getaucht worden ist. Die Chemie ist die Wissenschaft, die, über jeden Zweifel erhaben, alle Fragen zu beantworten imstande ist.«

In einem Plastikbeutel mit dem aufgedruckten Motiv der Stadt Toledo, den er zufällig bei sich hatte, verstaute Balthasar das Schächtelchen mit den Knallkörpern, das ihm der Oberst weniger zur gelegentlichen Verwendung als vielmehr zur lange währenden Erinnerung zugedacht hatte. Nicht, daß Balthasar an ihnen Gefallen gefunden hätte. Aber er wollte den Oberst nicht in Verlegenheit bringen, indem er die Scherzartikel zurückwies. Später wird er sie daheim in einem Einweckglas, das zum großen Teil schon mit Muschelschalen aus vielen Meeren und mit Stücken einer Schlangenhaut gefüllt ist, aufbewahren. Sie, die kleinen Kügelchen, bei deren Anblick man lange darüber ins Grübeln kommen kann, was sie wohl enthalten, die aber leicht zerplatzen, wenn man sie zu Boden fallen läßt, sollen ihn fortan an Toledo erinnern. Wie ist seine kleine Welt doch so voller Rätsel. Im großen Einweckglas, das immer fest verschlossen bleibt, steckt die Verwunderung.

Was für ein Maler, der ein Jahrhundert nach seinem Tode durch die Hand eines Unbekannten noch eines seiner besten Bilder gemalt hat! Lange Zeit barg ein Banksafe das postum geschaffene Opus, ehe es als Leihgabe eines Wohltäters, der nicht genannt werden wollte, ins städtische Bildermuseum gelangte. Doch seinen Platz in der kleinen spanischen Abteilung des 16. Jahrhunderts hat das

Gemälde nicht besetzt. Es genügte dem Leihgeber, daß es vorerst nur im Bestandskatalog der bekannten Bildersammlung aufgenommen worden war. Dadurch würde es dann einmal zusammen mit den Expertisen des Professor Ulkmann auf einer Auktion bei Sotheby's in London eine gute Reputation bekommen.

Im Depot, nach langer Quarantäne fast schon vergessen, sah es der neue Museumsdirektor. Ihm war es zu verdanken, daß das geheimnisvollste Bild des Domenikos Theotokopulos, leichtfertigerweise, kurz vor dem Weihnachtsfest, in einer Sonderausstellung gezeigt werden konnte. Bei dieser Gelegenheit hatte auch Balthasar das Gemälde gesehen.

Die »Verkündigung«, ein meisterhaftes Bild – nennt es nur Fälschung, ihr Sachverständigen! Für Balthasar bleibt es ein Wunder, ein spätes Geschenk des Malers an die Nachwelt. Womit er es ihr danken wollte, daß sie seinen extravaganten Malstil nun endlich zu schätzen gelernt hat ... Auch der Direktor des Bildermuseums hatte nicht gewollt, daß diese Perle einmal zum Zankapfel für die Fachleute würde. Wozu also das Bild unnötig den Blicken so vieler Zweifler aussetzen? Er wird der Bitte seines ausländischen Amtsbruders, es für eine geplante allumfassende Ausstellung der Werke des Theotokopulos nach Wien zu entleihen, nicht nachkommen.

Noch wäre viel zu sagen, manch Mißverständnis zu bereinigen, gegenüber jenen Idealisten, die man gemeinhin mit der Bezeichnung »Fälscher« zu verunglimpfen pflegt. War es nicht endlich an der Zeit, Gerechtigkeit einzufordern für diese selbstlosen Handwerker, die wie Diebe gefürchtet sind und nie jemandem etwas genommen haben – im Gegenteil, unter Verzicht, sich selbst einen großen Namen zu schaffen, haben sie das Lebenswerk der bedeutendsten Maler vervollständigt. Darüber sollte man sprechen! Aber wer hörte ihm noch zu in so später Stunde. Der Tajo schwieg. Wenn der Regen ausbleibt, verstummt der Fluß im steinernen Bett.

Der eigentliche Künstler, dachte Balthasar, sei zuweilen der Kunstfälscher. Gerade die modernen Künstler sollten vor ihm auf der Hut sein. Es gebe für sie viele Gründe, ihn zu fürchten. Er könnte bei ihren Bildern zu leichtes Spiel haben, mit anderen Worten: Jeder Beliebige wäre in der Lage, ihre Machwerke nachzuäffen. Denn manchmal entspringe ihr Werk nur einer fixen Idee; deshalb müßten sie stets befürchten, jemand könne im voraus ihre Gedanken erraten, würde schneller denken, und noch ehe sie ihr Werk begännen, habe ein anderer es schon vollendet.

Man könne den Fälscher verachten, ihm übel nachreden, dennoch gebe es Künstler, die ihn herbeisehnen würden. Wenn ein Maler, nennen wir ihn Mayer, mit seinen Bildern Erfolg habe oder nur davon träume, immer hoffe er inständig, man möge ihn nachahmen. Dann würde sein Name immer öfter, und sogar wenn es sich um fremde Bilder handele, genannt werden. Dann hieße es: »beeinflußt von Mayer; es könnte fast ein Mayer sein; ein Schüler von Mayer, der Mayerstil, ein Mayer-Epigone« oder gar »ein *gefälschter* Mayer«! – Mayer wäre überall! Mayer begänne, sich zu potenzieren ... Wenn ein Maler mit einem Bild einmal unerwartet einen beträchtlichen Gewinn erziele, wenn er mehr Geld erhalte als es wert sei, dann werde er versuchen, daß alle seine folgenden diesem gleichen. Bald würden sich seine künftigen Werke so zum Verwechseln ähneln, daß er sie selbst nicht mehr zu unterscheiden wisse. Sie würden sich gleichen wie ein Ei dem anderen. Lustlos wiederhole er sich selbst; fast könnte man sagen, er fälsche seine eigenen Bilder.

Die Wandlung des Bräutigams. Ein im Kellergang abgestelltes und immer wieder vergeblich übermaltes, unbekannt bleibendes Meisterwerk. Die Pekinesen von Toledo.

Ein kleiner, dreieckiger Platz, kühl und lichtarm. Ein paar Bäume, ein Papierkorb und eine Bank. Langsam lief eine Katze über den Platz. An einer Ecke befand sich ein Milchladen. Die Ladentür stand offen, man sah einige übereinandergestapelte Kästen mit Milchflaschen. An der langen Seite des Dreiecks, in der fensterlosen Wand, gab es ein schlichtes Portal, den Hintereingang zum Konvent. Das Tor, aus mächtigen Bohlen, war wegen Reparaturarbeiten unverschlossen. Ab und zu brachte ein Arbeiter Bauschutt mit einer Schubkarre ins Freie. Balthasar, auf einer Bank sitzend, hatte seine Lektüre beendet und das dünne, schlecht gebundene Bändchen mit dem Titel »La Conmutación« in seiner Umhängetasche verstaut. Nachdenklich erhob er sich von der Bank. Es war ein merkwürdiger Bericht, die letzten Sätze lauteten: »Es sind viele Jahre vergangen. Die Braut ist immer noch schön.«

Was kann nicht alles passieren; diese kleine Geschichte etwa – war sie eine wahre Begebenheit? Wer weiß das schon? Der sie aufschrieb, hat sie sich nicht ausgedacht. Aber nur, wer einmal wie Balthasar selbst das Land Gundinamarca gesehen hat, wird kein Wort bezweifeln. Es war die seltsame Verwandlung eines Wachmanns in einen Hund.

Jesus Jaime Duque, Sohn landloser Hochlandindianer aus dem Dorf Fusagasuga, fand Arbeit bei einer Sicherheitsfirma. Seine Aufgabe schien einfach. Die Freßnäpfe der Hunde mußten blitzsauber sein, ehe sie vor Tagesanbruch mit den blutigen Abfällen aus dem Schlachthaus neu gefüllt wurden. Alles, was man dann von ihm erwartete, war, die Augen offenzuhalten und mit dem Hund die Calle 64, im Norden der Stadt, wo die besseren Quartiere waren, auf und ab zu gehen. Stunde um Stunde, am Tag und tief in der

Nacht, Jahr für Jahr. Die Bewohner des Viertels, wohlhabende Professoren der Anden-Universität und angesehene Dichter, darunter auch jener, welcher die Erzählung verfaßt hatte, fühlten sich sicherer, seitdem die Wachleute auch abgerichtete Hunde mit sich führten. Da hin und wieder Wachleute mit Dieben gemeinsame Sache machten, zuweilen, statt die Halunken zu stellen, gegen ein kleines Zubrot beide Augen zudrückten, setzte man mehr auf die Loyalität der Hunde. Nach einiger Zeit bemerkten die Leute, zuerst noch belustigt, aber bald verächtlich, daß gerade die unbestechlichsten Wachmänner ihren Hunden auffällig ähnelten. Sie glichen sich sowohl im Charakter als auch durch äußere Merkmale mit der Zeit immer mehr einander an. Es war zu erwarten, daß sich dies im Laufe der Jahre noch deutlicher herausbilden würde. Bei dem einen mehr, bei dem anderen weniger. Bei jedem Menschen wird der Beruf seine Spuren hinterlassen, wird sein Tun sein Antlitz prägen.

Für J. J. Duque war diese Übereinstimmung mit seinem Partner schon am Anfang seiner Karriere vielversprechend. Wie alle Pueblo-Indianer war er von kleinem Wuchs, und dennoch bewies er beim Laufen große Ausdauer. Er war jung, und sein Körper formte sich nach den jeweiligen Anforderungen fast mühelos. Welche Gestalt würde er angenommen haben, wenn er auf dem Höhepunkt seiner Karriere angelangt war? Unter Freunden sagte man, er habe sein Gesicht verloren, als er den Kontrakt unterschrieb. Domestiken würden einander gleichen, besonders wenn sie in einer Uniform steckten … Jeden Morgen nachdem er seine Stiefel schwarz gewichst hatte, sah der Indio im Rasierspiegel sein eigenes Gesicht. Jeden Morgen schien es ihm ein wenig grimmiger. Aus Nase und Ohr sproß dunkles Haar. Brust, Rücken und sogar seine Gliedmaßen waren bereits behaart. Eine augenfällige Verschmelzung mit dem ihm anvertrauten Tier hatte längst begonnen. War es denn nicht ein Bild von ganz besonderer Harmonie, wie der Herr seinem Hunde glich? Wie einer den anderen verstand, ohne daß es erst langer Rede bedurfte. »Es wird der Tag kommen«, sagte man scherzhaft, »wo man sie nicht mehr wird von einander unterscheiden können.«

Auf seinen Kontrollgängen in den besseren Wohnvierteln der großen Stadt Santa Fe, im fernen Gundinamarca, nahe am Äquator, auf der hochgelegenen Savanne, hatte der Indio, außer seinem Hund, niemanden, mit dem er hätte reden können. Wenn er die Häuser der Wohlhabenden bewachte, war er stets allein mit einem abgerichteten Tier. Ein Tier aber weiß nicht, was Zeit ist. Für ein Tier sind alle Tage nur der eine Tag, mit Hunger, Durst und Schlaf. So wurde auch für Jesus die Zeit belanglos. Er befolgte die Dienstanweisung, ohne daß er sie verstand. Es war ihm untersagt, Pfeife zu rauchen oder auf den Gehweg zu spucken. Alle vertrauten Gewohnheiten mußte er sich verkneifen. Fremder und fremder wurden ihm die alten Lieder, weit weg von zu Hause vergaß er seine Freunde, vergaß gute Worte, und weil er, um seinen Dienst auszuführen, nur einige Laute benötigte, am Ende seine ganze Sprache ... Unglaublich langsam vollzog sich die Verwandlung. Denen, die ihm täglich begegneten, blieb der Vorgang verborgen. Denn, wie genau man auch hinschaut, man sieht das Gras nicht wachsen. Mit Ungeduld hatte er seine Umwandlung herbeigesehnt und konnte es kaum erwarten, daß der letzte Funke Stolz aus seinem Antlitz schwand, daß im Hirn Leere und Gleichmut letztes Aufbegehren verdrängten.

Schneller als sein Geist war sein Körper geneigt, seine neue Bestimmung zu akzeptieren. Um den Anforderungen gerecht zu werden, unterlag er unmerklich einem unaufhaltsamen Wandel. Jesus Jaime Duque nahm sich den Hund zum Vorbild! Er ahmte ihn nach. Seine Bewegungen waren bald kaum noch von denen seines ständigen Begleiters zu unterscheiden, und bald glich seine Gangart ganz der eines Hundes. Jesus Jaime lief schleichend, den Kopf gesenkt und mit heraushängender Zunge.

Es muß wohl nicht besonders hervorgehoben werden, daß Jesus bald auch so anspruchslos wie ein Hund wurde. Er rauchte nicht mehr und hatte das Trinken aufgegeben. Er war stets auf eine furchterregende Weise nüchtern.

Verband ihn mit dem Hund am Anfang nur die Leine, so entwickelte sich bald das unzerbrechliche Band der Kameradschaft. Bestandene Gefahren, das häufige gemeinsame Auf-der-Lauer-Liegen hatten sie geeint. Und schließlich war es nicht mehr so klar ersichtlich, wer wen denn nun eigentlich an der Leine führte. Der Wachmann den Hund, oder vielleicht gar der Hund den Wachmann? Bot das Ende der Hundeleine für Jesus nicht Sicherheit und Halt? War die Hundeleine nicht die Nabelschnur seiner Wiedergeburt?

Anfangs war der Hund ihm überlegen. Man hatte ihn, seine natürlichen Fähigkeiten fördernd, auf einer Hundeschule eigens für den Wachdienst abgerichtet. Würde Jesus dem Hunde, der schon anschlug, wenn die vermeintlichen Einbrecher noch weit entfernt waren, einmal ebenbürtig sein? Würde der Hund ein Teil von Jaime, oder Jaime ein Teil vom Hund? Neidvoll, aber auch mit liebevoller Bewunderung betrachtete er seinen Kameraden. Er sah, wie dieser selbst im tiefen Schlaf die Schritte der Diebe vernahm. Selbst dann, wenn sie nur einen Plan ersannen, oder wenn sie das Für und Wider eines solchen gegeneinander abwägten, überkam dem Hund eine seltsame Unruhe ... »Wenn ich doch nur einen kleinen Teil dieser Gabe besäße«, dachte Jesus, »ich wäre der beste Wachmann und könnte mehr vom Leben haben. Ich könnte sogar an Heirat denken; keine Sicherheitsfirma würde mich fortan so leicht entlassen.«

Jesus Jaime Duque hatte eine Verlobte. Doch er traf sich mit ihr nur noch selten. Sein Dienst erlaubte keine Unterbrechung. Persönliche Angelegenheiten mußten, damit er Geld für die Hochzeit zurücklegen konnte, erst einmal hinten anstehen. Der junge Indianer aus dem Hochland wußte: Wollte er seine Aufgabe zur Zufriedenheit seiner Herren verrichten, war er gut beraten, wenn er sich den Hund zum Vorbild nahm. Wenn er lernte, wie ein Hund zu fühlen, wie ein Hund zu denken, kurz: Er mußte eins werden mit der anspruchslosen Kreatur.

Bisher hatte der junge Mann aus den Bergen Glück gehabt. Unter den vielen, die sich um die Stelle als Wachmann bei einer privaten Sicherheitsfirma beworben hatten, war er ausgewählt worden. Man hatte seine guten Anlagen erkannt, um fremden Besitz zu bewachen. Denn er selbst besaß nichts! Zwar verfügte er über einen geringen Verstand, doch dafür hatte ihn die Natur mit großen Ohren ausgestattet. Er war von unverwüstlicher Gesundheit, war zäh, ausdauernd und hatte nur ein Ziel vor Augen: es im Leben zu etwas zu bringen. Er konnte, ohne über einen Sinn nachzudenken, hart an sich arbeiten. Immer war er bemüht, es seinem Kameraden, der allein durch seinen Anblick schon Furcht erregen konnte, gleichzutun. Und jeden Tag gelang ihm das ein wenig besser. Obwohl von der Vollendung noch weit entfernt, traten bereits mehrfach auch die äußerlichen Zeichen einer begonnenen Umwandlung hervor. Seine Körperbehaarung wurde zusehends dichter, seine Kaumuskulatur hatte sich gekräftigt, sein Gebiß begann sich zu verformen, seine Stimme war tief und rauh, seine Worte schon unverständlich, sie klangen abschreckend wie heiseres Gebell. Er war nicht mehr er selbst; Jaime begann langsam, ein Hund zu werden, jeden Tag ein wenig mehr. Wie vorteilhaft das alles! Die Unbill des Wetters ertrug er immer leichter. Kaum noch spürte sein Körper Hitze oder Kälte. Und er hatte es nicht einmal zu hoffen gewagt, doch irgendwann hörte er sogar den hohen Ton der Hundepfeife, den das menschliche Gehör nicht wahrnehmen kann. Auch seine Witterung wurde so fein, daß er jede Spur aufnehmen und ihr folgen konnte, was ihm zugute kam, als sein Hund später altersschwach wurde und zu kränkeln begann. Nun roch auch er das Pulver, noch ehe der Schuß abgefeuert worden war. »Vieles kann man im Leben erreichen, wenn man nur will«, wußte er nun, »wenn man nur dazu bereit ist, sich selbst zu ändern.«

Als Jesus Jaime Duque, im schwarzen Anzug, bei den Eltern seiner Braut vorsprach und um ihre Hand anhielt, ging er zwar noch aufrecht, aber auf seiner Schulter trug er bereits den Kopf eines Hundes. Sein Anzug war ihm zu groß (die Jackenärmel fielen über die behaarten Hände) – oder begann auch sein Körper, auf die Größe eines Hundes zu schrumpfen? Sollte ihn das beunruhigen, wo er doch immer schon gewußt hatte, daß seine derzeitige Gestalt nicht seine endgültige sein würde ... Die Eltern der Braut erkannten ihn dennoch. Sie schrieben die nicht zu leugnende Veränderung seines Äußeren seinem Dienst zu, und man trank einen Maisschnaps auf die Zukunft. »Nun sieht er schon fast aus wie ein angehender Wachmann. Den Rest macht dann allemal noch die Uniform«, sagte der Brautvater ... Als danach Jesus Jaime das Haus seiner zukünftigen Schwiegereltern wieder verlassen hatte, als sie ihm im Dorf das Wort »perro« (Hund) nachriefen, fühlte er sich frei; er war fast glücklich. »Ich habe es geschafft«, sagte er sich, »endlich bin ich WER!«

Immer schwerer fiel dem jungen Wachmann nun der aufrechte Gang. Sooft er konnte, erst heimlich und verstohlen, dann aber zuweilen auch ganz ungeniert, lief er auf allen Vieren. Und siehe – als hätte man es so von ihm erwartet: Keiner, der darüber gelacht hätte

Die gut bewachten Häuser wollte am Ende niemand mehr verlassen. Und überhaupt, wer ging in diesem wohlhabenden Viertel noch zu Fuß? Die Bürgersteige waren leer, oder man hatte auch sie abgeschafft. Man sah ab und zu noch Sicherheitsleute, Paramilitärs, die sich gegenseitig beraubten, und die auf den Indio eintraten wie auf einen Hund.

Während sich die Arbeiter eine Pause gönnten und, auf einem Gerüst an der Außenwand des Konvent sitzend, sich am Flaschenbier erquickten, während die Katze die Schale Milch schleckte, die auf den Stufen vor dem Milchladen für sie bereitstand, gelangte Balthasar, unbemerkt über die am Boden liegenden Gerätschaften, Schaufeln und Hacken der Arbeiter hinwegsteigend, durch den Hintereingang ins Konvent. Wohin der Gang, den er nur zögernd und unsicheren Schrittes betrat, denn eigentlich führen würde, hatte ihn zunächst kaum interessiert. Er hatte ihm, als sei er in einen Sog geraten, folgen müssen. Nur an wenigen Stellen war der Gang notdürftig beleuchtet. Meist herrschte Dunkelheit. Doch wie einer, der seine Blindheit beherrscht, strauchelte er über nichts. Was auch immer an unbrauchbarem Krempel achtlos herumlag ... »Es ist schon erschreckend«, sagte er sich, in Gedanken noch immer bei der Lektüre, »was Eifer gepaart mit Nachahmungstrieb verursachen kann, besonders bei jenen Unglücklichen, die dafür ein angeborenes Talent besitzen.« Aber gottlob müsse nicht jeder befürchten, daß ihm Gleiches widerfahren könne. *Nur der, der ganz in seiner Aufgabe aufgeht, ist für solch eine wundersame Verwandlung geeignet.*

Truhen mit verrosteten Schlössern, Schreibpulte und verstaubte Aktenberge. Ein unbehagliches Gefühl ergriff ihn. »Weshalb bin ich hier«, begann er sich zu fragen. »Weil man eine Tür zu schließen vergaß, und ich zufällig in der Nähe war, auf einer Bank saß und im Buch die kleine Geschichte zu Ende gelesen hatte.«

Auf dem Gemälde, das in einem der weitläufigen unterirdischen Gänge des Klosters abgestellt war, konnte er nichts erkennen. Es wirkte düster, ein erblindetes Bild, dem das innere Leuchten fehlte. Zu lange war es der Dunkelheit ausgesetzt. Oder war es nie sehend gewesen? Es lehnte ungerahmt an der grob gekalkten Wand. Statt Meisterschaft erkannte Balthasar zunächst nur Mühsal. Auf der großen, dunklen Fläche, auf der groben, ölgetränkten Leinwand, die auf einen Keilrahmen alter Bauart gespannt war, schien sich alles den Blicken des Betrachters zu entziehen. Viele Klostervorstände hatten, in der Absicht, das Bild zu verbessern, es immer wieder, an fast allen Stellen, übermalen lassen. Aber es waren vergebliche Versuche, dem Bilde Leben aufzusetzen. Die Farbe hatte nur sein Gewicht erhöht. Wie die Rinde eines alten Baumes bedeckten stumpf gewordene, unansehnliche Farbschichten die Leinwand. Staub haftete auf der Oberfläche. Nur leise im oberen Drittel des Bildes jene Aufhellung, die das Antlitz eines Mannes sein mußte. Ein fahles Oval, die Farbe so aufgetragen, daß die Webart des Leinens an dieser Stelle noch zu erkennen war. Während die Leinwand eine dicke Kruste dunkler Farben bedeckte, blieb dieses Gesicht, das begonnene Selbstporträt des Meisters, ausgespart. Niemand hatte später gewagt, es zu vollenden ... Mit bloßen Händen, mit einem Ärmel seines Sakkos, versuchte der Eindringling, einige Stellen im Gemälde vom Staub zu befreien, und konnte dabei einen Niesreiz nicht unterdrücken. Er konnte nichts tun, bis die angesaugte Luft wieder schlagartig seinen Körper verließ. Danach waren die Umrisse des Porträtierten wohl etwas klarer zu erkennen – doch die aufgewirbelte Staubwolke erschwerte eine eingehende Betrachtung.

Ja, im Kellergang eines Klosters in Kastilien konnte Balthasar ein verstaubtes Gemälde, ein unbekannt bleibendes Meisterwerk berühren, ohne peinliches Aufsehen zu erregen. Niemand hatte ihn hindern wollen, das schwere Bild zu drehen und zu wenden. Niemand war dabei, als er die Spannägel und den Keilrahmen bestaunte und auf einer der Leisten, dem Mittelkreuz, die Schriftzüge des großen Theotokopulos erkannte.

Wieder im Freien (in einer von jenen Gassen in Toledo, in denen der Fremde oft sein Ziel verfehlt, es schließlich, ohne daß er es noch will, zufällig erreicht), bemerkte er die Veränderung seiner äußeren Erscheinung. An seinen Händen, an seiner Kleidung.

Er war bestäubt. Er trug mit sich die Pollen einer ausgestorben geglaubten Spezies. Den Staub, der auf einem Meisterwerke lag, das niemand kannte.

Im Café am Zocodover lehnte wie immer ein Kellner im Türrahmen und wartete auf eine Bestellung. Vor dem Lokal waren trotz des guten Wetters die Tische schlecht besetzt. Eine Handvoll Gäste nur, die eine Kleinigkeit zu sich nahmen, aber sonst nur die Zeit verstreichen ließen. Der Kellner war gelangweilt und hoffte, den Platz überblickend, auf neue Gäste. Um seinen Mund ein abwesendes, zuweilen leicht verächtliches Lächeln. Hatte er etwas bemerkt, was ein wenig Abwechslung versprach? Sonderbar, wie es schien, hatte sich ein Schoßhündchen eingefunden, das einen Beißkorb trug. »Ist es nicht bildschön?« sagte die Dame am Nebentisch. »Süß wie ein Törtchen.«

Auch Balthasar hatte gespürt, daß sich etwas genähert hatte und sich unter seinem Tisch zu verbergen suchte. Es konnte ebenso ein Tier als auch das verlorengegangene Seidentüchlein einer Dame sein, das der Wind ihm vor die Füße gewent und unauffällig wieder entfernt hatte.

Sie könne sich nicht an ihnen satt sehen, redete die Dame am Nebentisch, eine rundliche Britin, weiter; sie kroch unter den Tisch und versuchte, das merkwürdige Wesen zu berühren. Vergeblich, wie sie sich auch bemühte, es war zu klein und entzog sich ihren Fingern. Dann schien es fortan am Tischbein zu kleben, es sah aus wie eine große behaarte Raupe, wie es sie nur in den Tropen geben kann. Oder war es nur ein Büschel Haare, ein zu Boden gefallenes Toupet?

Für den Kellner kein Ereignis, er kannte die winzigen Hunde von Toledo, die sich auf ihren sehr kurzen Beinen wie Raupen mühsam auf dem Boden fortbewegen. »Nur ein Pekinese«, sagte er.

»Wie kann etwas so aus seiner Art geschlagen sein, wie kann ein Tier von seiner vorbestimmten Natur sich so weit entfernen?«

überlegte Balthasar und streifte dabei unbeabsichtigt den lüsternen Blick der Britin. »Nur durch die Kunst erfahren wir die Verfeinerung der Sinne«, sagte die Dame, die eigentlich keine Dame war, als hätte sie Balthasars Gedanken gelesen. »Jeder Körper, auch der gewöhnlichste, läßt sich formen, wie es beliebt, und bis er dem anspruchsvollsten Liebhaber gerecht wird. Alles kann man verändern, manches sogar ins Gegenteil verkehren. Die artifizielle Verfeinerung erst hat doch der rohen Natur das Gewöhnliche genommen, und oftmals haben eben, wie bei einem guten Likör, die erfundenen Freuden die natürlichen Genüsse übertroffen.« »Diese Engländer«, dachte Balthasar, »überall in der Welt sind sie zu finden, an den seltsamsten Orten tauchen sie unvermutet auf. Immerzu suchen sie gerade das Außergewöhnliche.«

Und wahrlich: In Toledo hatten es Züchter verstanden, die kleinsten Rassehunde, die es auf der Welt gibt, die Pekinesen, durch langwierige Auslese noch weiter zu verkleinern, bis die Hunde winzig und kaum noch wahrzunehmen waren. In der Welt der Miniaturen, möchte man glauben, findet sich alles wieder, was einmal ganz groß war. Geschrumpft wie die deutsche Eiche zum fernöstlichen Bonsai sind unsere Ideen. Und während die engen Paläste in der Calle San Ildefonso langsam verfielen, als ihren Bewohnern Ruhm, Stolz und der Wohlstand abhanden kamen, als es unter den Bewohnern fast täglich zum Streit kam, bewahrten die Schoßhunde Contenance. Jene feine, fast vergessene Lebensart. Sie verhielten sich still und unauffällig, statt laut und unübersehbar. Aber die Bürde der besseren Gesellschaft, die schwere Last des Müßigganges hatten sie, die Kleinsten unter den Kleinen, auf sich genommen. Leiden und Gebrechen, Zahnweh, Rheuma und Diabetes mußten sie erfahren, als Preis für ein Leben in Luxus. Ihre hitzigen Triebe hatten sie der häuslichen Gemütlichkeit geopfert, um die Langeweile mit ihren Herrschaften zu teilen.

Auch der Kellner kannte sich aus. Unaufhörlich sein Redefluß, immer neue Absonderlichkeiten brachte er zu Gehör. Kein Einwurf, der Zweifel anmeldete, wurde hingenommen.

Die Tiere würden verehrt wie kaum ein anderes Lebewesen, das mit uns die Erde bewohnt. Jeder Wunsch würde ihnen von den Augen abgelesen. Die Rollen von Mensch und Tier, endlich seien sie vertauscht. Die Herrschaften, als seien sie der Hunde Lakaien, unterwarfen sich gern den Launen der schwachen Geschöpfe. Täglich bereiteten sie ihren kleinen Gebietern, den lieben Hündchen, ein Bad, fönten und bürsteten sie oder färbten ihnen das Haar, der jeweiligen Mode gemäß, veilchenblau, rosa oder giftgelb. Man flocht den Hündchen Zöpfe und verzierte ihr Haupt mit bunten Schleifchen. Hin und wieder konnte man männliche Tiere sehen, die sogar einen kleinen Spitz- oder einen sorgfältig gezwirbelten Schnurrbart trugen. So glichen sie oft berühmten Vorfahren ihrer Herrschaften. Sie seien wie Miniaturen, winzige Abbilder der Damen und Herren aristokratischer Kreise. Bezögen im Alter eine Pension, wie lang gediente Beamte. Ja, die kleinen Hunde hätten schon immer einen geachteten Platz in der besseren Gesellschaft gehabt.

»Was Wunder also«, sagte der Kellner, »daß ihr Erscheinen die Leute immer aufs neue begeistert! Daß es die Menschen beglückt, wenn ein Hündchen seine Notdurft auf dem Bürgersteig verrichtet.« Diesen kleinen, sanftmütigen Wesen, »las almacitas«, den kleinen Seelen, wie sie manche Leute nannten, gelang es manchmal, den Liebkosungen ihrer Eigentümer zu entrinnen. Während der Siesta strichen sie umher, neugierig wie Kinder und immer auf Entdeckungen aus. Gern suchten sie heimlich die kleinen Straßencafés auf und machten die Bekanntschaft von interessanten Leuten. Es fiel ihnen leicht – wo sie sich auch befanden, immer zogen sie die Aufmerksamkeit freundlicher Menschen auf sich.

Doch unverständlich war für jeden, der das Glück hatte, sie zufällig bei ihrem Treiben zu beobachten: Diese winzigen Schoßhunde, die gern wie wir Menschen das Nichtstun und ein wenig Freiheit genossen, trugen Beißkörbe. Merkwürdig, nur in Toledo war Balthasar derartiges begegnet. Man sagte, während der Siesta sei den Hunden der Ausgang erlaubt. Doch ihre Besitzer versäumten niemals, bevor sie sich selbst zur Ruhe begaben, noch ihren Lieblingen den Korb anzulegen. Aber war es nicht demütigend, dieses kleine Gefängnis in der süßen Freiheit vor sich hertragen zu müssen? Ihr Antlitz blieb verborgen. Gesichtslos nun, doch umso geheimnisvoller war ihr Anblick. Als verliehe der Maulkorb der stummen Kreatur Stimme. Durch die Gassen lief dann immer die gleiche Frage: *Was* wird verschleiert, was wird uns vorenthalten? Steckt im Korb, bei aller Feinheit, nicht doch der Kopf einer Bestie? Schoßhunde, die in der Öffentlichkeit Maulkörbe tragen müssen, hinterlassen sie nicht einen zwielichtigen Eindruck?

Ihre Ausschweifungen, mysteriös und geheimnisvoll, blieben nicht unentdeckt. Die Tiere liebten das Halbdunkel der Kirchenräume und das warme Licht der dünnen Wachskerzen vor den Altären. Sie waren süchtig nach den festlichen Gerüchen bei den großen Feierlichkeiten im Kirchenjahr. Das Aroma von Mottenkugeln, das den schweren Schränken entströmte, in denen die Meßgewänder aufbewahrt wurden, machte sie schläfrig. Wenn sie Weihrauch oder den Duft von Bittermandelöl eingeatmet hatten, fühlten sie sich wie benommen. Sie schnupperten verstohlen an den Reliquienschreinen. Das Knöchelchen eines Heiligen, das mitunter verschlossen im kunstvoll mit Halbedelsteinen verzierten Etui lag, machte sie lüstern und traurig zugleich. Der Körpergeruch der jungen Frauen, die gebräunt, aber manchmal in unpassender Kleidung das Gotteshaus betraten, erregte sie auf unerklärliche Weise.

Doch auch der Körpergeruch der Pilger unterlag dem Wandel der Zeit; er hatte sich beinahe total verändert. Kein Weihrauchfaß mußte mehr geschwungen werden, um ihre Ausdünstungen zu ertragen. Zu oft wuschen sich die Touristen und rochen nach Shampoo statt nach Mühsal und körperlicher Anstrengung. Duftwässer, die aufdringlichen, verführerischen Parfüms der jungen Herren, hatten heilige Ingredienzien ersetzt. Mit Unbehagen nahmen die Priester dies wahr, doch wann immer ein Pekinese seine Duftmarke am Kirchengestühl erneuerte, leuchtete heiteres Wohlwollen auf im Antlitz der ernsten Männer. Warum sollten sie ihnen zürnen? Gern wurde es den Hündchen verziehen, wenn sie zuweilen am ungeeigneten Orte Heiterkeit verbreiteten. Sie waren wie wohlerzogene kleine Kinder, aber manchmal trotz allem ein wenig übermütig.

An den folgenden Tagen sah Balthasar die Pekinesen noch oft. Und immer steckten ihre Köpfe in festen und sicheren Beißkörben. Eines Tages fragte Balthasar einen Kastilianer, dem er in einer Gasse, an einer besonders engen Stelle begegnete: Ob das hier Vorschrift sei? »Nein«, sagte dieser, »nicht für die Schoßhunde und schon gar nicht für solche Winzlinge!«

»Was hat es also dann zu bedeuten?« wollte Balthasar wissen. »Erst werden sie herausgeputzt, und dann wird ihnen, obwohl sie angeblich so friedfertig sind, eine unnütze und demütigende Maske angelegt? Will man sie an etwas hindern, was sie ohnehin nicht tun können?« »Was haben Sie für eine Einstellung«, wurde ihm erwidert. »Man sieht, daß Sie nicht von hier sind. Ist es denn demütigend, wenn das Antlitz des teuersten und treuesten Wesens, das man besitzt, fremden Verführern verborgen bleibt?« Und dann gab man ihm zu verstehen, daß alles, ob man es nun gern oder ungern tue, seinen Sinn habe, und nichts ohne zwingende Ursache geschehe.

Es sei wegen der Touristen, die beim Anblick der kleinen Hunde in Verzückung gerieten und sie gern mit Pralinen oder mit Marzipan fütterten. Damit sie keinem Fremden aus der Hand fressen könnten, legten die Besitzer den Tieren, wenn die sich außerhalb der Wohnräume bewegen durften, zur Vorsicht Beißkörbe an.

»Es ist schier unglaublich, was man alles auf Reisen lernen kann«, sagte Balthasar. »Bisher habe ich nur gewußt, daß Beißkörbe die Menschen vor Hundebissen bewahren, nun sehe ich, sie taugen auch dazu, Hunde vor der Aufdringlichkeit der Menschen zu beschützen.«

Als der Kastilianer, schon im Begriff sich zu entfernen, seinen Hut lüftete, wurde Balthasars Verstand von immer mehr belanglosen Fragen gequält.

Ob die Süßigkeiten hier so schlecht seien, daß man sie an Hunde verfüttere, wollte er wissen.

»Aber nein, es sind die besten, die es derzeit auf der Welt noch gibt, besonders das Marzipan, handgemacht nach alten Rezepten, unter Verwendung wertvollster Rohstoffe«, erwiderte der Mann.

So müsse man wohl mit den Beißkörben die Hunde vor Schaden schützen, der ihnen durch falsche Ernährung zugefügt werden könnte, vermutete Balthasar.

»Auch das ist falsch«, meinte der Kastilianer. »Diese Schoßhunde sind anspruchsvoller als Sie und ich. Nur das Beste nehmen sie in sich auf. Pralinen – für sie eine gewohnte Nahrung. Warum sollten sie ihnen noch schaden? Nein, die Besitzer selbst hatten den Schaden, aber wo hätten sie den einklagen können? Was hätten sie dagegen tun können, wenn ihnen, durch Gefälligkeiten anderer, Nachteile entstanden? Wenn sie um Momente des Glücks und der Freude gebracht wurden! Kann sich jemand vorstellen, was ihnen entginge, wenn die Tiere weiterhin süße Gaben von unberechtigten Wohltätern angenommen hätten?«

»Wie denn das?« fragte Balthasar erstaunt zurück. »Ist es wirklich erforderlich, dies alles in Betracht zu ziehen?«

»Nun denn, sagen wir es mal so: Sie wurden doch um etwas ge-bracht, auf das sie schließlich einen Anspruch hatten.« Als der Kastilianer Balthasars Verwunderung bemerkte, nahm er sich die Zeit für weitere Erklärungen.

»Die Fremden bedachten nie«, begann er, »daß die Halter stets sehnsüchtig auf die Rückkehr der Tiere warteten, um ihren Lieb-lingen endlich selbst das aufgesparte Praliné ins Mäulchen stecken zu können. Jener lang erwartete Moment, sollte es ihn nicht mehr geben? Sollte er etwa in Enttäuschung umschlagen, weil die Hun-de den häuslichen Leckerbissen verschmähten. Weil Appetitlosig-keit als Folge vergnüglicher Ausflüge sich einstellte? Schrecklich für den Betroffenen, wenn er erleben mußte, daß sein Liebling die gewohnte Hostie mißachtete. Wenn der lustvolle Sprung auf den Schoß der Herrin ausblieb. Wenn das eigene Tier, wie ein fremdes Wesen, sich im hintersten Winkel der Stube verkroch.«

Balthasar hatte genug erfahren und hätte gern seinen Weg fort-gesetzt. Aber nun versperrte, an der engsten Stelle der Gasse (die Balthasar, für seine Bitte um Auskunft, selbst gewählt hatte), ihm der Kastilianer den Weg.

Es sei dann immer eine Erleichterung gewesen, fuhr der Aus-kunftswillige fort, eine Freude für alle, wenn der Hund sich im Salon übergeben habe. Wenn endlich die im Überfluß genossenen fremden Süßigkeiten wieder herausgewürgt worden seien. Denn dann habe er an den folgenden Tagen das Haus nicht verlassen wollen, und der Blick der Herrin habe auf seinem seidenen Fell wieder mit Wohlgefallen ruhen können. »Gewiß«, sagte Balthasar, als er das alles vernommen hatte, »heutzutage hat man Vorkeh-rung zu treffen, damit vollendete Schönheit zwar der Bewunde-rung vieler, aber nur der eignen Freude dienen kann.«

Doch im Café »Ali Baba« auf dem Zocodover waren die An-sichten über Pekinesen geteilt, man könne sie nicht durchweg als Luxustierchen bezeichnen, und es träfe auch keinesfalls mehr zu,

daß sie die gesellschaftlichen Verhältnisse Toledos widerspiegel-
ten. Mit der alten Aristokratie, für die die Arbeit verpönt gewesen
sei, hätten sie nun nichts mehr zu tun. Man solle sich umschauen.
Kaum noch eine Verpackung, auf der kein Schoßhund zu sehen
sei. Mit ihren Stiefmütterchengesichtern würden sie für immer
neue Produkte werben. Für Sachen, die immer neue, bislang unbekannte Wünsche in uns weckten. Zuerst sei es fraglich, ob wir
die betreffenden Artikel überhaupt benötigten, und bald kämen
wir ohne sie kaum noch aus. Längst dienten die besten Pekinesen
einer Marketingstrategie. In den Gassen machten sie sich schon
rar. Sie hätten auch immer weniger Freizeit. Vor den Agenturen
stünden sie mit ihren Betreuern an, um sich für seichte Rollen
bei Fernsehsendungen zu bewerben. Sie hätten längst den Lauf-
steg bei Modeschauen erobert und stellten sich selbstbewußt den
Fotografen. »Nennen Sie das ›Pralinen naschend den Tag tatenlos
verstreichen lassen‹?«

Der Automat für das Seelenheil. Die Agaven im Greisenalter. Das Angeln als Selbstzweck. Wie ein Mann an zwei Orten gleichzeitig sein kann. Der Oberst bewacht einen welken Blumenstrauß. Der ungehörige Dank des Kammersängers. Das Mirakel.

In der Kathedrale waren selbst die Mauerfugen vergoldet und die Böden der Seitenkapellen mit dickem, purpurrotem Samt bedeckt. Ehrfurchtsvoll durchschritt Balthasar das sakrale Bauwerk. Dann aber gab es etwas, was ihm im ersten Moment störend, ja absurd vorkam. Inmitten der Pracht, die das Paradies vorwegnahm, stand ein abscheulicher Kasten aus Blech. Im Hause Gottes dieses unschöne Utensil. Es war eine Erfindung, die, wenn nicht Bewunderung, so doch Anerkennung verdient hätte. Eine Neuerung, an die wir uns erst noch gewöhnen müssen. Ja, wer kannte schon neben seiner sakralen auch seine praktische Bestimmung? Oder sollte der Fürbitten wegen weiter Wachs verschwendet werden? Sollten Anbetung und Verehrung der Heiligen weiter Ruß verursachen, sollten Gebete Kirchengewölbe verdunkeln?

Endlich stand auch in der prächtigsten Kathedrale, die die Christenheit kennt, um die Fürbitten zu erleichtern, ein Automat. Dieses schon halb verrostete Ding, seiner trivialen Bestimmung beraubt, erzeugte keinen Ruß. In der Kathedrale stand ein umgearbeitetes Tischfußballspiel. O arme Seelen! Doch ein Spiel, das die Zeit vertrieb (wie unangebracht an solchem Ort), war nunmehr unmöglich. Alles, was sich innen bewegen ließ, war entnommen worden. Ein Behältnis aus Blech, in dem schmale Glasröhrchen steckten. Jedes mit einem feinen Metallfädchen durchzogen. Es waren Lämpchen, die wie dünne, in Reihen aufgestellte Kerzen aussahen. Am Boden waren Drähte verlegt und akkurat mit Sachverstand verlötet.

Ein Priester lief hin und wieder durch das Mittelschiff, zornig auf die Unschlüssigen, Zweifler und Kritiker. Sein mitleidiger Blick streifte die Gläubigen. Sollte er es ihnen zeigen und selbst ein Geldstück in den Schlitz stecken? Aber in seiner weiten Soutane und in den Röcken, die er darunter trug, waren wohl keine Taschen, denen er Münzen hätte entnehmen können. Und ob sie denn seiner Anregung wirklich bedurften? Wo sie doch den Automaten längst verfallen waren. O arme Seelen, die es gewohnt waren, sich durch Einwurf einer Münze zu bedienen. Die sogar nachts aus dem Automaten an der Ecke noch eine Schachtel Gauloises zogen. Oder die Münze um Münze in den Schlitz von Einarmigen Banditen einführten, bis es klingelte, und sie ihr unverdientes Glück empfingen. Die in Furcht vor der Obrigkeit bei jedem Halt die Parkuhren bestückten, allerorten kamen sie kaum noch ohne Apparate aus. Aber der Kasten in der Kathedrale, der Automat für das Seelenheil, erregte ihre Abneigung. O arme Seelen! Meist blieb er dunkel. Vereinzelt ein paar helle Punkte, die, kaum wahrgenommen, wieder verschwanden. Waren die Menschen einer kurzen Andacht nicht fähig?

Alles ist Gewohnheit! O arme Seelen – bald wird sich niemand mehr an das Kerzenlicht erinnern und das Gotteshaus nur noch mit ein paar abgenutzten Münzen in der Tasche betreten. *Es ist doch bequemer, eine Münze einzuwerfen, statt eine Kerze anzuzünden.* Kein Lufthauch läßt ein künstliches Flämmchen erzittern. Nur der Fall des Geldstückes ist zu hören, was den geringen elektrischen Impuls auslöst und das Lämpchen für eine kurze Zeit aufleuchten läßt. O arme Seelen! Die Madonna wird eure Bitten erhören. Doch die Bitten müssen klein sein, wie die wertlose Münze. O arme Seelen, wird man euer noch gedenken, wenn bei einer Fürbitte kein Ruß mehr aufsteigt. Wenn das Gebälk nicht mehr geschwärzt wird, die Altarbilder sich nicht verdunkeln können? Wenn der Tempel rein bleibt, aber nicht mehr heilig sein wird.

Zweifellos hatte auch ihn ein Priester geweiht. Den unschönen Kasten, der nun an Stelle einer großen Silberschale stand.

Der Schale, die einst das Kerzenwachs aufgefangen hatte. Die Kerzen, angezündet für das Seelenheil der Verstorbenen, hatten so dicht und wirr beisammen gestanden, daß sie sich durch die Wärme wie Fragezeichen gebogen hatten. Oftmals war durch Fürbitten ein kleines wächsernes Gebirge entstanden. Pittoresk, aber fragwürdig. Nun brauchte es kein Wachs mehr, und keine Rußschicht konnte sich auf die Zeit legen. Rein blieb das Gebälk im Kirchenschiff für die Ewigkeit. Bisher hatten doch Verehrung und Anbetung ihre düstren Spuren hinterlassen. Der vielen Fürbitten wegen hatte sich über die Jahre auch ein dunkler Schleier über Kunstwerke und Altäre in den Gotteshäusern gelegt. Fettiger Ruß von unzähligen abgebrannten Kerzen!

Auch viele der Gemälde, die Theotokopulos im Auftrage des Großinquisitors geschaffen hatte, waren geschwärzt und wurden, ehe sie in die berühmtesten Galerien der Welt gelangten, auf die mühseligste Weise unter dem Mikroskop gereinigt. Aber mit den Rußpartikeln, die die Restaurateure abnahmen, entfernten sie auch unwiederbringlich Zeit. Sekunden, Stunden, Tage und Jahrhunderte. Und schließlich tilgten sie zuletzt noch Schweiß und Atem des Meisters. Denn all das hatte die Rußschicht konserviert. Überall dort, wo nicht nur sein Pinsel Spuren hinterlassen hatte, wo er auch mit seinen Händen das Werk berührt hatte, arbeiteten sie mit Tupfern und ihren Mittelchen. Sorgfältig, mit Wattebäuschen, löschten sie, um das Werk zu erhalten, die Zeit seiner Vollendung aus.

»Wie das, vor dem Laden des Juweliers kein Bettler?« fragte sich Balthasar. Zu einer Stunde, wo in den Gassen so viel Begängnis herrschte. Auf der ausgetretenen Stufe, wo er gewöhnlich saß, war nur sein Handwerkszeug, der Armstumpf mit der Greifkralle, zu sehen. Auf dem schmalen Bürgersteig jedoch lag seine Mütze. Anspruchsvoll und anmaßend, daß man sie zu umgehen hatte, als sei wie sonst der Bettler an dieser Stelle. Der Anblick seiner Bedürftigkeit hatte bisher den bescheidenen Luxus des Schmuckgeschäftes aufleuchten lassen. Man vermutete, daß ihm das vom Juwelier großzügig vergolten wurde. Die Abwesenheit des armen Mannes, das Fehlen eines wirksamen Kontrastes, war dem Juwelier nie angenehm. Wenigstens konnten die Habseligkeiten des Bettlers, die er vor dem Geschäft abgelegt hatte, den Schaden in Grenzen halten. Neben seiner Mütze hatte er ein kleines Schild aufgestellt, das, mit dem Hinweis auf seine Mittellosigkeit, um Pesetas bat, und dazu eine Anmerkung, daß er gerade in der Weinstube sei, um sie auszugeben. Viele meinten: Es stünde ihm nicht zu, ja es sei geschäftsschädigend für einen um Almosen Bittenden, dies bekanntzugeben. Im Gegenteil! Es ist der ganz normale Lauf des Geldes. Wie anständig von ihm, daß er das, was er erhielt, gleich wieder weggab. Das Geld kommt, es geht und kehrt vielleicht nie zurück. Das Geld macht, was es will, und zuweilen ganz ohne unser Zutun. Es fällt uns in den Schoß, wenn wir es nur richtig mögen. Es vermehrt sich obendrein noch ganz von selbst.

Während nämlich der Bettler im Wirtshaus den Schinken genoß und sich den Wein schmecken ließ, warfen Vorübergehende, wie gewohnt, Münzen in die Mütze des Abwesenden. Es machte ihnen nichts aus, daß der, dem sie zugedacht waren, sich durch seine Kopfbedeckung vertreten ließ. Eine Kralle und eine schmutzige Kappe, des Habenichts' Hoheitszeichen, dem man Reverenz erwies.

Nur das Kleingeld klingle noch. Glücklich all jene, die ihren Reichtum nicht verbergen müssen! »Oh, wie ich sie beneide«, sagte mal ein Bankier, »die kleinen Ladenbesitzer und vor allem die Straßenmaler und all die Bettler, also jene, die noch, wie die meisten Leute, ihr Geld selbst zählen können. Die ihr Geld noch zu Gesicht bekommen und es fühlen, weil sie es in den Händen halten dürfen. Die noch fähig sind, die Schönheit auch der kleinen Münzen zu spüren.« Kurz, er beneide die Leute, die das Geld noch drehen und wenden können. Es sei der Fluch der ganz Reichen, sagte er, daß sie das Geld liebten, es aber nie richtig, das heißt, in seiner wirklichen Gestalt zu Gesicht bekämen. Was ist ein Kontoauszug gegen eine Handvoll abgegriffener Münzen. Die großen Scheine dagegen, das wußte auch der Bettler, erweisen sich im täglichen Leben oft als hinderlich. Ein kleiner Windstoß genügt, und sie schweben davon. Oder würfe jemand statt Münzen vielleicht Banknoten in einen Brunnen? Oh, es möge niemand so töricht sein und dem Bettler in seiner Abwesenheit Papiergeld in die Mütze werfen.

Gewiß sei es mühselig, das Geld nur tropfenweise zu erhalten. Aber auch der, der lange genug im Regen stünde, würde naß bis auf die Haut. Einmal ging ein Mann den umgekehrten Weg. Um zu erfahren, wie reich er denn eigentlich war, verkleidete er sich als Bettler, setzte sich in die Gasse und versuchte, sein Geld in kleinen Portionen an Vorübergehende zu verteilen. Wie mühselig der Versuch, es Münze für Münze wieder loszuwerden! Achtlos liefen die Menschen an ihm vorbei und kaum jemand, der eine kleine Spende akzeptierte. Er mußte ihnen gut zureden. Doch es dauerte, bis sich mal einer herabließ, seine Scham überwand und ein Geldstück annahm. Welch schwere Arbeit für den Reichen den ganzen Tag über, und oft hatte er bis zum Abend nur eine Handvoll Münzen unter die Leute bringen können. Bald wurde es dem Reichen bewußt: Zum Armwerden hatte er nicht mehr genügend Zeit.

Für den Besuch des Klosters Santo Domingo el Antiguo, wo sich das Grab des Theotokopulos befand, war es wohl noch nicht der Tag, und so beschloß Balthasar, sich durch einen Spaziergang außerhalb der Stadtmauern zu entspannen. Er wollte wieder ein wenig Landluft atmen und auf seiner Haut die Sonne Kastiliens spüren. Es war nicht die Jahreszeit, wo Blumen sein Auge erfreuen würden. Die hochsommerliche Trockenheit verbreitete Müdigkeit.

Das Gras war welk und zuweilen, an den verkarsteten Hängen, verbrannt. Ein schwarz-grüner Grundton überzog die Landschaft, aber der Himmel blieb unveränderlich blau und wolkenlos. Ganz anders hätte er sich den Himmel gewünscht: Unter einer schweren Wolkendecke ein fernes Wetterleuchten, wie auf jenem Gemälde, das Theotokopulos im Jahre des Herrn sechzehnhundertundzehn im reifen Alter von 59 Jahren schuf, und das aus seinem Werke heraustach, als hätten die Maler der späteren Zeiten ihm ermutigend zur Seite gestanden. Wie konnte er sonst so vortrefflich das Bild einer Stadt malen, das bis dahin noch von keiner anderen Darstellung, die Urbanität zum Thema hatte, weder erreicht noch übertroffen werden konnte. Das berühmte Gemälde, das so viele Titel hat, und das doch nur die Ansicht von Toledo ist.

»Er hat in der Malerei Zukünftiges vorweggenommen, auch die Berechtigung meiner Bilder«, mußte sich Balthasar immer wieder eingestehen. Er hatte es seit jeher befürchtet, nun schien es sich zu bestätigen: Dieses Gemälde war nicht in der Werkstatt entstanden, sondern der Maler hatte es direkt vor der Natur geschaffen. Eine Methode, die anzuwenden sich auch Balthasar bemühte. Obwohl es vor Ort schwieriger ist zu erkennen, wie es sich wirklich verhält, als sich in der stillen Kammer vorzustellen, wie es sein könnte. Auch wenn Balthasar dafür der letzte Beweis noch fehlte, weil, wegen des unveränderlichen guten Wetters, des permanent blauen Himmels, der allumfassende Vergleich des Originalschauplatzes mit seinem Kunstdruck noch ausstand. Bei diesem Bild hatte Domenikos Theotokopulos, auch wenn er die Hänge schroffer dargestellt hatte, als sie es in Wirklichkeit waren, nichts erfunden. Bei diesem Kunstwerk, das ihm so weit vorausgeeilt war, hatte er seine Phantasie, die große visuelle Gabe, nicht vonnöten gehabt. »Wozu auch«, dachte Balthasar, »wenn die Eindrücke, die er von der realen Welt empfing, so nachhaltig gewesen sind.«

Hatten ihm der einfältige Automat, der das warme Kerzenlicht vergessen machen wollte, die kleinen Glühlämpchen, die nach dem Einwurf einer Münze sparsam aufleuchteten, die Lust genommen, weitere Kirchen zu besichtigen? Er beschloß, den Fluß zu besuchen, ihm am Fuße des Felsens ein Stück zu folgen. An der Stadtmauer führte ein Pfad steil nach unten, so daß, wenn Balthasar zurückschaute, sich die Stadt seinen Blicken rasch entzog. Im Geröll jagten die Echsen nach Insekten. In den Mauerritzen verbargen sich Skorpione. Kein Vogelgesang war zu hören, nur das einschläfernde monotone Gurren der Wildtauben. Der steinige Hang war von mächtigen Agaven besiedelt. Ihre dickfleischigen Blätter, wie mit Lanzenspitzen bestückt, bedeckten den Boden und krochen, den ganzen Weg für sich beanspruchend, ins Tal. Nun meinte Balthasar, eine ganze Armee zu erblicken, die den Weg sperrte. Sie ritt am Hang auf der Stelle, waffenstarrend, Reiter und Rösser durch schwere Rüstungen geschützt, und auf den Helmen, alles überragend, hoch wie Palmen, goldene Federgestecke. »Ich muß mich ihrer Allmacht beugen und auf Gnade hoffen«, überlegte Balthasar. Er war schließlich in »La Mancha«, der Heimat von Don Quijote. Visionen und Trugbilder waren da nichts Besonderes. Ein Ritter war abgestiegen und führte das Roß an den Zügeln ein Stück bergab, er wies auf das Heer und auf einen Weg, der durch den Lanzenwald hinab zum Flusse führte. Nun sah Balthasar: Die goldenen Gestecke auf den Helmen der Krieger waren die Zeichen, die ihren nahen Untergang verkündeten. »Wir sind nur Pflanzen«, riefen die Ritter, »doch wir könnten dich aufspießen, wenn du uns allzusehr bestaunst.« Mit Respekt begegnete er den wehrhaften Wächtern, die den Zenit ihres Daseins längst überschritten hatten. Aus der langsam wachsenden Pflanze war ein Sproß getrieben, der, ohne sich zu verzweigen, dem Himmel zustrebte und an seinen Enden prachtvolle Blütenbüschel hervorbrachte.

Die Blüten der *Agavacea americana* sind hell wie aus getriebenem Gold. Es dauert viele Jahre, ehe eine Pflanze blüht, doch dann, nachdem sie diesen Höhepunkt erreicht, in voller Pracht sich dargeboten hat, wird sie vergehen. Wenig Zeit bleibt, sie zu bewundern. All diese lebendigen Skulpturen am Fuße der Stadtmauer von Toledo sind wegen ihrer Schönheit vom Tode gezeichnet. Aus dem Scheitel ihrer Blätter war ein Schaft gesprossen.

»Ein Unwetter«, dachte Balthasar, »wie es sich auf dem Bilde des Theotokopulos ankündigt, würde ich gern erleben.« Auch den Wirten wäre daran gelegen, wenn sich in ihren Kellern die Bänke füllten mit Menschen, die Blitz und Donner fürchten. Statt in den schwülen Sommernächten dem Gesang der Nachtigall zu lauschen, würden sie helfen, die Fässer zu leeren, und dabei vergessen, daß Schönheit so vergänglich ist. Aber auch heute war keines zu erwarten. So machte es nichts, daß sich Balthasar nicht an der richtigen Stelle befand. Daß er nicht wie Theotokopulos, hunderte Jahre vor ihm, auf der Anhöhe nahe der Puente de San Martín stand, sondern seine Füße im Wasser des Tajo kühlte.

Die Samen der Agaven werden erneut keimen. Doch wieviel Zeit wird vergehen, bis die anspruchslosen Pflanzen wieder so mächtig sind, daß sie die Wege sperren? Auf dem Bild, das der Meister am Beginn des 16. Jahrhunderts von dieser Stadt geschaffen hat, sind keine Agaven zu sehen. Wie auch? Es hat sie nicht gegeben. Sie sind schon unterwegs gewesen, aber hier noch nicht angekommen. Hätten sie nicht, ihrer bizarren Form wegen und mit ihren hellen, goldenen Blüten, das Bild des Theotokopulos ausschmücken können? O nein! Das fremde Gewächs, wie unpassend, es hätte die Harmonie des Bildes getrübt. Die exotische Pflanze ist seinem Werk erspart geblieben. Nur Balthasar, der Faszination ihrer Fremdartigkeit erlegen, hatte die Wehrhafte gezeichnet. Besser wären diese Seiten in seinem Skizzenblock leer geblieben. Der Tag, den er mit einem Spaziergang krönen woll-

te, gebar Zeichnungen. Botanische Studien einer Pflanzengat-
tung, die Theotokopulos noch nicht kennen konnte. Auf seiner
Suche nach der »Formel« für ein Kunstwerk empfand Balthasar
diese gelegentlich am Wege entstandenen Notizen bald als Zeit-
verschwendung. Derartige Ablenkungen führten nicht zum Ziel.
Auch dadurch, daß er sie verwarf, konnte er nicht ungeschehen
machen, daß er wieder mal Wertloses geschaffen hatte. Wäre der
Bogen doch unberührt geblieben. Ein leerer weißer Bogen, das ist
die uneingestandene Furcht vor dem Beginn.

Erst viel später finden sich die mit Dolchen bewehrten Topf-
pflanzen in Gemälden der Biedermeierzeit. Und noch viel später
sind manchmal ihre harten Stacheln in den Salons der Haziendas
als Grammophonnadeln benutzt worden.

Also schwamm seine Zeichnung, wie ein helles Blütenblatt, auf
dem dunkelgrünen Fluß nach Portugal.

Unten am Tajo führte der Weg bald durch üppige Vegetation und machte vergessen, daß er sich kaum von der Stadt entfernt hatte. Gänse und Enten kreuzten auf dem stillen Wasser.
Ein angenehmer Geruch, der süchtig machen konnte, war nun
gegenwärtig, wurde des Wanderers ständiger Begleiter. Dort, wo
das Wasser, das grün, aber durchsichtig war wie die Gläser einer
Sonnenbrille, über eine der häufigen niederen Staustufen riesel-
te, konnte man den sonderbaren Duft noch deutlicher wahrnehmen. Von den fauligen Dünsten, die aus Sümpfen und Mooren,
die aber auch aus Flüssen und Seen aufsteigen können, von dem
Gestank des Brackwassers in den Hafenbecken, aber auch vom
salzigem Geschmack der Luft über den Ozeanen oder von allen
Düften, die die Natur uns bisher bieten konnte, hob er sich ab,
weil er auf eine feine Art so künstlich war. Phenolgeruch, der sanft
durch die Nase bis ins Hirn drang.

Auch die Angler wußten das anscheinend zu schätzen. An den
stillen, verborgenen Plätzen dicht am Fluß verweilten sie unbe-

weglich mit ihren langen, biegsamen Ruten. Sie wußten, wenn sie täglich hierher kamen und lange genug am Ufer ausharrten, würde nicht nur ihr Bewußtsein wie im Rausch gelähmt und ausgeglichen sein, nein, sogar ihre Kleidung würde dann den feinen, unverkennbaren Geruch angenommen haben. Und sollten dann auch ihre Kinder heimlich an ihren Sachen schnüffeln, würde es bald auch sie zum Flusse hinziehen. Sie würden dieser Leidenschaft erliegen wie ihre Väter.

Doch der satte Fisch will nicht mehr kämpfen. Schon lange mußte am Ufer des Tajo kein Fisch mehr sein Leben lassen wegen einer Verlockung, die einen Haken besaß. Zwischen der Puente del Sol und der Puente de San Martín lösten die Angler ihre Haken wieder aus den Karpfenmäulern und warfen ihren Fang in den Fluß zurück. So sehr hatte sich der Fischbestand vergrößert, daß der Tag kommen wird, wo die Angler es nicht mehr vermögen, die vielen Fische allein durch ihren Zeitvertreib zu unterhalten. Ist es nicht zu befürchten, daß die Karpfen, weil sie nicht mehr zubereitet und verspeist werden, mal eine Hungersnot erleiden müssen? Wie sie sich auch nach dem Haken drängen, der Übervölkerung werden sie nicht entgehen. »Die armen Angler«, dachte Balthasar, »sie wissen nicht, um was sie gebracht werden. Das Warten, das ungewisse lange Warten auf einen Biß, am Tajo ist es unbekannt.«

Was aber gingen Balthasar die Gepflogenheiten der hiesigen Angler an. Er wollte ja nur durch einen Spaziergang der beengten Stadt entrinnen, sonst nichts. Aber da war es wieder, das unangenehme Gefühl, das ein leerer Magen verursacht. Vielleicht weil er so oft mit ansehen mußte, wie ein prächtiger Speisefisch verschmäht wurde? Weil man hier das Fischen um des Fischens wegen betrieb. Während in Balthasars Vorstellung jeder gefangene Karpfen, der wieder ins Wasser geworfen wurde, gut zubereitet, ein köstlicher Karpfen blau hätte werden können.

»Ihr prächtigen Karpfen«, rief er, »ihr, die niemals eine Tafel schmücken werdet, sollt es büßen mit einem langen Leben.«

Es war ein einfaches, jedoch informatives Gespräch, das Balthasar hernach mit einem Angler führte. Gleichförmig wie das Lesen einer Speisekarte in Gegenwart des wartenden Kellners, der seine Ungeduld durch Mangel an Interesse dezent zu verbergen weiß. Als sein Gruß erwidert wurde, begann Balthasar, weil er im Fluß so viele Karpfen gesehen hatte, mit der Frage: »¿Hay truchas también?« – »Si, hay truchas también«, lautete die kastilische Antwort. Aber am Haken war keine Forelle, wieder zog der Mann einen prächtigen Carpa Real an Land, befreite ihn vom Haken und warf ihn zurück in den Tajo. Klatschend landete der prächtige Speisefisch wieder im Wasser. Vorsichtig war der Werfer zu Werke gegangen. Er hatte es vermieden, zu allzu weitem Schwunge auszuholen, und damit ihm der Fisch nicht entglitt, beim Werfen beide Hände benutzt. Nach ein paar kraftlosen Flossenschlägen stand der Karpfen, statt sich seiner wiedergewonnenen Freiheit zu erfreuen und davonzuschwimmen, unbeweglich im stillen Wasser. Er wartete auf den nächsten Haken. »No tiene hambre«, sagte der Angler, »er hat keinen Hunger.« Kein Fisch schluckte gierig den Köder, sondern spielte mit dem Wurm, der sich am Haken wand.

»¿El rio esta contaminado?« gab Balthasar zu bedenken. »Si, esta contaminado«, versicherte der Angler, »und kein Fisch, der hier gefangen wird, endet deshalb in einer Küche.«

Nun wollte Balthasar eigentlich noch wissen, weshalb man denn dann überhaupt noch die Angel auswerfe. Doch er verkniff sich seine letzte Frage. Statt einer Antwort hätte er nur zu hören bekommen: »¡Hombre, que pregunta! Um zu angeln natürlich!« – »Ich kenne das«, dachte Balthasar, »wir Maler nennen das l'art pour l'art. Es geht dabei um nichts, es geht nur um die Sache an sich.«

Schließlich hatte Balthasar das kleine Gartenlokal erreicht, wo der Weg dann auch endete. Das Lokal war von seinen Betreibern aufgegeben worden. Im Schatten dichter Laubbäume standen noch ein paar Tische und unten am Fluß, auf einer schmalen Terrasse, noch ein paar der typischen Klappstühle, wie er sie von deutschen Biergärten her kannte. Ein Schild mit der höflichen Bitte, man möge während des Konzertes das Fischen unterlassen, war am Eingang aufgestellt. Es gab eine kleine Bühne, auf ihr waren die Stühle angeordnet, wie es für ein Orchester üblich war. Hinter der Bühne, das kleine Gartentor, es ließ sich öffnen, es ließ sich schließen, hindurchgehen konnte man nicht. Denn dahinter erhob sich unmittelbar die steile Felswand. Als läge im verlassenen Gartenlokal Schnee. Am Boden überall Federn, weiße Federn; sie klebten auf Tischen und an Stühlen. Federn überall, und wo man hintrat Gänsekot.

Unten am Fluß wartete ein Boot. Ein eiserner Nachen ohne Fährmann. Unter dem Sitz hatte sich Regenwasser angesammelt. Quer über den träge fließenden Fluß war ein Tau gespannt, und daran hing der kleine Kahn. Man konnte das andere Ufer erreichen, indem man sich mit dem Gefährt am Tau hinüberhangelte.

Auch auf der anderen Seite fielen die Felsen schroff, manchmal senkrecht zum Wasser ab. Eine asphaltierte Straße, die die Stadt umging, wand sich in weiten Kurven die Hänge hinauf. Man hörte in der Schlucht, wie sich die Motoren der Lastwagen quälten. Auf der anderen Seite lag auf der Anhöhe die Militärakademie und dazwischen, auf halbem Wege von der Puente de San Martín, das Memorial für den gewonnenen Bürgerkrieg. Der große Gedenkstein für den Generalisimo. Ein einsamer Ort, den der Oberst, ohne Wissen seiner Mutter, mitunter aufsuchte, um Blumen niederzulegen, oder den Tag in Gedanken an die Jahre, die er nicht hatte miterleben dürfen, zu verträumen.

Die schadhaften Stellen im Seil liefen ihm durch die Hände wie kantige Kugeln im Rosenkranz. Wundmale, Zeichen einer glücklichen Überfahrt im rostigen Nachen. Während er mit seinen Fäusten sich mühsam über den Tajo zog und dabei an den Kasten mit den künstlichen Kerzen dachte, wurde ihm bewußt, daß der Mensch nicht so viel beten kann, wie er eigentlich beten müßte. Warum nicht auch für kultische Handlungen die Hilfe der Automaten in Anspruch nehmen? So etwa wie von Gebetsmühlen, die sich, ohne Zutun der Menschen, unablässig im Winde drehen.

Als er sich dann im eisernen Kahn vom gefederten Gartenlokal entfernte, meinte Balthasar, von den Felsüberhängen den Gesang der Sirenen zu hören. Aber es waren nur, wie an jedem Nachmittag, die immer gleichbleibenden Trommelklänge, die, von niemandem mehr bewußt wahrgenommen, wie Fäden des Altweibersommers in der trägen Luft hingen. Als er aus eigner Kraft sich und das Gefährt hinüberzog, geschah nichts. Nicht einmal die Enten und die Gänsescharen waren beunruhigt. Keine Strudel mischten das Wasser, kein Wind kräuselte seine Oberfläche. Wer auch immer in diesem Moment von den Felsen auf den Fluß herabblickte, konnte sehen, wie das Boot die Schicht aus hellgrüner Entengrütze zerteilte, und wie Balthasar eine breite, dunkle Linie schnurgerade über den trägen Fluß zog.

Nach der Überfahrt, um den Weg abzukürzen, begann für Balthasar eine kleine Klettertour. Zuweilen war der Fels ziemlich steil, doch niemals unüberwindbar. Oben angekommen, fand er einen Mann vor, der, die Hände an die Hosennähte gepreßt, das Welken eines Blumenstraußes bewachte. Es war Alfredo, auf seine Art gedachte er des ehemaligen Diktators. Die Uniform, die er diesmal trug, widersetzte sich vergeblich seiner Statur. Unvorteilhaft erwies sich sein widerspenstiger Rücken für die porösen Stellen des engen Ulanenrockes. Alfredo, vom Wuchs her groß, könnte auf alle herabschauen, wenn nicht ein angeborener Fehler ihn zwänge, neben der aufrechten militärischen Haltung noch eine

devote, eine gebeugte einzunehmen. »Wie groß er erst ohne Buk-
kel wäre«, dachte Balthasar. Zuweilen schien es ihm zu gelingen,
einzig nur seine Größe zu zeigen. Wie ein sich verneigender Riese,
wie der aufrechte Getreue schlimmer Machthaber wirkte der Verwachsene bei solchen Anlässen.

Als er Balthasar kommen sah, blieb er kurze Zeit unverändert
in der unbequemen und anstrengenden Haltung. Dann führte
er eine exakte Wendung aus, riß – für einen Oberst ganz unüb-
lich – die Hacken zusammen und befahl anscheinend sich selbst:
»Stehen Sie bequem, und weggetreten.« Nach dem wohlwollen-
den Befehl gab sich der Oberst wieder privat. Er wirkte sogleich
ausgeglichen und hatte Lust auf ein freundschaftliches, also völlig unpolitisches Gespräch. Die Hände tief in den Taschen seiner
goldgestreiften Hose vergraben, kam er Balthasar ein Stück entgegen. »Wie kommt es«, sagte er gut gelaunt, »Sie gerade hier zu
treffen, an einem Orte, den heutzutage kaum einer noch kennen
will? Noch dazu, wo Sie doch die Männer verachten, denen es nun
einmal vorbestimmt war, die Geschichte unrühmlich zu beeinflussen.« »Es ist rein zufällig«, erwiderte Balthasar. »Nicht ich habe das
fragwürdige Memorial gesucht, es hat sich mir nur in den Weg
gestellt.« »Ja«, meinte der Oberst, »schon unsere Wege waren verschieden. Ich habe die Straße, den bequemeren, aber auch längeren
Weg genommen, Sie dagegen sind wohl ein Freund der Abkürzun-
gen, deshalb die waghalsige Kletterei. Wen schert es? Wichtig nur,
daß wir beide hier angelangt sind.« »Wir waren nicht verabredet«,
versetzte Balthasar. »Gut möglich, daß ich bei meinem Bemühen,
die Stadt von allen nur denkbaren Blickpunkten aus zu betrachten,
ein wenig vom Wege abgewichen bin. Aber ich frage mich bei jedem Meter Boden, den ich in und um Toledo betrete, ob ihn auch
Theotokopulos betreten haben könnte, oder ob ich ihm etwas vor-
aushabe. Er hat, sein Bild beweist es, alle Wege in der Landschaft,
die die Stadt umgibt, schon gesehen. Auch hier die Anhöhe, auf

der wir gerade stehen, war ihm nicht unbekannt. Und dann, mein Lieber, noch etwas ist mir heute bewußt geworden: Jeder kann ein zweites Ich besitzen. Es ist leicht, Sie beweisen es ja selbst, in eine zweite Haut zu schlüpfen. Wenn auch der Körper eines Menschen in ganz seltenen Fällen so gewachsen ist, daß er im selben Moment zwei sich widersprechende Haltungen einnehmen kann, die aufrechte und die gebeugte. Heute aber, kurz nachdem ich die Kathedrale verlassen hatte, erfuhr ich in einer Gasse, wie man es anstellt, an zwei Orten gleichzeitig zu sein.« Und er berichtete dem Oberst, wie der Bettler sich mit Hilfe seiner Mütze zu teilen verstand. Vielleicht saß er noch immer im Wirtshaus, ließ sich bedienen und gab das, was seine Kopfbedeckung einnahm, wieder aus. Aber nie einen Penny darüber hinaus. Er wolle nicht über seine Verhältnisse leben. Er wisse auf den Penny genau, denn er sei ja als Mütze anwesend, was Vorübergehende ihm zuwerfen würden. »Dann kann er wohl seine Einnahmen vermehren, wenn er noch mehr seiner Kleidungsstücke in der Gasse plaziert?« fragte der Oberst ungehalten. »Doch wie soll er das, was quasi einer Selbstzerstückelung gleichkäme, denn bewerkstelligen?«

Zu dieser Tageszeit, wenn die Sonne in die Hügel zu sinken begann, wuchsen die Schatten rasch. Tiefer in den Schluchten lag schon die Dunkelheit. Langsam gingen der Oberst und Balthasar hinab ins Tal. Sie genossen die angenehme Kühle des Abends. Eine unverbindliche Plauderei half ihnen, den Weg zu verkürzen. Ohne es zu merken, verfiel Alfredo immer wieder in die Rolle seiner unrühmlichen Vorfahren:

»Fünf Streiche auf die Fußsohlen, oder soll er vielleicht seiner Einfalt wegen noch gelobt werden?« sprach der Oberst. Aber dann wurde der Mann, der sonst schnelle Entschlüsse liebte, nachdenklich: »Wofür soll man sich entscheiden«, überlegte er. »Es war doch keine absichtliche Irreführung? Für die Leute machte es nun mal keinen Unterschied. Die Mütze oder der Kerl.« Es war windstill, als sie unten an der alten Puente de San Martín anlangten. Die Trommeln waren an diesem Abend deutlicher als sonst zu hören.

Das gastronomische Niveau der Weinstube »Der Sergeant« neben der Brücke war gehoben. Dieses Lokal war anders als jene, die sie sonst zu besuchen pflegten. Beim Einschenken umfaßte der Kellner mit einer Hand und einem sauberen Tuch die Flasche. Es war eine ausgefeilte Geste, wie er seine andere, seine untätige Hand auf dem Rücken hielt. Mit edlen Hölzern waren die Wände im Salon verkleidet, sie gaben ihren Gesprächen eine angenehme Resonanz.

Als hätte Alfredo mit im Casino gesessen, berichtete er nun, was man sich damals in Offizierskreisen von einem stadtbekannten Opernsänger erzählte.

Er hatte sich selbst einen italienischen Namen gegeben und war auch sonst mit sich im reinen. Wieder mal war sein Auftritt der Höhepunkt im ganzen Stück gewesen. Als er dann nach der Vorstellung selbstgefällig über den Opernvorplatz ging, lange noch den Applaus im Ohr, beachtete er den Straßenmusiker nicht. Die kleine Melodie, die jemand mühevoll einer Flöte entlockte, empfand er eher störend, denn wohltuend, und schon gar nicht interessierte es ihn, was der Spieler damit bezweckte. Er ging weiter, doch er hörte hinter seinem Rücken noch deutlich Worte des Dankes, die ihm galten. Dabei hatte er den Musikus ganz bewußt übersehen. Nie wäre ihm aber in den Sinn gekommen, daß das Folgen haben könnte … Tags darauf platzierte sich der Musikus günstiger – nun war es ganz offensichtlich, daß sein Flötenspiel um eine milde Gabe bat. Die Flöte an den Lippen und munter drauflos spielend, näherte er sich dem Opernsänger. Vielleicht hegte er diesmal auch ein wenig Hoffnung, denn er hatte wohl wahrgenommen, daß der stadtbekannte Mann seine Schritte verlangsamte. Doch der Sänger, der populären Melodie überdrüssig, übersah ihn abermals. Der Bettler aber, obwohl er keine einzige

Pesete erhalten hatte, bedankte sich überschwenglich. Und er bewies auch weiterhin große Ausdauer. Er lauerte dem Opernsänger auf – doch dem kam es nie in den Sinn, das Flötenspiel mit einer kleinen Münze zu vergüten. Der Musikant jedoch, wie immer leer ausgegangen, zeigte sich lauthals erkenntlich. »Sehr großzügig, der Herr«, schrie er. »Einen guten Tag«, oder »Vergelt's Gott«, rief er dem Opernsänger nach. Immerzu fand er nur Dankesworte, wenn er abermals vergeblich den Hut hingehalten hatte. Abseitsstehende konnten der lauten Zustimmung wegen leicht den Eindruck gewinnen, aus der Oper käme ein Wohltäter. Dieses Verhalten fand der Sänger erst eigenartig, dann ungebührlich, ja geradezu anmaßend. Ungebeten spielte ihm der Musikus das gleiche Lied, und jeden Tag wurde es ein wenig schneller. Auf den letzten Ton legte er besonderen Nachdruck. Er blies ihn spitz und scharf. Jeden Tag umsonst. Am Ende glitten die Finger so schnell über das Instrument, daß die kurze Melodie wie ein einziger durchdringender Pfiff aus einer Trillerpfeife klang.

Nach und nach wurde man durch den Straßenmusiker auf den Kammersänger aufmerksam. Auch den wenigen, die nie ein Opernhaus von innen gesehen hatten, wurde der Sänger zum Begriff. »Wird er ihm heute etwas geben?« hieß es, und man begann, erste Wetten abzuschließen. Der Heldenbariton fing seinerseits an, den Opernvorplatz zu meiden. Er betrat und verließ den Musentempel nur noch durch den Wirtschaftseingang. Er entzog sich nun der Öffentlichkeit, vor und nach den Vorstellungen, denn er konnte den Erwartungen der interessierten Menge nicht mehr gerecht werden. Lieber innen vor leeren Stuhlreihen auftreten, als vor dem Eingang schon so im Mittelpunkt zu stehen.

Statt den Haupteingang über die breite Freitreppe zu nehmen, zwängte sich der Hochgelobte durch niedere Hintertüren. Geriet ins Gedränge mit Chorsängern, Ballettänzern, Kleindarstellern und Komparsen, als wäre er ihresgleichen. Was hätte er nicht alles auf sich genommen, um den Demütigungen des Straßenmusikers zu entgehen. Um nicht immerzu grundlos hören zu müssen: »Stets zu Diensten, der Herr, war mir ein Vergnügen, danke, danke, danke.« Oh, wie viel schwerer als Undank wiegt unverdienter Dank! ... Eine Zeitlang wenigstens konnte der Opernsänger sich seinen früheren Gewohnheiten gemäß bewegen, konnte seine Tage ungezwungen beginnen oder ausklingen lassen. Nur hin und wieder machte er sich Gedanken – über sich selbst und wegen des Bettlers mit der Flöte. Gern hatte er Autogrammwünsche erfüllt. Man hatte ihn nicht lange zu bitten brauchen. Auf alles, was man ihm reichte, hatte er mit unglaublicher Schnelligkeit seinen Namenszug hinterlassen. Sollte er diese Fähigkeit verlieren, nur weil ihm eines Tages ein des Flötenspiels kundiger Bettler seinen alten Hut hingehalten hatte und sich für ein unerfülltes Anliegen bedankt hatte? Hatte er die abweisende Handbewegung, das Zeichen der Belästigung, gar als Beifallsbekundung gedeutet?

Der Hintereingang, der den Kulissenschiebern, sonstigem Personal oder gelegentlichen Lieferanten vorbehalten war, bot nur eine befristete Lösung. Umsonst hatte der gefeierte Bariton seine Gewohnheiten geändert. Bald schon wieder, wenn er, zwischen Requisiten und abgestellten Kulissenteilen hindurch, ins Freie gelangt war, stand auf dem Hinterhof bereits der Bettler. Die Flöte an den Lippen, wie auf seinen Einsatz wartend. Den falschen Dank fürchtend, rannte der Opernsänger, als wäre ihm ein Ungeheuer auf den Fersen, überstürzt davon. Im Orchester hatten die Bläser schon den Ton übernommen, den der Bettler immer so spitz am Ende seines kleinen Liedes blies. Und wenn sie unten im Orchestergraben nur ihre Instrumente stimmten, glaubte der Sänger, Variationen jener Melodie des Straßenmusikanten zu hören.

»Nun ist's genug!« sagte sich eines Tages der so oft unangemessen Geehrte. »Er soll erhalten, wonach er verlangt. Weil er nicht müde wird, mich mit seiner Freundlichkeit zu beschimpfen. – Eine Ohrfeige ist mir das wert. Wir wollen sehen, wie er das wohl aufnimmt.« Und als der Bettler wieder anhub, seine Dankesworte trotz nicht erhaltener Pennies aufzusagen, traf ihn unversehens die weiche Hand des Kammersängers.

Zufällig, fast hätte es Balthasar übersehen, als er seine Blicke vom Panorama der Altstadt abwendete, nahm er auf dem Paseo de la Rosa etwas Merkwürdiges wahr. Zuerst schien es ganz alltäglich: Das Schaufenster eines Installateurs warb um die Aufmerksamkeit der Vorübergehenden. Im Fenster lagen Werkzeuge und einfache Hilfsmittel für den alltäglichen Gebrauch, Flaschenöffner oder Kneifzangen. Und dann, wie sonderbar – aus einem alten Messinghahn floß Wasser in einen Zinkeimer. Eigentlich nichts Außergewöhnliches. Doch wie es bei einem Wunder zu sein scheint, es ist nicht gleich für jeden sichtbar. Man mußte schon stehenbleiben. Nirgends war der Hahn befestigt! Da schien etwas in Betrieb zu sein, noch ehe es überhaupt installiert war. Der Wasserhahn hing frei in der Luft. Oder steckte, in der Mitte des Raumes, in Mannshöhe etwa, auf dem aus ihm selbst herausfließenden Wasserstrahl. Er fiele gewiß zu Boden, wenn jemand den Hahn zudrehen würde. Wie aber gelangte das Wasser in den Hahn? Unerklärlich! Es gab keinen Anschluß an eine Leitung. Es gab nichts außer einem Wasserhahn, aus dem ununterbrochen klares Leitungswasser gleichmäßig in einen schon etwas zerbeulten Zinkeimer floß. »Wie das?« fragte er sich verblüfft, dafür gab es anscheinend keine Erklärung! Auch dafür nicht, daß der Eimer, der das Wasser aufnahm, randvoll war und dennoch nicht überlief. Obwohl er doch kein Loch im Boden hatte, konnte er ununterbrochen Wasser aufnehmen.

Balthasar verharrte vor dem Fenster lange ungewollt in Ermangelung einer glaubwürdigen Erklärung. »Wie wäre es«, dachte er, »wenn ich einfach hineinginge und um einen Becher dieses merkwürdigen Wassers bitten würde, ›Agua de grifo‹, Wasser aus dem Hahn, wie die Kastilianer sagen, das man niemandem verweigern kann?« Aber Vorsicht sei angesagt. Vielleicht sei es ja gar kein Wasser, sondern irgendeine ihm unbekannte rätselhafte Substanz, die wie Wasser erscheine. »Ist eine Sache denn immer die, wofür man sie im ersten Moment ihres Aussehens wegen hält?«

Lange schaute er zu, wie das Wasser floß. Man hörte und sah es. Unverkennbar, das gleichmäßige Geräusch, das der aufgedrehte Wasserhahn verursachte. Ein wenig abgeschwächt zwar durch die Distanz, und weil das Wunder hinter einer Schaufensterscheibe stattfand. Es sah aus wie Wasser und es hörte sich an wie Wasser, aber war es auch wirklich naß? Konnte es den Durst löschen, den Schmutz abwaschen oder die Stirn kühlen?

Er nahm sich vor, den Laden zu besuchen. Aber besser alles zu seiner Zeit. Es könnte auf dem Rückweg geschehen. Erst wollte er ausgiebig die Absonderlichkeit des Anblicks genießen. Denn er wußte nur zu gut, wie kurzlebig eine Illusion gemeinhin ist. Er fürchtete, daß sie plötzlich wieder verschwinden könnte. Doch sie blieb und faszinierte ihn zudem immer mehr. Manchmal glaubte er zu wissen, wodurch er getäuscht wurde, wie das Trugbild entstehen konnte. Aber wenn er die vermeintliche Ursache genauer in Augenschein nahm, mußte er feststellen, daß sie für die Täuschung nicht verantwortlich war. Und es gab beileibe nicht allzuviele Möglichkeiten, solch eine Irritation hervorzurufen.

Balthasar, begierig, das Rätsel zu lösen, drückte sich die Nase platt am Schaufenster. Er fand so schnell keine einleuchtende Erklärung. Für ein Wunder war der Ort ungeeignet. Ein kleiner, unscheinbarer Klempnerladen. Hinter dem Ladentisch, von der Straße aus kaum sichtbar, von aufgestapelten Kartons verdeckt, wartete der Inhaber auf Kunden. Das Glöckchen, das das Öffnen der Ladentür verkündete, erklang selten. Was würde der geisterhafte Wasserhahn denn kosten? Er hatte keinen Preis; dabei war alles, bis auf die geringste Kleinigkeit, in der Auslage mit einem Preisschild versehen. Nur bei dem interessantesten Ausstellungsstück suchte man es vergebens. Das konnte bedeuten, daß der Besitzer nicht beabsichtigte, sich von diesem zwar unschönen, aber rätselhaften Objekt zu trennen. Daß er es lediglich zur Schau stellen wollte, um durch dessen Zauber auf all seine banalen Utensilien aufmerksam zu machen. War dieses Objekt eine Prophezeiung oder nur ein einfacher Hinweis, daß jedermann einmal auf die Dienste des Klempners angewiesen sein könnte, auf einen Fachmann, der sich nicht gern in die Karten schauen läßt?

Für sein Geschäft hatte das Mysterium bisher wohl kaum etwas gebracht. Es war bescheiden, man könnte auch sagen, es mutete recht ärmlich an. Verstand er sein Handwerk, oder mißtrauten ihm die Leute? Gab es noch jemanden in diesem Land, das so häufig unter der Dürre zu leiden hatte, der sich, wie Balthasar, über das nie versiegende Naß hinter der Schaufensterscheibe in der Auslage dieses Klempnerladens Gedanken machte? Das Desinteresse der anderen gelegentlichen Passanten war eine deutliche Sprache. Niemand verweilte mehr, um sich zu wundern. »Es wird sich um einen plumpen, längst in aller Welt bekannten faulen Trick handeln«, dachte Balthasar. Aber um was für einen? *Einerseits war es ein Paradestück der surrealen Kunst, anderseits vielleicht nur ein Ladenhüter.*

Balthasar hätte, um sich Gewißheit zu verschaffen, den Laden gleich betreten können. Aber irgendwie kam ihm das im Augenblick doch recht ungelegen. Wäre er nicht Opfer der Ablenkung im Klempnerladen geworden, würde er einen Teil seines Weges schon hinter sich haben. Wie kam es überhaupt dazu, daß etwas, was es gar nicht gab, über das sein Urteil bereits feststand, ihn so lange hatte festhalten können? Es war nicht das Ding selbst. Es war die Frage nach dem Wie und nach dem Wodurch. Die Frage würde ihn, auch wenn die Antwort zu nichts führen sollte, noch lange quälen … Aber er mußte ja den gleichen Weg zurückgehen, und dann war es immer noch möglich, den Ladenbesitzer um die Gefälligkeit zu bitten, ihm sein Geheimnis anzuvertrauen.

»So soll es sein«, sagte er sich, »der Hinweg stellt die Fragen, und der Rückweg hält die Antworten bereit.« … Es war nicht mehr weit, bald erreichte er die Puente de Alcántara, die über den Tajo führt, und der Aufstieg zur Altstadt über die steile Treppe an der Stadtmauer fiel ihm heute leichter als an den vorangegangenen Tagen.

Auf dem Rückweg, als er das Zentrum von allen Seiten, von nah wie von fern und auch von innen betrachtet hatte, wußte er: Auch durch Theotokopulos war er getäuscht worden. Immer wieder hatte dieser ihn in die Irre geführt, und oft war Balthasar durch ein unwichtiges Detail im Glauben bestärkt worden, er habe die gesuchte Stelle nun endlich gefunden. Den Platz, wo die Staffelei des Domenikos Theotokopulos einmal gestanden hatte und wo das Bild »Toledo vor dem Unwetter« entstanden war.

Als Balthasar auf dem Rückweg den Klempnerladen betreten wollte, fand er ihn bereits verschlossen. An der Tür war ein Schild befestigt, auf dem in eiliger Schrift geschrieben stand, er – der Installateur – sei außer Haus. Man habe ihn wegen einer dringenden Reparatur gerufen. Balthasar erschrak; nun würde er wohl nie erfahren, durch welchen kleinen oder größeren Schwindel der Klempner die Leute zu verzaubern suchte.

Ein letztes Mal schaute Balthasar durch das Fenster auf die Auslagen, und nun fiel es ihm wie Schuppen von den Augen. Im Inneren hatte es eine kaum spürbare, aber entscheidende Veränderung gegeben. Im Laufe des Tages, als Balthasar vergeblich den getilgten Spuren des Theotokopulos zu folgen versuchte, mußte sich der Inhaber des Klempnerladens in seinem Schaufenster zu schaffen gemacht haben. Vielleicht hatte er etwas gesucht, vielleicht hatte er eine Kleinigkeit vom Boden aufheben wollen und dabei versehentlich das Wunder des nie versiegenden Wassers, das aus dem schwerelosen Messinghahn floß, berührt. Es konnte auch sein, daß er den Wassereimer ein wenig, kaum wahrnehmbar, verschoben hatte. Wenn er nun immerhin, um den Anschein eines Mirakels zu bewahren, auch die Rolläden heruntergelassen hätte! »Jetzt, da er mir, unbeabsichtigt, auf diese Weise die Lösung zeigt«, dachte Balthasar, der die schräge Neigung des sonst akkuraten Wasserstrahls bemerkt hatte, »weiß ich, was für ein Narr ich gewesen bin. Daß ich beinahe geglaubt hätte, auf dem Paseo de la Rosa in einem Klempnerladen ein Wunder zu erblicken.«

Es war nur zu offensichtlich: Auf dem Paseo de la Rosa gab es schon lange keine Rosen mehr. Auf einem breiten grauen Asphaltband, von Akazienbäumen gesäumt, wälzte sich, von der Sanftheit der Landschaft ungerührt, der Verkehr und übertönte das leise Atmen, das aus ferner Zeit kam. – »Reisender«, hatte es einmal geheißen, »wenn du dich der träumenden Stadt aus der Ferne näherst, werden sich deinen Blicken als erstes duftende Obstgärten darbieten, Fischteiche und Wasserspiele. Es sind die Lustgärten der schönen Prinzessin Galiana, welcher sagenumwobene Helden unterwürfig zu Füßen knieten. Zügle deine Leidenschaft, Fremder, denn manchmal, im Dunste, der über dem Flusse aufsteigt, spätnachmittags im Weidendickicht, kann man die Nymphen sehen, wie sie ihr feines Goldhaar kämmen.«

Es war ein Taschenspielertrick. Er hatte es gewußt und hatte sich dennoch der Faszination des Unwirklichen nicht entziehen können. Gleichsam als empfinge er eine Ohrfeige, war es für Balthasar, daß sich die Funktion des merkwürdigen Objekts wie von selbst offenbarte. »Warum bin ich nicht gleich darauf gekommen, wo die Sache so leicht zu durchschauen war«, fragte er sich.

Ja, der Wasserstrahl stand nun, als Balthasar auf dem Rückweg ein zweites Mal in das Schaufenster des Klempnerladens blickte, immer noch steif und akkurat, aber auch ein wenig schräg. Jetzt, in dieser Position, erkannte man, daß es eine Glasröhre war, die im Eimer stand, und auf der der Wasserhahn steckte. Eine geringe elektrische Spannung hielt das Wasser darin und brachte es leicht zum Vibrieren, so daß es aussah, als stürze es immerfort herab. Verräterisch schlängelte sich, von allerlei Artikelchen, die auf dem Boden ausgebreitet waren, nur unzulänglich verdeckt, das Schwachstromkabel von der Steckdose bis zum Eimer.

War es der Tag der Erleuchtung? Denn an jenem Tage hatte Balthasar außerdem erfahren, daß Theotokopulos in seinem Bild etwas ausgeführt hatte, was man im Schachspiel die große Rochade nennt. Er hatte die Standorte von Alcázar und Kathedrale ausgetauscht. Hatte er es in einer bestimmten Absicht getan, deren Sinn Balthasar noch verborgen blieb? Oder war es nur einer Verwechslung zuzuschreiben? Womöglich hatte er die Stadt nicht nach der Natur, sondern aus der Erinnerung gemalt, und dabei hatte ihm sein Gedächtnis einen Streich gespielt. Bedeutungslos und ohne Folgen, sollte man meinen. Aber nein, alles hinterläßt eine unbeabsichtigte Wirkung! Eine seltsame, kaum erklärliche Irritation. Immer wieder stellte diese Stadt neue Anforderungen an Balthasars Beobachtungsgabe. Bislang hatte er, seinem Kunstdruck vertrauend, die Stelle, wo einmal die Staffelei des Theotokopulos gestanden hatte, nicht zweifelsfrei bestimmen können.

Einmal wird aller Zauber verflogen sein. Die Irritation wird schwinden. Größe wird ihren Wert verlieren. Wenn man zu dieser hochgelegenen Stadt auf einer in den Fels gebauten Rolltreppe gelangt und sie nicht mehr Stufe um Stufe zu ersteigen braucht. Die Treppen, die steilen Pfade werden menschenleer sein.

Man will es uns leichter machen; von Tag zu Tag wird alles einfacher. Die ganze Welt wird bald wie ein einziges weites, hohes Kaufhaus sein, und wir wollen nicht mehr wissen, wo sich Ein- und Ausgang befinden. *Von der Welt werden wir noch eine Menge zu sehen bekommen, aber nur das, was man uns billig anbietet.*

Zwei Ordensfrauen bei Papierblumenpflege. Das Grab des Malers.
Im Konsistorium der Kardinäle. Reliquien. Das wundersame Marzipan und seine Folgen.

»Die Auferstehung«, das Bild für den Hochaltar, war großflächig
mit breitem Pinsel gearbeitet. Obwohl die freundliche, beinahe
schon bunte Farbigkeit kein inneres Leuchten mehr hervorbrachte, verursachte das Betrachten des Gemäldes dennoch Wohlempfinden, wie etwa ein frisch gewaschenes Bettlaken, das unter azurblauem Himmel auf einer nach Wildkräutern duftenden Wiese
gebleicht worden ist. Wie neu schien das Gemälde nach der Firnisabnahme. Zeitlos, ja schlimmer noch, es wirkte gar modern.
Alle Veränderungen, die das Bild allmählich in vielen Jahren erfahren hatte, langsam einhergehende Prozesse einer langen Nachreife, unvermeidliche Zugaben der Zeit, hatten die Restaurateure
wieder rückgängig – und die Unbescholtenheit, die es nach seiner
Entstehung besaß, wieder sichtbar gemacht. »Es läßt sich nicht
leugnen«, dachte Balthasar, »sie haben dem Gemälde das Alter
genommen. Wenn man es recht bedenkt, ist es seiner Würde beraubt, und Zweifel an seiner Echtheit sind angesagt. Als die Spuren der Jahrhunderte getilgt waren, wurde das Werk leicht – beinahe heiter und belanglos.« Dazu hatte man es in jüngster Zeit
dem Altar entnommen und es, schlicht gerahmt, neben anderen
an der Wand der hohen Eingangshalle zur Schau gestellt. Es fiel
ihm schwer, noch Ehrfurcht zu empfinden. Auch weil der sakrale
Eindruck des Raumes durch die Art der Hängung der Kunstwerke aufgehoben schien, so daß man sich in einem Bildermuseum
wähnte, das eine unterhaltsame Begehung versprach. Es überkam
ihn eine Art Gleichgültigkeit. Er meinte, daß er in Toledo schon
zu viel und obendrein sehr Unterschiedliches, sich Widersprechendes von der Hand oder aus der Werkstatt des Theotokopulos
gesehen hatte und nun Gefahr lief, daß die Eindrücke begannen,

sich unentwirrbar zu verfilzen. Als er seine Werke in so großer Anzahl hatte sehen können, empfand er diese Häufung schon als Last. Das eine Bild des Meisters jedoch, das ihn veranlaßt hatte nach Toledo zu reisen, war unerreichbar.

Durch ein kunstschmiedeeisernes Gitter, das vom Fußboden bis zur Decke reichte, war ein bestimmtes Areal abgeteilt. Als seien es zwei Welten, die unterschiedlicher nicht sein konnten. Die eine hell, die andere lichtarm und geheimnisvoll. Hinter diesem Gitter lagen die Wirkungsstätten der Ordensfrauen und obwohl es einen Einblick nicht gänzlich ausschloß, schuf es doch befremdliche Distanz. Sein erster Eindruck war, daß man innen nur veraltetes Inventar abgestellt hatte wie in den Gängen, die er kürzlich durchstreift hatte. Als ob jene zwei Nonnen darüber wachten, daß alles unversehrt bliebe, während sie sich gleichzeitig einer nicht ganz einfachen, aber erholsamen Tätigkeit widmeten. Sie flochten Kränze aus künstlichen Blumen. Eine junge Novizin, noch ungeübt und so empfindsam, daß sie ihre Finger an den Dornen der Papierrosen verletzte, hielt den Blick gesenkt. Ein Tropfen Blut fiel auf eine geruchlose Blume – eine üppige, voll erblühte Rose. Von den weißen Kutten der Nonnen, den Weidenkörben voller heller Blumen, hob sich das Trenngitter dunkel und zugleich deutlicher ab. So gewannen die verspielten Ornamente noch mehr an Klarheit. Das Auge folgte willig dem verschlungenen Linienspiel, den Arabesken, den fremden maurischen Schriftzügen, die ihre Bedeutung nicht preisgaben. So blieb all denen, die sich darein vertieften, vorerst verborgen, was sich hinter dem starren Vorhang aus Eisen befand. Es war wie bei einer überschwenglich geschmückten Buchseite, durch deren Anblick sich das Umblättern verzögert.

Man mag es als einen Widerspruch empfinden: Die Nonnen, sie, die dem weltlichen Leben entsagt hatten, warteten auf Besucher. Im Gitter gab es eine Tür, die hin und wieder offen stand.

»La tumba del pintor«, sagte eine der beiden Nonnen leise, als sich Balthasar dem Eingang näherte. Auf dem Boden lagen Sträuße und Gebinde, Drahtgeflechte für Kränze und kleine Kissen aus trockenem Moos. Die Kunstblumen, gelungene Imitationen der Natur, welk und vergilbt. Durch wiederholten Gebrauch waren sie mitunter schon unansehnlich geworden. Dagegen war eine echte Blume, ein Stengel weißer Lilien in einer Vase, deren Wasser nach Verwesung roch, von auffallender, belebender Frische. Die Wappenblume der Bourbonen – jeden Morgen frisch im Klostergarten geschnitten, stand sie im Raum, so wie sie manchmal Theotokopulos von geübter Hand in seine Bilder hatte malen lassen. (Er hatte sich nie damit abgegeben, gewünschte Beigaben selbst auszuführen.) Aus Kremser Weiß und Neapelgelb, die Blätter dunkelgrün, fast schwarz.

Nachdem Balthasar seinen Obolus für die Besichtigung entrichtet hatte, wurde die Kasse (in diesem Raum der einzige weltliche Gegenstand) wieder fest verschlossen. Ein Billett war ihm ausgehändigt worden, und der kurze Text auf der Rückseite besagte, daß er sich im ehemaligen Konsistorium, dem Versammlungsraum der Kardinäle, befand.

Die kunstvolle Kassettentäfelung der Decke mit dunklen Edelhölzern nahm Balthasars Aufmerksamkeit anfangs ganz in Anspruch. Er schaute nur nach oben, wo er angesichts der Reliquien den Blick hätte senken sollen. Der Saal wirkte höher, als er es in Wirklichkeit war, und dennoch fühlte man hier eine eigenartige Beklemmung. Anders als in der Eingangshalle, die im Laufe der Zeit durch bauliche Veränderungen ein profanes Aussehen angenommen hatte, herrschte im Konsistorium doktrinäre Strenge. Es gab nur Kunstwerke, bei denen alle Sinnlichkeit verbannt war. Stumpf, farblos und dunkel. Bilder, wo die Farben süßlich und verblichen, auf denen die Figuren in frommer Ekstase dargestellt waren. Von unnachgiebiger Festigkeit war das Gestühl, harte

Holzbänke mit hoch aufgerichteten, steilen Rückenlehnen. Vom Mittelgang ausgehend, stiegen beidseitig die Bankreihen stufenartig zur Wand hin an. Auf einer Seite waren die unteren Reihen mit einer Kordel abgesperrt, und auf den Sitzen lagen übereinandergeschichtete Pappschachteln. Die Etiketten, vergilbt und mit Stockflecken bedeckt, trugen altertümlich verschnörkelte Schriftzüge. Kalligraphische Meisterwerke, die sich der Lesbarkeit ganz entzogen. Nur den kleinen Bildchen war noch anzusehen, daß sie die Stadt Toledo darstellten.

Was die anschließenden Räume füllte, hatte nur der äußeren Form nach eine gewisse Ähnlichkeit mit Möbelstücken. Was aussah wie Truhen oder Schränke, waren fest verschlossene Schreine, die Unwiederbringliches bargen: Reliquien, anbetungswürdige Überbleibsel. Oft wenig, was, in viel Tuch gewickelt, von einer Märtyrerin verblieben war. Wieder und wieder mit kostbarem Stoff umschlungen, blähte es sich auf, so daß, um es aufzubewahren, ein großes Behältnis erforderlich war. Ein schwerer Schrein, ein turmartiger Katafalk, und obenauf, durch eine Glashaube geschützt, eine kleine Puppe, ganz in Tüll und Spitzen gekleidet, in einem Bettchen aus Perlmutt. Der Kopf sowie ihre gefalteten Hände waren aus feinem, durchscheinendem chinesischem Porzellan. Es gab noch zahlreiche andere Objekte in Vitrinen zu bestaunen: Dioramen, sie zeigten die Leidenswege der Märtyrer, aber auch Schlachten, Feuersbrünste und Pestilenzen. Winzige Figuren und ganze Städte waren detailgetreu aus einer zerkauten Masse geknetet.

Hin und wieder verließ die eine oder die andere der beiden Ordensschwestern unauffällig den Saal. Sie öffnete eine Tür, hinter der sich eine Treppe befand, die nach unten führte. Der Zugang zur Stille, die Krypta. Was alles noch oblag ihren Pflichten? Was alles hielten sie fortan geheim? ... Kein Besucher brauchte zu wissen, daß sie sich schon wiederholt hatten bemühen müssen, unten in der Gruft den Wackelkontakt irgendeiner Glühbirne zu beheben. Als eine der Nonnen versucht hatte, sie auszuwechseln, war sie ihr unversehens aus den Fingern geglitten und am eisernen Sarg des Theotokopulos zerschellt. In so feine Glassplitter war sie zerborsten, daß der schmale Eisensarg und die davor niedergelegten Papierblumensträuße beim Schein der als Notbehelf aufgestellten Kerze aussahen, als seien sie mit Zucker bestreut. Das viel gebrauchte Kellerlicht, immer verbreitete es eine feierliche, festliche Stimmung. Aber die Nonnen wußten: der geringste Luftzug, der beim Öffnen irgendeiner Tür entstand, würde das Flämmchen, das die Umgebung so angemessen aufhellte, alsbald wieder löschen. Und daß unversehens im ungeeigneten Moment.

Was, wenn der Besucher das Dokument, das im Nebenraum in einer Vitrine auslag, endlich entziffert hatte: Den Kontrakt über das künftige Wirken des Malers Domenikos Theotokopulos, vom Großinquisitor aufgesetzt, der das Signum beider trug. Wenn dieser Besucher danach auch das Grab des Theotokopulos zu sehen wünschte? ... Noch bot ein weiterer Raum Interessantes, aber bald würde er zurückkommen, und ehe er den Konvent wieder verließ, würde er darauf bestehen, eine Zeitlang an der Ruhestätte verweilen zu dürfen.

Die Nonne sprach leise. Balthasar hatte nicht gespürt, daß sie sich genähert hatte. Unter ihrer weiten Kutte blieben die kleinen Schritte unsichtbar. Sie stand plötzlich im Mittelgang und wies auf die im Gestühl abgelegten Kartons. »Wollen Sie etwas kaufen?« fragte sie ein weiteres Mal, etwas entschlossener, aber noch mit schwacher Stimme. »Marzipan, es ist süß und bitter zugleich.« Nur da unten, wo es immer kühl sei, sei es möglich gewesen, es so lange Zeit aufzubewahren. Sie nahm eine Schachtel, und im Begriff, sie ganz behutsam zu öffnen, sagte sie: »Unsere Schwestern haben es früher einmal hergestellt.« Später hätten sie es verstecken müssen. Der Oberin wegen, denn sie habe nicht widerstehen können und immer wieder nach diesen kleinen Kunstwerken verlangt. Erst nach ihrem Tode sei es erlaubt worden, solche Köstlichkeiten zum Kauf anzubieten. Während sie sprach, glaubte er in ihrem Gesicht, das die Ordenstracht wie ein Passepartout rahmte, den Anflug eines unveränderlichen Lächelns zu erkennen. Sah er ein Bildnis, oder sah er ein wunderbares Stilleben, denn ihr Gesicht glich einem überreifen Pfirsich, der zur Vermeidung von Druckstellen auf schwarzem Sammet gebettet war. Solch wohltuende Rundung eines Gesichtes, solch füllige, verhüllte Körper meinte er zu kennen. Er hatte dergleichen oft gesehen, bei den weißen Frauen in Gundinamarca und auf den Bildern von Fernando Botero, dem besten Maler, den das Land hervorgebracht hat.

Auf seine Bitte hin, ihm nun noch die Gruft zu zeigen, nahm die Nonne erst einmal die Deckel von den Marzipankartons. Behutsam, einen nach dem anderen. Immer neue Motive der verschiedenen Heiligenlegenden sah Balthasar in Marzipan geformt. Den offenen Schachteln entströmte ein kaum spürbarer Duft. Wie Bittermandelöl, oder wie eine ihm unbekannte orientalische Substanz. »Unser Marzipan«, sagte sie, »hat schon Künstler zu besonderen Werken angeregt. Es wirkt wie eine Droge, unwiderstehlich und verhängnisvoll. Denen, die es zu sich genommen haben, ist das Malen, Dichten oder Musizieren zur Sucht geworden.« Alles, worüber sie sprach, weckte Balthasars Neugier, einiges jedoch war ihm wohl vertraut: »Die Abhängigkeit«, fuhr sie fort, »welch ein angenehmes, aber unentschuldbares Übel.« Auch der inzwischen weltbekannte Maler Fernando Botero solle das Marzipan probiert haben. Doch er habe Glück gehabt, er selbst sei in Form geblieben. Dagegen seien die Figuren in seinen Bildern immer runder geworden, und seine Malerei habe so das Interesse der Öffentlichkeit erregt. Ein Dichter könne nur noch in der Form der Sonette sprechen, kaum habe er an einer Marzipanfigur, die den Dichter Francesco Petrarca darstelle, ein wenig geleckt. Wie eben eine gute Medizin unerwünschte Nebenwirkung habe, so sei es erst recht bei den Genußmitteln ... Nie hätte Balthasar erwartet, daß eine Nonne so unvermittelt ins Plaudern geriete und daß ihm so ein weiteres Geheimnis für das Entstehen eines Kunstwerkes offenbart würde: *Um das Richtige aussprechen zu können, muß man sich vorher etwas Gutes und Kostbares auf die Zunge legen. Erst wenn es im Munde zergeht, beginnt es dir wirklich zu gehören.* »Glauben Sie nicht«, sagte die Nonne, nun wie zum Abschied, »daß es uns leichtfällt (zumal der Erlös es nicht rechtfertigen wird), uns von diesen Genüssen und unseren verborgenen Schätzen zu trennen. Sehen Sie es uns nach, daß wir versuchen, unsere Wunder zu Geld zu machen. Aber womit sollten wir sonst die dringlichsten Reparaturen im Konvent begleichen?«

In das untere Gewölbe, wo sich die Gruft befand, gelangte er danach nicht mehr. Die Tür blieb ihm verschlossen. Aber es gab im Fußboden ein kleines offenes Geviert, nicht viel größer als Balthasars Skizzenblock, ein dunkles Loch, durch das jetzt auch er, nach so vielen vor ihm, in die Gruft schauen durfte. Da unten ruhten die Gebeine des Malers Domenikos Theotokopulos. »Nun ist es doch noch dazu gekommen«, dachte Balthasar, »ich stehe an, oder genauer gesagt, über seiner letzten Ruhestätte.« Er blickte durch die Öffnung im Boden nach unten. Indes, seinen Augen schien die Sehkraft abhanden gekommen; lange starrte er, vor dem Loche kniend, vergebens in die Dunkelheit. Ein Schacht ohne Wände, ohne Boden. Er sah keinen Sarkophag, keine Kränze und Kunstblumengebinde. Auf der schwarzen Fläche vor seinen Augen war vorerst nichts. Er hoffte, daß sich die Pupillen der Dunkelheit anpassen und daß bald erste Umrisse erkennbar würden. »Man sieht nichts, wenn man nicht weiß, was man sieht«, dachte Balthasar. Wie lange hatte er vor der Öffnung auf dem Boden gehockt? Neben sich die angebrochene Marzipanschachtel. Im Munde ein süßes Kunstwerk. Es war hart wie Gestein und hinterließ den faden Nachgeschmack der Zeitlosigkeit. Nun hatte er, dem Meister als Gruß, ein Stück des alten Marzipans hinabgeworfen und am Aufschlag erkannt: Es war doch tiefer, als er angenommen hatte ... Die Besuchszeit war fast abgelaufen, und endlich, als er sich schon erheben wollte und die Leere ihm zur Gewißheit wurde, als ihn gleichzeitig eine leichte, ungewohnte Übelkeit befiel, trat, sehr langsam, in der Öffnung im Boden etwas hervor. Vage wurde es sichtbar, wie eine Kohlezeichnung auf schwarzem Stoff, weich und vergänglich; flüchtig und wie von korrigierender Hand wieder verwischt, erschienen erste Umrisse. Wie aus Staub war alles, was er wahrnahm. Allmählich begannen sich größere Flächen selbständig zu ordnen. Dann sah er ein lichtloses Abbild; nein – erst sah er nur herumliegende Kisten. Sie begannen, sich zu teilen, und es war nahe dran, daß sich im schwarzen Schacht eine räumliche Wirkung eingestellt hätte. Überall schon Brüche und weiche, abgeflachte Kanten. Doch, so lange er auch in die Tiefe schaute, nichts gewann mehr an Deutlichkeit. Schließlich sah er in ein fremdes Antlitz, es wurde allmählich sein eigenes, und es bestand aus leeren, verstaubten Pappkartons.

Es ist eine gern angewandte Methode der Zeichenkunst, Formen, die sich dem Auge in verwirrender Vielfalt darbieten, in eine leicht faßbare Ordnung zu zwingen. Wie der menschliche Geist alles zu vereinfachen sucht, was ihm unbegreiflich erscheint, so sucht auch der Maler, wenn er vor einer schwierigen Aufgabe steht, nach recht plump scheinenden Schematisierungen. Sagen wir, er müßte jemanden porträtieren. Dann zerlegt er die betreffende Person in geometrische Formen. Danach wird alles kinderleicht, es ist wie ein Spiel mit einem Holzbaukasten. Der Kubus ist ein einfaches und einprägsames Gebilde. Der Kubus erleichtert die Arbeit. Er erschafft den Raum wie von selbst. Aber jeder Kubus, ob nun rund oder eckig – unpersönlich ist er allemal, ja er ist geradezu seelenlos. Daß sich sein Umfang, sein Rauminhalt mit Hilfe der entsprechenden Formel so einfach berechnen läßt – für die Formel von Kunst ist das wenig hilfreich! »Wie soll man denn«, fragte sich Balthasar, »es anstellen, wenn man ein unsterbliches Kunstwerk erschaffen möchte und nicht weiß, was alles hineingehört. Und wenn man es weiß, zu welchen Anteilen sollte dieser oder jener Stoff vertreten sein?« O Unwissenheit! Woraus bestand das Marzipan, was machte es so haltbar, und vor allem, wodurch wurde es schließlich unsterblich?

Zwei Polizisten vom Revier nebenan und eine Anwärterin unterhalten sich in der Kneipe über den Steckbrief und die Kunst.

Auf dem Fußboden, wie üblich, der wohlwollende Abfall. Die beiden Polizisten vom Revier nebenan saßen geraume Zeit schon an der Theke, in ihrer Mitte die junge Referendarin. Hinter sich auf dem Fensterbrett, gut von der Straße aus sichtbar, hatten die Herren ihre schwarzgelackten Dienstmützen abgelegt. Die junge Dame im dunklen Kostüm war ungeschminkt, sie bestellte einen Milchkaffee. Die Herren mochten ihn wieder schwarz. »Versetzen Sie sich doch mal in die Lage dieses Mannes«, sagte die angehende Beamtin, »endlich hatte er sich aufgerafft und sich mal etwas getraut. Etwas, was ihn von den anderen abhob. Er brauchte sich nicht zu verstecken. Er war wer! Er war bereit gewesen, ein aufregendes Risiko einzugehen. Aber nun, obwohl sich kaum noch jemand erinnerte, konnte ihm zu jeder Zeit unversehens die Quittung präsentiert werden. Seit seiner Tat verließ er das Haus im Grunde genommen nicht mehr. Nur das Notwendigste konnte er sich im Laden um die Ecke, in aller Hast, hin und wieder besorgen. Freiheit konnte man das nicht nennen. War es nicht eher so, als hätte er sich selbst auf unabsehbare Zeit inhaftiert? Noch dazu in den eigenen vier Wänden! Nie wieder konnte er sich von da an so richtig aus dem Fenster lehnen. Er stand nur noch hinter dem Vorhang, Tag für Tag, und schaute den Leuten zu, wie sie die Gasse auf und ab gingen.« Alles schien so leicht dahingesagt. Doch zwei schwarze Mützen aus Pappe, die so genannten Gorras, waren auf dem Fensterbrett abgelegt. Schwergewichtig wie eine unausgesprochene Drohung. »›Was bringt es ihnen denn ein‹, mochte er denken, als er die Menschen so unbekümmert wie ziellos flanieren sah. ›Sind sie denn so viel besser dran als ich? Keinem kann man sein gutes Gewissen ansehen. Sie gleichen sich, dabei sind ihre Verlangen doch so unterschiedlich.‹« ... Die Drei waren enger zusammengerückt. Auch der Ton der Referendarin in ihrer Mitte wurde vertraulicher, sie zeigte zusehends mehr Zuneigung für den Mann, über den sie berichtete, dem sie aber bisher nie begegnet war. »Endlich beschloß er, wieder auszugehen«, sagte sie verständnisvoll und bemühte sich kaum noch, ihre Anteilnahme an den Geschicken des Kriminellen zu verbergen.

»Es sollte ein erster Versuch sein. Bei angenehmem Wetter, die Luft war mild und ein sanfter Wind wehte. Als er die Straße betrat, geriet er sogleich in rege Betriebsamkeit. Alles war so, wie er es von früher noch kannte. Keiner, der ihm Beachtung geschenkt hätte. Er war unauffällig gekleidet, trug einen schwarzen Vollbart, sein Gesicht schien schmaler als sonst, und seine Augen lagen tief in den Höhlen; weiter hatte er keine besonderen Merkmale. ›Ein Durchschnittsgesicht wie meines kann jedem gehören‹, redete er sich unentwegt ein. Und dennoch vermied es der Gestrauchelte, auf der Straße Entgegenkommende anzublicken. Er wandte sich ab und tat so, als gelte sein Interesse den Auslagen in den Schaufenstern. Ein kurzes Nicken sollte genügen als flüchtiger Gruß für ein paar Bekannte, die ihn von der anderen Straßenseite aus erspäht hatten. Bisher war nichts Außergewöhnliches geschehen

Dann stieß er plötzlich auf das Phantombild und erbleichte. Er hatte sein Abbild in der Öffentlichkeit entdeckt. Ein sehr unzutreffendes zwar, doch er wußte: Er war gemeint! ›Vorbeigehen wie die meisten, nur nicht hinschauen‹, dachte er. Und als ginge ihn der Zettel, der fast unlesbar war, aber gut sichtbar an der Mauer klebte, nichts an, setzte er seinen Weg fort. Niemand konnte so schnell erkennen, daß er der Gesuchte war. Es war ja noch mal gutgegangen! Aber wie leichtsinnig hatte er sich verhalten! Hatte er nicht bedacht, daß auch eine Kleinigkeit, so nebensächlich sie auch sein mochte, zu seiner zufälligen Entdeckung führen konnte? Selbstvorwürfe, quälende Gedanken, die ihm von da an Spaziergänge verleiden sollten. Er hätte sich den Bart abnehmen müssen, bevor er unter die Leute ging, durchzuckte es ihn. Er wollte es nachholen, so schnell wie möglich, und nahm für den Heimweg eine Abkürzung. Wieder zu Hause rasierte er sich sofort sorgfältig. Während er sich einseifte, hielt er Fenster und Türen geschlossen. Sogar die Jalousien ließ er herab. Die Rasur im Halbdunkeln benötigte mehr Zeit als gewohnt. Aber er fühlte, auch ohne ständigen Blick in den Rasierspiegel, wie er sich allmählich veränderte, wie er langsam wieder der wurde, der er einmal gewesen zu sein schien. Als sich dann seine Wange glatt anfühlte, ihn kurz dazu verführte, sich selbst zu streicheln, kam er ins Grübeln. ›Wie habe ich als Phantom denn eigentlich ausgesehen?‹ überlegte er. Konnte er von etwaigen Zeugen denn überhaupt wiedererkannt werden? Trug er auf dem Bild denn Vollbart? Als er die Rasur vollendet hatte, als er mit dem Handtuch nur noch ein paar Seifenreste wegwischte, schwante es ihm, daß er soeben seine Tarnung entfernt – daß er sich selbst die Maske vom Gesicht genommen hatte …« »Also war er auf dem Fahndungsbild wohl ohne Bart«, sagte einer der Polizisten, von krampfartigen Lachanfällen geschüttelt. Nicht das Phantombild mußte korrigiert werden, sondern das Gesicht des Täters, und das tat er somit noch eigenhändig! Wie konnte er denn vergessen, was er sich nach seiner Tat vorgenommen hatte: sich so lange zu verbergen, bis endlich ein dichter Bart sein Kinn und somit die verräterische Narbe verdecke? – Daß jemand einen solchen Schock erleidet, wenn ihm von der Behörde sein eignes Antlitz gezeigt wird, daß er sich nicht traut, es genauer zu betrachten … Er müsse sich im Geschäft des Juweliers gut ausgekannt haben. Im Dunkeln habe er sich an dessen Schätze herangetastet und, ohne einen Fehlgriff, nur das Allernotwendigste mitgenommen. »Was man alles über ihn weiß«, dachte Balthasar, »während der Mann sich noch unentwegt müht, seine Urheberschaft zu verschleiern, und dabei doch selbst so gern bekannt sein möchte.« Man wisse viel, sagte der Polizist, man kenne sein Gesicht, sogar seinen falschen Namen, aber man kenne nicht seinen Aufenthaltsort. »So ist es wie nach jeder Anzeige. Wir erfahren zuerst nur Eure Taten.« Wen er damit wohl meinte? Auch der Wirt gab sich nun nicht mehr so gelassen wie sonst. Eine seltsame Unruhe hatte ihn ergriffen. Unverdrossen sprachen die zwei vom Revier nebenan. Sie sprachen laut, wie vor einer großen Menschenmenge. Dabei war das Lokal nahezu leer. Hin und wieder löste sich die Referendarin aus der Umarmung eines der beiden Polizisten.

Daß Ehrgeizige hin und wieder dazu neigen, voreilig unbedachte Handlungen auszuführen, die mitunter auch für sie selbst zum Nachteil gerieten, daß Künstler, ohne sich zu entkleiden, sich dennoch entblößten – all das sei hinlänglich bekannt. Mit solchen Individuen sei ein Verhör eine leichte und manchmal auch heitere Sache, ob sie nun schuldig oder unschuldig seien. Ob sie berechtigt oder unberechtigt zu Ruhm gelangten, bliebe stets eine Ermessensfrage. *Ähnlichkeit*, was sei das schon? Es bedeute doch, auch wenn sie noch so groß sei, es handele sich immer um eine andere Person. Keines deiner Abbilder wird dir wirklich entsprechen. Kein Paßfoto zeigt dein wahres Gesicht, es zeigt nur den Augenblick, den kleinen Schreck, der dich befällt. Ein heller, kurzer Blitz, ein ehrlicher Blick, ein freundlich lächelnder Mund, ein angenehmes kleines Bild ist entstanden, das danach im Paß eines Mannes klebt, der älteren Damen die Handtaschen entreißt. Nun betrachteten sie gegenseitig ihre Dienstausweise. Wie sich doch die Fotos glichen! Der jungen Frau schien es schwerzufallen, sich zu entscheiden. Doch bald ließ sie den Arm des einen, ohne Widerspruch, auf ihren Schultern ruhen.

Dann sprachen sie über die Kunst. Ein guter Porträtist zum Beispiel, wen er auch immer konterfeit, stets wird die Zeichnung Merkmale der eigenen Züge enthalten. »Wie recht sie haben«, dachte Balthasar, »erst durch die Doppelgesichtigkeit wird ein Porträt wirklich zu einem Kunstwerk. Aus dem Abbild des schrecklichen Großinquisitors tritt auch das gütige Antlitz des Theotokopulos hervor.«

»Ja«, sagte die junge Referendarin, »der Maler malt sich immer ein wenig selbst, wenn er andere abbilden soll.« Das habe man zu bedenken, wenn man sich malen lasse. Man solle damit nur einen gutaussehenden jungen Maler betrauen. Ein eitler Mensch finde nur Gefallen an den Bildern von eitlen und aufgeblasenen Künstlern, warf der Wirt wie beiläufig ein.

Wie aber einem Maler sein Talent zum Verhängnis wurde, zeige ein anderer Fall: Nun war das Verbrechen, das schreckliche wie zugleich auch magische Ereignis, wieder ihr Thema. Von einem Attentat war die Rede. Auf eine hochstehende Persönlichkeit war es verübt worden, berichtete sie. Viele Zeugen wollten nichts erkannt haben. Nur ein Maler, der von seiner Dachkammer aus den Attentäter sah, brüstete sich danach mit seiner Beobachtungsgabe. Nicht ungern entsprach er dem Wunsche der Polizei, ihr vom Täter ein Bild anzufertigen. Die Aufgabe, das wußte der Künstler, war heikel. Mißlänge sie, so würde es heißen, er wolle verhindern, daß der Delinquent gefaßt werde. Gelänge sie ihm aber vorzüglich, dann wäre der Verdacht gerechtfertigt, daß er den Täter zu gut kenne, und daß er, was dessen dunkle Seite betreffe, mit ihm übereinstimme. Was sollte er tun, sollte er sein Talent zügeln, oder sollte er zeigen, was er konnte? Würde ihm sein Streben nach Ruhm ein Bein stellen? ... Es hatte lange gedauert; immer wieder hatte der Maler seine Arbeit verworfen und immer wieder von neuem sich bemüht, die Aufgabe zu bewältigen. Bis zuletzt hatte er versucht, das Porträt des Attentäters, eines geistig Verwirrten, noch zu verbessern. Man wurde mißtrauisch. Man konnte sich den Zweck der vielen Entwürfe nicht erklären. Bald wurde ihm unterstellt, er sei ein Sympathisant und wolle das Attentat auf einem Gemälde verherrlichen ... Doch endlich, eines Tages, hing im ganzen Land ein Steckbrief mit einer Zeichnung von seiner Hand. Sie war ein Meisterwerk! Sie war das Selbstporträt des Malers. Oh, wie hat der begnadete Porträtmaler dafür büßen müssen. »Ich sage Euch: Der Staat verdient seine Künstler nicht.«

Dem könne man nicht so ohne weiteres zustimmen! Es sei ja hinlänglich bekannt, daß sie nie für das, was sie malen, auch einstehen. Nur dem Unverständnis des Betrachters sei es ihrer Meinung nach zuzuschreiben, daß es Mißverständnisse gebe. Es sei wohl eine Ausnahme, meinten die Polizisten, daß mal ein Künstler zu Schaden käme, wenn er zeige, wozu er fähig sei. Einen Nachteil in Kauf zu nehmen, sei ihre Sache nicht. Ehrlich, es sei zu viel, was man den Künstlern heutzutage ständig nachsehe. Unzucht, Majestätsbeleidigungen oder was auch immer. Stets beriefen sie sich, auch bei den größten Entgleisungen, auf die Unabhängigkeit der Kunst. Es heiße: Niemand dürfe die Kunst behindern, ihr Steine in den Weg legen. Nur die Kunst dürfe alles, weil sie wirklich frei sei. Manch ein Künstler erkläre sogar ein Verbrechen zur Kunst. Je bekannter ein Künstler sei, um so toller treibe er es, und er schrecke nicht einmal davor zurück, selbst die Kunst zu verunglimpfen. Um des Ruhmes wegen böten sie sich sogar selbst, samt ihren Gebrechen, als Kunstwerke dar. »Ach, wenn sie es doch nur beim Malen beließen!« rief die Anwärterin. »Das Verbrechen auf der Staffelei bleibt doch ohne Folgen und kann mitunter Schlimmeres von uns abwenden. Ich glaube, sie taugen zu nichts anderem. Was käme zum Beispiel dabei heraus, wenn einer sein Talent, statt der modernen Kunst, der Medizin zuwenden würde?« Als Chirurg etwa. Ganz legal dürfte er sein fragwürdiges Handwerk ausüben und sich seiner Verfehlung noch rühmen.

Manchmal ist es besser, nur zuzuhören, als sich zu einer Sache, bei der man hätte mitreden können, zu äußern. Balthasar, kaum beachtet, schwieg und untersuchte dafür die Mützen der beiden Polizisten noch eingehender. Während sie sich wie Volksredner ereiferten und die Wachsamkeit vergaßen, hatte Balthasar begonnen, ihre Kopfbedeckungen in Einzelteile zu zerlegen. Wie stabil sie dem Aussehen nach schienen, wie streng und würdevoll sie wirkten, sie waren aus billigem Material. In der Kappe, innen aufgedruckt, die Anleitung, wie sie gefaltet und zusammengefügt werden sollte. Innen Pappe und außen dicker, brüchiger, schwarzglänzender Lack … Viel zu lange schon, meinte der Wirt, hätten die zwei Uniformierten vom Revier nebenan und die angehende Beamtin die Siesta ausgedehnt. Wenn sie hin und wieder mal kurz reinschauten, wären sie willkommen, aber wozu bis Dienstschluß bleiben. Bei ihm verkehrten Gäste unterschiedlichster Gesinnung, ob sie sich untereinander mochten, darum hatte sich der Wirt bisher nicht scheren müssen. Sie hatten bisher alle, ihren Gewohnheiten entsprechend, ihre in stiller Übereinkunft festgelegten Zeiten, und sollten sie, um Unannehmlichkeiten zu vermeiden, auch einhalten.

Hatten die Mützen der Guardia Civil, ehe sie Balthasar einer Materialprüfung unterzog, zu lange schon abschreckend im Lokal gelegen, deplaziert wie zwei Steinkohlebriketts auf dem Küchentisch? Hatte ihr Anblick Gäste entmutigt, wie gewohnt das Lokal aufzusuchen? Die Tür stand weit offen, und der Wirt sah mit Bedauern, daß sie alle, als wären sie in Eile, an seinem Haus vorbeigingen.

Auch der verwachsene Alfredo, genannt der General, zog es vor, an diesem Spätnachmittag auf einen gewohnten Schluck zu verzichten. Ihn, der unberechtigt nur Mützen aus gutem Material trug, der seine Haltung gern durch eine Uniform zu verbessern suchte, hätte es betrübt, daß die Kopfbedeckungen, die die Beamten zu Recht trugen, so billig hergestellt waren.

Balthasar trat, um seine Zeche zu begleichen, zur Theke, wo der Wirt stand und darauf wartete, daß die ungünstige Phase bald zu Ende ginge. Daß sein Schiff die Breitengrade der *Calmas* hinter sich brächte, der Flaute entkäme und die *roaring fourties,* die brüllenden 40er erreichte, wo die Gäste sich nur noch schwankend auf den Planken bewegten. Doch es schien, als hätten sie wieder mal durch Mäßigkeit oder Fernbleiben den schwarzgelackten Pappmützen gebührenden Respekt gezollt. Die Kappen, die alsbald, als kleine Stückchen auf dem Boden verstreut, die Kneipe noch einladender machten, dank eines barhäuptigen Ausländers, der sie gelangweilt zerbröselte.

Balthasar hatte unbeabsichtigt die verblüfften Blicke der Guardia Civil auf sich gezogen. Er suchte gar nicht erst in seiner Brieftasche nach Geld, sondern begann vor aller Augen seine Jacke zu wenden. Die Banknote, die er danach tief aus dem Jackenfutter zog und auf der Theke glattstrich, war in einem so schlechten Zustand, daß die beiden Polizisten sich bei ihrem Anblick abwandten. Der Wirt aber griff hastig nach dem Schein und ließ ihn, als wäre er eine Belanglosigkeit, schnell in einer rostigen Dose verschwinden. Es war ihm peinlich, daß er im Angesicht der Obrigkeit schmutziges Geld annahm. In der Gaststube blieb es ruhig, fast familiär. Den wenigen Gästen gingen die Worte aus. Fragende, suchende Blicke. Wie auch sollten die beiden Polizisten ihre Dienstmützen als Kneipenabfall wiedererkennen?

»Unter Künstlern«, sagte Balthasar einmal zum Oberst, »ist es nicht wie beim Militär, wo man nicht auffallen möchte. Wo man weder im ersten, noch im letzten Glied stehen sollte.« »Unter Künstlern«, meinte er, »möchte einer nicht unerkannt mitlaufen, da will er auffallen, fast um jeden Preis. Will man bekannt werden, muß man, wo es nur geht, zunächst gegen den Strom schwimmen. Überall sollte man zu sehen sein und die Aufmerksamkeit vieler auf seine Person ziehen.« Wann immer sich Gelegenheit biete. Aber wenn man sich in einem zu großen Auditorium befinde, laufe man Gefahr, in der Masse unterzugehen. Deshalb sei es wirksam, in geschlossenen Räumen, gegen das Gebot der Höflichkeit, sein Haupt bedeckt zu halten. Unter Hunderten werde man so gleich wahrgenommen. Aber wenn es dann zur Mode geworden, die Unsitte zur Sitte mutiert sei, wenn in den Konzertsälen immer mehr Hüte Aufmerksamkeit beanspruchten, müsse man sich etwas Ausgefallenes einfallen lassen. Das sei zweifellos die hierzulande noch kaum gesehene Usbekenkappe. Sobald man mit ihr auftauche, und sei es auch nur in der letzten Stuhlreihe, werde das Publikum nur noch für sie Interesse zeigen. Die Leute werden das Konzert und den Virtuosen vergessen. Nur eine Frage bewege sie noch: Wer ist der Träger dieser schönen goldbestickten, mit Perlenschnüren behangenen Usbekenkappe?

Erinnerungen: Der Steinbruch. Die Vertreibung aus dem Paradies.
In der Manufaktur. Das Zimmer des Hundertjährigen. Farbnuancen
beim Eingeweckten.

Die Frage des Lehrers: Woraus besteht Granit? verlangte die Antwort der Kinder im Chor: Porphyr, Quarz und Glimmer – die
vergeß ich nimmer! Ein Satz aus den ersten Schuljahren, den der
Lehrer bei Klassenausflügen, wenn es zu den Steinbrüchen ging,
immer wieder hören wollte. Die Kunst der Menschheit entstand
in Höhlen, die Kunst Balthasars in einem aufgegebenen Steinbruch. Er lag tief im Walde, war schwer zugänglich und beinahe schon vergessen. Die bizarren Strukturen im Fels, die steilen
Wände aus brüchigem Granit, die in der Sonne aufleuchteten,
als wären sie aus purem Gold, waren ihm fremd und geheimnisvoll erschienen. Oftmals, gleich nach der Schulstunde, hatte es
ihn zu diesem Ort gezogen. Am Fuße der Steinwände eine kleine
Hütte; die Tür war mit einem Vorhängeschloß zugesperrt. Als
er es aufgebrochen hatte, fand er innen nur ein paar verrostete
Tellereisen. Vor der Hütte, an der tiefsten Stelle im Steinbruch,
hatte sich das Wasser gesammelt. Stehendes Wasser, tiefschwarz,
das nicht abfließen konnte und faulig roch. Darin oder vielmehr
unten im Schlamm gab es Blutegel. Dicke schwarze Würmer, die,
wenn man hineinstieg, sich an den Waden festsaugten. Doch es
gab keinen Grund, das Gewürm zu fürchten, das Heilkundige so
sehr schätzen.

In diesem verlassenen Steinbruch im Walde schuf Balthasar
sein erstes Kunstwerk. Alles was er dazu brauchte, fand sich an
Ort und Stelle. Manches direkt vor seinen Füßen, wie Holzkoh-
le und Erde. Hoch über ihm, einladend, eine glatte, kaum ver-
witterte Fläche, die dazu aufforderte, bemalt zu werden. Damals
war Balthasar im Klettern geübt. Wie eine Fliege an der Wand
konnte er sich am steilen Felsen auf und ab bewegen. Er zeich-

nete mit Kohlestücken, die er in der Asche eines Lagerfeuers der Waldarbeiter fand. Er lavierte mit Lehm, malte mit zerdrückten Blutegeln und legte die tiefen Schatten mit dem Faulschlamm aus dem Tümpel. So entstand an einem Sommertag das Monumentalgemälde »Die Vertreibung aus dem Paradies«. Er überlegte lange, wie er Unbefugte am Betrachten seines Bildes hindern könnte. Er dachte schon an die Tellereisen in der Hütte. Sollte er sie spannen, am Zugang zum Steinbruch, der nun ein hoher Dom zu sein schien, auslegen und mit einer dünnen Schicht Waldboden bedecken? Aber dann entschied er: Es sollte als Warnung genügen, ein Eisen am Baume der Erkenntnis, um den sich die Schlange verheißungsvoll wand, zu befestigen.

Das Paar war nackt. Der Baum der Erkenntnis, vor dem die rostige Falle nun lauerte, war kahl. Der Maler hatte ihm gerade mal zwei brüchige Äste zugestanden, die Ausführung der Schlange (die in der Bibel das Böse verkörpert) aber mit viel Liebe und Sorgfalt betrieben. Als dann alles vollendet war und er zum Werk aufblickte, überkam ihn eitle Freude, denn er glaubte, von den Wänden des alten Steinbruchs habe er soeben ein großes Talent empfangen.

Damit endete für Balthasar jedoch das unbeschwerte Leben im Walde. Noch im selben Jahr begann seine Lehrzeit in einer Manufaktur, in der edles Porzellan gefertigt und bemalt wurde. Aber eigentlich begann die Veränderung erst einmal mit Kaffeeholen. In der Manufaktur gab es, wie in einer Hierarchie üblich, überlieferte, unveränderliche Rituale. Die Neuen holten den Kaffee für die Einjährigen, die wiederum holten den Kaffee für die Zweijährigen, die wiederum für die Dreijährigen und so fort. Den Fünfjährigen endlich, wenn sie an ihrem Gesellenstück arbeiteten, wurde der Kaffee von den Vierjährigen gebracht, während sie den Kaffee für die Kollegen, die vor ihnen zu Gesellen avanciert waren, zu holen hatten. So rückte man in der Stufenleiter immer weiter nach oben, ohne je die Spitze, den ersehnten Herrscherthron, zu erreichen. Ohne sich richtig auf das Frühstück freuen zu können. Denn der Weg zur Küche war weit, die Gänge zu den Malsälen lang und die Kisten mit den vollen Pötten wogen schwer. Doch mit den Jahren nahm das Gewicht der Kisten, die Balthasar morgens auf dem Kopfe trug, allmählich ab. Die Kaffeepötte wurden weniger, denn in den Räumen saßen, über die Arbeit gebeugt, nun schon ergraute Maler. Bald brachte auch Balthasar, anstelle des Altgesellen, den Kaffee in einer wohlgeformten Tasse auf einem leichten Tablett zum Meister ... Aber wer durfte die Tür öffnen, an der ein in Kupfer gravierter Schriftzug Ehrfurcht einflößend Name und Titel des Greises preisgab? Des Mannes, der keine Störung mehr ertrug, und wäre sie noch so gering. Es hieß, wenn man, so behutsam wie möglich, eine Tasse Kaffee auf seinen Arbeitstisch stelle, sei das dem Hundertjährigen nahezu ein Greuel. Jede noch so vorsichtige Bewegung schien ihm immer noch zu heftig auszufallen. Sogar das kaum wahrnehmbare Klikken, das er selbst erzeugte, wenn er mit dem kleinen Teelöffel das Getränk umrührte, war ihm zuwider. Die Jahre hatten seine Glieder brüchig werden lassen. Sein Gehör, und viele meinten, auch sein Augenlicht, hatten sich dagegen immer mehr verbessert. Allein durch Nichtbeachtung des Unwesentlichen!

Balthasar lief durch die Gänge der alten Manufaktur, wenn es keiner sah, stets mit gewichtigen und ausladenden Schritten, oder er bewegte sich, falls er nicht gerade Kaffee austrug, in ausgelassenen Sprüngen vorwärts, so daß die Bodenschwingung sich bis in die Malsäle fortpflanzte, über die Stuhl- und Tischbeine, über die Fingerspitzen der Maler, bis sie ins letzte Pinselhaar gelangte. Wodurch manche Malerei viel von ihrer untadeligen Virtuosität verlor. Doch durch eine zufällige und ungewollte Pinselführung entstand in solchen Momenten zuweilen wieder wahre Kunst. Man spürte Balthasars Bewegung auch am Vibrieren der Schei-

ben der Vitrinen, an den leichten Erschütterungen der Schaustük-
ke, denn nie waren die Standflächen der Vasen oder der Figuren
ganz eben. Ein feiner, aber aufdringlicher Gesang für verwöhnte
Ohren ... Am Zimmer des Hundertjährigen ging Balthasar stets
so leise er auftreten konnte vorüber, damit der Hüter eines Schat-
zes alter Formen und Dekore, der gefürchtete Kritiker nicht erwachte. Jedes Mal las er ganz langsam seinen Namen und den
ungewöhnlichen Titel: Akademischer Bildhauer.

Balthasar, nun gezwungen, mit feinen Pinseln zu arbeiten, sich
mit Fleiß der Miniatur zu widmen, statt seiner eigentlichen Berufung nachzugehen, sehnte sich immer wieder danach, den Wald
zu durchstreifen, um den Steinbruch, jene Kathedrale seiner frühen Weihe, wiederzufinden. Obwohl er glaubte, daß es das Bild
an der Felswand nicht mehr gab. Es war sicher längst schon von
heftigen Regengüssen, denen es ausgesetzt gewesen war, wieder
abgewaschen worden ... An einem seiner freien Tage, den er eigentlich in einem Ausflugslokal verbringen wollte, nahm er doch
einmal den Weg zum alten Steinbruch. Er hatte die Stätte seiner
Kindheit noch nicht ganz erreicht, als er schon, durch das Geäst
der Bäume, das Bild erkannte. Es schien unversehrt. In den Jahren, die Balthasar in den Malstuben verbracht hatte, wo es ihm
nur erlaubt gewesen war, Tellerränder zu verzieren, hatte das Bild
seine Großzügigkeit bewahren können. Mehr noch: Es schien
monumentaler denn je. Als wären die Felsen im Steinbruch gewachsen und das Bild mit ihnen. Die Konturen waren scharf,
aber auch die zartesten Lavuren, ausgeführt mit lehmhaltigem
Wasser, gut erhalten. Nur das Tellereisen, das Balthasar unter
dem Baum der Erkenntnis ausgelegt hatte, war beinahe ganz vom
Rost zerfressen. Ein rötlicher Goldgrund wie bei einer gotischen
Bildtafel war nun vorhanden. »Was ist geschehen?« fragte er sich.
»Warum hat die Zeit, statt es auszulöschen, es besser werden lassen?« Er erstieg die Geröllhalde bis zur unteren Bildkante. Steine

kamen in Bewegung und fielen in den Tümpel. Als er dann den Aufstieg geschafft und die Wand, auf der sich das Bild befand, erreicht hatte, machte er eine überraschende Entdeckung: Es war das Wasser, das durch den Fels sickerte, was das Werk so wunderbar geschützt hatte. Es enthielt Kieselsäure, eine Substanz, die Farbpigmente unlösbar bindet.

Und noch später, nach vielen, vielen Jahren – Balthasar hatte schon die halbe Welt gesehen und kannte viele Kunstwerke, die der Mensch oder die Natur geschaffen hatten – zog es ihn ein letztes Mal zu diesem Ort. Da gab es keinen Baum, den er wiedererkannt hätte. Alles war von Brombeerhecken überwuchert. Alte Matratzen, von Siedlern in die Grube geworfen, zerfielen und rochen modrig. Die Geschwister hatten ihn gewarnt: Den Weg, der zum Steinbruch führte, gebe es nicht mehr. Aber Zecken im Unterholz als Überträger von Borreliose seien zu befürchten. Und wegen des Fuchsbandwurms solle man keine Brombeeren essen. Die Eichhörnchen – besonders wenn sie sich recht zutraulich zeigten – hätten sicherlich die Tollwut. Und nicht zuletzt könne keiner den scharfen Dornen der Brombeerhecken entgehen. Alle Vorsicht sei vergebens. Auch ein noch so geringfügiger Kratzer, den man da unweigerlich abbekomme, übertrage schon den Tetanusbazillus. »Ja, gerade die stillen und abgeschiedenen Winkel im Walde sind nun die Hüter vieler schon vergessener Übel«, meinte Balthasar. Unbekümmertheit war im Geröll verschüttet, und das Zeugnis seiner großen Begabung, das unverdiente Geschenk, es ruhte unter Dornenhecken und Müll.

Unvergeßlich der Ausflug mit der Großtante auf dem weißen Dampfer, damals, als sie noch Kinder waren und ihre Sonntagssachen trugen. Was für ein Spaß, als sie die weißen Maden von den Broten lasen, um sie im schmutzigen Fluß zu ertränken. – Oder in den Schulferien auf dem Hühnerhof. Der kleine Vorratskeller. Meist war er zugesperrt. Ein paar Stufen nur, aber für den Onkel waren sie zu steil. An der Hand der Tante war das Kind Balthasar, das eine und das andere Mal, hinabgelangt. Spinnennetze überdeckten alles, was da unten abgestellt war: die alte Saftpresse, die Tellereisen und das Hühnergewehr. Gleich neben der Tür die Waschböcke und der Einweckapparat. Aber an der Wand, durch die Spinnweben wie von Nebelschwaden verhangen, stand das Regal mit dem Eingemachten. Wenn man die Spinnweben wegblies, konnte man alles bewundern: Gläser mit Birnen- und Apfelkompott, Kirschen, Pflaumenmus und süße Aprikosenmarmelade. Alle Gläser hatten aufgeklebte Etiketten, wie die Buchrücken in einer Bibliothek. Die Etiketten waren sorgfältig von der Großtante in Schönschrift beschriftet. Aber die Tinte begann immer schnell, sich zu zersetzen. Doch die Tante kannte auch so den Inhalt und konnte das Alter und den Zustand des Eingemachten schon an der Farbe zuverlässig abschätzen. Um sicherzugehen, denn es sollte ja nichts verderben, probierte sie zwischendurch, ob die Deckel noch fest saßen. Unstillbar, damals, war Balthasars Appetit auf Nachtisch, den die Tante Kompott nannte. Aber sie ging nicht vor der Zeit ans Eingemachte. Schon auf der Treppe hoffte er, ein Deckel möge sich gelockert haben, so daß wieder mal, unvorhergesehen, etwas Besonderes auf den Tisch käme. Was Balthasar aber an den Gläsern auf dem Regal am meisten bewunderte, war nicht der Inhalt allein; es war die feine Abstufung der Farben, die die Früchte vom Tage ihrer Konservierung an bis zum Öffnen der Gläser zeigten. Eine weite Skala der »verlebten Töne«, wie sie Balthasar nannte, tat sich auf. Rot hörte auf, Rot zu sein, und wurde namenlos. Ebenso Blau, das Lapislazuli, der Halbedelstein. Bei der Tante war es die Farbe der Zwetschgen, ein nie gesehenes Blau, als begönne es, sich zu tarnen, als wäre es die Ferne und Unsichtbarkeit sein letztes Ziel. Die angehenden Maler auf den Kunstakademien, wenn sie wüßten, was man alles von eingeweckten Pflaumen, von Gurken und Sauerkrautfässern lernen kann.

Erinnerungen an die Neue Welt: Anitas unvergängliche Schönheit.
Der Wurm in der Zitrusfrucht. Seiten aus dem Reisetagebuch.

Mi interés más fundamental es pintar una naranja más naranja,
que sea todas las naranjas, el resumen de todas.

Fernando Botero

Von den Bergen, wo man sie, in hockender Stellung verschnürt, in
der Nähe ihrer begrabenen Dörfer fand, sind sie hierhergebracht
worden. Muisca–Indianer als Mumien. Trockenes Höhenklima
hat ihre Hüllen unvergänglich werden lassen. Nun füllen die einstigen Andenbewohner die Schaukästen im großen Saal für prä-
kolumbianische Kunst. Das alte Gefängnis in Santa Fe, im fernen
Gundinamarca, in der hochgelegenen Savanne, heute ein kultur-
historisches Museum, birgt Unwiederbringliches. Rätselhafte Gebilde, seltsame Gegenstände aus purem Gold. Die Wächter, denen
du besser keine Fragen stellst, tragen Uniformen und sind bis an
die Zähne bewaffnet. Von Schlaflosigkeit gemartert, von Langeweile heimgesucht und in stetiger Furcht, den Interessen vermesse-
ner Dienstherrn geopfert zu werden … Es ist viel Zeit vergangen,
seit Balthasar, Cocablätter kauend, durch diese Räume ging. Im
Brillenfutteral noch tote Wespen, in der Hemdentasche unver-
schnittene Rohschokolade, mit einer milchigen Schimmelschicht
überzogen. Damals hatte er sich nur kurz in der präkolumbiani-
schen Abteilung aufgehalten. In der oberen Etage sein eigentliches
Ziel: die Nationalgalerie für Malerei. Sie begann auf einem langen
Gang, im ehemaligen Gefängnis, gleich hinter der gußeisernen
Treppe. Dort hingen die Werke Boteros und anderer zeitgenössi-
scher Maler. Enrique Grau, geboren 1920 in Cartagena: Seine mol-
lige Anita, bekleidet nur mit Hut, den festen Schnürstiefeln und
dem Mieder aus derbem Leinen mit eingearbeiteten Stäben aus
Fischbein. Bilder der jungen, aufblühenden Frau konnte der Maler

nur schaffen, weil er zuerst nach ihr ein Gipsmodell, von größt-
möglicher Authentizität, hatte anfertigen lassen. Nur in Gips blieb
sie unveränderlich. Während Anita, verehelicht, Kinder gebar, ihre
Brüste schließlich erschlafften, konnte er sie nach dem Modell täglich wieder frisch in Öl und immer in der Blüte ihrer Fraulich-
keit malen. Während ihre Schönheit in dem heißen Lande schnell
verging, bewahrte der Gips, als unbestechliches Abbild, weiter die
Begehrlichkeit. Der Maler konnte, wann immer es ihm beliebte,
ihre straffen Waden betasten. Es blieb ihm die Zeit, sich in all die
vielen Rüschen, Schnüre und Ösen ihres Korsetts zu vertiefen. Es
gelang ihm so noch in späten Jahren eine seltsame Genauigkeit
der Trikotagen, daß man vor seinen Bildern vergaß, Malerei zu
erleben, und meinte, halbbekleidet stünde Anita, in vielen Varianten, vor den leeren Zellen der ehemaligen Strafanstalt. Immer hatte
sie auch ihr Handtäschchen und irgendwelche Puderquasten bei
sich. Auch als Plastik war Anita natürlich anwesend. Verstaubt und
schmutzig stand sie als Modell auf einem schlichten Sockel mitten
im Gang. Da konnte nun, wie einst der Maler, jetzt ein jeder bei
ihr verweilen und sie von allen Seiten betrachten. Es waren aber
keine Gefangenen mehr im Haus, die sie mit begierigen Augen
ausziehen wollten. Nur Balthasar (in der Nationalgalerie des fernen
Landes, in dieser übervölkerten Stadt, war er der einzige Besucher)
fühlte sich, nicht zuletzt auch durch die beeindruckenden derben
Dessous, in bessere Tage der Malerei, in die Belle Époque versetzt.
Ja, sie war nicht aus Marmor, der mitunter, fein geädert, der Haut
einer jungen, aber abweisenden Frau ähnlich ist. Sie war in Gips
gearbeitet, der, als er abband, als er sich zu festigen begann, dabei
auch Wärme erzeugte, jene körperliche Wärme, die die Hand gefühlt hatte, die einmal zwischen Anitas Schenkeln gelegen hatte.
Balthasar, die Schläfrigkeit der Aufseher nutzend, nahm nach seinem stillen Rendezvous noch eine kleine Probe des grauen, aus der
Savanne hergewehten Staubes, vom lebensechten Gips.

War es wirklich ein Widerspruch, daß im Atelier des Malers, der wie kein anderer verstand, das Fleisch der Frauen so verlockend darzustellen, so viele Gipsabgüsse herumlagen? Detailstudien, so lebensecht, obwohl das Schönste an ihnen, die Farbe, noch ausstand. Er hielt sie noch geheim. In Schubkästen waren die Tuben verborgen. Das reine Weiß der Gipsmodelle war so dominant, daß man es als wohltuend empfand, daß die Fotografie, die das Atelier zeigte, nun mit der Zeit zu vergilben begann ... Noch war alles deutlich zu erkennen: Das entspannte Gesicht einer Schlafenden. Die sanfte Rundung eines Knies. Ein weicher, wohlgeformter Arm auf einer Stuhllehne ruhend, die Hand, der kleine Finger war kokett gespreizt und ein wenig angehoben. Wie in Erwartung einer Liebkosung, oder als wollte sie immerzu ein und dieselbe Klaviertaste anschlagen. Das Klavier freilich, verstaubt, seit langem ungespielt, stand weit eingerückt im Raum.

Am Ende des Ganges, wie eine aufgehende Sonne, ein großes, bisher unbekanntes Bild des Malers Fernando Botero. Unübersehbar reines Kadmiumorange. Monumental und dennoch von unglaublicher Einfachheit. Es beanspruchte die ganze Wand, dabei war das, was es darstellte, unbedeutend, es hätte auf der flachen Hand Platz gefunden. Es war nur eine Apfelsine, doch so mächtig wie ein Kürbis. Der Maler hatte ihr so viel Bedeutung beigemessen, daß er glaubte, ihre Ausmaße ins Unermeßliche steigern zu müssen. Dabei war es nicht seine Größe, nicht das gewagte, doch spannungslose Format, was das Bild so außergewöhnlich werden ließ. Es gab im Bild etwas, was in der Natur nicht vorkam: Ein Wurm in einer Zitrusfrucht.

Balthasars Notizen über die Tage, die er in Toledo verbrachte, waren zuweilen unübersichtlich und mitunter irreführend. Sie brachen unvermittelt ab, an unvorhersehbaren Stellen. Es waren unverständliche Fußnoten für das Ungesagte. Keinen Zweifel hinterließ nur das kleine, mit einer Zierleiste versehene Etikett auf dem schwarzen Umschlag des alten, verbrauchten Schulheftes. Dort stand unter »Fach«, auf der zweiten Zeile, mit großen Buchstaben das Wort BALTHASAR. Aber die Jahreszahl war ein paar Mal gestrichen und durch eine neue ergänzt, die ebenfalls korrigiert worden war wie alle folgenden Angaben. Zweifelsohne, gut lesbar, die Bemerkung: Ende des Jahrhunderts. Aber stand sie am Anfang oder am Ende der Eintragungen? Es war ein leeres Heft, wenn es falsch aufgeschlagen wurde. Es wäre ein volles, wenn die herausgetrennten Seiten zu Worte kämen.

»Morales«, Klammer auf, »el Divino«, Klammer zu, eine Zeile darunter in lateinischer Kanzleischrift, »La Dolorosa«, und dann, etwas weiter unten, zusammenhangslos, in kleiner, fast unleserlicher Schrift hingekritzelt, die Wörter »zerschnitten und wieder zusammengefügt, das gesicht glänzend, spiegelt den boden, das hochhängende bild geneigt, hände gefaltet, faltenwurf hart, farbigkeit kalt, schwärzlich blau, umrahmt wuchtig«.

Durch eine von Balthasar als Ergänzung des Textes angefertigte Skizze war es immerhin möglich, diese Zeilen zu deuten und die Beschreibung eines geschändeten, durch Narben für immer entstellten Gemäldes zu wagen. Aber warum hatte sich Balthasar überhaupt für dieses Bild so interessiert, daß es ihm einiger flüchtiger Bemerkungen wert war? Die schwerfällige Art des Kunstwerkes und die Mühen, die zu seiner Herstellung aufgebracht worden waren, hatten ihn fasziniert.

Wo aber hing das unglückliche Bild des Morales, den sie den Göttlichen nannten? Darüber war keine Eintragung vorhanden. Zwischen den Heftseiten fand sich nur ein Billett mit aufgestempeltem Datum, das zweifelsfrei den Ort und die Zeit seines Besuches belegte. Es war in der Kathedrale von Toledo, in einer der prunkvollen, reich mit vergoldeten Reliefs ausgestatteten Nebenhallen, wo die Wände mit den Porträts der Heiligen und der Märtyrer bis hoch unter die Decke tapeziert waren. Alle, bis auf wenige Ausnahmen, Werke des Theotokopulos. Schlicht, dunkel und schmucklos gerahmt. Viele waren so hoch oben angebracht, daß der Betrachter bloßen Auges Einzelheiten nicht zu erkennen vermochte. Inmitten von Meisterwerken, die sich in ihrer glanzlosen Farbigkeit nicht gefallsüchtig aufdrängten, hing im wuchtigen Goldrahmen ein Gemälde ganz anderer Art. Eine junge Ordensfrau, das blutleere Antlitz gesenkt, die Hände zum unlösbaren Knäuel gefaltet und nach vorn gestreckt. Die farblose Kutte, ein weiter, abgetragener Mantel, über dem Büßerhemd geöffnet. Als sei unter dem grobgewebten Tuch kein Leib. In Falten fiel der matte Stoff zu Boden. Erweckten die halbgeschlossenen Augen einmal Funken der Begierde?

Wer auch immer, vor unbestimmter Zeit, sich aus dem Kunstwerk ein Brustbild herausgeschnitten hatte, dem war es nur um einen Flecken bleicher, makelloser Haut gegangen, die glatt und porenlos eine weibliche Gestalt überzog. Weit war der Schänder mit dem geraubten Stück Leinwand unter dem Sattel nicht gekommen. Nun, nachdem die Teile wieder zusammengefügt und das ursprüngliche ganzfigürliche Porträt wieder komplett war, verriet eine Wulst, die wie ein zweiter innerer Rahmen wirkte, noch den ehemaligen lustvollen Ausschnitt. Wie eine abstoßende Narbe wird sie für immer auf den Betrachter wirken. Aber selbst das herausgetrennte Bildnis hatte tiefe Wunden davongetragen. Zwei Risse, die wie ein stumpfer Pfeil auf die verschleierte Stirn der Nonne zielten, waren nach dem Überfall, von ungeübter Hand, notdürftig vernäht worden. Die Nähte liegen heute unter vielen Farbschichten. Manchmal brachen die Narben auf, vielleicht wenn sich der Tag jährte, an dem der Frevler die Tat beging. Wieder und wieder wurden die Risse mit Farbe zugedeckt, das ganze Bild wiederholt übermalt, immer in der Hoffnung, daß eines Tages die Spuren seiner Schändung verschwinden werden. Die hochviskosen Bindemittel und die vielen Schlußüberzüge mit fettem Mastix verursachten jenen Glanz, der es unsichtbar werden ließ. Durch die Glätte wurde das Bild zum Spiegel. Man sah sich deshalb gezwungen, das Gemälde so zu hängen, daß es oben ein Stück von der Wand abstand. Durch eine geringe Neigung erst wurde die junge Ordensfrau wieder sichtbar. Auch wenn sich auf ihren blutleeren Wangen ein Stück vom steinernen Ornament des Fußbodens spiegelte …

»El martirio de San Eulogio«. Hier war die Heftseite an einer Stelle mit einer senkrechten Linie zweigeteilt. Die Linie begann unter dem Wort »de« und endete über der römischen Zahl xvii. Eine Zeile tiefer der Name des Malers, »Francisco Bayeu«, ein Semikolon hing über der Zeile, wo gehörte es hin? Die Zeile wurde durch einen unleserlichen Großbuchstaben abgeschlossen.

Vielleicht war die rechte Hälfte für Eintragungen freigehalten worden, die den Heiligen betrafen. Aber anscheinend hatte er nichts über ihn in Erfahrung gebracht. Links neben der Linie konnte man gerade noch entziffern: »eventuell spätes oder frühes soundsovieltes Jh.« Und das lange Wort »El Año Milochocientosesentayseis«. Etwas verächtlich war wohl der Ausdruck »akademisch« gemeint; danach war notiert: »überschwengliche, theatralische Inszenierung mit prächtigen Kostümen und nackten, athletischen Körpern. Gekonnte riesige Schinken, Historienbilder. So viel Routine und so wenig Zweifel«. Lustlos hatte Balthasar die illustrierende Skizze begonnen, um bald danach entmutigt die Arbeit abzubrechen. Er beließ es bei einer flüchtigen Wiedergabe vom Grundriß dieser ausgedehnten Örtlichkeit, schritt die Gänge ab, zählte die Bögen und versuchte, die Abmessungen der Wandbilder in den riesigen Nischen abzuschätzen. Es waren beeindruckende und recht wirkungsvolle Kunstwerke, Bilder mit raffinierten Effekten, und alle waren sie von enormer Größe. Welch bewundernswerte, fast mühelos anmutende Pinselführung. Auch die schwierigsten Partien waren mit leichter Hand, fast spielerisch ausgeführt.

Wenigstens die Taufszene hatte Balthasar festhalten wollen. Da war dargestellt, wie mit großem Pomp ein Wohlhabender ans Wasser getragen wurde. Man hatte ihn ganz entkleidet. Nur das Ende eines dekorativen Faltenwurfes bedeckte seine Blöße. Reiter in glänzenden Rüstungen, Edelfrauen in prachtvollen Gewändern säumten das Ufer. Der Täufer selbst stand wartend im flachen Wasser.

Doch wie ein so großes Werk auf einem kleinen Skizzenblock wiedergeben? Welch grobe Entstellung der heiligen Handlung in Balthasars Zeichnung. Unter den goldenen Strahlenbündeln am Himmel, statt einer weißen Taube, die Nachteule. Während sich in aller Ruhe der Forstgehilfe, im Gestrüpp stehend, seine Pfeife stopfte, zogen Bauern den Oheim aus dem Wasser. Gleich darauf werden sie ihn entkleiden. So schnell es geht, werden sie ihm die nassen Sachen vom Leibe reißen, ihn in Pferdedecken eingerollt auf den Wagen werfen und ins nächste Dorf bringen.

Wenig hatte seine kleine Kopie mit der monumentalen Szenerie noch gemein. Während da ein Mensch getragen wurde, dem man das Gehen nicht zumuten wollte, hatte Balthasar. einen gezeichnet, dem es lange nicht mehr nach Gehen zumute sein würde. Es könnte auch der Brigadist sein, den man schwer verwundet aus dem Tajo zog. Der Himmel war schwarz, und keine kleinen Engel schauten herab, sondern Sterne hatten sich über den Schützengräben ausgebreitet.

Nicht absichtlich hatte Balthasar mit seiner Zeichnung des Onkels gedenken wollen, dem er auch seine Weltanschauung verdankte. Vielmehr war sie ihm entglitten, hatte sich, ohne daß er dagegen etwas hatte ausrichten können, verselbständigt. Durch langes Stehen vor den monumentalen Kunstwerken erlitt Balthasar einen überraschenden Schwächeanfall, seine Knie wurden weich, und seine sonst sichere Hand begann zu zittern.

Es bleibt noch zu ergänzen, daß die mächtigen Wandgemälde, für die sich Balthasar recht wenig interessierte, die er eigentlich nur offenen Mundes bestaunt hatte, in der Secco-Malweise ausgeführt waren. Diese Kunstwerke sind nicht auf Bildträger wie Leinwände oder Holztafeln, sondern direkt auf den Mauerputz gearbeitet. Damit die Farben unlösbar abbinden, wurde den Kalkschwämmen gern Kuhmilch zugesetzt. Nach dem Trocknen hellen sich die Farben auf, und die Malerei bekommt, weil ihr das Tiefenlicht fehlt, eine matte Oberfläche von feiner, beinahe pastellartiger Wirkung.

Auf diesen Wandmalereien in den weiten Gängen des Klosters Santo Tomé hatten sich in jüngster Zeit häufig Touristen verewigt. Immer war bei den Malereien der Vordergrund, wo sonst nur die Signatur des Künstlers zu finden war, übersät mit zeitgemäßen Ausdrucksmitteln. Einfache Zeichen, alle möglichen Autographen fand man an leicht erreichbaren Stellen. Viele von denen, die sich im unteren Bildteil eingetragen hatten, wollten nicht unbekannt bleiben. Sie hatten am Wandbild die Jahreszahl ihres Besuchs, ihre Namen, Wohnsitze und manchmal sogar ihre Telefonnummer eingeritzt. Balthasar hatte sich in seinem Notizheft einige bekannte Städte und die Namen von US-Bürgern notiert, die auf ihrer Fahrt ins alte Europa hier vorbeigekommen waren: Billy Barker, Houston, J. R. Smith, Dallas, Tex., Mary, Molly and Lilly, Massachusetts.

Unter Pferdehufen, zwischen zwei Grasbüscheln, war ausreichend Platz für den Eintrag einer Gruppe Harvard-Studenten. Aber weiter unten an der Bildkante wurde es eng. Die Mitteilungen waren oft auch schon übereinander geschrieben. Ein Baseballteam begnügte sich mit dem Schlagschatten eines Stiefelabsatzes. Was Verliebte in die Rinde alter Bäume schnitten, was Atomgegner auf Schilder malten, alle Zeichen dieser Zeit, für oder gegen eine Sache, waren im harten Mauerwerk des 18. Jahrhunderts zu finden. Bei der globalen Zusammenarbeit an den unteren Bildkanten der monumentalen Wandbilder waren Werkzeuge, die leicht verfügbar sind, wie Taschenmesser, Nagelfeile oder Kugelschreiber benutzt worden. Und noch etwas war auffällig: Die Anglophilen waren in der Überzahl, aber auch immer mehr latine Schmierfinken fanden Spaß an der amerikanischen Ausdrucksweise.

Souvenirs. Schwierigkeiten der Fremdenführer im Umgang mit Wißbegierigen. Der Wunsch, den Schlüssel zu verlieren. Invaliden geraten aneinander.

Der Fremdenführer drängte zum Aufbruch. Die Zeit für den Stadtrundgang war immer zu knapp bemessen. Dennoch, so ausführlich wie möglich hatte er berichtet und wußte, daß nur wenig bei den Fremden im Gedächtnis bleiben wird, daß sie seine Worte, kaum hatte er sie ausgesprochen, wieder vergaßen. Trotzdem hingen die Augen der Wißbegierigen an seinen Lippen. Niemals hätte ein Führer es gewagt, auch wenn er unverstanden blieb oder seine Zuhörer zu ermüden begann, seine Rede abzubrechen. Oft mußte er sich auch fragen: »Gilt ihr Interesse eigentlich der Sache, über die ich rede, oder sind die Menschen nur hier, um mich zu hören? Wenn sie mir zuhören, wo sind sie dann mit ihren Gedanken, sind sie überhaupt noch hier, oder sind sie nicht schon längst wieder daheim?« Manchmal, wenn er mit seiner Gruppe eine markante Stelle erreicht hatte, flocht er geschickt einen Scherz in seine Rede und wartete vergebens, daß sie lachten. Dann wieder gab es Tage, an denen die Reisegruppen ihre Erheiterung nicht zurückhielten. Sie lachten, kaum daß er einen Satz beendet hatte, laut auf. Oft sogar grundlos. Hatten sie ihn fortwährend mißverstanden? Alles konnte sie plötzlich erheitern. Was einmal vor langer Zeit in diesem oder jenem Haus geschah, nahmen sie lächelnd entgegen. Hatte der Fremdenführer aber deswegen Grund, mit seiner Arbeit unzufrieden zu sein, mußte er an seinen Fähigkeiten zweifeln? Immer wenn er sein Papierfähnchen wieder hochhielt und voranschritt, folgten sie ihm bereitwillig zur nächsten Sehenswürdigkeit. Aber zu seinem Verdruß brachten mitunter Bummelanten seinen Zeitplan in Verzug. Oftmals, wenn er schon von der nächsten Reisegruppe am Treffpunkt erwartet wurde, hatte er erst das halbe Programm geschafft. So mußte er die Leute stets zur Eile ermahnen. Alles über diese Stadt seit der Vertreibung der Mauren war im Text enthalten, den er lückenlos, in der Sprache der ihm anvertrauten Gruppe, auswendig vortragen konnte. Doch immer wieder nahm ein Wißbegieriger seine Zeit durch abschweifende Erkundigungen über Gebühr in Anspruch. Weil er den Eiferer nicht unterbrechen wollte und mühsam auf seine Frage, die, aus dem Zusammenhang gerissen, den Rahmen sprengte, nach einer Antwort suchte, mußte er hinnehmen, daß die Schar, die ihm gefolgt war, sich nun zusehends verringerte. Die, welche bei seinem Vortrage immer ganz am Rande standen, die ständig die letzten waren und sich keiner gemeinsamen Gangart anpassen wollten, fielen immer weiter ab, gerieten an das Ende der Kolonne und verloren die Fahne, der sie folgen sollten, aus dem Blick. Bald wurden die Zurückgebliebenen von der nachfolgenden Reisegruppe aufgenommen. Ein anderer Stadtführer erzählte ihnen das Gleiche in einer für sie unverständlichen Sprache und winkte mit einer fremden Fahne. Oft vermengten sich so unversehens die unterschiedlichsten Gruppen, und es kam dazu, daß man kaum noch den Ausführungen des Fremdenführers folgen konnte, der wieder, vergeblich auf Applaus hoffend, seine Pflicht erfüllte.

Auch Balthasar geriet hin und wieder gegen seinen Willen in den dichten Knäuel von Menschen aus aller Herren Länder, wurde mitgeschoben oder ins Abseits gedrängt. Es war vorteilhafter, sich im Strom der Touristen treiben zu lassen und zugleich unberechtigt den Ausführungen ihrer Führer zu lauschen. In vielen Sprachen berichteten sie von Theotokopulos, der nach mündlicher Überlieferung seine Kunst einer Augenkrankheit verdanke. Ein Sehfehler, den kein Optiker mit seinen Gläsern korrigieren konnte, habe ihn daran gehindert, zu sehen wie seine Zeitgenossen. Wegen seines Leidens habe er alles nur langgestreckt wahrnehmen können. Deshalb besäßen auf seinen frommen Gemälden die Figuren so schmale Köpfe und in die Länge gezogene Extremitäten.

Die Unvollkommenheit der Sinne, welch eine Gabe! Sie blieb Baltha-
sar versagt. Nur Auserwählten wird sie geschenkt.

Nein – schon begann er zu zweifeln. »Bin ich nicht selbst auch
in höchstem Maße unvollkommen?« fragte er sich »Und ist denn
die Hoffnung, daß das auch einmal mir zum Vorteil gereichen
könnte, so ganz unberechtigt?«

Bunte Stoffreste hängen im Geäst, Gläser, gefüllt mit kleinen
Mengen süßer Flüssigkeiten, stehen auf dem Waldboden. Farb-
tafeln locken sie an, führen durch den Wald bis zu einer öden
Lichtung. Farben versprechen Überfluß, belebende Säfte und
köstlichen Nektar. Wie überreife Früchte bieten sich die Anstriche und die bunten Tücher dar. Sie ziehen alles an, was in
der Sommerluft schwirrt, unwiderstehlich. Aber Leere folgt dem
schönen Schein. Nach ihrem langen Anflug erfahren die Ange-
lockten, sie sind getäuscht worden. Sie landen endlich in einem
Behälter aus Gaze, aus dem es kein Entrinnen gibt. Alles was im
weiten Umkreis durch die Lüfte geschwirrt und dem Trugbild
gefolgt ist, ist nun am Ziel. Wie die Wände einer Reuse haben die
Farben die Richtung gewiesen. Man wird sie zählen und die Arten
bestimmen. Man will wissen, ob sich der Anteil an Nützlingen
vergrößert hat.

Leicht war sie herzustellen, die Insektenfalle. Und wie nützlich
sie sich erwies. Schlecht und gut konnte man trennen. Das vermehrte Aufkommen einer unerwünschten Spezies ließ sich vorhersagen. Man war vorbereitet und konnte die lästigen Ankömmlinge
von den anfälligen Kulturen auf den Feldern und in den Gärten
fernhalten. Man konnte sie lenken, durch Farben und Düfte.

»An eine Insektenfalle, an die geniale Erfindung eines Mannes,
der sich um den Wald verdient gemacht hat, erinnert das alles«,
dachte Balthasar. Die bunten Souvenirläden mit ihren Nippes,
sie zogen die Touristenschwärme an wie das Licht die Motten.
Immer blieben die Besucher an den verführerischen Auslagen mit

den unnützen Sachen hängen. Dabei vergaßen sie oft Sinn und Zweck ihrer Reise … Die Erinnerung war wie ein kleines liebreizendes, doch wertloses Bild, das so leicht zu verstehen und schon für wenig Geld zu haben war. Die Sehnsucht nach der Fremde, blieb sie bei jeder Reise nicht ungestillt? Wenn die Fremde nicht mehr fremd war, und die Ferne nicht mehr fern?

Auf ihren Rundgängen wollten die Stadtführer ihre Zuhörer jedes Mal schnell und unauffällig an den Andenkenläden vorbeilotsen. Wie enttäuschend für sie, wenn wertloser Flimmer von fragwürdiger Herkunft für die Fremden so anziehend wurde. Spürte der Fremdenführer angesichts der Souvenirs seine eigene Unzulänglichkeit? Nie konnte er denen, die seine Dienste in Anspruch nahmen, etwas Greifbares mit auf den Weg geben. Er hatte, ohne ihr Gemüt zu treffen, nur ihr Gedächtnis mit Fakten belastet. Er konnte ihnen nicht, auf so nette wie oberflächliche Weise, die Erinnerung an Toledo bewahren. Unmöglich war es ihm, sich kurz zu fassen und dennoch rührselig zu sein wie ein echtes Souvenir.

Souvenirs, diese liebenswürdigen Kleinigkeiten, die niemanden überfordern, die auch überaus kurios sein können, bedürfen keiner Worte, und dennoch enthalten sie wohl stets das Wesentlichste der Orte, an die uns unsere Sehnsucht einmal verschlug.

All die billigen Produkte schreien in ihrer Buntheit: Kommt her und nehmt mit uns vorlieb – wir sind euer Gedächtnis, wir werden zu euren Erinnerungen. Spart euch Zeit, schaut euch nicht alles so genau an. Schaut uns an und gewinnt uns lieb. Stellt uns in eure Schränke, stellt uns in eure Stuben und laßt uns friedlich verstauben.

Warum sie nicht daheim präsentieren? Warum nicht zeigen, wo wir früher schon einmal gewesen sind? Warum nicht für richtig erachten, was uns Souvenirs erzählen wollen? Warum nicht glauben, daß es dort so schön gewesen ist?

Zweifellos seien Touristen heute für manches Land so segensreich wie ein Bienenvolk für einen Garten, hatte der Oberst erst kürzlich zu bedenken gegeben. Warum solle man es verschweigen, daß es Landstriche gebe, besonders an der Küste, wo der Tourismus solchen Wohlstand gebracht habe, daß man dort kein Feld mehr zu bestellen brauche? Obwohl die Äcker brach liegen, mehren sie das Geld. Und wen wundere es noch, es gebe in einem reich gewordenen Dorf eine Kirche, wo man am Erntedankfest den Altar statt, wie früher üblich, mit den Früchten der Felder nun mit gut erholten Touristen schmücke.

Allein der Zimmerschlüssel aus dem Hostal der Doña Evita war von beeindruckender Größe. Damit er nicht verlorengehen konnte, war er mit einer Metallkette an einer riesigen Holzkugel befestigt. Er lag tagsüber schwer in der Tasche des jeweiligen Gastes. Hin und wieder dachte dieser, wie angenehm es doch sein müsse, wenn man einmal den Schlüssel verlöre. Leicht und unbelastet würde man endlich wieder sein, und ein Zurück gäbe es nicht ... Es kam vor, daß Balthasar die besten Stunden des Tages in einem der Cafés auf dem Zocodover verbrachte. Er empfand viel Kurzweil, denn immerzu veränderte sich die Szenerie, füllte sich die Stadt mit Untätigen. Er saß und schaute in die Menge. Wie so oft, verbarg er sich hinter seinem Skizzenblock und versuchte festzuhalten, was ihm im Moment merkwürdig erschien. Von seinem Tun hatte man bisher wenig Notiz genommen. Doch an jenem Tage wurde er von den meisten Leuten scheel angesehen, und er spürte immerzu ihre argwöhnischen Blicke. Was war heute anders als sonst? Irgendeine Besonderheit schien in der Luft zu liegen. Nichts Gutes war zu erwarten. Auf dem Zocodover gab es keine Touristen. Die Reisebusse durften an diesem Tag nicht bis hierher fahren. Dennoch waren schon am Morgen Plätze und anliegende Gassen mit abgestellten Fahrzeugen verstopft. Ambulanzen und kleine Busse, mit dem Malteserkreuz gekennzeichnet, hatten Rollstuhlfahrer in die Stadt gebracht. Von allen Seiten strebten Menschen ins Zentrum. Mühsam mit Gehhilfen oder von Helfern gestützt, bewegten sie sich vorwärts. Heute war ihr Tag, »Der Tag der Behinderten«. Von überallher waren sie gekommen. Viele hatten eine weite Reise auf sich genommen, denn einmal im Jahr kamen sie zusammen, um sich gegenseitig wieder Mut zu machen. So wurde jedem bewußt: Es traf ihn nicht allein. Mit vielen teilte er das gleiche Los. Höhepunkt dieser Zusammenkünfte waren immer die Ballspiele auf dem Zocodover. Zwei Mannschaften von versehrten Sportlern trafen aufeinander, und der Sieg war bisher unwichtig gewesen.

Doch an diesem Tage war es nicht wie gewohnt, an diesem Tage war es wie im normalen Leben: Jede Seite wollte gewinnen, wollte zeigen, daß sie besser ist. Auch die Zuschauer hatten sich verändert, waren gespalten; und auf einmal war jeder ganz parteiisch. Am Ende entschied der Schiedsrichter und teilte die Spieler in Über- und Unterlegene. In Sieger und Verlierer.

Schnell verbreitete sich Unzufriedenheit, auch bei denen, die nur am Rande standen und zugeschaut hatten. Tumult brach aus, es kam allerorts zu Raufereien, ja es gab Ausschreitungen wie nach ganz gewöhnlichen Fußballspielen. Wutentbrannt rammten sich die Bedauernswerten mit ihren Rollstühlen. Mit den Krücken, die ihnen das Leben erleichtern sollten, schlugen und stießen Invalide aufeinander ein. Die Schlacht der Benachteiligten wogte auf und ab, sie wollte kein Ende nehmen. Blinde, die nicht sahen, wo sie hinschlugen, Taube, die die Schreckensrufe nicht hörten, und lallende Schwachsinnige im Freudentaumel. Viele zerstörten in der Hoffnung auf ein besseres Leben sogar die Ambulanzen, zertraten ihre Rollstühle und schleuderten die Krücken vom höchsten Punkt der Stadt hinab ins Tal.

Und die Helfer, waren sie machtlos, warum schritten sie nicht ein? Sie standen im Kreise um die sich Prügelnden und freuten sich über deren Übermut, sie feuerten sie noch an durch ermunternde Zurufe. Da legte Balthasar seinen Block und Zeichenstift beiseite und fragte den Erstbesten: »Welches Übel hat euch befallen, warum streitet ihr euch, wo ihr doch allesamt vom Schicksal gleichermaßen geschlagen seid?« »Wir sind doch so verschieden«, sagte jener, »auch wenn Außenstehende die Unterschiede nicht sehen wollen, wir spüren sie täglich. Die einen haben ein linkes, die anderen ein rechtes Gliedmaß eingebüßt.« Und sogleich begann er mit der einen Hand, über die er noch frei verfügte, einen Leidensgenossen zu würgen.

»Das ist zuviel des Bösen«, hatte Balthasar rufen wollen, »Herrgott, befreie mich von diesem Alptraum!« Aber plötzlich befiel ihn schläfrige Gleichgültigkeit und danach sogar Freude, auch so etwas wie Dankbarkeit für die Invaliden, weil durch deren Streit ihm recht gute Zeichnungen gelangen. Er fürchtete, sie könnten ihren Streit beilegen, noch ehe er diese vollendet hatte. Er zeichnete weiter, ruhig und überlegen. Immer darauf bedacht, daß die Form sich durch den Inhalt rechfertigen möge. Mit einem guten Gefühl, wie es auch ein Zeitungsreporter kennt, wenn er etwas Außergewöhnliches, auf Kosten anderer, zu berichten hat, ging er zu Bett. In dieser Nacht hatte Balthasar fest und traumlos geschlafen, bis er durch anschwellenden Lärm erwachte. Das Geschrei kam aus dem Privatgemach von Doña Evita. Es war wie üblich ein Streit um eine Lappalie. Dann hörte er das Rücken schwerer Möbelstücke. So aus dem Schlaf gerissen, notierte Balthasar den Satz: *Geteiltes Leid ist halbes Leid – geteilte Wut ist doppelte Wut!*

Balthasars nahender Abschied von Toledo. An Wochenenden ertrinkt die Stadt in leeren Flaschen. Streitgespräch mit dem Oberst beim Diner über Entstehung und Zweck einer bestimmten Porträtpose.

Aus zwingenden Gründen, vielleicht auch eines Scherzes wegen (auf das Zerbröseln der Gorras hätte er besser verzichten sollen) schien es Balthasar geraten, Toledo so bald als möglich zu verlassen. In Deutschland sei man derbe Späße gewohnt, erklärte er dem Oberst. Dort nehme niemand an einer Unart Anstoß. Sehr oft würden verchromte Sterne von den Kühlerhauben teurer Autos geschraubt. Überwiegend von Knaben, von ihren Vätern dazu angehalten. Es bereite ihnen Freude und wecke die Liebe für dieses Fabrikat. »Das nennt man streicheln statt strafen«, sagte der Oberst. »Wie hätte zu Kaisers Zeiten die Obrigkeit wohl reagiert, wenn nur zum Gaudi von den Helmen der Schutzmänner die Pickel abgebrochen worden wären?« »Oh«, erwiderte Balthasar, so etwas wäre des guten Stahles wegen gar nicht möglich gewesen. Aber schon um den Versuch zu verhindern, sei es den Staatsdienern sicher untersagt worden, ihre Helme im Wirtshaus abzunehmen, wenn sie Eisbein mit Sauerkraut verspeist hätten … »Dieser Abend«, befürchtete Balthasar bei sich, »nimmt keinen guten Verlauf. Es wird darauf hinausgehen, daß man nationale Unterschiede für sich vorteilhaft zu erklären sucht.« Doch der Oberst gab sich vorerst wieder versöhnlich. »Überall verfallen die guten Sitten«, sagte er, »selbst in Kastilien. An Wochenenden, bei nächtlichen Trinkgelagen auf öffentlichen Plätzen oben in der Stadt, lassen die jungen Leute die leeren Litronas die Treppen herabrollen, es sieht aus, als ergössen sich Sturzbäche zu Tal.« »Was sind Litronas?« wollte Balthasar wissen. Auch für ältere Kastilianer sei es ein neues Wort, meinte der Oberst. »Litronas, das sind die Literflaschen aus Plaste für alkoholische Getränke.« »Ströme von Plastikmüll«, sagte Balthasar, »sieht man doch allerorten. Auf meiner weiten Reise nach Guandanamarca bin ich selbst im Urwald auf sie gestoßen ...« Und in gehobener Stimmung, vielleicht auch um den Oberst zu provozieren, ließ sich Balthasar zu einer unbesonnenen Bemerkung hinreißen, die im ersten Moment optimistisch klang, dabei aber nur allzusehr sein Unverständnis für globale Probleme offenbarte: »Muß man denn das Unerfreuliche, das uns begegnet, gleich verdammen, statt das Vorteilhafte darin zu suchen?« Der Oberst, beinahe hätte er zugestimmt, fragte wie das denn gemeint sei. Also, erläuterte Balthasar, Abfälle, besonders die aus Plaste, seien Zeichen der Zeit, sie dienten im besonderen Fall sogar der Orientierung im Gelände. Wie die Kothaufen der Tiere den Anspruch auf ein Territorium anzeigten, so tue das der Mensch eben mit Abfällen. Als sich Balthasar einmal im wegelosen Urwald verirrt habe, habe ihm der Müll den Weg zurück gewiesen. »Ich war nahe daran, in meiner verzweifelten Lage den Verstand zu verlieren, da fand ich zu meiner größten Freude eine Plastiktüte«, sagte Balthasar, »später noch eine, bald wurden sie immer häufiger, bis ich schließlich den Supermarkt erreichte.« ... Man solle auch in Toledo, wo es großartige Werke sakraler Baukunst zu bestaunen gebe, die Trinker im Freien nicht verurteilen. Wenngleich es bedenklich sei, daß sie nicht mit Gläsern auf ihr gegenseitiges Wohl anstößen. Verdienten sie aber deshalb Tadel, oder sei es darum, weil sie die leeren Flaschen dem Selbstlauf überließen. »Und erst die Hersteller der praktischen Behältnisse aus Kunststoff«, fuhr Balthasar fort, »sollte man sie deshalb schelten, weil sie etwas Unvergängliches in solchen Mengen hervorbringen?« Auf einer hohen Stufe der Zivilisation und Dank einer chemischen Formel sei es überhaupt erst möglich geworden, so langlebige Dinge herzustellen. – *Ach, wenn doch auch für Malerei eine Formel gefunden würde, mit deren Hilfe man endlich wieder unvergängliche Kunstwerke schaffen könnte!*

In Toledo, vielleicht in ganz Kastilien, ist es in den kleinen Schenken üblich, das Abendessen erst mit Einbruch der Dunkelheit zu servieren. So neigt man dazu, kurz bevor man sich zur Nachtruhe begibt noch alles in sich hineinzustopfen, was man glaubt, tagsüber an leiblichen Genüssen versäumt zu haben. »Mit vollem Magen«, sagte der Oberst, »wird man gern nachts von Alpträumen heimgesucht.« Beklemmende, schlafraubende Bilder. Mit der Radiernadel könne man sie festhalten, wenn man ein Genie sei. Er denke dabei an Francisco de Goya. – Auf vielfältige Weise erhalte ein Künstler Inspirationen. Warum nicht auch durch ein gutes Essen zu später Stunde? Ob er nicht begreife, erwiderte Balthasar, daß man die spanische Malerei nicht schlimmer diffamieren könne als eben mit dieser abwegigen Vermutung: Ihr größter Meister verdanke seine Kunst ungesunden Eßgewohnheiten. Es seien immer die großen gesellschaftlichen Zusammenhänge, durch sie allein erhalte der Künstler Inspiration ... In der Küche war man noch immer nicht gewillt, die belegten Platten in den Salon tragen zu lassen. Die Köche wollten sich, so lange es ging, am Anblick ihrer einfallsreichen Kreationen erfreuen. Es tat weh, den Braten zu zerteilen, wenn er so vortrefflich geraten war. Und erst die Saucen! Sie bescherten immer wieder unvorhersehbare Überraschungen. Während in der Küche sich das Kosten dahinzog, weil man nur mühsam zu einem gemeinsamen Urteil gelangte, versuchte der Kellner die Ungeduld der Gäste zu zerstreuen. Damit sie das Lokal nicht etwa voreilig verließen, steckte er ihnen hin und wieder, hinter dem Rücken der Köche, kleine Kostproben zu: Nüsse, Marzipanwürfel oder gar einige Stücke des mit Speck gespickten Honigkuchens. Aber weder wurde dadurch der Hunger besänftigt noch der Appetit gezügelt. Eher stieg das Verlangen, den Magen prall zu füllen, durch diese Gratisgaben noch an ... Der Oberst war zu diesem späten Mahl in ziviler Kleidung erschienen. Er sei Diplomat, sagte er, und bliebe, auch wenn geladen, doch lieber unerkannt. Besonders wenn er in wichtiger Mission im Ausland reise. Und bald, als wäre er des zwanglosen Gesprächs an der noch leeren Tafel überdrüssig, erhob er sich und nahm neben dem Tisch stehend eine Achtung erheischende Haltung ein. Diese Pose, gut ausgeführt, war geeignet, um wortlos, jedoch mit Nachdruck, dem Personal zu sagen, was im Moment von ihm erwartet wurde.

Es war spät, als endlich das üppige Menü serviert wurde, und der Duft der heimatlichen Küche, der Geruch, der den frischen Knoblauchzehen entströmte, den Oberst von seiner imaginären Reise als Diplomat wieder heimholte. Als Alfredo und Balthasar gemeinsam die Vorspeisen langsam angingen, kamen sie auf eine Eigenart der Porträtmalerei zu sprechen. Es sei wohl das Brustbild, meinte Balthasar, welches ohne Umschweife die Individualität eines Menschen offenlege. Es lasse nicht zu, Hochmut und Herrschsucht zu kaschieren, indem der Maler mild stimmende Attribute im Bilde versammle. Blumen etwa, ein aufgeschlagenes Buch oder gar ein Musikinstrument. Allzu leicht könne man so eine lyrische Veranlagung des Porträtierten vortäuschen. Aber für solches Beiwerk fehle gottlob bei einem Brustbild der Platz. Daß eine bestimmte Positur so in Mode gekommen sei, zeige, daß viele kleine Männer gern große Herren sein möchten. »Warum«, fragte der Oberst, »halten auf Bildern einflußreiche und hochgestellte Männer eine Hand hinter dem Körper, während die andere im Jackett steckt, so daß gerade noch der Handansatz als heller Fleck auf dunkler Fläche sichtbar bleibt?« ... Noch einmal, bevor er nach den Krabben griff, demonstrierte der Oberst jene Haltung, die Macht aber auch Verachtung ausdrücken sollte. Wie ein Kaiser, keinen Einspruch erwartend, sagte er, ehe Balthasar sich dazu äußern konnte: »Nicht die Feldherrn, die Maler sind es gewesen, die diese Pose kreiert haben. Sie konnten sich so das Malen der

Hände ersparen!« Jeder versuche doch, wo es nur ginge, Schwierigkeiten zu vermeiden. »Nein«, wandte Balthasar ein, »die Porträtierten selbst trifft die Schuld an jener anmaßenden Pose.« Der Maler habe das nicht arrangiert. Etwa in der Absicht, sich seine Aufgabe zu erleichtern, denn weit schwieriger sei es, eine Hand zu malen, die man nicht sehe, die unter der Kleidung liege und nur durch eine Wölbung des Stoffes wahrgenommen werde. Den Handansatz durch einen hellen Fleck nur anzudeuten, genüge keinesfalls. Man müsse die ganze Hand malen, und zwar so, daß man erkenne, sie ist vom Stoff verdeckt. Das Malen von Händen und Füßen falle dem Maler übrigens leicht, auch deshalb, weil niemand hier Ähnlichkeit erwarte. Für eine gute Komposition seien Hände und Füße nahezu unverzichtbar. Man könne sie im Bilde hin und her schieben und fast nach Belieben dort plazieren, wo sie helfen, die leeren oder schwachen Stellen im Bilde zu verdecken. Man könne durch sie manchmal auch die Mängel der Komposition vertuschen. Aber immer wieder müsse man sich bei einfachen Bildnissen fragen: Wohin mit den Händen? Noch dazu wenn das Format bescheiden bleiben solle. Anders dagegen bei den Reiterstandbildern, da gebe es wohl kaum Zweifel, wo Hände und Füße hingehören. Und erst recht in der Gebetshaltung, auch da stehe den Händen im Bilde immer der gleiche augenfällige Platz zu. Gefaltete Hände, das sei, wie schon Theotokopulos gewußt habe allemal noch im Porträt die beste Lösung.

»Die Säle einer Weltgalerie erwarten mich, deshalb fahre ich morgen nach Madrid«, erklärte Balthasar. Es sei an der Zeit, neue Eindrücke zu gewinnen. In Toledo werde ja durchweg alles, was alt sei und aus Farbe und Leinwand bestehe, dem Theotokopulos angerechnet. Dabei habe er sicher bei vielen dieser Bilder nicht einmal zugesehen, als sie gemalt wurden. Warum also sollte Balthasar länger in Toledo verweilen? Viel zu oft hatte er seinen Vierfarbendruck entrollt und mit der Stadt verglichen, bis er sich

seiner entledigte, als ihm die Künstlichkeit der Abbildung bewußt
geworden war: Mit der Stadt mag der Druck übereingestimmt
haben – aber mit dem Bilde Balthasars, dem Gemälde des Theotokopulos? … Es tat gut, auf diese Weise ein vervielfältigtes Meisterwerk in Stücke zerreißen zu können. Es so zu zerlegen, daß
es zu einem Puzzle wurde. Kleine Teile, unmöglich, sie wieder
zu einem Ganzen zu fügen, obwohl sie an der Stelle lagen, wo
einst Theotokopulos das Bild geschaffen hatte. Die Reproduktion
eines Kunstwerkes sei eine verwerfliche Sache, eine arglistige Täuschung, hatte Balthasar gemeint, als er seinen Vierfarbendruck
wie ehedem die Dienstmützen der Guardia Civil zerbröselte und
in Toledo zu Boden fallen ließ … Wie komme er zu dieser unverständlichen Haltung, und wie könne man Kunstdrucke so rigo-
ros ablehnen, wollte der Oberst wissen. *Sie passen die Kunstwerke
unseren Erwartungen an! Sie machen sie uns mundgerecht.* Nur das
Original allein habe Daseinsberechtigung, behauptete Balthasar.
Nur am Original könne man lernen, was große Malerei sei. Auch
geistige Werte seien einmalig und deshalb weit höher als die ma-
teriellen einzuschätzen, wandte der Oberst ein und fragte, ob man
sich ungestraft ihrer bedienen könne. »Wenn ich ein Museum
besuche«, argumentierte er, »entnehme ich nichts. Im Gegenteil,
zurück lasse ich meine ganze Bewunderung.« Es sei eine Abart
der Kleptomanie, sagte der Oberst, wenn man wie Balthasar die
Gemäldegalerien nur besuche, um sich das Handwerk der alten
Meister anzueignen. »Ist denn Diebstahl noch strafbar, wenn er
triebhaft geschieht, also als Krankheit anerkannt werden muß?«
»Ich weiß es nicht«, gestand Balthasar. »Vielleicht nicht, wenn
man sich in Behandlung begibt. Wenn man bereit ist, ein Leben
unter der Obhut erfahrener Therapeuten in schönen Sanatorien,
aber abgeschieden von der Welt zu führen.« Doch wozu diese
Frage. Schließlich stehle er nur mit den Augen. Diebe dagegen
benützten bei ihren verwerflichen Taten meist die Hände. »Das

mag wohl sein«, meinte der Oberst, »wie ist es aber mit dem Malen, geht das vielleicht nur mit den Augen und ganz ohne Hände?« Wie recht er doch hatte! Manchmal, nach dem Besuch einer Gemäldegalerie, gelang Balthasar Beachtliches, aber die Bilder schienen fremd, wie nicht von ihm gemalt. »Es ist für einen heutigen Maler entmutigend, die Einmaligkeit von Kunstwerken zu erleben, ohne die Aussicht, je etwas derart Großes selbst zu schaffen. Nicht der Diebstahl ist zu verurteilen, nur ein schlechtes Bild ist ein Verbrechen!« erwiderte Balthasar. Diese Einstellung, sagte der Oberst, könne er verstehen, teilen aber wolle er sie nicht. Es überkomme ihn ein Schaudern, wenn er sich vorstelle: Einmal würden nur noch unvergängliche Kunstwerke, solche wie die Sixtinische Madonna, am Fließband entstehen, weil ein Besessener dafür die Formel gefunden hätte. Schrecklich, nicht auszudenken, die Perfektion nähme überhand und könnte einmal alles beherrschend um sich greifen, so daß nicht einmal mehr für die Kunst die Freiheit bestünde, sich der Unzulänglichkeit hingeben zu können. Für Leute wie Balthasar, die so hoch hinauswollten, biete sich doch eher eine Turmbesteigung an.

Balsamduft im Königlichen Botanischen Garten. Der Poet. Die Vernissage im Kristallpalast. Der Künstler F. A. Ygrekinowitsch und die
Skulptur aus Staub. Gespräche Intellektueller am Büfett.

Der Tag in der Hauptstadt begann für Balthasar mit einer kleinen Unannehmlichkeit an einer Pförtnerloge. Mit der Feldstaf-
felei, mit seinen ganzen Malutensilien hatte er sich schon früh
eingefunden und gewartet, bis das Tor zum Königlichen Botanischen Garten endlich geöffnet wurde. Doch dann, er war gerade
im Begriff, an der Kasse ein Billett zu lösen, verweigerte ihm der
Pförtner mit dem Hinweis auf sein sperriges Gepäck den Zutritt.
Mißtrauen lauerte im Antlitz des Beamten. »Was kann das sein,
was schleppt er mit sich herum, und was wird er damit anfangen?« mochte er denken.

Man brauche, um hier zu malen, eine besondere Erlaubnis,
sagte der Pförtner. Wo aber sollte Balthasar sonntags eine bekommen? Oder nur eine Auskunft, ob eine solche denn wirklich für
ihn erforderlich wäre. Während er nun unschlüssig herumstand,
dazu seinen Tagesablauf gefährdet sah, hatte sich hinter ihm
schon eine beträchtliche Menschenansammlung gebildet. Die
Schlange wuchs mit jedem Worte, das vergeblich mit dem Tor-
hüter gewechselt wurde. Außerstande, im beginnenden Gedränge
sich vor- oder rückwärts zu bewegen, behinderte Balthasar sonntägliche Besucher, die ungestüm Einlaß begehrten. Nun steckte er
fest, mit seiner ganzen sperrigen Ausrüstung. Als hätte die Schlange etwas verschlungen, was für sie unverdaulich war.

»Wie soll mir heute etwas gelingen, was die Mühe lohnte«,
dachte er, »wenn ich schon am frühen Morgen in solch unangenehme Lage gerate, wenn sich am Eingang bereits so große
Schwierigkeiten einstellen.«

Aber dann, der erste Sonnenstrahl. Eine junge Familie mit
wohlerzogenen Kindern, die in freudiger Erwartung eines heite-

ren Aufenthalts mit den Eintrittskarten winkten, hatte wohl wenig von dem, worum es hier ging, verstanden. Sie glaubte, die Ursache für die Verzögerung sei sein Gepäck, und bemerkte, daß er keine Hand frei hatte, um eine Eintrittskarte vorzeigen zu können. Die freundlichen Menschen wollten nur behilflich sein – und trugen ungebeten einige Stücke seiner Ausrüstung durch die Absperrung. Nun war Balthasar gezwungen, ihnen zu folgen. Und er tat es, der Unstimmigkeiten wegen, in geduckter Haltung. Vom Pförtner unbemerkt, gelangte er schließlich ohne dessen Erlaubnis, und ohne ein Billett gelöst zu haben, in den Königlichen Botanischen Garten. Aber hatte er Grund, sich darüber zu freuen? Eher war es doch beschämend, daß er sich Zugang wie ein Dieb erschlichen und dabei hilfsbereite Leute unbeabsichtigt zu Komplizen gemachte hatte.

Ist es nicht Sache jedes Besuchers, sich vorher kundig zu machen, ob er erwünscht ist! Ein geöffnetes Tor bleibt weiter ein Tor, aber bedeutet mitunter: Nicht jeder darf eintreten.

Konnte es sein, daß er im Gedränge unbemerkt geblieben war, oder hatte der Pförtner nur ein Auge zugedrückt, um seine unbegründete Verweigerung nicht im letzten Moment widerrufen zu müssen. – Balthasar war es gewohnt, daß er oft Anlaß für unbegründetes Mißtrauen bot, daß man seine Rechtfertigungen bezweifelte oder nur mitleidig zur Kenntnis nahm. Nicht ganz zu Unrecht war er dem Pförtner suspekt. Denn welcher Maler malte heute noch nach der Natur?

Im wohl schönsten Garten der Welt konnte er bald ermessen, was ihm entgangen wäre, hätte er sich abweisen lassen. Nicht nur wegen der exotischen Bäume war ein Besuch hier angebracht; auf Schritt und Tritt traf er auf liebenswürdige Abwechslungen, die das Auge erfreuten und düstere Gedanken auf die angenehmste Weise zerstreuten. Es gab kleine Wasserbecken, in die man aus dem fernen China edle, farbenprächtige Zierfische eingesetzt hatte. Durch das Spiel ihrer Flossen glichen sie im klaren Wasser den Federtulpen, die man auf den Stilleben in der holländischen Malerei des 18. Jahrhunderts bewundern kann. Damals war er noch unwissend. Es war ihm noch nicht bekannt, daß die Federtulpe, an die er durch die Fische erinnert wurde, heute vom Gärtner gefürchtet ist. Weil ihre phantasievolle Form, ihre ganze Schönheit nur die Folge einer Tulpenkrankheit ist: Die »Mosaikkrankheit«. Welch schöner Name für ein Übel!

Das Plätschern der vielen Brunnen und Wasserspiele war erfrischend. Schattige Laubengänge gab es und Nischen, wie geschaffen für manch heimliche Begegnung. Wege führten sternförmig zu Pavillons, die aus Ranken nie gesehener Pflanzen bestanden. Lianen wanden sich um die Säulen der kunstvoll gestalteten Gartenhäuser. Und immer wieder fragte sich Balthasar: »Findet sich im schönen Kastilien noch ein besserer Flecken, wo eine Staffelei und ein Maler stehen sollten?« Nein! So selbstverständlich wie gut gewachsene Bäume in einer Allee sollten Maler stets an den exponierten Stellen im Park zu finden sein.

Bald wurde Balthasar im Garten nicht mehr übersehen. An einer Kreuzung, die sehr begangen war, hatte er sich aufgestellt. Und während sein Gemälde immer mehr Gestalt annahm und dick aufgetragene Farbschichten die Leinwand bedeckten, füllten sich auch die Wege mit immer neuen Besuchern. Eine schnell größer werdende Menschentraube hatte sich bald um seine Staffelei gebildet. Sie alle liebten die Natur, sie liebten vielleicht auch die Kunst. Immerzu erteilten sie dem Maler gute Ratschläge. Stets entdeckten sie im Königlichen Botanischen Garten irgendetwas, was der Maler auf seinem Bilde anscheinend übersehen hatte. Einmal war es eine Wildtaube, die ohne Scheu am Brunnenrand Wasser trank und andere Vögel ermutigte, es ihr gleich zu tun. Balthasar vertrieb sie; er wollte an dieser Stelle in seinem Bild keine Farbtupfer.

An diesem Tage kam der Balsamduft im Garten nicht allein mehr von den Pinien. Balthasars Wirken konnte bald auch mit dem Geruchssinn wahrgenommen werden: Denn ab und zu, um seine Farben anzuspachteln, entkorkte er eine klebrige Flasche, und der eingedickte Venezianer Terpentin quoll aus ihr heraus wie goldener Honig. Manchmal fielen ein paar der kostbaren Tropfen zu Boden und glänzten im Staub, als wären sie kleine Klümpchen von Amber. Zu seinen Füßen, im Kies, lagen Farbtuben, standen kleine, mit Pigmenten gefüllte Büchsen. Alles wurde von den Umstehenden beäugt und begutachtet. Immer enger schloß sich um ihn der Kreis der Kunstbegeisterten und verstellte ihm mehr und mehr die Sicht auf das, was er malen wollte.

Als im Königlichen Botanischen Garten der Terpentin sich verflüchtigte und sich mit dem Blütenstaub vereinte, war eine betörende Duftnote entstanden, die bei empfindsamen Menschen ein angenehmes Gefühl hervorrief. Sie verspürten wieder Verlangen und Lust. Die Sonne hatte ihren höchsten Stand schon überschritten. Es war Mittagszeit. Allmählich begannen sich nun die Reihen der Schaulustigen aufzulösen, und Balthasar brauchte sein Augenmerk nicht mehr darauf zu verwenden, daß ihm niemand seine Materialien umstieß. Endlich hatte er wieder freie Sicht. Und als die Welle aus Bewunderern abgeflaut war, als alle sich wieder im Park zerstreuten, sah er, daß sein Bild dem Motiv kaum entsprach. Vielleicht hatte er auch, um die Zuschauer zu beeindrucken, allzu kühn die Farben aufgetragen. *Wie doch einerseits die Begeisterung so vieler beflügelt, und welch Hemmnis sie gleichzeitig für den werden kann, dem sie gilt.*

Balthasar wußte, daß der Geruch des Werkstoffs die Leute angelockt, sie auch rasch wieder abgestoßen hatte. Keiner, der seine Kunst bewunderte, wollte, daß der Geruch der Malerei an seiner Kleidung haften blieb. Venezianer Terpentin, der Stoff, den auch schon Theotokopulos auf seiner Reise von der unveränderlichen

Ikone zum modernen Tafelbild kennengelernt hatte. Der feine
Balsam, der von den Lärchen an den Südhängen der Alpen oder
von den Weißtannen der Vogesen gewonnen worden war und
der in Venedig nur noch seinen Namen erhalten hatte. Nach der
Stadt hatte man ihn benannt, in der er, wie auch die aus fernen
Ländern kommenden kostbaren Gewürze, umgeschlagen worden
war. In Flaschen aus dunklem Glas aufbewahrt, war er schon in
den Werkstätten eines Tintoretto oder in den Malsälen Raffaels
zu finden gewesen.

Wollte Balthasar die Einladung zur Vernissage wahrnehmen
und auch das Treffen mit seinem Freund, dem holländischen
Kunsthändler Federdam, der sich mit seinen Töchtern in Madrid
aufhielt, nicht versäumen, dann war es höchste Zeit, die Arbeit
abzuschließen. Es würde nicht einfach sein, seine Malutensilien,
dazu das Bild mit seinen noch frischen Farben, durch die Men-
schenmassen auf den Straßen bis ins Hotel zu tragen. Doch wider
alle Befürchtungen gelang es ohne Zwischenfälle. Man wich ihm
aus, so rasch man nur konnte. Sogar der Pförtner, der nun sah,
daß nichts im Garten geblieben war, bedachte das Werk mit an-
erkennendem Blick.

Fast hätte er die Vernissage im nahen Kristallpalast versäumt, wo
ein vielversprechender Künstler aus dem Ausland mit einer umfas-
senden Ausstellung gewürdigt werden sollte. Der »Park der guten
Zurückgezogenheit«, wo er sich mit Federdam treffen wollte, war
ein weiträumiges, streng nach geometrischen Mustern gegliedertes
Areal. Breite Straßen liefen axial durch einen mit Palmen durch-
mischten Pinienwald. Geschwungene Pfade führten zu intimen,
verschwiegenen Plätzen, zu künstlich angelegten, gemächlich da-
hinfließenden Bächen, die gerade tief genug waren, um, im kalten Wasser stehend, sich Füße und Waden zu kühlen. Liebespaare
wandelten im Schatten kleiner Waldflächen oder lagen umschlungen im Grase einer Lichtung. Familien saßen im Kreis, den Pick-

nickkorb in ihrer Mitte. Aus allen Richtungen strebten im »Park der guten Zurückgezogenheit« Menschen erwartungsvoll zum Kristallpalast. Wie ein riesiger Vogelkäfig stand er, die Baumwipfel überragend, auf einer Anhöhe. Ein Ort der anspruchsvollen Unterhaltung. Seine besten Jahre hatte er freilich längst hinter sich, doch er besaß immer noch große Anziehungskraft für sonntägliche Ausflügler der Hauptstadt. Die gläserne Kuppel ruhte auf schlanken Eisensäulen. Eine breite Freitreppe führte zum Portal. Vor dem Palast war ein kleiner See angelegt worden. Es gab eine hohe Fontäne, deren herabfallendes Wasser die Spiegelung des Palastes zersplitterte. Unten am See, vor der Freitreppe, lehnte der Poet an der Balustrade. Ein junger Mann, der Gedichte aus dem Stegreif auf kastilisch vortrug. Der Poet verfügte über eine wohlklingende Stimme, die es vermochte, Menschen zum Verweilen zu veranlassen. Noch nie hatte Balthasar dergleichen in irgendeiner anderen Sprache vernommen. Das reine Kastilisch war geeignet, große Gefühle in Verse zu kleiden. Junge Leute hatten sich auf den Stufen vor dem Palast niedergelassen und lauschten seinen Reimen. Aus einem Recorder erklang, unaufdringlich, eine den Gedichten angemessene sanfte Harfenmusik. Das Deckblatt der Musikkassette zeigte das schmale Gesicht der Harfenspielerin ... »Es hat keine Eile«, sagte Federdam, »wir sind wohl etwas zu früh. Nehmen wir mit, was wir am Wege finden, und lassen wir uns, bis es soweit ist, auf diese Weise ein wenig unterhalten. Warum soll ein Poet nicht auch mal eine Chance bekommen, warum soll er, an einem so schönen Tage wie heute, seine unerwiderte Liebe nicht besingen und so ganz nebenbei, am Rande eines großen Ereignisses, einer bedeutenden Vernissage, auch ein paar Krumen der Anerkennung für sich erhaschen.« ... Waren die Worte, auf die die jungen Leute lauschten, wirklich so verbraucht, oder waren es noch immer schöne Worte? Worte, die nur Gutes auszudrücken vermochten, Worte, wie man sie nur selten hörte oder sprach und die immer nur einer Geliebten galten. Als der Poet bemerkte, daß sich seine Zuhörerschaft vergrößerte, gewann seine Stimme noch an Glanz. Voller Hingabe sprach er, um den Klang eines jeden Vokals ringend: »Mar ga ri ta, Lin da La Mar Mi Cor ra zón Tu Cara la Inolvidable, Te Visto Margar …« Manchmal wenn eine Münze geworfen wurde und sie auf den Steinplatten auf und nieder sprang, erklang ein helles, keck klickendes Geräusch. Nie versuchte der Poet, ein Geldstück im Fluge zu fangen. Welchen Eindruck würde es hinterlassen, wenn er danach schnappen würde, wie der Fisch nach der Fliege? An den schönsten Stellen seiner Verse wollte er auch seine Körperhaltung nicht verändern und mußte immer wieder mal hinnehmen, daß eine Münze ihr Ziel verfehlte und, statt in seine Mütze, in den See fiel.

Wie ein Banner hing das breite Schriftband von der Kuppel herab. Im leichten Sommerwind begann es, sich aufzublähen: »F. A. Ygrekinowitsch«, las man. In riesigen Lettern prangte der Name des Künstlers über den Köpfen der Wartenden. »Die hörbare Stille«, nannte er seine Skulptur, und Kenner hielten sie für sein Hauptwerk.

Zwischen den jungen Leuten, die auf der Treppe lagerten, hatte sich nach und nach eine Gasse gebildet. Durch sie hindurch erstiegen die geladenen Vernissage-Gäste, nur ein wenig behindert, nun die Stufen zum Kristallpalast. Der Poet am Fuße der Treppe verstummte; er verstaute seine Habe – die Tonbänder und den Recorder – in einem Campingbeutel. Er hätte sich leicht unter die Besucher mischen können. Aber nachdem er sorgfältig den Boden nach Münzen abgesucht hatte, beobachtete er noch eine Zeitlang einige wohlbestallte Bürger, die eine Entenschar mit Weißbrot fütterten, und entfernte sich.

Ganz zwanglos war die Vernissage eröffnet worden. Erwartungsvoll drängten sich die Leute nach oben. Nur wenige Stufen hatten Balthasar und seine Freunde erstiegen, und sie mußten sich erneut in Geduld üben. Das Kunstwerk vertrug anscheinend den Ansturm der Massen nicht. Nur in Abständen wurden die Besucher in kleinen Gruppen hereingelassen.

»Es ist ein Glashaus«, sagte Balthasar, »warum müssen wir es überhaupt betreten, wo wir schon von außen sehen, daß es innen leer ist.« »Das ist nicht dasselbe«, erwiderte Federdam. »Leere kann man nicht von außen erleben, sondern nur, wenn man selbst ein Teil von ihr geworden ist. Zumal wir sie erst hineintragen. Jeder von uns, der eine mehr, der andere weniger, trägt ein Stück Leere hinein, und dabei glauben wir, wir füllten den Raum.«

Von der Anhöhe, auf der der Kristallpalast errichtet worden war, konnte man den Blick über den »Park der guten Zurückgezogenheit« schweifen lassen. Als man Anfang des vergangenen Jahrhunderts noch bestrebt gewesen war, mit Außergewöhnlichem die Welt in Erstaunen zu versetzen, und sich vom technischen Fortschritt eine große Zukunft erträumt hatte, wo alles möglich erschienen war, hatte man für Ausstellungen, die den Geist der Zeit beschworen, den Kristallpalast errichtet. Man hatte breite Straßen angelegt, schnurgerade und geeignet für Militärparaden, für sonntägliche Kutschfahrten und für Ausflüge in Automobilen. Alleen, die unter Triumphbögen begannen und vor patriotischen Denkmalen endeten. Straßen, die jetzt, wo sich Überdruß eingestellt hatte, für den motorisierten Verkehr gesperrt waren. »Ist es nicht lustig«, sagte Balthasar, »daß heute darauf so viele Leute, unter ihnen Lehrer, Gelehrte und sogar hohe Beamte, sich die Zeit vertreiben, daß sie auf dem glatten Asphalt der Prachtstraßen wie die Kinder Rollschuhlaufen oder Fahrradfahren üben.«

Viel Glanz hatte der Palast aus Glas einst gesehen. Rauschende Bälle hatte es unter seiner Kuppel gegeben. Unsterbliche Stimmen großer Tenöre hatten die Menschen begeistert, berühmte Orchester den gläsernen Käfig mit Tönen gefüllt, bis er nach und nach immer mehr aus der Mode kam und eine Zeit leer stand.

Aber wie so oft, für schon Aufgegebenes fand sich neue Verwendung. Der gläserne Pavillon, ein Gehäuse, das nichts verbarg, war ein ideales Ambiente für die moderne Kunst. Und wieder einmal wollte die Stadt Madrid mit der Unterstützung vieler Sponsoren das Werk eines universellen Künstlers vorstellen.

Vulkanasche bedeckte den Boden im Kristallpalast. F. A. Ygrekinowitsch hatte sie aufs Parkett schütten lassen. Ein unbelebter dunkelgrauer Grund, trocken und glanzlos. Fast unhörbar wurde darauf alles: ein energischer Schritt sanft, das laute, harte Wort weich, wie unausgesprochen. Das, was der Vulkan einmal mit mächtigem Getöse ausgespien hatte, hier verursachte es eine fast unnatürliche Stille. Die Ruhe der absoluten Sprachlosigkeit. Jeder, der versonnen, in sich gekehrt, über die aufgeschüttete Vulkanasche schritt, schwieg oder sprach lobend in den leisesten Tönen, deren seine Stimme noch fähig war. »Die hörbare Stille«, auf die sie alle lauschten – die Installation eines Künstlers, der aus der Weite des russischen Reiches kam –, nahm die Besucher gefangen. Erloschene Farben, Gleichklang auf dem Lavafeld unter der großen Glashaube ... Doch nun erst konnte alles bewußter wahrgenommen werden, was es außerhalb dieser gewaltigen Käseglocke gab. Eine verheißungsvolle grüne Oase, in die man sich zurücksehnte, sobald man das moderne Kunstwerk betreten hatte. Es mag ungewohnt sein, nicht, wie in anderen Galerien üblich, die mit Bildern behängten Wände anstarren zu können. Hier im Palast, der ganz aus Glas war, gab es keine Wände, gab es nichts, was trennte. Dieses lichte Haus war ein einziges Fenster und allen Seiten zugeneigt. – So war man eigentlich nur körperlich in einer Galerie, mit den Blicken jedoch überall. Nichts verstellte die Sicht nach draußen auf den »Park der guten Zurückgezogenheit«, und der Wunsch, auf den verschlungenen Wegen zu gehen, wurde umso stärker, je länger man sich in der Ausstellung aufhielt. *Aber wie läßt sich moderne*

Kunst genießen, wenn man noch die alten Wünsche hat, wenn man dem Wunsch, die Ausstellung schnell wieder zu verlassen, nicht widerstehen kann?

Nicht alles war beim Aufbau des Kunstwerkes wie geplant abgelaufen. Man hatte nicht verhindern können, daß, wegen einiger zerbrochener Scheiben, Vögel in den Palast gelangt waren. Nun lagen sie, wie vom eignen Gesang erstickt, auf der Asche, ihre kleinen Schnäbel noch weit geöffnet. Aber ihr buntes Gefieder wurde hier fremd und störend empfunden. Durch kleine Farbtupfer hatten die toten Finken das Kunstwerk belebt. Ygrekinowitsch erbleichte, als er, kurz vor der Eröffnung, in seinem Bildwerk dieses Versehen bemerkte. Warum waren sie nicht rechtzeitig vom Aufsichtspersonal entfernt worden? Nun übernahm er es notgedrungen selbst. Er vermochte jedoch nicht, etwas zu tun, und wäre es noch so geringfügig, ohne gleich großes Aufsehen zu erregen. Beifall und Rufe des Entzückens ertönten, als er, um sich nicht bücken zu müssen, mit einem Greifmechanismus wie ihn Straßenkehrer benutzen, die toten Vögel einsammelte.

»Herrlich«, schwärmte da jemand, es sei doch ganz egal, wo man hinschaue, selbst geschlossenen Auges erlebe man das Kunstwerk. Man nehme es noch durch die Fußsohlen wahr. Wohltuend, daß es auf dieser Asche, die wie ein weicher Puder sei, keine ausgetretenen Wege geben werde.

Auch Balthasar und seine Freunde waren, nachdem sie noch eine kurze Zeit am Eingang hatten warten müssen, endlich eingelassen worden. Zögernd betraten sie die Ausstellung und wagten erste Schritte auf der Vulkanasche. Obwohl nun von nichts mehr aufgehalten, bewegten sie sich kaum noch von der Stelle. Wo sollten sie auch hintreten in dieser grauen, staubigen Arena. Sollten sie sie schnurstracks durchschreiten, oder sollten sie sich fortan im Kreise bewegen, da es nichts mehr zu entdecken gab, weil alles so gleich war, wie Asche zu Asche nur sein konnte? Vorsichtig, mit jedem Schritt darauf bedacht, nicht zu tief einzusinken, setzten sie sich dieser ungewöhnlichen Oberfläche aus. »Dieser Boden«, sagte Balthasar, »kann die Spuren unbedeutender Ereignisse nicht mehr festhalten.« Die Besucher der Vernissage liefen bald auch ganz zwanglos, kreuz und quer, über und durch das Kunstwerk, aber nirgends hinterließen sie Fußabdrücke. Keinem gelang es, sein Monogramm in den Staub zu schreiben. Alle Feuchtigkeit war der pulverartigen Materie, die ein Vulkan auf Kamtschatka ausgeworfen hatte, entzogen. Doch wie Wasser konnte sich das Material von selbst glätten. Wie es auch aufgewühlt wurde, es kam immer wieder zur Ruhe.

Zu beschreiben, wie das Kunstwerk nach Kastilien in den Kristallpalast gelangte, würde Bände füllen. Deshalb nur so viel: Daß man so große Mengen des feinen Staubes, ohne den geringsten Verlust, um die Welt schicken konnte, war das Verdienst des Militärs und einiger geheimer Organisationen. In Plastiksäcke gefüllt und noch an Ort und Stelle vakuumverschweißt, gelangte die Asche, ohne Beeinträchtigung ihres originalen Zustandes, im Laderaum einer Antonow, des größten bisher gebauten und nach seinem Konstrukteur benannten Flugzeuges, nach Europa.

Der Höhepunkt dieser Installation, dieser Skulptur, die sich der festen Form entzog, war zweifelsfrei ein alter Tischventilator. Er hing von der Decke herab, mit dem Fuße nach oben, an einer langen elektrischen Schnur. Er war gerade so hoch angebracht, daß der von ihm erzeugte Luftstrom die Asche noch leicht aufwirbeln konnte. Gleichmäßig surrte er vor sich hin, stand er in der Luft, unruhig wie eine riesige Hummel, die sich, um Höhe zu erreichen, vergeblich bemühte. Unter ihr, allmählich vom Aschestaub befreit, wurden größere Lavabrocken sichtbar. Diese kaum wahrnehmbaren Bewegungen eines alltäglichen Gegenstandes, der nun, im Raume hängend, wie ein Rieseninsekt brummte, empfanden viele als beglückend. Ein kribbliges Gefühl, wie etwa ein sich langsam ankündigender Niesreiz, ein überraschender Orgasmus gar, hatte sich nach längerer Betrachtung bei sensiblen Kunstfreunden eingestellt ... Unter der Glaskuppel wurde es zunehmend wärmer. Tapfer harrten die Vernissage-Besucher auf dem Lavafeld aus. Ihre Hilflosigkeit verstanden sie geschickt mit einem Ausdruck, der Verständnis signalisieren sollte, zu überspielen. Derweil setzte sich der aufgewirbelte Graphitstaub in den Hosensäumen der jungen Herren ab. Die langen farbigen Kleider der Damen wirkten plötzlich welk und abgetragen. Auf die hochmodischen Textilien fiel eine feine dunkle Substanz. Staub bedeckte die Schönen, haftete auf schweißnasser Haut, auf freizügigen Dekolletés. Staub überdeckte auch Falten, die vom kleinlichen Alltag in die Stirn gegraben waren. Aber der Staub, der vornehme Puder aus einem fernöstlichen Krater, das Überbleibsel einer gewaltigen Eruption, gab ihnen auch ein verjüngendes, wenngleich anonymes, ja sogar abgestumpftes, schemenhaftes Aussehen. Mit Schrecken nahmen die Wartenden draußen vor dem Kristallpalast wahr, wie innen die pfauenhaft im Kreise Stolzierenden zusehends ergrauten. Fahl, aschgrau, kaum noch wahrnehmbar schwanden sie dahin. Es war, als hätte sich über dem Lavafeld, über der heißen Asche die Abenddämmerung, verfrüht und ohne Abkühlung zu bringen, eingestellt. Noch während die spätnachmittägliche Sonne das Glashaus weiter aufheizte, wurde es im Inneren langsam Nacht. Ein dichter, heißer Schleier ließ erst die Konturen verschwimmen, und dann, als die Strahlen der Sonne sich auf Staubpartikeln brachen, wurde alles verhüllt und beinahe unsichtbar. Es war, als verlöre man unaufhaltsam das Augenlicht. Als wäre man, ohne Schmerz empfunden zu haben, geblendet worden. Grauenhaft und beeindruckend! Immer undeutlicher wurde das Bild. Bald konnte auch von den Zaungästen die Vernissage-Gesellschaft kaum noch wahrgenommen werden. Es brauchte nur noch wenig Zeit, bis alle Eindrücke wieder gelöscht waren, und nichts mehr zu existieren schien.

Über dem Lavafeld fiel das Atmen schwer. Unter der Dunstglocke bot die merkwürdige Abendgesellschaft ein monochromes, sich unentwegt veränderndes, ein sich selbst auflösendes Bild. Unterschiede begannen, sich zu verwischen, und es war, als hätten alle das gleiche Gesicht.

»Was ist das alles«, sagte Balthasar, »was uns im großen Kristallpalast geboten wird, gegen den kleinen Klempnerladen auf dem Paseo de la Rosa in Toledo. Was ist das gegen den Wasserhahn, der schwerelos im Schaufenster schwebt und aus dem immerzu klares Wasser fließt, ohne daß er an einer Leitung angeschlossen ist. Auch wenn die Spuren von Ygrekinowitschs Kunstobjekt noch eine Zeitlang an uns haften bleiben, was ist der ganze Aufwand wert, gemessen an dem Stück Leinwand, auf dem Theotokopulos Unnachahmliches geschaffen hat. Die Stille vor einem Naturereignis – keiner hat sie treffender dargestellt, als er in seinem Bilde ›Toledo vor dem Unwetter‹.« ... »O nein«, riefen die Mädchen aus Java (Federdams uneheliche Töchter), an Fjodr Alexander Ygrekinowitsch reiche keiner heran. Und daran müsse man sich erst gewöhnen – er sei ein universeller Künstler, ein bedeutender Maler, ohne zu malen, ein Bildhauer, der sogar den Marmor verschmähe. Nie fasse er ein Eisen an und verletze lebendigen Stein. »Schaut ihm doch mal auf seine kleinen Hände. An seinen Fingern trägt er große, schwere Ringe mit Rubin- und Jade-Steinen. Sein Haupthaar reicht ihm bis auf den Gürtel. Immer und überall behält er die blutbefleckte Mütze der Budjonny-Reiter auf dem Kopf. Er ist ein Dichter, der keine Worte braucht. Er ist ein Philosoph, ein Mensch, dem andere Menschen nachlaufen.« Er sei ein Schauspieler, war aus dem Munde des zweiten Javamädchens zu hören, einer, der sich selbst die Maske vom Gesicht reiße – und nie eine herkömmliche Bühne betreten würde. Er sei ein Säufer und gehöre zu einer aufgeblasenen Spezies von Parasiten, meinte Federdam. In der Transsibirischen Eisenbahn habe er vor einem

Jahr noch dessen Wodka-Rechnungen beglichen und sei nun gespannt, ob der ihn wiedererkenne.

Natürlich erkannte ihn Fjodr Alexander Ygrekinowitsch gleich wieder, verwechselte nur Person und Namen. Er hielt ihn für einen gewissen Harry, der ihm noch soundsoviele Rubel schulde, die er ihm aber an einem Tage wie heute, in seiner gehobenen Stimmung, selbstverständlich erlasse. »Vergessen wir alles, es ist ein natürlicher Prozeß«, sagte F. A. Ygrekinowitsch. »Die kleinen Erinnerungen sind wie wertlose Kopeken.«

Stimmengewirr begann, die Ruhe, die wie Nebel über dem Lavafeld lag, zu stören. Die Geräusche kamen von unten, aus dem Souterrain. Eine schmale Treppe führte hinab. Auf ihr standen die Kunstfreunde, die der dunklen Wolke entkommen wollten, schon dicht gedrängt. Alle versuchten sie nun, hinunter zu gelangen. Denn dort, in einem Vorraum neben der Toilette, war das Büfett aufgebaut, aber inzwischen seiner besten Stücke schon beraubt.

Mit jedem Besucher war auch ein wenig Vulkanasche nach unten gelangt, und umgestoßene, noch halbgefüllte Sektgläser hatten dazu beigetragen, daß auf dem Boden im Souterrain, gleichsam von selbst, in einer Schliere, unappetitlich und sich ständig verändernd, unter den Schuhsohlen der Vernissage-Gäste ein Gemälde entstand. Farblos und wie in Grisailletechnik ausgeführt. Sofort hatte Ygrekinowitsch die Regie übernommen. Ununterbrochen ließ er die Entwicklungsphasen seines Bildes vom Fotografen festhalten ... Zwar waren sie nun alle ungewollt Künstler oder wenigstens Ausführende eines Kunstwerks. Doch nur Ygrekinowitsch würde ein großzügig bemessenes Honorar erhalten. Nur er, weil er sich bereits einen Namen gemacht hatte, besaß weiteren Anspruch auf Ruhm und auf das, was folgte, was immer es auch wäre.

Man sagt: »Wo ein Kaukasier ist, ist gleich noch ein zweiter.«

Aber wer hätte es hier im Kristallpalast erwartet: Es war noch ein Künstler aus dem ehemaligen Ostblock anwesend, der nicht daran dachte, seinen langen Heimweg anzutreten. Werden wir erfahren, durch welche Umstände er zum Emigranten wurde? Nein, denn auch er sprach ohne Unterlaß, aber niemand verstand ihn. Der Asylant haderte mit seinem Schicksal, das es so gut mit ihm gemeint hatte, und das dennoch niemand mit ihm hätte teilen wollen. Mit tiefer Baßstimme, mit erhobenem Zeigefinger verkündete er wie ein Prediger: »Das hätten sie sich nicht träumen lassen, daß man ihrer Werke einmal überdrüssig werden würde! Daß sie einmal gezwungen sein würden, ihr Fell zu wenden.« Als Ygrekinowitsch diese Worte hörte, erschrak er. Er zwängte sich zwischen den Herumstehenden hindurch und stieg, seltsam erregt, die Treppe hinab. Vor dem Büfett begrüßte er überschwenglich den Landsmann, fiel ihm um den Hals und suchte vergeblich dessen Redeschwall in einer Umarmung zu ersticken. Hatte man sich nun endlich verstanden, vielleicht sogar ausgesöhnt, fernab der Heimat, unten im Souterrain eines kastilischen Kristallpalasts, im »Park der guten Zurückgezogenheit«? »Unsere großen Bildhauer, nichts Dauerhaftes haben sie geschaffen«, hatte der Asylant gerufen. »Warum haben sie, vom Ruhme geblendet, nicht wahrhaben wollen, daß nicht sie, sondern ich es gewesen bin, der die Dargestellten wirklich erhöht hat. Während nun ihre Werke zerschlagen oder eingeschmolzen werden, als hätte es sie besser gar nicht erst gegeben, hat man die meinen keinen Zoll von der Stelle bewegt. ICH brauche keines meiner Werke zu verleugnen! Sie stehen noch für das, wofür sie schon immer bestimmt waren. Nun aber endlich von ihrer Last und Bürde, von allem Überflüssigen befreit (man hat selbst die Namen herausgeschlagen), kommen sie erst richtig zur Geltung. Nie habe ich mich bei den Herrschenden lieb Kind gemacht, nie habe ich deren Poeten gelobt. (Vielleicht habe ich sie nicht einmal gekannt.) – Ich habe nur die Sockel für ihre Standbilder geschaffen.«

Mit Tränen in den Augen, mit gebrochener Stimme, aber mit großer Genugtuung sagte der Kaukasier, sich nun Balthasar und seinen Freunden zuwendend: »Sehen Sie, ich habe mir keine anderen Knöpfe an den Mantel nähen müssen! Überall in meinem geliebten Vaterland, auf den breiten Plätzen, in den schattigen Parkanlagen, in den Foyers oder auf den langen Gängen der Verwaltungsgebäude, ja sogar auf Friedhöfen, kann man sie noch betrachten (manchmal auch schon mit neuen Köpfen besetzt). Ich werde Bleibendes hinterlassen. Ich, der ich unbekannt bleiben muß! Dabei habe ich immer den wichtigsten Teil einer Skulptur geschaffen: Das Postament!«

»Auch ich, werter Freund«, erwiderte Balthasar, »bin nur ein kleiner Tourist und habe selbst wenig von dem, was Sie den Menschen hier im schönen Kastilien zu sagen hatten, verstanden. Ich aber bin in Gedanken noch ganz in Toledo, auf dem Paseo de la Rosa, und entdecke in einem Klempnerladen einen Wasserhahn, der nirgends angeschlossen ist und aus dem dennoch Wasser fließt. Ich schaue von der Puente de San Martín und habe den Eindruck, der Fluß flösse bergan. Ich suche den Sarg des Theotokopulos und kaufe Marzipan bei den Nonnen. In den Gassen füttere ich Hunde, die einen Maulkorb tragen, mit Süßigkeiten. Ich bin nur der Fliegendreck auf einem Vierfarbendruck, der eine Stadt zeigt, die wegen des Gemäldes, das Theotokopulos nach ihr gemalt hat, unvergessen sein wird.«

Geahnt habe er es schon immer, schrie einer und benahm sich wie aufgezogen, ein stadtbekannter Theaterregisseur. »Geahnt habe ich es schon immer, aber jetzt habe ich die Bestätigung. Ich bin wirklich gut«, sagte er im Brustton tiefster Überzeugung. »Letzte Woche im Theater habe ich bei der Premiere meine eigene Inszenierung nicht mehr verstanden. Meinen künstlerischen Eingebungen konnte auch mein Verstand nicht mehr folgen. Ich habe mich somit selbst übertroffen! – Es war großartig; das Licht ging an, hochmotivierte Schauspieler betraten die Bühne und spuckten ihrem Publikum erst einmal vor die Füße.«Nun, zu allem Überfluß, begann der Nestor der Dramaturgie selbst zu spucken und wollte am liebsten gar nicht mehr damit aufhören. Man müsse die Welt renaturieren und den Menschen wieder darin auswildern, war zu hören. Wortfetzen und Denksprünge, alle unwiederholbar, wie Pinselschläge auf einem tachistischen Gemälde.

»Ist es nicht sonderbar«, meinte Federdam, »man ist mit anderen im Gespräch, und jeder hört nur sich selbst zu. Die Stille wird umso bedrückender, je mehr sie alle reden.«–»Ist es nicht erschreckend«, sagte Balthasar, »wie zwanglos es heutzutage bei einer Vernissage gehalten wird. Wie wenig man noch auf Form und Etikette achtet. Wie war es dagegen früher? Zum Beispiel in der weltbekannten Stadt Paris, wo es schon vor über hundert Jahren von Malern nur so wimmelte. Hatte da einer, nach langer mühevoller Arbeit, endlich ein Gemälde vollendet (meist erst kurz vor einer Ausstellung), so wurde es auch schon gefeiert. Man lud, wenn man glaubte, das Werk sei recht gut gelungen, Kollegen ein, die man beeindrucken wollte. Sie sollten dabei sein, wenn das Bild zum Abschluß, ehe es in den Salon gelangte, mit Vernis überzogen wurde. Aber anders als heute, wo selbst die Schluderei noch zum Ruhme verhilft, wurde vorher sogar die Werkstatt gründlich gereinigt. Der Fußboden naß gewischt, und in die Werkstatt hängte man feuchte Tücher; kein Stäubchen sollte auf die Oberfläche des Kunstwerks gelangen. Es ist Geschichte!«–»Endlich«, sagte ein Kunstwissenschaftler, »wurde das, was man ursprünglich unbedingt vermeiden wollte, selbst zu Kunst.«

Während es draußen schon dunkel wurde, während Ygrekinowitsch unter dem aufgehängten, unentwegt surrenden Ventilator stand und auf seine Skulptur, auf sein Kunstobjekt, das aufgeschüttete Lavafeld urinierte, während sich immer noch späte Gäste einfanden, rollte ein seltsamer Konvoi durch den »Park der guten Zurückgezogenheit« auf den Kristallpalast zu. Armeefahrzeuge, Polizei- und Krankenwagen mit Blaulicht und Martinshorn, gefolgt von den Übertragungswagen einiger Rundfunkanstalten ... Es waren nur wenige Buchstaben, die die Verantwortlichen aufgeschreckt und jenes Chaos ausgelöst hatten, bei dem das Kunstobjekt des Kaukasiers zu Schaden kam. Niemand widersetzte sich der Aufforderung des Einsatzleiters. Im Gegenteil, überstürzt verließen die Besucher den Kristallpalast. Und gleich nachdem das Gelände weiträumig abgesperrt war, wurde das Lavafeld von Hunden beschnüffelt. Und weil das vermutete Feuerwerk im Glashaus nicht stattfand, wurde es am Ende noch von einer Spezialeinheit des Militärs umgegraben. Immer wieder zeigten die Metalldetektoren einen Fund an. Aber immer nur zog man aus der Asche die Münzen einer verfallenen Währung, die ein Fremder, in der abergläubischen Hoffnung, daß er einmal an diesen Ort zurückkehren dürfe, in den Staub geworfen hatte.

Lange noch wurde in dieser Nacht Alfredo Lamarillo, genannt der Oberst, verhört. Er hatte sich unerkannt in einer neuen Verkleidung, der Uniform eines Donkosaken, unter die Vernissage-Gesellschaft gemischt und eine Frage an den Künstler stellen wollen. Während die Geladenen, dem Rotwein verfallen, sich der Redseligkeit hingaben, hielt niemand die Frage des Eigenbrötlers einer Antwort wert. Ununterbrochen hatte er versucht, in schlechtem Russisch, mit einem Stab den Satz »Sto Eta« (was ist das?) in die pulverartige, immer wieder in sich zusammenfallende Asche zu schreiben. Er hatte geglaubt, daß auch er auf einer Vernissage seine wahre Berufung zur Schau stellen dürfe. Am Morgen ließ man ihn wieder laufen. Balthasar hatte vor dem Präsidium auf den Freund gewartet. Arm in Arm schritten sie, der verwachsene Alfredo, ein gefürchteter General, und Balthasar der Maler, der sich immer mal wieder für den auferstandenen Theotokopulos hielt, ein fast vergessenes Marschlied pfeifend, über die noch leere Plaza Mayor.

Die kreative Kraft des Irrtums. Eine Tagestour in die Berge. Die traurigen Hirsche. Federdam erzählt Geschichten. Das Schloß und die Mühsal der Wendeltreppe. Die sonderbare Bibliothek.

»Warum sollte es denn so schwer sein, einmal ganz bewußt einem Irrtum zu verfallen? Absichtlich einen Denkfehler zu begehen, durch den man mit ein wenig Glück unerwartet zu neuen Erkenntnissen und vielleicht sogar zu Ruhm und Anerkennung gelangt?« fragte sich Balthasar zuweilen, wenn er wieder einmal vor einer leeren Leinwand saß und seinen Einfällen, die ein bedeutendes Werk ankündigten, nicht trauen konnte. »Erfolg oder Mißerfolg, keines von beiden ist vermeidbar! Mit anderen Worten: Wenn Fleiß den Erfolg nicht erzwingen kann, ja wenn emsiges Streben das Scheitern geradezu herbeizuführen scheint – dann wird auch Müßiggang zur Tugend!« In Momenten wohltuender geistiger Trägheit überkam Balthasar manch einleuchtende Überlegung. »Gibt es noch etwas, wovon eine so große Faszination ausgeht«, dachte er, »wie etwa von der gähnenden Leere einer unberührten Leinwand oder einem unbeschriebenen Blatt weißen Papiers? Faßt es nicht an! Eine kurze, zufällige Berührung könnte schon zu viel sein!« Nur das leere Blatt verdiene Lob. Der leere Bogen, gerade erst in die Schreibmaschine gespannt, sei noch von ungetrübter Harmonie und somit unübertrefflich. Vielleicht brauchen die Finger des Dichters die Tasten nicht zu berühren. Denn wenn er endlich vor seiner Schreibmaschine sitze, werden die Einfälle ihn schon verlassen haben. Wo sind sie hin? Sind sie im leeren Blatt, das er unentwegt anstarrt? ... Das nicht entstandene Werk sollte man feiern! Denn keiner könne sagen, ob es nicht alles bisher Bekannte übertroffen hätte. Nur der Unwissende sei immer gut gelaunt. Deshalb müsse ihnen einmal gesagt werden, all den Dichtern und all den Wahrheitssuchern: *Nur das unbeschriebene Blatt sagt die Wahrheit.*
Wer wird je die so bravourös präparierten Leinwände Kegelbe-

chers, des vielversprechenden Lindeleiner Malers bemalen? Nicht mal er selbst wagte es. Ein Bild war ihm, als er mit seiner Kunst begann, auf Anhieb gelungen. Eine ausgewogene Komposition, der kleine stachelige Kaktus, im porösen Blumentopf, auf dem aus weißem Garn gehäkelten Spitzendeckchen. Seither stapelten sich in seinem Atelier die schönsten Leinwände. Alle leer. Alle auf bestens hergerichtete Keilrahmen aufgezogen, mit der Hand, auch die größten Formate. Die Zuhilfenahme einer Spannzange, was die Arbeit erleichtert hätte, lehnte er ab. Langwierig, der fachgerechte Vorgang des Grundierens. Bereits das Vorleimen des teuren Linnens geschah auf das Sorgfältigste. Die Leimlösung, nach dem Erkalten gut durchgerührt, hatte er im gallertartigen Zustand, damit sie nicht durch das Gewebe liefe, mit dem Japanspachtel aufgezogen. Dann, wenn das Gewebe gestrafft und der erwartete Trommeleffekt sich eingestellt hatte, schien das beabsichtigte, jedoch noch nicht begonnene Kunstwerk schon vollkommen. Oft durfte Balthasar der Probe beiwohnen, wobei Kegelbecher einmal kurz mit dem Daumen auf einen aufgespannten Keilrahmen schlug und einen Ton hervorbrachte, um den ihn sogar Musiker beneidet hätten. Und dann erst die Grundiermasse in wohl ausgewogener Konsistenz, zusammengestellt nach immer neuen und verbesserten Rezepturen. Wenn er seine Leinwände grundierte, geschah das nie durch schnelles Streichen mit einem breiten Pinsel, sondern gekonnt durch behutsames Anschummern der Masse in mehreren dünnen Schichten übereinander. Welch anspruchsvolle Malgründe! Die Suche nach dem eigenen Stil, sie währt oft ein Leben lang; Kegelbecher dagegen hatte den seinen gefunden, allein mit den meisterhaft hergerichteten Keilrahmen. Wenn es ihn drängte, ein Bild zu malen, grundierte er zunächst höchst solide eine neue Leinwand. Wenn er es dann unterließ, das Bild zu schaffen, wußte er, daß, wenn er nicht mehr sein werde, die Leinwand auch unberührt zu seinem Nachlaß gehört.

Geniale Künstler, sonderbare Charaktere, wo anders als in Lindelein waren sie zu Hause. Da war Mayer-Flatus, ein in die Jahre gekommener, hochgeschätzter Maler, der in seinen langen Schaffenspausen Versteigerungshäuser oder Antiquitätengeschäfte aufsuchte. Anfangs wohl in der Absicht, für seine Malereien passende Rahmen zu erwerben. Doch dann, er konnte nichts dagegen tun, mußte er immerzu von den alten Schränken die Schlüssel abziehen. Die kleinen geheimen Fächer in den antiken Möbelstücken, die er, wenn keiner in der Nähe war, vorsichtig öffnete, waren wohl meistens leer. Ihre Schlüssel nahm er an sich und verwahrte sie daheim in einem abgeschlossenen Raum. Erst nach seinem Ableben fand ein kleiner Kreis von Sachverständigen in seiner Wohnung statt Bilder nur einige noch nicht fertiggestellte Rahmen, die auf Bergen alter, rostiger Schlüssel lagen.

Als die Liebe für alte Schlüssel ihn ganz erfüllte, war Mayer-Flatus bereits in der Lage, Bilderrahmen selbst anzufertigen. Mittels einer raffinierten Oberflächenbehandlung der Profile, denen er seine malerische Handschrift gab, gelang ihm Einzigartiges. Es entstanden Bilderrahmen, die so vorteilhaft auf seine Kunst abgestimmt waren, daß sie alles schon vorwegzunehmen schienen, und man meinte, schon durch sie einen echten Mayer-Flatus zu erblicken. Es sei doch möglich, mochte er von da an gedacht haben, die Malerei beim Rahmen zu beginnen. Warum das Bild überhaupt noch malen, wenn schon der Rahmen allein alles auszudrücken vermag? Zeigen heute Künstler ihre Bilder ohne Rahmen, so waren Mayer-Flatus' schon damals ohne Bilder, und es schien wie ein Wunder: Niemand hat es bemerkt.

Irrtümer und Mißgeschicke haben mitunter zu weltverändernden Entdeckungen geführt. Wenn die Zeit dafür reif ist, bringt zuweilen eine falsche Lösung sogar noch unverdienten Gewinn. Man denke nur an den unsterblichen Genuesen. Fehler bei der Berechnung des Erdumfangs haben ihn dazu ermutigt, seine Reise anzutreten, und die falschen Eintragungen im Logbuch, die vielen Seemeilen, die der Admiral so unterschlagen ließ, haben der Mannschaft geholfen, die lange Reise zu erdulden. Wehe daher all denen, die Verantwortung tragen! Sie werden scheitern, wenn sie sich nicht darauf verstehen, sich ab und zu ganz zielbewußt zu irren. *Denn eine Lüge ist im Grunde doch nur ein absichtlicher Irrtum.* Es ist auch nicht das Können allein, das zum Erfolg verhilft. Mitunter erweist es sich sogar als hinderlich. Besonders wenn das handwerkliche Geschick größer ausfällt als die Begabung, die ein Geschenk Gottes und daher unersetzbar ist ... Soll man die goldenen Regeln seiner Lehrmeister etwa geringschätzen, alles vergessen, was bisher galt? Wird in der Kunst das, was erst als falsch angesehen wurde, nach Gewöhnung richtig? Was also sollte man tun, wenn man nicht NICHTS tun konnte?

»Dabei ist es doch so einfach«, dachte Balthasar. »Man muß Unumstößliches umstoßen. Man muß, um aufsteigen zu können, nur genügend Ballast abwerfen. Kurz: Man muß alle Regeln wieder vergessen!« Doch von welcher sollte er sich zuerst trennen? In was für einer Reihenfolge sollte das geschehen? Balthasar glaubte, daß es auch dafür eine feste Regel geben müsse! Er war auf der Suche nach einer Formel, mit deren Hilfe sich ein Meisterwerk erschaffen ließe. Welch ein Gewinn, wenn es ihm doch gelänge, den Irrtum kontrolliert zu handhaben.

Sie sahen schon bald ihr Ausflugsziel. Immer klarer erhob sich am Horizont die blendendweiße Wölbung eines fernen Bergrückkens. Noch fuhren sie durch weite, lichte, grüne Eichenwälder. Die Bäume waren kleinwüchsig, der Boden mit Felsbrocken übersät. Die Flüsse führten wenig Wasser. Manchmal überwand der Schienenstrang eine tiefe Schlucht. Harmonisch fügten sich die Brücken in die Landschaft ein. Hin und wieder zeigte sich eine verfallene Hütte. Einige Male sahen sie die lehmfarbenen Überbleibsel einer aufgegebenen Finca. Ohne zu rasten, zogen am Himmel vereinzelt Vögel über das Vorgebirge. Welch ein friedlicher Tag. Hirsche hatten sich genähert. Sie waren von jener zwergenhaften asiatischen Rasse, die vor Zeiten hier ausgesetzt worden war. Die Tiere kamen ganz ohne Scheu, als hätten sie den Zug erwartet, bis dicht an die Gleise. Es war nichts Ungewöhnliches. Außer Balthasar und den Kindern zeigte sich niemand im Coupé sonderlich beeindruckt. An Streckenabschnitten, die der Zug der hohen Steigung wegen fast nur in Schrittgeschwindigkeit passieren konnte, standen die Hirsche Spalier. »Früher«, sagte ein Reisender, »trauten sie sich erst nachts oder vereinzelt auch schon mal in der Dämmerung aus dem Walde. Mittlerweile hängen sie bereits während der Mittagshitze am Bahndamm herum. Niemand kann ihnen heute noch etwas anhaben. Sie stehen unter dem besonderen Schutz der Regierung.« Große Flächen wurden aufgekauft, damit sich die Tiere ungestört vermehren und ihr Dasein genießen konnten. So nahe war zuweilen eine Herde den Gleisen, daß die Passagiere, wenn der Zug fast zum Stehen kam, am liebsten die Vorhänge an den Fenstern herabgelassen hätten, um sich den neugierigen Blicken der Hirsche zu entziehen.

Mit einem hellen Signalton, der dem Geheul eines Wolfsrudels glich, grüßte der Lokführer den Platzhirsch und beschleunigte danach leicht die Fahrt. »Wenn es geradeaus geht«, meinte ein Fahrgast, »ist es unwahrscheinlich, daß sich ein lebensmüdes Tier auf die Gleise legt. Die Selbstmörder unter ihnen bevorzugen unübersichtliche Kurven.« Man hatte schon oft darüber nachgedacht, zur Vermeidung solcher Vorfälle die Züge umzuleiten.

»Warum blicken die Hirsche so traurig?« wollte ein Kind wissen. »Da sie doch alles haben, was sie täglich brauchen, und sich vor nichts mehr fürchten müssen?« Der Zug hatte, wo die Hirsche über die Gleise wechselten, immer wieder angehalten.

Wenn er erneut anfuhr, ging ein sanfter Ruck durch die Waggons. »Ja, sollen sie sich vielleicht noch darüber freuen«, erwiderte der Mann, der sein Gewehr, damit es ihm nicht abhanden komme, fest mit beiden Händen umschloß. Es steckte sicher im Futteral; niemand, der etwas dabei fand, daß er die kurze Reise bewaffnet unternahm. Es war erlaubt, in der Saison auf kleine Singvögel zu schießen. »Erst seitdem es verboten ist, den Hirschen nachzustellen«, sagte er, »sind sie so zutraulich und haben jenen melancholischen Ausdruck angenommen. Furcht und Stolz standen ihnen vorher besser zu Gesicht.« Dabei dachte er wohl auch an die Aufregung, die ein Schuß bei einem Vogelschwarm stets auslöst. Niemand widersprach ihm. Man nahm alles hin, was gesagt wurde. Man redete auch nicht eigentlich über die Hirsche, sie waren nur der Anlaß für ein Gespräch. Für den Austausch von ein paar Worten, wozu doch niemand verpflichtet war. Ja, darüber waren sich die Leute im Abteil anscheinend einig: Die Tiere sehnen sich nach den alten Zeiten. Sie kommen nur recht und schlecht damit klar, daß man ihnen die Jagd genommen hat. Welche Daseinsberechtigung haben sie überhaupt noch, seitdem es die aufsehenerregende Treibjagd, die doch immer ein Höhepunkt im Walde gewesen ist, nicht mehr gibt, seitdem das lustige Halali in ihrem kurzen Leben ausbleibt?

Noch immer waren sie nicht am Ziel, ging es unaufhörlich bergan. Die schneebedeckten Bergrücken wurden erneut von vorgelagerten Anhöhen verdeckt. Manchmal war es, als seien sie nie vorhanden gewesen. Doch wie um ihre Allgegenwärtigkeit zu bekunden, tauchten die Höhenzüge dann auch schon mal unvermittelt am gegenüberliegenden Abteilfenster auf und verschwanden ebenso rasch wie auf unerklärliche Weise. Ab und zu gab es einen kurzen Aufenthalt an einer kleinen Station, wo immer auch ein paar Fahrgäste, wie von der Reise gelangweilt, den Zug verließen. Sie trugen leichte Rucksäcke, und ihre Füße steckten in festen Bergschuhen.

Als sie nach weiteren Stationen immer noch nicht angekommen waren und wiederholt hatten erkennen müssen, daß sie sich dem Bergmassiv, das doch schon einige Male zum Greifen nahe gewesen war, anscheinend kaum genähert hatten, war es ihnen, als hätte eine merkwürdige Verkehrung der Eindrücke stattgefunden. »Ich glaube«, sagte Balthasar, »statt der Hirsche fliehen uns nun die Berge. Sie sind es, die wir fortan nur von hinten zu sehen bekommen.« »Ja, mitunter verändern sich die Dinge in unerwarteter Weise, ehe wir sie überhaupt richtig wahrgenommen haben«, stimmte ihm Federdam zu. »Und übrigens – was sind schon Berge? Es gibt sie eigentlich nur aus großer Entfernung, und sie beeindrucken uns nur so lange, wie wir zu ihnen aufschauen müssen. Hat man einen ihrer Gipfel erst einmal erklommen, so kann es sein, daß man darauf kaum Platz findet, es sich so recht bequem zu machen.« Ja, für Leute wie ihn, die dazu auserwählt seien, auf großem Fuß zu leben, reiche es oft kaum zum Stehen auf einem Bein ... Sie schauten bloß noch gelegentlich auf die vorüberziehende Landschaft, denn die Bilder wiederholten sich unaufhörlich. Nur die Langsamkeit der Fahrt ließ vermuten, daß es immerzu bergan ging. Um die Zeit zu verkürzen, fing Federdam an, den Kindern im Abteil Geschichten über wildlebende Tiere, die er bei seinen Reisen durch Indien erfahren hatte, zu erzählen: Warum die lieben Tiger ihre Freßgewohnheiten änderten und, statt wie früher Frohsinn, bald nur noch Angst und Schrecken verbreiteten. »Niemand kann sich mehr daran erinnern«, begann er, »in welch gutem Einvernehmen die Tiere einst zusammen im Wald lebten. Tiger und Hirsch amüsierten sich. Oft liefen sie abends zum Gaudium aller Waldbewohner um die Wette. Und wenn der Hirsch verlor, durfte der Tiger ihn zur Belohnung fressen. Natürlich hatte im umgekehrten Fall der Hirsch das gleiche Recht. So hätte es noch lange Zeit weitergehen können, wäre nicht die Eisenbahn gebaut worden. Eines Tages nämlich kamen

Arbeiter und verlegten die Gleise mitten durch den Wald. Es waren viele Arbeiter, denn die Strecke war so lang, wie man sie sich überhaupt nicht vorstellen kann. Deshalb schlugen sie im Wald ihr Lager auf, jagten nach ihrer Arbeit Hirsche und brieten sie am Spieß. Sie mußten nicht erst mit den Hirschen um die Wette laufen, denn sie besaßen Flinten und konnten sie damit schon aus großer Entfernung töten. Als die Strecke noch nicht einmal zur Hälfte fertiggestellt war, hatten die Arbeiter schon alle Hirsche abgeschossen und aufgegessen. Ab da kamen die Tiger in das Camp und liefen, in Ermangelung der Hirsche, mit den Arbeitern um die Wette. Und weil sie dabei meistens gewannen, und weil die Arbeiter, vom Hirschbraten wie gemästet, sich nur noch langsam fortbewegen konnten, fanden die Tiger auch an ihnen Geschmack und stellten von nun an den Menschen nach, sobald sie ihrer ansichtig wurden. Als die Bahnlinie schließlich vollendet war und es im Walde statt Gleisarbeiter wieder Hirsche gab, konnten die Tiger nicht von dieser Gewohnheit lassen. Denn nun waren sie Menschenfresser.« Eine andere, wie Federdam meinte, sehr traurige Begebenheit stimmte dann alle im Coupé nachdenklich. Es war das Schicksal der kleinen Giftschlange. Es hatte ja so kommen müssen. Immer wieder hatte man sie ermahnt, sie solle ihren Appetit zügeln und nicht so blindlings nach Freßbarem schnappen. Sie solle sich beim Beißen mehr Zeit nehmen! Stets hatte sie guten Rat verschmäht. Und eines Tages geschah es dann: Sie biß sich selbst in ihre gespaltene Zunge.

Die Kinder fanden Gefallen an Federdams Geschichten, sie hingen an seinen Lippen, und ihre Ungeduld, die Berge zu erreichen, war von da an nicht mehr ganz so groß ... An diesem Tage sollten auch Balthasar und Federdam noch einiges erfahren, was merkwürdig anmutete. Aber nachdem der Zug die letzte Station erreicht hatte, mußten sie erst einmal, um an ihr Ziel, das Bergschloß, zu gelangen, noch ein gutes Stück ihres Weges zu Fuß zurücklegen. Es dauerte, bis sie schließlich das Schneefeld, das ihnen die ganze Zeit über vorausgeeilt war, vor sich hatten. Es lag ihnen nun auf gleicher Höhe gegenüber. Sie waren lediglich durch einen Taleinschnitt von ihm getrennt. Deutlich sah man jetzt drüben im Schnee schon die Spuren der Skiläufer. Groß war die Enttäuschung bei den Kindern, die im Angesicht der weißen Pracht nicht die Winterfreuden genießen sollten.

»Ist es nicht wunderbar«, sagte Balthasar. »Dort liegt schon Schnee, während hier auf dem kleinen Platz vor dem Denkmal für die gefallenen Artilleriesoldaten noch Blumen blühen.« Das Monument nahm kurz ihre Aufmerksamkeit in Anspruch. Die Skulpturen, die Abbilder der Krieger ließen eine traurige Stimmung nicht aufkommen. Fast waren sie zu beneiden, ihrer schmucken Uniformen wegen und weil noch im schicksalsschweren Augenblick ein Hurra auf ihren Lippen lag. Man spürte, obwohl die Helden nun aus Bronze waren, welche Freude es ihnen bereitet hatte, in einer berühmten Schlacht sterben zu dürfen. Sie hätten es sich wohl nicht träumen lassen, daß sie einmal den Vorwand für so ein schönes Denkmal bieten würden.

Der Ausflug in die Sierra geschah auf Empfehlung Alfredos. Der Oberst hatte seine Kindheit in einem abgelegenen Schloß verbringen müssen. Sollte es jenes sein, das sich nun so abweisend vor ihnen auftürmte und sich von dem schneebedeckten Bergrücken abhob wie eine dunkle, unwirkliche Kulisse? Es war kein Schloß, wie sie es sich vorgestellt hatten, etwa in wohlgefälliger Bauart, märchenhaft und bezaubernd. Es war vielmehr eine schmucklose Festung, errichtet aus grauem Gestein, die aber, wie sich der Oberst erinnerte, all ihren Prunk hinter dicken Mauern verbarg. Hinter Mauern, die einen Heranwachsenden beeindrucken und für immer an Vergangenes zu fesseln vermögen. Oft hatte der verwachsene Knabe vor dem Kriegerdenkmal gestanden, zu den Männern aus Bronze aufgeschaut und inständig gebetet, daß, bis er groß sei, sein Rücken sich glätte. Manchmal wurden seine Gebete erhört. Im großen Schlafsaal der orthopädischen Heilanstalt für Kinder, die Nacht über an Gestelle geschnallt, die man erdacht hatte, um den Körper zu formen, war er in seinen Träumen bereits ein junger Offizier, der in vorbildlicher Haltung zum Sturmangriff blasen ließ.

Wenig Platz bot der Felsen dem Bauwerk. Nur in eine Richtung, nur in die Höhe konnten sich deshalb seine Wände ausdehnen. Ein Turm überragte alles, er war mächtig und so hoch, daß man auf die nahe schneebedeckte Sierra, hatte man seine vielen Stufen erklommen, herabblicken konnte ... Erst einmal überschritten Balthasar und Federdam in schwindelnder Höhe die Zugbrücke, durchquerten das Torhaus und gelangten schließlich auf den Schloßhof.

Als wären sie zu spät zum Unterricht erschienen, als hätten sie die wichtigste Stunde versäumt, empfing sie der Fremdenführer mit einem verzeihenden Lächeln. Gerade erst hatte er mit einer kleinen Gruppe von Touristen einen Rundgang beendet, und schon wartete er darauf, daß sich erneut Besucher einfanden, die seine Dienste in Anspruch nehmen wollten. Weil die Neulinge jedoch davon anfangs keinen Gebrauch machten, sondern, auf den steinernen Stufen am Eingang des Turmes sitzend, die Zeit verstreichen ließen, nahm auch er in ihrer Mitte Platz. »Immer wieder«, begann er, »finden die Fremden den Weg zu uns. Unter ihnen sind Besucher aus Ländern, deren Namen auszusprechen den meisten Menschen bereits schwerfällt. Glücklicherweise beherrsche ich all ihre vielen Sprachen. Und zwar nicht nur mit der Zunge – sondern ich *denke* sogleich in dem jeweiligen Idiom. Meine Stimmung, ja mein ganzes Befinden ändert sich von Sprache zu Sprache. In der einen bin ich lustig, ängstlich in der nächsten, in wieder einer anderen sogar furchtlos.« »Wie ist das möglich?« fragte Federdam. »Auch ich bin Übersetzer, habe lange Zeit für eine Bank gearbeitet; wenn Sie wüßten, wie viele Ausdrücke die Menschheit allein für ›Geld‹ kennt, und dann erst die Zahlen, die kein Ende haben! Aber lassen wir das. Ich bin gespannt, wie Sie uns die Stimmungsschwankungen, die die unterschiedlichen Sprachen bei Ihnen hervorrufen, erklären werden.« »Nichts einfacher als das«, sagte der Schloßführer. »Kennt eine Sprache das Wort ›Angst‹ nicht (auch so etwas gibt es), dann habe auch ich keine. Bediene ich mich aber einer Sprache, die für dieses Wort viele Entsprechungen hat, dann vervielfältigt sich sogleich auch meine eigene Furcht, mehr noch, sie bereichert sich mit neuen Varianten. Die Skala beginnt, sich zu vergrößern, und wird somit genauer. Ich nehme auch die feinen Unterschiede vieler Wörter, die somit Gleiches aber nicht dasselbe bedeuten, in meine Befürchtungen mit auf.« Dann sprach man über die Grammatik, welche Hilfe sie zuweilen sei, aber auch welche Tücken sich in ihr verbergen, daß sie mitunter die Bedeutung der Wörter und ganzer Sätze ins Gegenteil verkehren könne. Ja, er kenne sich aus, sagte der Schloßführer. Leider müsse er, um sich seine sprachlichen Fähigkeiten zu erhalten, den hohen Turm der Burg meiden. Es sei ihm wiederholt passiert, daß er auf der Wendeltreppe in der richtigen Sprache gedacht, aber leider in der unpassenden gesprochen habe. Die Sorge um das Wohlergehen aller, die ihm in den Turm folgten, beanspruche ihn zusehends. Betroffen gestand er sich ein: »Die Windungen der Treppe und die Verschiedenartigkeit der Menschen verwirrten mich von Tag zu Tag mehr. Natürlich brach ich meine Rede sogleich ab, wenn ich rechtzeitig gewahr wurde, daß ich mich mit einem Gast zwar in seiner Sprache unterhielt, aber in der Sprache seiner Feinde dachte.« Mit anderen Worten: Während der Aufstieg bei den Besuchern vorübergehend nur Kurzatmigkeit verursachte, waren die Folgen der häufigen Benutzung der Wendeltreppe für den kundigen Mann weitaus ernster. Etwas verlegen gab er zu: Eine kaum spürbare

Eigentümlichkeit in seiner Redeweise, die aber den aufmerksamen Zuhörern nicht entgehe, mache ihm schon seit längerem zu schaffen. Die Satzintonation verlaufe nun spiralförmig, und die Unregelmäßigkeiten der holprigen, ausgetretenen Stufen übertrügen sich auf seine Erklärungen, wenn er die Fremden durch das Schloß führe. Man könne es ganz wörtlich nehmen: Im Turm bleibe er schon hin und wieder einmal stecken. Verständnisvolle Heiterkeit hatten diese Worte bei Federdam und Balthasar ausgelöst. Noch sollte die Plauderei aber nicht beendet sein. Mit immer neuen Gedanken hielt der Schloßführer das Gespräch am Leben. An der Melodie des Satzes erkenne ein jeder schnell die dazugehörige Sprache. Natürlich seien Irrtümer immer möglich.»Es ist mir einmal passiert«, sagte er,»daß ich von einer Gruppe Chinesen, die ich zu führen hatte, unzureichend verstanden worden bin, wogegen ein Balte, der sich in der Nähe befand, seine Muttersprache erkannt haben wollte, die ihm auf einmal ganz fremd war.« Dann räumte er freimütig ein:»Vieles fliegt uns auch zu, wir müssen es nicht erst umständlich erwerben.« So könne zum Beispiel ein Deutscher, wenn er nur wolle, die Schweizer Sprache von heute auf morgen beherrschen, behauptete der wendige Linguist: Er brauche nur langsam in seiner eigenen Sprache zu sprechen und dabei jedes Wort falsch zu betonen.»Der fremde Akzent«, meinte Federdam,»davon kann auch ich ein Lied singen.« Es schien, als wäre der Schloßführer mit seinem Beruf, für den er wie kein anderer geeignet war, nicht eben glücklich. Er klagte, daß er sich, der vielen Fremden wegen, von seiner Muttersprache immer weiter entferne. Und wie es ihn belaste, daß er nachts in irgendeiner Sprache träume, die er noch nicht einmal begonnen hatte zu studieren.»Wenn aber im Turm die Worte so vieler Sprachen sich vermischen,« überlegte er,»ist es dann nicht für alle besser zu schweigen, oder sich wenigstens noch durch Zeichen zu verständigen? Könnte man dem zustimmen, etwa nur durch Kopfnikken? Aber wenn zum Beispiel ein Bulgare unter uns wäre, würde er den Kopf schütteln und damit das gleiche meinen.«

Und was das Schloß betreffe: Ob es denn so wichtig sei, sich das Jahr zu merken, in welchem es zum ersten oder zum letzten Male ausgebrannt sei. Aber daß danach in dem von solcherlei Schlägen getroffenen Bauwerk einmal eine Akademie der Artillerie untergebracht gewesen sei, das wüßten die Wenigsten.

Obwohl das Schloß seiner ursächlichen Bedeutung nach und auch sonst kaum bekannt sei, würden die Besucher immer zahlreicher. Aber nur wenige unter ihnen zeigten wirkliches Interesse für die ballistischen Studien, für die Berechnungen von Flugbahnen der Kanonenkugeln oder für die Pläne und Aufzeichnungen der berühmtesten Feldschlachten. Dabei seien es wahre Meisterwerke, allesamt handkoloriert, in die man sich hier im Schloß ungestört vertiefen könne. Die Theorie sei, auch wenn es um blutiges Gemetzel gehe, immer sehr ästhetisch.

Die prunkvollen Gemächer seien niemandem mehr verschlossen. Aber alle wollten sie nur eines, den Turm besteigen! Mißbilligend, als beabsichtige er, sie von ihrem Vorhaben abzubringen, sagte er: »Sie wissen nicht, was auf Sie zukommt! Es sagt sich so leicht dahin, hundertdreiundsiebzig Stufen! Zunächst ist das nur eine Zahl, die allein noch niemanden abschrecken wird. Schnell, ja, ich meine: zu schnell ist sie so dahergesagt, oft ohne lange über sie nachzudenken. Am liebsten würde ich, ehe ich ihnen die Tür aufschließe, die Wartenden auffordern, erst einmal langsam zu zählen, bis ihnen die Zunge schwer wird. Immer mühsamer würde es ihnen fallen, je mehr die Zahl anschwölle, während sie nur in ihrer Vorstellung Stufe um Stufe erklömmen. Müdigkeit würde sie beglücken, und auf einmal würden sie spüren, wie aus einer einfachen Zahl eine bedeutende geworden wäre.« »Ist es nicht mühselig, zählend auf der Stelle zu verharren?« wollte Balthasar wissen. Wozu diene diese Torheit. »Damit sie dann endlich wissen, wie es ist, wenn man den Turm besteigt! Jedoch ohne ihn bestiegen zu haben«, erklärte der Schloßführer.

»Die ersten Stufen«, berichtete er, »nimmt man stets mit Elan, bedenkenlos und mit einer Art von Hochmut.« Aber bald werde man sich bei jeder weiteren Stufe fragen, wozu das diene, und ob es nicht klüger sei, es zu lassen. Aber dann erkenne man plötzlich, daß es kein Zurück gebe, denn man befinde sich auf einer Wendeltreppe. Durch Nachfolgende, die nach oben drängten, werde man gehindert an einer Umkehr auf halbem Wege. Es sei eng, und die Windungen im Gemäuer schienen endlos. »Was, wenn sich Auf- und Absteigende begegnen?« gab der Mann zu bedenken. »Wie sollen sie unbeschadet aneinander vorbeikommen?« Schwer vorstellbar, ja geradezu beängstigend sei es, wenn sich Beleibte aneinander vorbeischieben müßten. Wie ein schlimmer Traum, in dem man sich plötzlich in einem riesigen Gewinde befinde, das zu einem Fleischwolf zu gehören scheine. »Sicherlich ist jeder darauf aus, das einmal im Leben zu erfahren«, sagte der Fremdenführer, als müsse er die Gewohnheiten der Ausflügler nachsichtig begründen.

Steigen und sich dabei um die eigene Achse drehen. Der hohe Turm kennt keine Stockwerke, nirgends eine Nische, wo man, wenn es sein müßte, verschnaufen könnte. Mit Schrecken bemerken bald alle, die den Turm erklimmen, daß sie dazu verurteilt sind, das hohe Ziel auch wirklich zu erreichen. Es gibt keine Alternative zum Erfolg, und gottlob kann keiner den anderen, ohne selbst in Schwierigkeiten zu geraten, bei seinem Aufstieg überholen. Aber warum sollten sich die Ausflügler vorher darüber Gedanken machen? Es beginnt wie auf einer ganz normalen Treppe. Die ersten Stufen fallen noch nicht ins Gewicht. Nicht mal die Enge empfindet man anfangs schon als Nachteil. Daß man im Kreise geht und dabei unversehens immer höher gelangt, nimmt man noch mit Freude, als eine willkommene Abwechslung vom

Alltäglichen, ohne Widerspruch hin. Daß man nichts sieht, daß es in der Mauer, statt Fenster, nur wenige schmale Schlitze gibt. Daß die Treppe durch schwache Glühbirnen nur notdürftig beleuchtet ist, daß man sich stellenweise im Dunkeln nach oben tastet, das alles hat den Reiz des Abenteuerlichen. Auch wenn es die ganze Zeit über nichts gibt, was das Auge ein wenig erfreut. – In Erwartung eines guten Ausblicks nimmt man alle Unbequemlichkeiten gern in Kauf.

Er selbst, sagte der Schloßherr, kenne das zur Genüge, und deshalb besteige er den Turm nicht mehr. Es sei besser, im Hof auf die Rückkehr der Unbelehrbaren zu warten, statt ihnen keuchend zu folgen. Er wolle aber niemanden davon abhalten, es seinerseits zu versuchen. Die meisten schafften es ja auch ohne Probleme, aber immer wieder mal gebe es auch Verzweifelte, vom Ehrgeiz Verführte, die von der Tortur gern berichten möchten, wenn ihnen nur jemand zuhörte … Um einen gewundenen Schaft schwang sich die Wendeltreppe empor. Die Benutzer bevorzugten stets die äußere Seite, ganz nahe am Mauerwerk, egal ob sie auf- oder abwärts stiegen, denn da fand ihr Fuß auf den blankgewetzten Stufen noch sicheren Halt. Auf der Innenseite aber waren die Trittflächen gerade mal so groß, daß man kaum noch mit den Zehenspitzen darauf Platz hatte. »Im allgemeinen«, erklärte der Fremdenführer, »steigt man nacheinander gemeinsam auf, und, nachdem man sich oben gesammelt und den Rundblick genossen hat, in gleicher Folge auch wieder herab.« Das sei die Regel, aber immer weniger werde sie befolgt. Denn oben zeige sich: Das Verlangen der Menschen sei zu verschieden. Dem einen genüge schon, daß er hinaufgelangt sei, während andere sich vom großartigen Ausblick nicht losreißen könnten und dabei den Abstieg vergessen würden. Mit schlimmen Folgen. All die, die länger, als gemeinhin üblich, der Schönheit des Ausblicks verfielen, seien sehr oft für das Chaos verantwortlich, das immer wieder wie aus dem Nichts heraus entstehe.

Dabei sei es eigentlich ganz ungefährlich. Noch nie habe sich jemand einen sichtbaren Schaden durch die Turmbesteigung zugezogen. Ja, es scheine, von einiger körperlicher Anstrengung mal abgesehen, die einfachste Sache der Welt zu sein, vorausgesetzt allerdings, man besitze wenig Phantasie und sei nicht fähig, sich vorzustellen, was sich auf dem Weg nach oben an Unannehmlichkeiten einstellen könne: Die Staus, die, unvorhersehbar, durch Langsamsteiger immer wieder verursacht würden. Ein unerwartet großer Besucheransturm könne ebenso im Turm zu jeder Zeit eine ernste Bedrohung sein. Wenn gar die Plattform, so man sie endlich erschöpft, aber wohlbehalten erreicht habe, die vielen Menschen nicht mehr aufnehmen könne. Wenn man von allen, denen es um einen guten Platz gehe, unbeabsichtigt an die Brüstung gedrückt werde. »Und noch etwas«, setzte der Schloßführer hinzu, »was anfangs niemand bedachte, ist zu befürchten: Der Verlauf dieser Wendeltreppe geht ihnen nicht mehr aus dem Kopf.« Es sei durchaus möglich, daß sie sich im späteren Leben ständig im Kreise bewegten.

Ja, zu Beginn sehe alles leicht aus, fuhr er fort. »Sie spüren es noch nicht. Besonders die jungen Leute.« Es zöge sie immer wieder froh gelaunt nach oben. Es sei doch wie auf jeder ganz normalen Treppe: Man müsse nur die Füße heben. Hundert – drei – und – sieb – zig – Mal.

»Sobald die Turmbesteiger den Eingang durchschritten haben und den steilen Aufstieg angehen«, erklärte er, »beginnen sie meist mit einer recht erfolglosen, ja kindisch anmutenden Übung. Sie zählen die Stufen, die sie schon erklommen haben. Wie sinnlos, oh, wie sinnlos! Keine Stufe gleicht der anderen. Schon nach der ersten Windung hat sich ihre Höhe vergrößert. Bald sind sie doppelt so hoch wie am Anfang. Die Trittflächen aber, je höher sie gelangen, sind so ausgetreten und abgeschrägt, daß sie den Füßen kaum noch sicheren Halt gewähren.«

Es könne leicht passieren, daß jemand auf einer Stufe ausgleite. »Allein die Vorstellung bereitet mir Unbehagen«, sagte der besorgte Mann, denn nur, wenn in diesem Moment die Treppe verstopft sei, könne sie seinen Fall aufhalten. Einen glücklichen Moment müsse man es nennen. Und dennoch wie schrecklich, wenn an guten Tagen die Treppe mit Touristen so verstopft sei, daß es weder aufwärts noch abwärts gehe, wenn das Fluchen in vielen Sprachen beginne.

Während der Führer Federdam und Balthasar durch die unteren Räume des Schlosses geleitete, war er in Gedanken doch immer noch auf dem Turm. Als er, um in ein Gemach zu gelangen, das sich im Nebengebäude befand, mit ihnen den Hof überquerte, wies er wie beiläufig nach oben und sagte: »Es sind heute wieder welche auf der Aussichtsplattform. Sie sehen die Welt nun mit den Augen der Vögel. Die Treppe und alle Mühen haben sie schon vergessen, denn gleich geben sie sich so, als wäre alles nur ein Kinderspiel gewesen, als wäre ihnen nie etwas leichter gefallen als eben diese Turmbesteigung. Als wären sie hinaufgeschwebt wie auf eigenen Schwingen.« Die Kinder, die im Zugabteil so brav den Geschichten Federdams gelauscht hatten, spuckten nun herunter, bis ihnen der Speichel ausging. Und zur Freude der Ausflügler gab der Mann mit dem Gewehr ein paar Salutschüsse ab.

Im Laufe des Tages als noch ganze Schulklassen vom Turm Johanns des II. lachend und immerzu winkend unverständliche oder gar obszöne Worte nach unten riefen, während sich die Menschen auf dem Turm weit über die Brüstung beugten und Einzelheiten auf dem Schloßhof nicht mehr erkannten, eröffneten sich für Federdam und Balthasar in der ehemaligen Königlichen Artillerieschule immer neue Räume. Mit dem Schloßherrn an ihrer Seite kamen sie in die Halle mit der Feuerstätte, in die Halle mit der Tannenzapfendecke, in die Halle der Monarchen, in die Schlafräume mit dem maurischen Dekor, in den Thronsaal oder in den Saal, der nur mit einem Strick, wie er gewöhnlich das Büßerhemd der Franziskaner gürtet, ausgeschmückt war. So hatte es Alfonso der x., den man den Weisen nannte, für diesen Raum bestimmt, als reuiges Zeichen seines übermäßigen Stolzes ... Sie standen schließlich auf der Schwelle zur Bibliothek. Alles Wissen des Morgen- und Abendlandes, niedergeschrieben und in Leder gebunden – hier war es vereint. »Ich lasse Sie nur ungern allein«, meinte ihr treuer Begleiter, »aber hier wird Sie niemand stören.« Und es gebe hier nichts, was einer Erklärung bedürfe, nichts, was nicht lautlos aus sich selbst heraus spreche. Diesen Saal, der nicht nur der schönste, sondern zugleich auch größte im Schloß war, hatte man so verschwenderisch mit Kostbarkeiten ausstaffiert, daß hier Schweigen und atemloses Staunen angemessen schienen. Seine Fenster waren vergittert, früher sollten sie sogar, wie auch die Türen, zugemauert gewesen sein. Ganz leise, nur noch flüsternd, wagten sich die beiden fortan zu unterhalten. Aufgeschlagene Atlanten und wertvolle Globen, die alle ein anderes Weltbild zeigten, konnte man bewundern. Und in nicht enden wollenden Reihen stand Buch an Buch in den Regalen aus Eichenholz. Viele Tage und Nächte hätte es gebraucht, um all die Werke zu zählen. Wer war imstande, die Anzahl der Bücher auch nur grob zu schätzen? Jeder, der hier eintrat, wußte mit Sicherheit nur eines: daß er dergleichen im Leben noch nie gesehen hatte.

Aber irgendetwas in dieser Bibliothek war merkwürdig, schien anders als gewohnt. Und gleich sahen sie zu ihrer großen Verwunderung, ohne daß sie sich den Zweck sogleich erklären konnten: Kein Buch hatte einen Namen. Weder Bibel noch Koran. Kein Buch gab ungelesen den Verfasser und seinen Titel preis. Die Anonymität wurde bewahrt, universell hinter imitiertem Marmor. Hätte man dergleichen hier oben in den Bergen, in einem Schloß, in dessen Räumen man Artillerie-Utensilien aufbewahrte, anzutreffen gehofft? Wie sollte man vorbereitet sein, eine wertvolle Sammlung auf so noble wie auch ungewöhnliche Art präsentiert zu finden? Damit kein Band mit seinem Titel oder gar mit dem Namen seines Verfassers hervorstechen konnte, standen die Schriften mit dem Rücken zur Wand und mit der Schnittseite zur Ansicht. Als sollten sie, ohne aufgeschlagen zu werden (wie etwa bei Kontorbüchern üblich), zeigen, daß innen alles in Ordnung war. Man sah schon im Vorbeischlendern, daß die Texte, wie auch immer sie lauten mochten, zweifelsfrei vollständig waren. Bewundernswert die exakten Hohlkehlen der Schnittseiten, die eine Maserung wie von fein geädertem, geschliffenem Marmor besaßen. Wäre aus einem noch so dicken Band auch nur eine einzige Seite entfernt worden, wäre das als ein sehr dünner, aber häßlicher Riß sogleich jedem ins Auge gefallen. Aber alles in dieser Bibliothek war ohne Makel und wirkte trotz der vielen Jahre wie unbenutzt. »Es ist gut«, sagte Balthasar, »denn warum soll der Zensor sich die Mühe machen, Worte und Passagen zu streichen oder gar das ganze Werk zu verbieten? Es genügt, und sicherlich trifft es den Autor schwer genug, wenn sein Werk im Bücherschrank verkehrt herum steht.« Und vielleicht würde so der Zensor endlich überflüssig, frohlockte Federdam, denn jeder Bücherfreund könne diese Handlung auch selbst ausführen. Er stand, während er das verkündete, in der Mitte des Saales vor einem herrlichen Globus und versetzte mit dem Zeigefinger die riesige Kugel in eine halbe Umdrehung. Ein quietschendes Geräusch als Folge der mutwilligen Erdbewegung, und gleich darauf war es im Saal wieder still. Wie ungenügend ihr Wissen über diese Bibliothek dem ersten Augenschein nach war, sollten sie bald erfahren. Keine Chronik log. Nichts, was sie bekannte, war mehr ungeschehen zu machen.

Welche Räume sie in diesem altehrwürdigen und seltsamen Schloß auch betraten, welche Gänge sie durchschritten, nirgends ein Bild von oder ein Hinweis auf das Wirken des Theotokopulos.

Sie waren schon im Begriff, die ungewöhnliche Bibliothek wieder zu verlassen, als sich ein neuer Besucher hinzugesellte. Er grüßte flüchtig und lief sogleich an den langen Regalreihen auf und ab. Zuweilen hielt er inne, schob seine Nase ganz in die Kehlung eines Buches und atmete tief ein. Er sog seine Lungen voll mit dem Staub der Gelehrsamkeit aus vergangenen Jahrhunderten. Dann, auf ein unauffälliges Zeichen hin, wurde ihm von herbeieilenden Helfern der gewünschte Foliant aus dem Bord gezogen und zum Lesepult geschleppt. Aus seiner Rocktasche zückte der Fremdling nun eine Augenbinde, legte sie sich an und tastete sich langsam an das Buch heran. Tief über die Seiten gebeugt, als wollte seine Stirn im Werk versinken, bot er den Umstehenden einen Anblick, der sie gleichermaßen erschreckte wie erheiterte. Jetzt hatte sich auch der Schloßführer wieder eingefunden, und indiskret, daß es wohl der Bücherfreund mit anhören mußte, sagte er, mit dem Finger auf ihn weisend: »Dieser Narr – immerzu sucht er die berühmtesten Bibliotheken auf. Er hat schon so viele Bücher gelesen, daß in seinen armen Kopf nichts mehr hineinpaßt. Unglücklicherweise liebt er die Bücher so sehr, daß er ohne ihre Allgegenwärtigkeit nicht leben könnte. So legt er sich die Augenbinde an, um sie nicht lesen zu müssen.« Mit sichtlicher Freude hatte der Buchsüchtige die Erklärung, die der andere hinter seinem Rücken abgegeben hatte, zur Kenntnis genommen und, ohne sich umzuwenden, zustimmend genickt. Doch als wäre er für das Gesagte noch einen Beweis schuldig, rief er plötzlich: »Überzeugen Sie sich doch selbst, meine Herren. Es ist das Faksimile der soundsovielten Auflage; lange schon habe ich danach gesucht.« Dann nannte er Titel und Verfasser, den Verleger und sogar das Jahr seiner Herausgabe. Diese Fertigkeit, meinte der Schloßführer, ein Werk so genau einordnen zu können, ohne auch nur eine Zeile gelesen zu haben, verdanke er einzig und allein seiner Nase. Er sei durch und durch ein Bibliophile.

Seit wann, fragte Balthasar, verfüge er denn über diese erstaunliche Gabe. Ob sie ihm etwa angeboren sei. »Keineswegs«, erwiderte der Buchliebhaber, er habe bei sich erst sehr spät jene Neigung entdeckt. Er hatte den Folianten sanft wieder zugeklappt und sich danach bescheiden unter das Lesepult gehockt. Als dann alle zu ihm herabsahen, begann er mit seinem Vortrag in dieser ungewöhnlichen Haltung, und es schien ihm nichts auszumachen, daß das Auditorium klein war und eigentlich nur aus Federdam, Balthasar und dem Schloßführer bestand.

»Früher wäre ich gern Bibliothekar geworden«, verriet er. Nur habe er sich nicht vorstellen können, wie man all das Gedruckte im Gedächtnis behalten könne, das in dicken Bänden eine Bibliothek vom Boden bis zur Decke gemeinhin fülle. »Jahr für Jahr«, jammerte er, »hatte ich nur mit Lesen zugebracht; und immer wieder, wenn man mich nach einem bestimmten Buch befragte, war es mir unbekannt. Wie sollte ich den Anforderungen meines zukünftigen Berufes gerecht werden? Eines Tages fand ich ganz unerwartet die Lösung. Ich las gerade ein mir noch unbekanntes Buch, als ich einen schlechten Geruch wahrnahm, dessen Ursprung ich mir nicht erklären konnte.« Dieser Geruch sei nicht so stark gewesen, daß er ihn als Belästigung empfunden habe. Er sei vielmehr kaum zu spüren gewesen. »Wie soll man, frage ich Sie, gerade bei Belletristik darauf kommen, daß diese Ausdünstung einem Buch entsprang, und gerade einem Buch von angenehmer äußerer Erscheinung, einem Buch, das ich noch heute so sehr schätze, und das ich immer mal wieder gern zur Hand nehme. Erst glaubte ich, es sei nur eine Täuschung, und überprüfte jeden Gegenstand in meiner unmittelbaren Umgebung; dann wußte ich es: Das Buch, das ich gerade las, hatte einen unangenehmen Geruch. Er entströmte wohl den aufgeschlagenen Seiten, denn wenn ich das Buch zuschlug, war er kaum mehr vorhanden. Nun begann ich, die Werke, die

ich besaß, zu beriechen, statt, wie bisher, mich zeitaufwendig
ihnen zu widmen. Ich schlug sie auf und stellte sogleich fest:
Jedes Buch hat ein eigenes, unverwechselbares Aroma. Nicht alle
rochen schlecht, die meisten sogar angenehm, und anderen wiederum entstieg ein Geruch, wie er in der Natur nicht vorkommt.
Giftig und penetrant wie die Lösungsmittel, mit denen man in
den Druckereien die Lettern reinigt. Ich beließ es nicht dabei,
meine eigenen Bücher zu beriechen, sondern suchte, meiner
Entdeckung wegen, regelmäßig alle mir erreichbaren Buchhand-
lungen und Bibliotheken auf. Da ich Bücher bisher nur gelesen
hatte, war mir lange Zeit entgangen, daß es so viele Düfte bei
gedruckten Texten überhaupt gibt ... Ab da bot sich mir eine
ganz neue Möglichkeit im Umgang mit Literatur. Zeitraubendes
Lesen der dicken Bände – ich konnte darauf verzichten und mich
stattdessen fortan an deren sonderbaren Düften erfreuen. Mit
anderen Worten: Ich schonte meine Augen, indem ich meine
Nase gebrauchte. Was als Zerstreuung begann, wurde zur Leidenschaft. Ich wurde ein Bibliophile. Der bloße Text war mir
nicht genug. Fortan entnahm ich einem Buch auch Informationen, die weit mehr als nur seinen Inhalt betrafen und die dem
normalen Leser daher vorenthalten blieben. Zum Beispiel: Wurden im Hause die Öfen regelmäßig gewartet? Wurde die Bibliothek im Winter mit billiger Kohle beheizt? Kurz: Konnte durch
Gerüche, die die Bücher neben ihrem eigenen besaßen, darauf
geschlossen werden, daß das Zimmer einen Kamin hatte, der mit
gut abgelagertem Buchenholz unterhalten wurde? Informationen
über vorherige Leser gab auch der Odeur von Pfeifentabak, der
den Seiten anhaftete. Durch ihn kann der Kundige erfahren, an
welchen Stellen der Text besonders brillant ist, so daß er wieder
und wieder gelesen wurde. Zuweilen waren Seiten so mit Ta-
baksqualm gesättigt, daß sie als Deckblätter für Zigarren hätten
verwendet werden können.« Ebensogut erkannte der Bibliophile,

nach eigener Aussage, die kaum beachteten und nicht verstandenen Bücher. Er wußte, an welcher Stelle das Buch zugeklappt und beiseite gelegt worden war. Immer mehr verlor sich der Experte ins Detail und beschwor seine Zuhörer, ihm anschließend die Gelegenheit zu geben, all das Gesagte zu beweisen.

Langsam wurde der Schloßführer ungehalten, denn auch der Bücherfreund war nur ein Besucher, der sich besser jeder Belehrung enthalten hätte. Aber wie konnte er ihm jetzt, wo er zum Kern der Sache kam, das Wort abschneiden? Der kleine Eiferer machte auch keinerlei Anstalten, seinen geschickt gewählten Platz unter dem Lesepult aufzugeben. Er hatte sich für länger da unten eingerichtet und war so gut seinem engen Gehäuse angepaßt, daß er nicht mal befürchten mußte, mit dem Kopf an eine Kante zu stoßen.

Umsichtig und jede Störung vermeidend, hatten die Helfer den Folianten wieder zurück an seinen Platz gestellt. Mit dem Buchrücken zur Wand war er von den anderen Bänden nun nicht mehr zu unterscheiden … »Die Bücher«, fuhr der Bibliophile unbeirrt fort, »behalten ihren Geruch meist lebenslang. Nichts kann sie davon befreien. Man kann die Fenster weit öffnen und die Bibliothek gut lüften – selbst wenn man die Bücher im Freien auf einer Wäscheleine aufhinge, es wäre vergebens.« Nie verlören sie den Geruch, der ihnen eigen sei. Und etwas unentschlossen, denn sollte er auch dies noch preisgeben, sagte er betrübt: »Selbst wenn ein Buch angenehm riecht, kann sein Inhalt recht übel sein.«

»Ja«, erwiderte der Schloßführer, »regelmäßig werden die Bibliotheken von außergewöhnlichen Menschen aufgesucht. Es sind keine Turmbesteiger, und hier unten geht es ihnen oft um mehr als nur ums Lesen.« Noch war die kleine Gesellschaft, zu der sich nun auch der Mann mit der guten Nase gesellte, nicht zur Türschwelle gelangt, und so hatte der Hausherr Gelegenheit, ihnen ein paar Denkanstöße mit auf den Weg zu geben. Käuze seien die Bücherfreunde allesamt, doch die Bibliophilen trieben es zuweilen auf die Spitze. Nicht immer seien sie willkommen. Wie der, den sie den Blätterer nannten, denn es sei sein Pläsier, immerfort die Seiten umzuschlagen. Eine nach der anderen. Was das Besondere dabei sei, wurde gefragt, und wie anders man einer Erzählung sonst folgen könne? »Früher«, erläuterte der Schloßführer, »nahm auch niemand daran Anstoß.« Aber heute blättere der Sonderling bereits in atemberaubender Schnelligkeit. Und das, bis er in den langen Texten endlich einen Zwiebelfisch gefunden habe. »Riechen kann man einen solchen nicht«, sagte er mit Blick auf den Bibliophilen. »Wahrlich nicht«, mußte dieser zugeben. Der Zwiebelfisch, ein irreführender Ausdruck, nur bei Schriftsetzern üblich, für einen Buchstaben, der innerhalb des Wortes völlig korrekt steht, aber zu einer anderen Schriftart gehört. »Sie und ich«, meinte der Fremdenführer, nun an Balthasar und Federdam gewandt, »würden möglicherweise auch beim sorgfältigen Lesen einen Zwiebelfisch glatt übersehen. Dem Blätterer jedoch fällt er sogleich wie ein Splitter ins Auge. Stellen Sie sich doch mal vor: ein schwieriger Text, der dem Leser alles abverlangt. Ein komplizierter Satz, und das Ganze auch typographisch ausgewogen, aber ein Komma, obwohl es an richtiger Stelle steht, gehört nicht hinein. Aus einer anderen Schrift hat es sich eingeschlichen. – Ach lassen wir doch das Komma!« Jeder x-beliebige Buchstabe, obwohl genau an der vom Dichter vorbestimmten Stelle, könne bei Kennern dennoch zum Ärgernis werden. Vorstellbar, daß sich aus der neuen Garamond ein Buchstabe unter die Lettern und Satzzeichen einer klassischen Antiqua gemischt habe. »Wie das?« fragte Federdam, von Zweifeln bedrängt. »Kann denn ein Buchstabe von sich aus einfach herumwandern und sich da niederlassen, wo es ihm gerade gefällt?« Den Setzer selbst treffe nur die halbe Schuld, wurde erwidert. Wenn, nach dem Druck, von den Textblöcken die Schnüre wieder gelöst seien, stelle auch das schönste Sonett nichts anderes als nur ein Häuflein Blei dar, grau und schmutzig. Und der Lehrling, der sich meist schon zu Höherem berufen fühle, müsse dieses Überbleibsel wieder in den Setzkasten zurücklegen, wobei er jedes Teilchen dem entsprechenden Kästchen zuzuordnen habe, Letter für Letter, mit großer Unlust und meist in Gedanken schon bei seinem Mädchen.

Ja, so ein Fisch, der niemals rieche, der seine Geburt womöglich nur einer lüsternen und abschweifenden Eingebung zu verdanken habe – einmal sei er vielleicht nur ein Komma, ein anderes Mal aber der Großbuchstabe am Anfang eines Satzes. Und keiner wisse, wo er sich verborgen habe. Nur der Blätterer sei in der Lage, den verborgenen Fehler, das Außergewöhnliche aufzuspüren. Dabei spiele es keine Rolle, ob der Text in lateinischer oder kyrillischer Schrift abgefaßt sei. »Der Blätterer übersieht nie einen Zwiebelfisch!« »Ja«, sagte der Mann mit der guten Nase, »hier stoßen wohl die meisten Bibliophilen an ihre Grenzen.« »Und erst die Literaturkenner«, meldete sich nun Balthasar zu Wort, »die immerfort aus den Werken der Klassiker zitieren, die vorgeben, sich sogar in der Weltliteratur auszukennen, oder die allwissenden Literaturkritiker, fragen Sie die mal, in welcher Ausgabe ein Zwiebelfisch steckt. Sie wissen es nicht. Sehen aber auf die Benachteiligten herab, die ohne die guten Bücher nicht leben könnten: die Daumenbefeuchter, die Seitenknicker und alle, die immer zu hastig umblättern.«

Wie unvermittelt die Zukunft die Gegenwart zu überholen drohte, sahen sie auf ihrem Rückweg. Als sie die Straße bergan gegangen waren, war sie noch unbefestigt gewesen und durch die Schritte all derer, die sie bisher benutzt hatten, nur grob geformt. Fahrzeugrillen hatten sich abgezeichnet und ab und zu noch weich mit Gras gepolsterte Stellen. Querrinnen auch, durch Regengüsse gerissen, und kleine Rinnsale von Abwässern. Der Weg – als sie ihn aufwärts gestiegen waren, war er noch lebendig gewesen. Auf ihm hatten sich die flinken smaragdgrünen Eidechsen gesonnt, unter ihm hatten die Würmer gebohrt oder die Larven der Schädlinge geschlafen. Eine hohe, aus Feldsteinen errichtete Mauer lief entlang der holprigen Straße. Hinter dieser ein parkartiger Wald mit herrlichen Pinien, wie sie auch auf einer der fünf Bildtafeln zu sehen sind, die Sandro Botticelli zum Decamerone schuf. Wenn man den Park nicht betrat und nicht durch die wuchernden Brennesseln schritt, konnte man sie in der flirrenden Mittagshitze alle sehen, die edlen Jünglinge, wie sie mit den schönen Jungfrauen unter den Bäumen im schattigen Wald ihr Spiel trieben. Dann sah man auf einer Lichtung die reich gedeckte Tafel, voll Wildbret und edler Weine. Doch jetzt, auf ihrem Rückweg zum Bahnhof, kam ihnen die Straße asphaltiert entgegen, obwohl sie kaum einen Tag im Schloß verbracht hatten. Unaufhaltsam rollten sie an, die lauten Maschinen für den Straßenbau. Eine, die den Schotter auffüllte, eine, die den heißen Asphalt goß, gefolgt von einer Walze, die die Fahrbahn glättete, und zuletzt noch das Gerät mit dem Farbkübel, das die weiße Mittellinie zeichnete. Kaum begonnen, war das Werk auch schon fast vollendet. »Immer wenn wir einen neuen, uns noch unbekannten Weg betreten«, beschrieb Balthasar den Anblick, »beginnt er sich schon zu verändern. Und wir müssen uns sputen, denn manches scheint uns davonzueilen, kaum daß wir es wahrgenommen haben.«

Als sie sich gegen Abend noch ein letztes Mal umschauten, sahen sie einen Turmfalken über dem Bergschloß kreisen, und noch viel, viel höher, fast lautlos, ein kleines silbernes Sportflugzeug, das stetig an Höhe gewann. Bald versank das Schloß in den Gebirgsspalten, und die untergehende Sonne begann, auf dem fernen Hang den Schnee rot zu färben. Und als sie sich aus dem Zugfenster lehnten, um den Fahrtwind zu spüren, bemerkten sie, daß ihnen der Berg noch eine ganze Weile folgte.

Buch drei

Vergebliche Versuche, den Reiher zu vertreiben. Der Professor erreicht den Zenit ärztlicher Kunst und vertraut auf magische Kraft. Ein vergoldeter Musiker in der Menge. Das ersehnte Bild.

Die hohen Mauern, die das Gelände umgaben, waren einerseits ein häßlicher Anblick, anderseits wohl angemessen, angesichts all dessen, was dahinter lag. Ernst und streng, dem Zweck gemäß. Als der Reiher zum ersten Mal im Park des Städtischen Krankenhauses gesehen wurde, hatte er sich vielleicht nur verflogen. Er war scheu und bewegte sich im fremden Gelände noch unsicher. Anfangs waren seine Besuche selten, dann kam er regelmäßiger, schließlich täglich. Der ungeladene Gast – er hatte den Platz wohl zu schätzen gelernt, es war, als wollte er ihn nie mehr verlassen. Man bestaunte ihn, bewunderte sein silbergraues Kleid und war von seinem stolzen Gang beeindruckt. Ja, zu Beginn war das medizinische Personal noch froh darüber, daß ein wildlebender Vogel sich freiwillig in der Anstalt aufhielt. Man gönnte den Kranken und ihren sonntäglichen Besuchern das kleine Erlebnis, ihn hin und wieder im Park beobachten zu können. Bewegungslos verharrte er oft im flachen Wasser des kunstvoll angelegten Zierteiches. Viele meinten, auf den ersten Blick nur eine Tierplastik zu sehen. Ein naturgetreues Abbild eines Graureihers, das ihrer Aufmerksamkeit bisher entgangen sein mußte, das aber immer schon an dieser Stelle gestanden hatte.

Man verhielt sich still, wenn der große, graue Vogel sich im Park des Krankenhauses niedergelassen hatte, wenn man ihn trotz seiner bewegungslosen Haltung irgendwo entdeckt hatte. Die Gespräche der Spazierenden verstummten. Genesende hielten auf ihrem Rundgang inne, warteten schweigend am Wege und wagten nicht, sich zu nähern. Niemand wollte ihn aufschrecken.

Doch schnell stellte sich heraus, er hatte solche Rücksichtnahme nicht verdient! Hatte man ihm anfangs zu viel Aufmerksamkeit gezollt, begann man ihn zu fürchten, nachdem man seine Absichten kannte. Untrügliche Zeichen einer unglücklichen Veranlagung hatten ihn schnell in Verruf gebracht ... Die Schwestern – welch ein Schock für sie – hatten als erste gesehen, wie er einen Goldfisch fraß. Nur die jungen Assistenzärzte blieben heiter und spöttisch. Schadenfreude war aufgekommen, als sie, bei einer morgendlichen Visite, gelangweilt über das Bett eines Kranken hinweg zum Fenster schauten und sahen, wie der große Vogel über dem Spital schwebte und auf das kleine Wasserbecken äugte. Auf die Goldfische, die Lieblinge des Professors, hatte er es abgesehen. Ihre roten Leiber lockten ihn immer wieder in die liebevoll gepflegte Anlage. Während der Professor sich noch ereiferte, weil eine seiner sich oft widersprechenden Anordnungen nicht pedantisch genug ausgeführt worden war, hatte der Reiher am Beckenrand des Goldfischteichs seine bewegungslose Haltung bereits eingenommen. Sein Hals war wie eine fein geschwungene, über das ruhige Wasser gestreckte Linie. Lange konnte er so, in ein und derselben Position, ausharren. Ein Seerosenblatt verdeckte manchmal das ahnungslose Opfer. Ein kleiner Zeitgewinn – doch unausbleiblich war der blitzschnelle, gezielte Schnabelhieb.

Jetzt war nichts mehr so wie vorher. Ob nun mit ausgebreiteten Schwingen oder im Wasser stehend wie eine Skulptur, er war nicht mehr gern gesehen. Vorbei die Zeit, als man sich seiner Gegenwart noch unvoreingenommen erfreuen konnte, als er noch die Aufmerksamkeit der Patienten auf sich lenkte. Wie ein Geschenk der Natur war der Zugeflogene aufgenommen worden. Doch nun, da er sich sicher fühlte und alle Scheu verloren hatte, war er unwillkommen.

Die Oberschwester vermerkte mit Besorgnis, daß sich die Laune des Professors von Tag zu Tag verschlechterte, und sie folgerte daraus, daß er die Anwesenheit des seltsamen Gastes nicht ertrug. Mit dem Reiher hatte sich abergläubische Furcht in den

Krankensälen ausgebreitet. Besonders das Pflegepersonal begann, seinetwegen zu orakeln. Vorahnungen und Prophezeiungen, meist unausgesprochen, hatten sich im Nachhinein allzu oft auf schmerzliche Weise erfüllt. In dieser Zeit, und immer nach den Besuchen des grauen, unheimlichen Boten.

Vor den Kranken hatte der Reiher längst alle Scheu verloren. Ja es war, als suchte er deren Nähe. Nur unwillig wich er Rekonvaleszenten aus, wenn sie im Park wieder erste, ermutigende Schritte wagten. Aufschrecken konnte ihn nur das reine Weiß, »die Nichtfarbe«, wie sie Balthasar nannte. Die weißen Hauben, die frisch gewaschene Wäsche auf den Körpern der Krankenschwestern. Weiß war auch das steife, eisige Tuch, das im Winter die Seen bedeckte. Wenn dagegen die grün gekleideten Chirurgen auf eine Zigarettenpause den Park betraten, war das für den Vogel kein Grund, sich zu beunruhigen. Im Gegenteil, sie schien er zu mögen. Mehr noch, es war, als ob er ihren Gesprächen lauschte. Gab es vielleicht eine innere Übereinstimmung? »Aber gewiß doch«, scherzte ein junger Chirurg, »er würde unsere Eingriffe bewundern, wenn er uns bei der Arbeit zuschauen könnte. Und wenn unser Professor mit dem Skalpell nur halb so schnell und sicher wäre, wie er mit seinem Schnabel, was für ein Gewinn!« »Ich kann nicht verstehen«, sagte ein anderer, »was die Oberschwester und auch manch einer von uns Ärzten gegen den Burschen haben; daß er die Fische des Alten frißt, kann man ihm doch wirklich nicht anlasten. Er ist ein Fischreiher, der sich durch die Lieblinge des Professors eingeladen fühlt – was ist da so beängstigend?«

Aber irgendeiner unter den jungen Chirurgen hatte nachdenklich erwidert: »Das, was die meisten beunruhigt, ist nicht seine äußere Erscheinung und schon gar nicht sein angeborener Freßinstinkt. Es ist vielmehr seine Absonderlichkeit! Bedenken Sie doch, er lebt nicht bei seinen Artgenossen in den Flußauen weitab von den Städten. Es zieht ihn zu den Menschen, die, eingeengt in Parzellen, ihr Leben fristen. Ein Einzelgänger, abtrünnig, vielleicht wurde er ausgestoßen. Und was die Fische betrifft: Auch sie sind gezeichnet. Helle Flecke auf ihrer roten Fischhaut weisen auf kleine Abweichungen hin. Ein Krankheitsbild ist immer auch auf der Haut zu erkennen. Er jagt sie nicht, er holt sie einfach ab, wenn ihre Zeit gekommen ist! Einen nach dem anderen. Keinen vergißt er! So ist es nun mal: Auch die Fische, in ihrem nassen Paradiese – meistens trifft es sie unvorbereitet.«

An Besuchstagen waren im städtischen Spital die Blicke der Patienten, denen es bei gutem Wetter erlaubt war, sich im Park aufzuhalten, immer nur auf die Toreinfahrt gerichtet. Manche fürchteten, Angehörige würden ausbleiben, man könne sie allmählich vergessen. Mit Ungeduld warteten die Kranken stets auf Neuigkeiten von draußen. Und was für Neuigkeiten! Daß die Straßenbahn immer überfüllt sei, wieder hätten sie stehen müssen, was für eine Hitze in der Stadt heute, und welch angenehme Kühle in den Krankensälen. Was sie alles auf sich nähmen, um einen Krankenbesuch zu machen. Daheim alle Tage das Geschrei vom gegenüberliegenden Schulhof. Der immer stärker werdende Verkehrslärm. Das laute Radio des Nachbarn. Dagegen hier: die Stille, die schöne Mauer, die sie umgebe, die alles von ihnen fernhalte. Der kleine Park, eine gepflegte Anlage mit sauberen Wegen. Im Rollstuhl würde man sie, wenn ihnen das Laufen zu schwer falle, spazierenfahren ... Immer schienen die Besucher sich zu verspäten; wenn sie endlich eingetroffen waren, galt ihr Interesse zuerst dem Reiher. Manchmal wurde er nicht gleich von ihnen wahrgenommen. Umso überraschter waren sie, wenn sie ihn plötzlich entdeckten, wie er bewegungslos, wie in Erz gegossen, in einem der kunstvoll angelegten Gartenteiche stand. Er wartete, bis ihm ein Goldfisch vor den Schnabel schwamm, dann tötete er ihn unversehens mit einem blitzschnellen Hieb. Noch nie hatte er, wenn er zustieß, einen Fisch verfehlt. Nur eine ruckartige Bewegung, kürzer als der Augenblick, dann stand er wieder, als hätte er seine Haltung nie verändert. Und erst danach begriff der zufällige Zeuge, was er gesehen hatte: einen schnellen Tod – wobei die betroffene Kreatur den soeben begonnenen Atemzug nicht mehr vollenden konnte.

»Da ist er wieder! Der unheimliche Gast!« schrie die Oberschwester. »Er hat sich wieder einen geholt! Er kann es nicht lassen. Es wird immer so weitergehen, wenn wir ihn nicht endlich vertreiben. Er bringt Unglück«, war sie überzeugt. Er sei ein schlechtes Omen! Er zeige allen, wie schnell es gehen könne. Wie trügerisch zuweilen die Hoffnung sei, lehre nun der kleine Goldfischteich. Aus allen Häusern, besonders aus der Psychiatrie (die ihren Patienten den Gang in den Park untersagen mußte), habe es Beschwerden gegeben. Auf jeder Station habe sich das Arbeitsklima verschlechtert, seitdem sich der seltsame Geselle im Park aufhalte. Nur in der Pathologie arbeite man wie gewohnt und ohne Eile. Sie wisse nicht, sagte eine ältere Schwester, was sie mehr erschrecke, wenn er nur so dastehe, regungslos, fast unsichtbar, oder wenn er sich aufschwinge und, gesättigt, endlich gegen die Spätnachmittagssonne davonfliege. Seine weiten Schwingen warfen dann einen finsteren Schatten in die Krankensäle. Einen Schatten, der nirgends verweilte, der vorauseilend überall hingelangte, den man auch mit geschlossenen Augen noch sah.

Aberglaube, so möchte man meinen. Die Leute sollten doch den Grund für die maroden Verhältnisse im Gesundheitswesen besser den allgemeinen Unzulänglichkeiten anlasten, als einen Vogel fürchten, dessen Augenlicht, wie auch bei vielen von uns, allmählich nachläßt, und der nun einen roten Fisch leichter erkennt. Wer will es ihm verübeln, daß er seinen Vorteil sucht? Wissen wir doch, daß leuchtende Farbe jedwede Kreatur erfreuen kann ... »Ach Schwester«, sagte der Professor, und suchte sie von Zeit zu Zeit zu trösten, »er ist nun einmal da, er hat seine Bestimmung; auch wenn wir seine Handlungen nicht immer verstehen können, wollen wir ihn nicht verteufeln. Wollen wir doch auch seine zaghaften Bemühungen, sich anzupassen, nicht übersehen. Wie vorsichtig er im Park über die Blumenrabatten schreitet. Nicht eine einzige Knospe hat er bisher abgebrochen!«

Was konnte man auch anderes tun, als sich mit der permanenten Anwesenheit des Fremdlings abzufinden. Man mußte ihn dulden, wo doch alle Anstrengungen, ihn zu vertreiben, sich bisher als höchst unwirksam erwiesen hatten. Sollten sie etwa weiter zum Gaudi der Patienten versuchen, den Vogel einzufangen? Wobei dieser ihnen, mit seinen langen Beinen im Vorteil, doch immer ein Stück voraus war. Frech hüpfte er ihnen vor der Nase herum. Und wenn sie ihn eingekreist hatten, wenn es anscheinend kein Entrinnen mehr für ihn gab, schwang er sich auf; lustlos und träge bewegte er seine Flügel. Alles fiel ihm schwer. Als wäre es nicht mehr der Anstrengung wert, die Welt von oben herab zu sehen. Doch dann saß er im Geäst der Bäume und lachte sie aus. Denn es war schon komisch anzusehen, wenn die Schwestern ihre Röcke rafften und wie Schulmädchen über die Wiese liefen; und wie ungeschickt sie mit Steinen nach ihm warfen. Und das noch während der Besuchszeit. Zweck- und würdelos!

Aber nach jedem neuen hysterischen Anfall der Oberschwester, wenn sie schrie: »Der Reiher! Er steht wieder im Goldfischteich«, ließen sie gleich alles stehen und liegen, Spritzen, Pinzetten, Mull und Salben fielen zu Boden, und sie rannten los, Hals über Kopf, um ihn zu vertreiben … Hatte der Professor das Gebaren der Krankenschwestern auch stets toleriert, gutgeheißen hatte er es nie. Oft meinte er, es geschehe nur aus Übermut, sie wollten sich auf diese Weise ab und zu ein wenig Bewegung im Freien verschaffen. Er mußte auch nicht gleich alles erfahren, was in diesem Hause vor sich ging; manches sollte ihm besser verborgen bleiben. So auch, daß seit der Zeit, als der Vogel den Park im

Krankenhaus frequentierte, einiges sich hier nicht zum Besseren verändert hatte. Wie hätte er darauf reagiert, wenn ihm zu Ohren gekommen wäre, daß sie einem Fischreiher übernatürliche Kräfte zuschrieben und glaubten, er spielte Schicksal, würde über Erfolg oder Mißerfolg entscheiden. Und schon gar nicht sollte er wissen, wie es um seine geliebten Goldfische stand.

Doch alle Versuche, den Professor über die wahre Lage im unklaren zu lassen oder ihn gar zu täuschen, schlugen fehl. Er wußte um die Schäden, die der Reiher ihm und somit der Anstalt zufügte, vermied es jedoch, sein Wissen öffentlich zu machen. Seitdem er sich weniger gern im Park aufhielt, weil ihm immer seltener Genesende begegneten, weil er kaum mehr, und wäre es nur für kurze Momente, am Goldfischteich verweilte, wirkte er auch auf der Station, bei der morgendlichen Visite, müde und abgespannt. Stets war er kurz angebunden und schien wenig geneigt, einem Untergebenen zuzuhören ... Einmal hatten sie, um die Stimmung des Professors zu heben, den Fischbestand wieder aufgefüllt. In einer Zoohandlung hatten sie neue Exemplare gekauft, die in Farbe und Größe den Verlorengegangenen glichen. Doch er hatte diesen kleinen, gut gemeinten Schwindel sofort bemerkt. Denn er hatte sie alle gekannt. Ihre Eigenheiten, die kleinen Unpäßlichkeiten, an denen sie litten, an Tagen, wo das Wetter umschlug, waren ihm vertraut. Es kam mitunter vor, daß er seine Patienten verwechselte, nie jedoch seine Goldfische.

Die Fische im Zierteich, einst nur der Erbauung der Patienten zugedacht, hatten sich auch immer des uneingeschränkten Interesses des Professors erfreuen dürfen. Ihnen hatte er, auch wenn er es sich nicht eingestehen wollte, viel Zeit gewidmet und daraus großen Nutzen gezogen. Wenn er, am Schreibtisch sitzend, beim Verfassen irgendeines wissenschaftlichen Artikels ins Stocken geriet, fand er Hilfe am Goldfischteich. Ausschweifende, schwer zu fassende, sich dem Verständnis entziehende Thesen wurden durchsichtig wie Wasser, wenn ihm die Fische die Pausen diktierten. Auch sein ganzes Charisma verdankte er diesen. Um Ruhe und Ausgeglichenheit im Spital zu verbreiten, fand er selbst oft nicht die passenden Worte – die Goldfische schafften es schweigend. Er nahm sie sich zum Vorbild. Er mochte sie, weil sie, vom gelegentlichen Schmatzen abgesehen, doch unfähig waren, Laute zu erzeugen ... Wenn er eine Zeitlang mit den Fischen einen wortlosen Dialog gepflegt hatte, trieb es ihn unter Menschen, trieb es ihn zurück auf die Station, und dann brach es aus ihm heraus: Angestautes, vom Schweigen komprimiert, zusammengepreßt – ein Konzentrat quoll auf, verdünnte sich zu Worten und Wörtern ... Für jede Sache, die man stumm am leichtesten begreifen kann, gibt es tausend Worte. Und welche man auch benutzt, im Glauben, sie sorgfältig ausgewählt zu haben – sie führen immer zugleich auch ein Stück von der Sache wieder weg, um die es eigentlich geht. Vertrautes, in Worte gefaßt, wird fremd, nur unausgesprochen behält es seine Gestalt. In sich gekehrt und redselig zugleich, zuweilen geschwätzig, so kannte man den Professor aus den Tagen, wo auf dem Areal des städtischen Spitals der Reiher noch unbekannt gewesen war.

Obwohl er die Fische nie gezählt hatte, wußte er, wie sie ihm dahinschwanden. Während der Vogel über dem Spital kreiste und, den Aufwind nutzend, seinem Schlafplatz zutrieb, sagte der Professor ohne einen Hauch des Vorwurfs zur Oberschwester: »Es waren ihrer einmal schon zu viele. Wir haben sie über den Winter gebracht, dann der heiße Sommer, Sauerstoffmangel im zu flachen Bassin. Sie waren alle geschwächt. Er hatte leichtes Spiel. Wir konnten es nicht verhindern.« Er lehnte sich weit aus dem Fenster der Station. »Alles Erdenkliche wurde versucht, mehr konnten wir für sie nicht tun.« Und nach einem wehmütigen Blick zum Goldfischteich fuhr er fort: »Lassen Sie ihn. Bald wird er das, weshalb er uns aufsucht, nicht mehr vorfinden.«

Was hatte es denn bisher genützt, wenn die Schwesternschaft aufgeregt durch den Park lief und am Wasserbecken versuchte, durch lautes Händeklatschen den Reiher zu verscheuchen? Vielleicht hatte er das alles nur als einen Scherz aufgefaßt, der ihm mit der Zeit lästig zu werden begann. Es war nun einmal anstrengend, sich immerzu in die Lüfte erheben zu müssen. Ungern nur gab er seine regungslose Haltung auf, und immer lustloser überwand er, im letzten Moment, seine Bodenhaftung. Müde und kraftlos wirkte zuweilen sein Flügelschlag.

Eines Tages glaubte man, daß er weite Strecken nicht mehr bewältigen könnte und deshalb immer wieder aus dem nahen Stadtwald, wo sein Schlafplatz vermutet wurde, in die Grünanlage des Spitals zurückkehren müßte. Nicht mehr in der Lage, zu den großen Seen zu fliegen, blieb ihm zum Fischen nur die Wasserpfütze im Park des Spitals. Man schenkte ihm übrigens kaum noch Beachtung. Nur die neu aufgenommenen Patienten waren anfangs noch über seine Anwesenheit erstaunt. Aber auch ihr Interesse erlahmte, je näher der Reiher sie, nach einer kurzen Zeit der Eingewöhnung, an sich heranließ. Wer ihn einst noch bewundert hatte, stellte eines Tages fest: »Er ist ungepflegt!« Und tatsächlich, er ging gebeugt, und sein Gefieder war verschmutzt.

In den letzten warmen Herbsttagen verhielt sich der Reiher recht seltsam. Erst verlor er im Fluge, aus seinem Schlund die unverdaute Beute. Kleine, rote Fischleiber, überall lagen sie im Park herum, im Gras und auf den Kieswegen, manchmal noch zappelnd. Doch eines Tages passierte etwas ganz Merkwürdiges, etwas Unerklärliches, was sich glücklicherweise nicht wiederholte: Er trug die Fische, die er nach wie vor fing, aber nun anscheinend verschmähte, zur Eingangspforte des Krankenhauses und legte sie dort auf den Stufen der breiten Freitreppe ab. Hatte er sie über, oder war es, daß er die Goldfische nicht mehr vertrug, daß sein Magen die Nahrung verweigerte? Sollte es eine Botschaft sein, oder war es eine Laune des Zufalls, daß die toten Fische zu einem Herz geformt, auf den Stufen lagen? Ein makabres, aber leicht zu deutendes Orakel. Ein rotes Herz. Ein Herz aus Fischleibern! Ein nasses, verblassendes Herz, das durch Gestank die Fliegen von weither anlockte. Ein dahinschrumpfendes Herz war keine Liebeserklärung an das Spital.

Wenn der Reiher am Abend seinem Schlafplatz zustrebte, war er jedesmal den Gefahren des Großstadtverkehrs ausgesetzt. Er möge sich in der Oberleitung der Straßenbahn verfangen, sich im Straßengewirr verirren und nie wieder zurückkehren, hoffte inständig die Oberschwester. Sie wollte nicht weiter, durch schlimme Vorzeichen beunruhigt, ihren Dienst tun müssen. Sie wollte nicht, um seinem Schatten zu entgehen, gezwungen sein, die Jalousien vor ihrem Fenster herabzulassen. Stattdessen wollte sie, daß der Professor wieder jeden Morgen gut aufgelegt die Station beträte.

Aber viel mehr als die Umwelt eine Gefahr für den Reiher, war der Reiher eine Gefahr für die Umwelt. Besonders außerhalb des Krankenhauses begann er, seinem Ruf als Unglücksbringer erst richtig gerecht zu werden. Meist waren es ahnungslose Radfahrer, die, weil sie unvermutet den großen, tieffliegenden Vogel über sich erblickten, seinen Flugkünsten kurz ihre Aufmerksamkeit schenkten, die Gewalt über ihr Gefährt verloren und mit den Reifen in die Straßenbahnschienen gerieten. Manch ein Verkehrsteilnehmer verdankte ihm einen langen, kostspieligen Aufenthalt im städtischen Krankenhaus. An der Ampelkreuzung schließlich ein Lastwagenfahrer – den roten Kreis, der Halt gebot, hatte er übersehen und dafür, im entscheidenden Moment, deutlich einen grauen Fleck wahrgenommen, der drohend über ihm geschwebt war. Dann lag auch er in Gips, unfähig noch einen Stein zu werfen oder den Stock zu erheben gegen die Kreatur, die Schuld an seinem Unglück hatte. Tatenlos mußte er es hinnehmen, daß der Unglücksreiher weiter im Park des städtischen Krankenhauses einherschritt.

Endlich war es Herbst. Von den Bäumen fiel rotgefärbtes Laub und bedeckte Rasen und Wege. Der Wind wehte es in alle Nischen. Nun wurde der Park wenig einladend, mehr und mehr begann er zu verwahrlosen. Niemand, der ihn noch pflegte. Wer sollte auch von den Wegen ständig das Laub entfernen? Es mußte gespart werden. Aufwendige Laboruntersuchungen, die der sich häufenden seltsamen Krankheiten wegen gemacht werden mußten, kosteten Geld. Die Anzahl der Knochenbrüche und aller Unfälle, die auf Unachtsamkeit im Straßenverkehr zurückzuführen waren, hatte sich erhöht. Die Versicherungen fanden zudem immer neue Ausflüchte, um sich in Schadensfällen vor Zahlungen zu drücken. Auch die Kranken wurden, waren sie erst einmal wieder gesund, meist zu säumigen Zahlern. Deshalb hatte die Krankenhausverwaltung jeden Mitarbeiter angewiesen, nur noch das Allernötigste zu tun, und sie ermahnt, auch Reinigungs- und Desinfektionsmittel sparsam zu verwenden.

Auch wenn der große Schreitvogel in dieser Anstalt mysteriös und unheimlich anmutete, etwas Besonderes war er nun schon lange nicht mehr. Reiher, die als ihren Lebensraum vom Menschen besiedelte Gebiete bevorzugten, wurden in jüngster Zeit immer häufiger gesichtet. Und daß sie sich als Nahrung nahmen, was den Leuten zur Erbauung und zur Ablenkung diente, das machte sie nicht eben beliebter. Ganze Reiherkolonien wurden an Orten gesehen, an denen man sie nie vermutet hätte. Sie plünderten nun in den Vorgärten die liebevoll angelegten Wasserbekken. Nirgends war ein Goldfisch noch sicher. Aquarianer hielten Fenster und Wohnungstüren in Sorge um ihre exotischen Fische geschlossen. Wenn auch noch niemand einen Reiher in seiner Wohnung vorgefunden hatte – Vorsicht war allemal geboten.

Verwahrloste Reiher kannten sich immer besser in der Stadt aus. In kleinen Grüppchen lungerten sie manchmal vor den Zoohandlungen herum, wohl in der Erwartung, daß verendete

Ware – Fische und anderes Kleingetier, das den Transport nicht überstanden hatte, oder für das sich kein Käufer fand – am Ende noch ihnen zugute käme.

In den Krankensälen wurden ständig Neuigkeiten verbreitet. Unwahrscheinliche Begebenheiten aus allen Landesteilen sprachen sich herum, und man war geneigt, alles für bare Münze zu nehmen ... In seinem Garten, es sei an einem Sonntag gewesen, erzählte ein Patient, habe er sich aus seinem Liegestuhl erhoben, sei nur mal kurz ins Haus gegangen, um irgendetwas rasch zu richten, da sei es dann geschehen: Ein Reiher habe sich unbemerkt genähert, und die Abwesenheit des Hausherrn nutzend, habe er im Garten ein Buch betrachtet. Es sei ein prächtiger Bildband gewesen, den der Hausherr (der im Garten keinen Zierfischteich besitze, wie er sagte) aufgeschlagen liegengelassen habe. Zufälligerweise sei auf der Seite ein Werk des Malers Henri Matisse zu sehen gewesen, sein berühmtes Bild »Glas mit Goldfisch«. Regungslos habe der Vogel bei dem Kunstband gestanden und das Bild betrachtet. Hätte nicht ein plötzlicher Windstoß die Seite umgeblättert, hätten nicht die nächsten Seiten jene verzerrten Gesichter und demolierten Leiber gezeigt, die dem Pinsel eines Pablo Ruiz entstammten, wohl kaum wäre der wilde Vogel willens gewesen, sich wieder in die Lüfte zu erheben. »Ich glaube«, sagte der Kunstfreund, »es hätte nicht viel gefehlt, und er wäre mir in die Bibliothek gefolgt.«

Alle schauten sie schweigend zur Zimmerdecke, bis einer sagte: »Lächerlich, was versteht ein Reiher von Malerei?« »Nicht darum geht es«, meinte Balthasar, »sondern die Frage ist: Was versteht ein Maler von einem Goldfisch, einem Wasserglas und einem Tisch, auf dem so einfache wie alltägliche Dinge stehen, um die man gewöhnlich wenig Aufhebens zu machen pflegt?«

Es sei an dieser Stelle noch einmal hervorgehoben: Dem Professor fehlte schon seit langem die Muße, sich am Goldfischteich zu erholen. Dort war für ihn kein Quell mehr, aus dem er, durch die Zwiesprache mit den Geschöpfen im Wasser, neue Kraft schöpfen konnte. Er war anspruchsvoller geworden und hatte seine beruflichen wie privaten Ziele weit gesteckt. Trotz seiner knapp bemessenen Zeit bevorzugte er immer häufiger weite und kostspielige Reisen. Um die Natur jungfräulich und unverdorben vorzufinden, war ihm bald kein Land mehr zu fern, keine Küste zu abgelegen. Dem Hausmeister wurde dann angetragen, das Wasserbecken instand zu halten. Ordnungshalber sollten von Zeit zu Zeit auch neue Fische eingesetzt und der Reiher, so gut es eben ginge, von ihnen ferngehalten werden. Und sollte ihm bei seinen unerwünschten Besuchen einmal etwas zustoßen, würde niemand die Ursache wissen wollen.

Jedesmal wenn der Reiher, der Nachstellungen leid, sich endlich entschloß wegzufliegen, mußte er, um Höhe zu gewinnen, erst mit angestrengtem Flügelschlagen eine gewisse Strecke hinter sich bringen. Er mußte die Fensterfront einer ganzen Etage entlangfliegen, ehe er sich zur nächsthöheren aufschwingen konnte. Viele, auch jene Kranken, die mit Schläuchen an Geräte angeschlossen und somit ans Bett gefesselt waren, sahen ihn dann für einen kurzen Moment ganz nah. Nur mit Mühe konnte der schwerfällige Vogel den Dachfirst des Gebäudes überwinden. Meist umflog er das Krankenhausgelände in geringer Höhe. Ein ganzes Stück der lärmenden Hauptverkehrsstraße hatte er dann vor sich, oft an stürmischen und regennassen Tagen. Eine kilometerlange, häßliche Straße, die die Stadt wie ein breites Band in nordöstlicher Richtung durchzog, wo Fallwinde ihn auf den in den Nachmittagsstunden angeschwollenen Verkehrsstrom herabzudrücken drohten. Dieser Gefahr entging er oftmals nur dadurch, daß er gleich wieder abdrehte und zwischen den Häuserfronten hindurch zum Krankenhauspark zurückkehrte. So verbrachte er manche Nacht im Garten des Spitals auf einer Wiese stehend. In der geringen

Helligkeit, die die Hofbeleuchtung noch verbreiten konnte, war er nur noch ein dunkles, bizarres Gebilde, das aus wenigen Strichen einer spitzen Zeichenfeder entstanden zu sein schien. Nur Eingeweihten (romantisch veranlagten Menschen) gab er sich zu erkennen, verriet ihnen seine Anwesenheit durch seinen emporgestreckten dünnen Hals. Kopf und Schnabel glichen einer Schere, die mit ihrer Spitze unentwegt zum Himmel wies.

Im Laufe der Zeit wurde der Reiher einigen weiteren Menschen zum Verhängnis. Wenn auch die Unabwendbarkeit der Geschehnisse nicht immer auf ihn zurückgeführt werden konnte, so war man sich in einem Fall zumindest ziemlich sicher: daß es dem Reiher, der Goldfische im Fluge erbrach, auch vorbestimmt war, einem prominenten Mann ein zweites Leben zu ermöglichen. Niemand hatte so etwas voraussehen können. Hatten ihn möglicherweise alle verkannt, ihn für einen Schmarotzer gehalten, der mühelos an Nahrung gelangen wollte? Wie es auch sei: Er wollte wohl niemandem etwas schuldig bleiben, und so erwies er der Klinik seinen Dank, auf großzügige, wie auch auf makabre Weise.

Lange schon lag der Unglückliche auf der Station. Er befand sich zuletzt in einem kritischen Zustand. Nur mit dem Austausch eines lebenswichtigen Organs konnte man ihm noch helfen. Man hatte lange vergebens nach solch einem Spenderorgan, das einem tödlich Verunglückten entnommen werden konnte, Ausschau gehalten. Doch immer war irgendetwas am Ersatzteil, was nicht recht paßte. Entweder war es zu groß, oder zu klein, so daß es nie wie gewünscht von den Chirurgen zugeschnitten werden konnte. Auch wegen allerlei Unverträglichkeiten konnten bisher fremde Teile in den Leib des Schwerkranken nicht eingebaut werden ... Nur der Reiher fand den passenden Spender. Der Hirntod eines Motorradfahrers, der auch ein Naturliebhaber und ein begeisterter Ornithologe gewesen sein mußte, konnte bewirken, daß ein

Kunstprofessor noch viele schaffensreiche Jahre erleben durfte.

Und schließlich: Durch jene in Fachkreisen aufsehenerregende Transplantation konnte auch der Professor endlich zeigen, daß er zu weit mehr befähigt war, als Gallensteine zu entfernen.

Von diesem Tage an blickte die Fachwelt auf ihn, auf das alte Krankenhaus mit Respekt und Achtung. Der Professor sonnte sich im wohlverdienten Ruhm, blieb aber dem Hause fern, so oft er konnte. Zwischen seinen zahlreichen Reisen war er jetzt auf den Fachkolloquien ein gerngesehener Gast. Einmal bei einer schwierigen Entscheidung mit hinzugezogen, glaubte er fortan, sein Rat wäre unentbehrlich. Wenn er aber über die Frage konsultiert wurde, wie das Risiko wissenschaftlich einzuschätzen sei, wenn man sich auf medizinischem Neuland bewege, pflegte er zu sagen, er habe vor seinem bahnbrechenden Eingriff die Karten befragt. Es sei ein Spiel gewesen, wie man es gewöhnlich Kindern gibt, damit sie die Tiere ihrer Heimat kennenlernen. Ein naher Verwandter des Patienten habe die Karten gemischt. Aus dem Stapel habe er, geschlossenen Auges, eine Karte gezogen: Es sei der Reiher gewesen. Wie habe er die Sprachlosigkeit seiner Zuhörer ausgekostet. Wie ihre verständnislosen Blicke genossen, und es daher stets bei dieser rätselhaften Andeutung belassen. Denn sie brauchten ja nicht zu wissen, daß er nur seine Zustimmung zur Operation gegeben hatte, sie aber von seinen jungen, wagemutigen, zuweilen auch recht vorlauten Assistenzärzten hatte ausführen lassen. Niemand brauchte zu erfahren, daß er seitdem den Operationssaal mied und immer öfter an spiritistischen Sitzungen, an sogenannten Séancen, in den besseren Kreisen teilnahm. Mit dem Kaffeesatz der Oberschwester konnte er, einem Schamanen gleich, viele Vorgänge im Inneren des Körpers günstig beeinflussen. Lange genug hatte er unter dem Widerspruch gelitten, daß in Zeiten bahnbrechender wissenschaftlicher Fortschritte Esoterik und plumper Aberglaube sich so großer Beliebtheit erfreuten. Vergeblich hatte er immer wieder nach einer Antwort gesucht, bis ihm klar wurde, daß wohl das eine das andere bedingte ... Und während Balthasar noch immer hoffte, eine Formel zu finden, die es ihm ermöglichte, ein Kunstwerk zu erschaffen, war der Professor, nun im Zenit seiner ärztlichen Kunst angelangt, geneigt, auf magische Kräfte zu setzen. Wichtige Entscheidungen durch das Werfen einer Münze, den Heilprozeß durch ein Gebet herbeizuführen.

Von der chirurgischen Station bemerkte keiner, wie der Reiher im letzten Jahr, kurz vor den ersten Nachtfrösten, sich seinen Artgenossen anschloß, die in keilförmiger Formation nach dem Süden zogen. Nur einer aus dem Haus 5 der Geschlossenen in der Psychiatrie sah ihn im Herbstnebel entschwinden, nahm, die Stirn gegen die Gitterstäbe gepreßt, von ihm Abschied: Balthasar der Maler war es, der dem Reiher nachrief: »Freund, wenn du nach Toledo kommst, an den Tajo, dann gib acht! Gib acht auf den Fluß, und laß dich nicht verwirren; gerade wenn er wenig Wasser führt, scheint sein Fischreichtum unermeßlich. Erst sieht es so aus, als bliebe der Fluß nur stehen, und wenn du genauer hinschaust, wird es dir vorkommen, als flösse er bergan. Dann werden die Fische groß und schwer, besonders der Carpa Real, der königliche Karpfen. Versuche nicht, ihn aufzuspießen. Er wird dich auf den Grund ziehen. Die Angler werden zusehen und schweigen, denn sie selbst wollen auch keine Beute mehr machen. Die jungen Frauen werden lachen und wild am Ufer tanzen. Aber die Seerosen sind verblüht. Und im Fluß treibt aller Unrat auf der Stelle.«

Der Reiher entschwand und kehrte nie wieder zurück. Aber an seiner Stelle, im Park des Krankenhauses, am liebevoll gepflegten Goldfischteich, stand nun den Sommer über eine wertvolle Tierplastik aus Porzellan: Ein Fischreiher in Lebensgröße. Das Geschenk, das ein großzügiger und kunstsinniger Gönner der Anstalt machte.

Warum aber befand sich Balthasar der Maler in der Geschlossenen? Die richtige Antwort ist: Weil es ihm hier gefiel. Er war längst kein Unbekannter mehr. Man fürchtete, er könnte jene unerklärliche Handlung, die man auch Verbrechen nennt, doch noch begehen, wenn man ihn zu voreilig als geheilt entließe. Ja, er war auf dem Weg, über den Versuch hinaus, Gedachtem endlich Gestalt zu geben. Er war nahe daran, ein unsterbliches Meisterwerk zu erschaffen, das er nun, unvollendet, der Klinik zum Geschenk gemacht hatte: Seinen eigenen Fall.

Am Ende seiner langen Wanderschaft hatte Balthasar noch eine große Stadt, das schöne Wien, besucht. Oh, welche Pracht hatte er da angetroffen, die er genoß wie ein vergiftetes Praliné. Die Grüfte unter dem Stephansdom luden ein zur Kurzweil, derweil die mumifizierten Toten fein herausgeputzt und zur Schau gestellt waren. Sie trugen Beinkleider mit Goldfäden durchwebt, orientalische Schnallenschuhe, und ihre Rippen waren mit Brillanten besetzt. In Gefäßen, die kunstvollen Vasen glichen, waren die Eingeweide früherer Habsburger aufbewahrt. Melancholie ergriff nahezu jedes Gemüt. Selbst die Sprache der Bewohner klang weinerlich. Es war eine Stadt, das spürte man sofort, in der sich sowohl Aristokraten als auch Anarchisten zu Hause fühlten ... Vor der Pestsäule, inmitten des Trubels und all der Fremden, die es, wie die Falter vom süßlichen Geruch einer immerblühenden Tropenpflanze angelockt, in diese Stadt gezogen hatte, stand bewegungslos ein Mensch, der mitsamt seiner Violine eine Statue bildete, die vergoldet war. »Hier scheint schier Unglaubliches möglich«, jauchzte Balthasar. Da war es jemandem gelungen, sich in einen unsterblichen Musiker zu verwandeln, ja mehr noch, sein Denkmal zu bilden. Vergoldet, aber leibhaftig zeigte er sich der Menge. Aber ohne sich zu bewegen, konnte er der Violine keinen Ton entlocken. Wie soll ein Denkmal die Saiten greifen, den Bogen ansetzen? Denn wenn er sich plötzlich bewegt hätte, selbst wenn es die wenigsten bemerkt hätten, wäre es nur durch ein unbeherrschtes Zucken seines Mundes, seiner Augenlider, würde er aufgehört haben, eine Statue zu sein. Allein sein Anblick bewirkte, daß unsterbliche Melodien erklangen. Der Geigenkasten füllte sich rasch mit Münzen aller Art. Es sei eine wahrhaft goldene Hand, meinte Balthasar, die, ohne sich zu bewegen, so viele Münzen verdiente.

Nachdem Balthasar dem vergoldeten Künstler am Ende seines lautlosen Violinvortrags lange applaudiert hatte, die Verbeugung des Virtuosen aber ausblieb, zog es ihn weiter, und er gelangte in immer prachtvollere Straßen. Auf den Plätzen, vor Palästen, vor den Kathedralen warteten mit edlen Rössern bespannte offene Kutschen auf Gäste. Der aromatische Geruch des Pferdedungs, der Duft nach heißem Braunem, Melange und Schlagobers, immer war er gegenwärtig. Es war, als hätte man gerade eine Dose mit auserlesenem, wohlzusammengestelltem Pfeifentabak geöffnet.

War es eine unergründliche Fügung des Schicksals, oder hatte es der Zufall so eingerichtet, daß gerade zu der Zeit, als Balthasar in Wien durch die Gassen zog, sich in den Weinstuben zusammen mit angehenden Anarchisten betrank, Bilder des Domenikos Theotokopulos aus den Sammlungen der Neuen Welt nach Wien gelangten und auf der Hofburg besichtigt werden konnten. Nur eine so wohlhabende Stadt wie Wien, wo selbst ein Bettler sich noch vor seinem Auftritt vergolden ließ, konnte die hohe Versicherungssumme für eine so außergewöhnliche Ausstellung aufbringen. Unter all den Gemälden des Theotokopulos, die man nach Wien gesandt hatte, war auch das Gemälde »Toledo vor dem Gewitter«. Als er das erfuhr, eilte Balthasar, ohne sich durch irgendeine andere Attraktion aufhalten zu lassen, so schnell er konnte zur Hofburg. Vorbei an der Spanischen Hofreitschule;

keinen Blick hatte er für die Parade der prächtigen Lipizzaner-
hengste ... Er war sprachlos, als er erkannte, wie einfach das Bild
in Wirklichkeit war. Als er es ohne den Glanz der heutigen Kunstdrucke antraf, meinte er, es nackt zu sehen. Müde und matt, als
schliefe es nur. Man hätte es besser mit einem Tuch bedecken
sollen. Aber brauchte es sich seiner groben Blöße, seiner matten
Haut wegen zu schämen? Zu lange schon hatte er auf diesen Anblick gewartet! Und nun, so anders, ganz ohne Pathos, zeigte es
sich, als hätte Domenikos Theotokopulos, während er es malte,
die Augen eines Malers besessen, der erst lange nach ihm geboren wurde. Ob man darüber lachte, den Kopf schüttelte, oder,
wie jener Wiener Kommissar, der mit dem Fall betraut wurde,
im geheimen sogar Verständnis aufbrachte, es waren Balthasars
Augen, und es war daher auch Balthasars Werk. Theotokopulos
hatte, was einem Raub gleichkam, es vorweggenommen ... »Es ist
mein Bild!« sagte er sich. Er hatte es ein Leben lang mit sich her-
umgetragen und es nie sehen dürfen. »Ich war wie ein Blinder«,
mußte er sich eingestehen, »der sich sein eigenes Werk von anderen beschreiben ließ.« Es ist wahr, daß man etwas, was man selbst
geschaffen hat, niemals richtig sehen wird. Und daß man es erst
dann anerkennt, wenn es völlig der Vorstellung entspricht, die
man sich im voraus davon gemacht hat. Dieses Bild entsprach der
seinen bis in alle Einzelheiten. Nichts hätte er anders gemacht;
unfähig etwas zu verbessern, würde er auch im nachhinein nichts
ändern wollen. Das Bild war vollkommen! »Ja«, sagte ihm seine
immer leiser werdende innere Stimme, »es mag ja alles sein, und
dennoch: Das Bild ist nicht von mir.« – Dann seien alle Bilder, die
er gemalt habe, noch viel weniger von ihm. Fremden Einflüssen,
schlechten und guten war er, als er sie schuf, erlegen. Er begann
nachzudenken, über seine eigenen Bilder, die ihm entglitten waren, die sich von seiner Phantasie gelöst und sich selbst gemalt
hatten. Manchmal war ihm, als hätte er abseits gestanden und,

ohne sich allzuviele Gedanken zu machen, bei ihrer Entstehung nur zugesehen. Aber dieses eine, selbst wenn er es nicht gezeugt hatte – nun war es sein Kind!

Nur auf der Wiener Hofburg, an keinem anderen Ort sonst, wurde es so augenfällig, wie anders als die bekannten Werke des Theotokopulos dieses Bild »Toledo vor dem Gewitter« doch eigentlich war. Fremd, wie nicht dazugehörig fiel es aus der Kollektion heraus. Oder besser: Es war trotz räumlicher Nähe (ein Glücksfall des Jahrhunderts) mit den Bildern dieser Ausstellung nicht vergleichbar. Ja, es schien wahrhaftig, als hätte der Meister es mit den Augen eines Jahrhunderte nach ihm geborenen Künstlers geschaffen. – Es *waren* Balthasars Augen, die er sich ausgeliehen haben mußte. Sehen die Epigonen mit den Augen der vor ihnen Lebenden, so war nun das Gegenteil geschehen. Und noch etwas – vielleicht ist es unwichtig, dennoch sollte es erwähnt werden: Während alle Bilder des Theotokopulos wuchtige, schwere Goldrahmen besaßen, war »Toledo vor dem Gewitter« nur mit einer einfachen dunklen Leiste (was man heute einen Arbeitsrahmen nennt) gerahmt. Was Wunder, daß die Ausstellungsbesucher für dieses Bild geringeres Interesse zeigten. Hatten sie es überhaupt bemerkt, hatten sie es denn richtig wahrgenommen? Oder hatten auch sie seine Andersartigkeit gespürt? … Auch der Hängekommission war das wohl bewußt gewesen, denn sie hatten das Gemälde dementsprechend plaziert. Es hing nicht, wie die anderen Werke des Teotokopulos, in einem der prunkvollen Säle, sondern abgesondert, allein in einem einfachen, schlecht einsehbaren Nebenraum. Dieser war fensterlos, die hohe Zimmerdecke ohne Stuck, im Raum herrschte gleichbleibendes, angenehmes Kunstlicht. Hier war Balthasar mit seinem Bild allein. Von keiner Schnur auf Abstand gehalten. Er bewegte sich dennoch nicht von der Stelle. Zeugen sagten später aus, sie hätten ihm keine Beachtung geschenkt. Wegen seiner starren Haltung hielten ihn wohl viele für einen Wächter.

Es war deshalb für Balthasar ein leichtes Unterfangen, während die echten Wärter in den großen, mit Menschen gefüllten Sälen ihren Dienst taten, unbeobachtet die kleine Säureflasche aus der Tasche zu ziehen und den Verschluß zu öffnen. Es soll ihm aber, als er im Begriff war, die Flasche zu werfen, wie auf ein höheres Zeichen, die Hand erstarrt sein. War es ein Engel, der Balthasar, als er sein Opfer darbringen wollte, das Gefäß behutsam aus der Hand nahm? Doch durch eine Ungeschicklichkeit rollte die Flasche über den Fußboden und entleerte sich selbst.

Während die Säure verdampfte und ein Loch in das Parkett eines unbedeutenden Raumes der Wiener Hofburg fraß, während die Dämpfe leicht die Schleimhäute des Malers angriffen, hing sein wichtigstes Bild, ohne Schaden genommen zu haben, an der ihm zugedachten Stelle. Was war geschehen? Unten im Schloßhof spielte eine Militärkapelle. In der Hofreitschule wurden die weißen Hengste gestriegelt. Im nahen Beisel die wundervollen Schnitzel verspeist. Während die zahlreichen Besucher die Ausstellung über einen Notausgang verließen, wandelte sich der Raum zur imaginären Bühne. Aus den Dampfschwaden der Salpetersäure traten sie noch einmal hervor. Winzige Pekinesen mit riesigen Beißkörben suchten vergeblich, die Leckerbissen zu genießen, die ihnen immer wieder von den schönen Touristinnen zugesteckt wurden. Der Oheim, der seine Schlingen verbergen wollte, der beim Tanzen immerzu nur Ausrufungszeichen aufs Wiener Parkett kratzte. Die Nonne, die über der Gruft des Theotokopulos Marzipan anbot. Der Anarchist aus Balthasars Lindeleiner Studentenzeit, jener kleine, zarte Herr Namenlos, der alle Kraft darauf verwenden mußte, seinen riesigen Hut zu tragen. Und zuletzt noch – hager und mit alterslosem Antlitz – der Möchtegern-Faschist, der Oberst Alfredo Lamarillo. Er salutierte respektvoll, als man Balthasar in Handschellen aus der Wiener Hofburg abführte.

Erinnerungen an die Kindheit: Die Puppe mit dem Porzellangesicht.
Das Tischtuch des Pfarrers. Der Zeppelin.

Daß ihr sie mir nicht anrührt! Mit Nachdruck hatte die Mutter
sie ermahnt und immer wieder darauf hingewiesen, wie zerbrechlich sie sei. Daß sie zum Spielen nicht geeignet sei. Die vielen
Jahre! Immer war sie geschont worden. Solange die Geschwister
zurückdenken konnten, saß sie fein angezogen auf dem ihr zugedachten Platz, dem alten Familiensofa in der guten Stube. Jenes
dunkle Zimmer mit seinem altertümlichen Mobiliar, das, damit
es aufgeräumt blieb, meistens abgeschlossen war. In diesem Zimmer, das sich so vornehm dem Alltag entzog, war es auch in den
heißesten Sommern kühl. Ein fremder, ungewohnter Liebreiz,
der von der Puppe ausging, zog die Kinder in ihren Bann. Die
Blässe, ihr schwindsüchtiges Antlitz, ihre dünnen Finger oder die
eigenartige, veraltete Kleidung erregten ihre Neugier. Doch wie
ein krankes Kind, das von den Spielen der anderen ausgeschlossen bleibt, sollte die Puppe, nach dem Willen der Mutter, das
Zimmer nicht verlassen. Sie suchte die Kinder fernzuhalten, als
gälte es, eine Ansteckung zu vermeiden. Es schien, als genösse die
Puppe in der Familie besondere Privilegien. Kein lautes Wort fiel
in ihrer Gegenwart. Sie hinterließ den Eindruck eines kränkeln-
den Wesens, auf das man, auf die sorgfältigste Weise, Rücksicht
zu nehmen hatte … An ganz besonderen Tagen im Jahr, wenn die
Verwandtschaft nach langer Zeit wieder einmal zusammenkam,
wenn sie alle am Ausziehtisch Platz genommen hatten, konnten
sie sich versichern: Alles war so geblieben, wie sie es seit jeher
kannten. Die Puppe brav und ausdruckslos mit ausgebreiteten
Armen noch an gleicher Stelle. Außenstehende meinten, im Ge-
gensatz zu den Kindern habe sich die Puppe nicht verändert. Sie
hatte sich demnach stets guter Obhut erfreuen können. Niemand,
der sie fortwährend herumgeschubst hatte. Mit einem schönen

Kleid war der Balg aus Ziegenleder verdeckt. An vielen Stellen war dieser brüchig und von Fraßspuren der Kleidermotten durchlöchert. Dagegen das bleiche, starre Antlitz aus Porzellan mit den fiebrigen Wangen, es zog wie immer die besorgten Blicke der Besucher auf sich. Wie gut, daß sie alle bei Familienfesten noch den gebotenen Abstand einhielten. Eine voreilige Bewegung hätte, wie ein unbedachtes Wort, nach so vielen Jahren, ihr schnell zum Verhängnis werden können.

Was nicht alles bei Familienfesten erzählt wurde, das früher geschehen sei. Egal ob man es selbst erlebt hatte, oder es nur vom Hörensagen her kannte. An vieles konnte Balthasar sich nicht mehr entsinnen. Und das, was auch ihn betraf, woran er sich noch gut zu erinnern glaubte, als sei es erst gestern geschehen, hatte er nicht einmal erlebt. Warum sollte er sich eingestehen, daß er seinen Anfang nur durch die Erzählungen der älteren Mitglieder der Familie kannte? Die Kindheit erschien ihm im Nachhinein wie ein fast vergessenes Märchen voller Bösartigkeiten. Die Kinder agierten darin als böse Zwerge, die die Erwachsenen für ihre Güte immerzu straften. Kinder, die die Dunkelheit liebten, sich danach sehnten, sich fürchten zu können, die sich auf die spätherbstlichen Tage freuten. Kinder, die den Winter genossen, die Jahreszeit, wo die Dämmerung den Tag verschleiert und sie unerkannt ihre boshaften Streiche ausführen konnten. Mit Scham, sagte Balthasar, denke er manchmal an die Tage zurück, wo er, sein erstes Taschenmesser nutzend, unvergängliche Spuren hinterlassen hatte. Einige häßliche Kerben als Zeichen der träge vorankommenden Zeit.

Dem Frühjahr, in dem die Konfirmandenprüfung stattfinden sollte, war ein strenger Winter vorausgegangen. Der gütige alte Pfarrer hatte die Dorfkinder nicht vom Katheder herab unterweisen wollen. Wie ein Vater versammelte er sie um sich. An den Winterabenden ließ er sie in seinem gut geheizten Studierzimmer am runden Tisch sitzen, statt auf kalten Kirchenbänken. Auf dem

Tisch ausgebreitet war immer das prachtvoll gewebte Tischtuch aus schwerer Seide, das mit einem biblischen Motiv versehen und an den Enden mit prächtigen Wollfransen abgesetzt war. Sicherlich hatten es schon viele Generationen bestaunen dürfen. In der Mitte des Tisches ein Stapel mit den Büchern, in denen der Geistliche die Woche über las, die er niemals beiseite räumte und die ihm beim Konfirmandenunterricht die Sicht auf seine Zöglinge verdeckten. Wie sollte er die vielen Finger an der Tischkante überblicken. Wie sollte er wahrnehmen, was sie unter dem Tische trieben ... »Sind die Zehn Gebote denn so schwer zu behalten, daß sie immerzu wiederholt werden müssen?« Aber er wollte Geduld üben, sie waren Dorfkinder und nur die Feldarbeit gewohnt. Noch einmal »Du sollst nicht«. – Und wieder einer, der mit an seinem Tische saß und mit dem Taschenmesser heimlich eine Wollfranse abschnitt. Nach dem Unterricht wurden die Fransen wie Trophäen den Klassenkameraden vorgezeigt. Oh, wie die schlechten Taten doch alle beeindruckten. Als der Priester dann nach Wochen glaubte, daß sie nun, endlich, das nötige Rüstzeug für einen guten Christenmenschen besäßen, hatte das gute Stück nur noch eine einzige Franse; sie war an der Stelle, wo immer der Pfarrer selbst gesessen hatte.

Das prächtige Tischtuch, er sehe es zuweilen noch vor sich, erklärte Balthasar, als man ihn in Wien auf dem Kommissariat verhörte. In der Mitte, kunstvoll gewebt, das Abendmahl, und am Rande beschnitten; seiner Verzierung, die die Würde der Szene hervorhob, sei es durch Knabenhände beraubt. Doch der Geschädigte habe sich noch beschenkt gefühlt, hätten die Frevler ihm doch die Gelegenheit gebracht, Nachsicht zu üben ... Man wollte immer noch mehr wissen. Bei den Verhören der Polizei und später in der geschlossenen psychiatrischen Anstalt. Man wollte alles über seine früheste Kindheit erfahren. Viele Geschichten über sich, auch solche, an die er sich nur noch schwach erinnern konnte, brachte Balthasar zu Gehör. Er wußte: Nie wieder würde er so interessierte Zuhörer haben ... Als ließen sich die Kommissare wie Kinder mit Geschichten in den Schlaf wiegen. Wenn Balthasar zu sprechen begann, verstummten sie. Laut wurden sie nur, wenn er schwieg. Die mit seiner Vernehmung Betrauten widmeten ihm ihre ganze Aufmerksamkeit. Zuweilen nickte der Kommissar zustimmend, als wäre er glücklich und voller Erwartungen. Oftmals schien es, ein Traum hätte sich seiner sanft bemächtigt.

Es war schön, wenn die Tage immer kürzer wurden, wenn sie schnell vergingen, und bis in den Mittag hinein vom Nebel gelähmt schienen. Einer der Brüder, so erzählte man in der Familie, habe an einem dieser Tage, wo es schon früh zu dunkeln begann, die Puppe in den nahen Wald verschleppt. In einer Brombeerhecke habe sie gehangen, das Kleid zerrissen, als sie von Nachbarn gefunden wurde. Es sei Vollmond gewesen, wie in jener Nacht auch, als die Brüder die Puppe auf dem Scheunendach gesehen haben wollten. Nachtwandler seien sicher, hatte man damals geglaubt, man solle sie aber auf keinen Fall mit ihrem Namen anrufen. Der Schlaf der Erwachsenen war fest, und im Sommer an den Hundstagen blieben nachts die Fenster geöffnet. In einer solchen Nacht hatten sie die Puppe dort oben gesehen; und damit sie in die Tiefe stürze, riefen sie alle Namen, die ihnen in den Sinn kamen. Denn bei der Mutter hieß sie immer nur: Die Puppe mit dem Porzellangesicht. So blieb die Namenlose unversehrt, das boshafte Geschrei der Knaben konnte ihr nicht schaden. War sie denn wirklich leblos und nur ein Erbstück, als sie nachtwandlerisch auf dem Scheunendach erschien? Warum sonst war es wohl nicht gern gesehen, die absonderliche Puppe zu liebkosen? ... Manches Bild, obwohl es nur noch verschwommen existierte, wollte aus Balthasars Erinnerung nie ganz verschwinden. Wo überhaupt begann die Wirklichkeit, begann sie erst da, wo die Einbildung endete oder doch sehr, sehr viel früher? Wenn Balthasar heute an sein Elternhaus dachte, dann sah er auch den Vater. Vom Boden hatte er einen verstaubten Kasten geholt. Darin lag eine Geige. Die Geige des Großvaters. Der Vater saß in der Küche auf einem Stuhl. In seinen Händen wirkte das Instrument klein und zerbrechlich. Er hielt die Geige wie ein Zigeuner und versuchte zu spielen. Doch nach so vielen Jahren der Abwesenheit nicht mehr gewohnt, die Saiten zu greifen, kam auch sonntags keine Melodie mehr zustande. Oder Balthasar versetzte sich in den oberen Korridor des einstigen Elternhauses. Da war am Ende des Ganges ein schmales Fenster. Dort stand er und blickte auf den Acker, der gleich hinter dem Haus begann. Sonst ein eher trauriger Anblick, besonders im Winter, wenn, noch ehe der erste Schnee gefallen war, sich die Krähen auf dem Feld versammelten. Aber an diesem Tage war Sommer, das Korn fast reif, Balthasars Windpocken waren abgeklungen. Oder hatte sich die nächste Kinderkrankheit schon angekündigt? Warum befand er sich an diesem Nachmittag im Haus und spielte nicht wie gewöhnlich mit den anderen Kindern im Freien? Alles schien verlassen. Nicht einmal die betagten Großeltern saßen im Garten. Niemand war bei ihm auf dem Gang im Obergeschoß, als am Fenster die riesige silberne Zigarre, der Zeppelin sichtbar wurde. Ruhig zog er, in nicht allzu großer Höhe, am Himmel nach Süden. Niemand winkte aus den Kabinenfenstern den Menschen am Boden zu. Vielleicht war gerade Tischzeit und man hatte die Vorhänge im Salon zugezogen, um jede Ablenkung beim Speisen für die Glücklichen in der Gondel zu vermeiden.

Aber gab es denn, nachdem das Kind Balthasar das Alphabet gerade erst gelernt hatte, überhaupt noch ein Luftschiff, hatte es sich nicht längst schon durch einen spektakulären Unfall für immer aus der Luftfahrt verabschiedet? Der Brand bei der Ankunft in Lakehurst. Später hatte Balthasar einmal etwas darüber gelesen … Der gewaltige, majestätisch dahingleitende Zeppelin, war es ein Tagtraum, oder war es Wirklichkeit? Vielleicht ein stummer Gruß an die Nachwelt von seiner letzten großen und hoffnungsvollen Fahrt. Ein schönes Bild, das auch der sanfte Himmel lange nicht vergessen konnte und es immer mal wieder, an ruhigen Sommertagen, die Heranwachsenden sehen ließ, damit es bei einigen unter ihnen die Sehnsucht wecke nach einer Welt, die es schon nicht mehr gab.

Auch die Puppe war bereits ein Relikt und daher nicht recht für die Kinder geeignet, die Welt, in die sie hineingeboren waren, spielend zu begreifen. Selbst als sie schon größer und es gewohnt waren, mit leichtzerbrechlichen Dingen umzugehen, als ihnen häufig schon wichtige Aufgaben anvertraut wurden, sah es die Mutter nicht gern, wenn sie doch einmal die Puppe von ihrem angestammten Platz genommen hatten. Gleich wurde alles wieder gerichtet. Das Kleid, das Jäckchen oder das Sofakissen. So als hätte sie niemand angefaßt. Auch Isa, die sich von den übermütigen Spielen der Brüder fernhielt, hatte als Kind nie die Puppe sonntags ausfahren dürfen. Dabei hätte sie gut auf sie achtgegeben. Immer hatte sie davon geträumt, daß, wenn sie alt genug wäre, die Mutter ihr eines Tages die Puppe anvertrauen würde.

Es kam die Zeit, da waren sie alle aus dem Haus, und Isa, selbst schon Mutter, wohnte mit ihrer Familie weit weg. Der Vater schon auf dem Gottesacker und die Mutter mit ihrer Lieblingspuppe wieder allein. Wenn die Kinder die Mutter besuchten, schenkten sie der Puppe kaum noch Aufmerksamkeit. »Daß es sie noch gibt und wie gut sie noch erhalten ist!« staunten sie, wenn die Mutter ein Kompliment hören wollte, aber hinter ihrem Rücken sagten sie nur: »Das Balg mit dem häßlichen Gesicht aus Porzellan.«

Es gebe nur noch wenige ihrer Art, sagte einer der Brüder. Und mit den Puppen von heute hätten sie kaum noch etwas gemein. Neulich habe er eine ähnliche, mit der offensichtlich mehrere Generationen ausgiebig gespielt hätten, in einem Antikladen entdeckt. Unansehnlich sei sie gewesen, vom Verfall wohl unabänderlich gezeichnet. Dennoch habe sie der Händler für teures Geld angeboten ... Die Mutter erschrak, als der Sohn die Summe nannte, denn sie hatte sich nun endlich dazu entschlossen, sich von der Puppe zu trennen. Sie wollte nicht glauben, daß eine alte Puppe so viel wert sein sollte, und freute sich, daß sie nun Laura ein wertvolles Geschenk machen konnte. »Liebhaber«, hatte der Sohn gesagt, »zahlen dafür jeden Preis.« Der Antiquitätenhändler, nach der Herkunft der Puppe befragt, konnte wenig über sie berichten: Ihre früheren Besitzer seien ihm nicht bekannt; sie hätten wohl keine Nachkommen gehabt. Bei einer Haushaltsauflösung sei die Puppe an einen Trödler geraten, der, in der Absicht, einen Käufer zu finden, sie auf Wochenmärkten feilbot. Nackt, wie weggeworfen, lag sie da, Tag ein Tag aus unter schmutzigem Gerümpel, bis der Antiquitätenhändler sie fand, ihren Wert erkannte, sie erwarb und notdürftig einkleidete. Es blieben die sichtbaren Spuren einer schlechten Zeit. Diese Puppe war gealtert. Darüber konnte auch ein neues Kleid, das ihr der Antiquitätenhändler hatte anfertigen lassen, nicht hinwegtäuschen ... Dagegen war es der Mutter gelungen, ihrer Puppe solch ein Schicksal zu ersparen, sie hatte ihr die Kindheit bewahren können. Anders als ihre leiblichen Kinder, die ihr allzuschnell entglitten waren, blieb die Puppe unverändert. Dabei hatte sie, lange bevor eine Patin sie ihr schenkte, schon wohlerzogenen Töchtern die Kindheit versüßt. Ja, die Puppe, die die Mutter als Kind erhielt, stammte aus gutem Haus, wo man mit solchen Dingen umzugehen wußte. Wo sonst hätte man darauf geachtet, daß ihr nichts widerfuhr, daß sie für die Nachwelt so gut erhalten blieb? Daß Ernsthaftigkeit und Würde einer verflossenen Epoche noch immer durch sie verkörpert wurden.

Dennoch, man dürfe ihr nur nicht unter das Kleid schauen, des Mottenfraßes am Ziegenlederbalg wegen, gab Balthasar zu bedenken. »Es hat immer auch schlechte Zeiten gegeben«, meinte die Mutter, »Kriegs- und Nachkriegsjahre.« Auch die Kinder seien zuweilen von Kopfläusen befallen gewesen. Aber das alles hatte man überstanden, wozu noch darüber sprechen. »Schaut euch ihr Antlitz an, aus so feinem Porzellan, es bleibt unverändert!«

Auf dem Hof spielte Laura. Die Mutter dachte: »Wie hat sie nur ihren Wunsch so lange verbergen können, warum hat sie nie nach der Puppe verlangt?« Auch heute hatte das Kind, als man es ins Zimmer ließ, die Puppe, die wie immer mit ausgebreiteten Armen auf dem Sofa saß, nicht einmal angeschaut. Es war, als hätte das Balg, um endlich die Welt verlassen zu dürfen, nur auf Laura, die nie ihren Anspruch geltend gemacht hatte, gewartet. »Alles zu seiner Zeit«, dachte die Mutter. Dennoch solle das Kind nicht noch länger warten müssen. Sie rief, der Aufmerksamkeit aller sicher, ihre Enkelin zu sich in das Haus. Enttäuscht, weil sie ihr Spiel mit den schmutzigen Holzscheiten unterbrechen mußte, übertrat das Kind die Schwelle zur guten Stube. Und obwohl das Essen bevorstand, der Tisch schon gedeckt wurde (wie bei besonderen Anlässen üblich mit dem blauen Zwiebelmusterservice), überreichte die Mutter, als hätte sie es nicht erwarten können, der Kleinen das gute Stück. Als wollte sie es rasch hinter sich bringen, sagte sie entschlossen: »Nimm nur, sie ist nun dein!« Sie bemerkte kaum, daß das Kind steif wie ein Stock vor ihr stand und sich vom dargebotenen Geschenk abwandte. »Wie häßlich sie ist«, sagte Laura und rannte danach mit dem Erbstück, der alten Puppe, wieder ins Freie ... Es war noch nicht fertig angerichtet, da hörte man von draußen ein Geräusch; es klang, als zerbärste ein irdener Krug. Es war die Puppe mit dem Porzellankopf. Sie war ihr nicht aus den Händen geglitten. Mutwillig hatte das Kind sie auf die Steinplatten geworfen. Ein helles kindliches Lachen erschallte, und wortlos sahen die Erwachsenen einander an. Im Hofe lagen die Holzscheite herum. Im Garten würden die zertretenen Blumen sich schnell wieder aufrichten – von dem feinen Porzellankopf, den eine ehemals bekannte Manufaktur, vor langer Zeit einmal, hergestellt hatte, blieb nur eine Kehrschaufel zersplitterter Scherben.

Der Nervenarzt Dr. Lotze und seine Therapien. Eingeweckte Gedanken. Plötzlicher Abgang eines Psychotherapeuten. Das Mündel. Balthasars Gesuch an die Obrigkeit. Vorteile eines vergitterten Fensters für die Kunst. Der frustrierte Anstaltsleiter.

Es war ein angenehmes Gefühl sicherer Geborgenheit, das von den vergitterten Fenstern ausging. Immer die gleiche Zimmertemperatur: achtzehn Grad Celsius. Und als ob alles davon abhinge, immer wieder so früh am Morgen das gewissenhafte Abzählen der Tabletten. Jeden Tag exakt zur gleichen Zeit verteilte die Oberschwester die Psychopharmaka. Die Wundermittel, die bunten, kleinen Kügelchen – auf dem Tablett wurden sie wie ein gutes Frühstück serviert. Und mit einem Glas kalten Wassers begann für die Insassen der Geschlossenen ein neuer Tag. Alles, bis in die letzte Kleinigkeit, war auf der Station geregelt, und die Krankenpfleger sahen darauf, daß kein Patient aus der Reihe tanzte. Auch die Ärzte konnten nicht einfach kommen, wenn sie gerufen wurden. Man erwartete von ihnen, daß sie nur zu festgelegten Zeiten, ihrer Rangordnung nach, im Gänsemarsch, die Gänge abschritten. Nur Dr. Lotze, der ergraute Suchtdoktor, war die Ausnahme. Er gönnte sich sogar hin und wieder etwas Abwechslung. Ein Glas Rotwein, an guten Tagen auch mal einen Schluck Tresterbranntwein. In den Krankensälen sah man ihn sowieso äußerst selten, und meist erschien er unerwartet. Häufiger besuchte er dagegen ein Künstlercafé in der Stadt, und gern zog er sich auch in sein Arbeitszimmer zurück, wo an den Wänden Balthasars Bilder hingen und auf dem Schreibtisch ein Aktenberg der schwierigsten Fälle sich auftürmte. Auch Lotze unterlag der ärztlichen Schweigepflicht, und er nahm sie so ernst, daß er kaum noch die Krankenakten las. Wie eintönig auch, immer glichen sich die Texte. Ab und zu mal ein Name, der ihm gut bekannt war. Obwohl Lotze ein Freund geselliger Plauderei war, der immer einen guten Tropfen zur Hand hatte, werden wir, was Balthasar betrifft, von ihm nichts Neues erfahren. Geheimnisse, besonders in den verschlossenen Sälen, wurden nie ganz gelüftet. Wie konnten sonst so große Mengen von Drogen und Alkohol in das Haus gelangen? Über die hohen, streng bewachten Mauern. Nachdem man die liberale Therapie des Dr. Lotze verworfen hatte, waren die Kontrollen in der Geschlossenen wieder verschärft worden. Von neidischen Kollegen wurde der beliebte Experte zuweilen angefeindet und, wo es ging, bei jeder Gelegenheit verleumdet. Seiner Überzeugung wegen! Er glaubte noch immer felsenfest, daß man die Krankheit mit dem, was sie verursacht hatte, auch am besten zu heilen vermochte. Daß eine Gewohnheit mit der Überdosis des Gewohnten bekämpft werden könnte. Zweifelsfrei, damals als man das noch ernst nahm, waren die Erfolge nach Dr. Lotzes Methode aufsehenerregend. Die Süchtigen kamen freiwillig, keiner mußte mehr zwangsweise eingeliefert werden. Die neue Methode hatte sich im Lande schnell herumgesprochen. Auf Bewachung konnte man damals verzichten. Keiner floh, es sei denn, er war geheilt. Aber jede Nacht versuchten Alkoholiker, heimlich in die geschlossene Anstalt zu gelangen. Sie überwanden die Begrenzung, die das weite Areal umgab, oder sie bestachen den Nachtpförtner. Leider sah man sich gezwungen, auf dem schönen Mauerwerk aus Klinkersteinen Glasscherben und Stacheldraht anzubringen. Doch zu groß schien die Sehnsucht nach der Institution, die, alles regelnd, jeden der Verantwortung enthob. Die Anstalt mußte sogar erweitert werden. Denn die Eingänge übertrafen noch lange die Abgänge. Nicht Mißerfolge hatten die Anstalt in Verruf gebracht, sondern ihr großer, nicht mehr zu bewältigender Zuspruch.

»Warum sollten sie sich nicht zu ihrer Leidenschaft bekennen? Warum sollten sie das, was sie doch so sehr mögen, verstecken müssen?« hatte sich Dr. Lotze immer wieder gefragt. Es sei doch besser, wenn sie es ständig vor Augen und in der Hand oder im Blute hätten, bis sie seiner schließlich überdrüssig würden. Wenn Drogen, die man auch Genußmittel nenne, unerreichbar seien, würden sie umso mehr Sehnsucht und Verlangen hervorrufen ... Unhaltbare Zustände, die man Dr. Lotze anlastete: Bei der morgendlichen Visite mußten die Ärzte zuweilen über abgestellte Bierkästen steigen. Unter den Betten, ja fast überall lagen leere Flaschen herum. In den Zimmern durfte geraucht werden, genußvoll und immer mit tiefen Lungenzügen. Die hohe Kunst des Tabakrauchens, nirgends wurde sie so vollendet zelebriert wie unter Dr. Lotzes Aufsicht. Zuerst lernte man im Raucherkolleg, runde Kringel zu blasen, die langsam zur Decke aufstiegen, bevor sie sich in Nichts auflösten. Dann formte man Buchstaben, und bald schrieb man ganze Sätze aus Rauch. Jedoch zu kurz stand manch guter Vorsatz aus blauen Wölkchen im Raum ... Die Therapie für Trinker wurde oft nur halbherzig durchgeführt: Die Alkoholkranken sollten in Rotwein, die schweren Fälle in Tokajer baden. Die Krankenpfleger waren angewiesen, die unterzutauchen, die etwa an solchen Bädern Gefallen fänden. Abneigung statt Lust auf ungezügelte Trinkgelage. Eine Orgie verlange wahres Heldentum! »Ach, könnte ich doch diese Leidenschaft erhalten und Euch dennoch heilen«, schrieb er den Trinkern auf die Bierdeckel.

Nicht alle Ideen Dr. Lotzes entsprangen seiner guten Laune. Er hatte auch seine ernsten Seiten. Auf recht drastische Art versuchte er, den Trinkern zu veranschaulichen, wo sie, oder Teile von ihnen, hingerieten, wenn sie nicht ihrem Suchtmittel entsagten. Er zeigte ihnen dann die scheußlichen, in Alkohol konservierten Präparate. Ab und zu, wenn ihm danach war, lud er einige Patienten in sein Arbeitszimmer zu einer zwanglosen Plauderei. Er begann das Gespräch immer erst mit einfachen Argumenten. Er zeigte ihnen nicht sofort die in Gläsern aufbewahrten Befunde.

Die Patienten sollten sie ganz zufällig selbst entdecken. Wenn sie erschraken, wegsahen, und dann doch immer wieder hinschauen mußten, war die Zeit für ernste Worte gekommen. Wie beiläufig erzählte er erst einmal von seinen Weinbergen, die er irgendwo in Transsilvanien besaß. Von den giftigen Chemikalien, die er, um so dem Schädlingsbefall vorzubeugen, mehrere Male im Jahr dort versprühen lassen müsse, von der Weinlese, von der Kelterei, die er in die Hände erfahrener Kellermeister gelegt habe. Auch der Abfall (man spürte seine Verachtung, wenn er dieses Wort aussprach) werde noch verwertet. Aus verschimmelten Trauben, aus mehrfach ausgequetschten Beeren, aus Stielen und Blättern, ja selbst aus Wurzeln alter Weinstöcke, werde ein hochgeschätzter Grappa gebrannt. Die Gewinne, die dank der Trunksucht auch noch mit schlechten oder sogar mit gepanschten Weinen gemacht würden, seien hoch … Mitunter kam die Rede auch auf Künstler, die, dem Alkohol verfallen, ihrer Sucht mehr als ihrem Talent verdankten. Und er sprach von Süchten, die früher ganz unbekannt gewesen seien, und für die man den Alkohol nicht verantwortlich machen könne. Die Bildersucht zum Beispiel, die Abhängigkeit von der Malerei, die angeboren, also aus einer unglücklichen Veranlagung heraus entstehe, und deshalb kaum geheilt werden könne. Eine Fehlleistung des Gehirns, was oftmals sogar im Verbrechen enden könne. Wenigstens bei den herkömmlichen Drogen wollte er die Abhängigen behutsam zur Umkehr bewegen … Das alles sollte ihnen zu denken geben. Aber nie waren seine Gesprächspartner richtig bei der Sache. Während sie sich den Anschein gaben, seinen Ausführungen noch zu folgen, waren sie in Gedanken schon ganz woanders. Ihre Aufmerksamkeit wurde mehr und mehr von den unappetitlichen Merkwürdigkeiten in den Gläsern beansprucht. Wann werden sie beginnen, aus den Hinweisen des Therapeuten Nutzen zu ziehen? … Das Zimmer des Arztes war geräumig. Die Möbelstücke hatte er nicht so arrangiert, daß sie ein schönes und zweckmäßiges Ensemble bildeten. Sie schienen einfach nur der Größe nach im Raum abgestellt zu sein. An den Wänden hingen ein paar von Balthasars Bildern, die der Doktor hatte erwerben können, weil er dank des Alkohols und derer, die ihm verfallen waren, ein kleines Vermögen gemacht hatte. Im Bücherschrank, zwischen Schriften esoterischen Inhalts, stand ein Einweckglas, das anscheinend dazu diente, Krimskrams aufzubewahren. Knallerbsen, ein Stück abgestreifte Schlangenhaut und andere wertlose Kleinigkeiten ... Es sei ein ganz besonderes Kunstobjekt, in das er sich hin und wieder vertiefe. Er habe es von einem Insassen des Haftkrankenhauses, einem Maler, erzählte er. Der Bedauernswerte sei als Künstler wohl gescheitert, doch er habe nicht gewollt, daß Gedanken verdürben. Also habe er sie materialisiert und hernach wie reifes Obst eingeweckt. Die kleine zerbrochene Muschel sei eine Erinnerung, und eine Erinnerung sei ein Gedanke, der nur ganz schwer in Worte gefaßt werden könne. Wieder und wieder versuchte Lotze den Sinn des Kunstobjekts zu ergründen. Die abgestreifte Haut schien ihn zu faszinieren. »Die Häutung«, sagte er, das sei es schließlich, was jeder Insasse an sich selbst vollziehen müsse, um sich danach wieder frisch und unbelastet durchs Leben schlängeln zu können. Auch die Knallerbsen, kleine, aber unangenehme Scherzartikel, sie seien beredte Zeichen für Wünsche oder sogar für Vorhaben, über die zu sprechen man sich nicht traue. Und schließlich die abgelutschte Figur aus Marzipan. Es könnte sich um den heiligen Lukas, den Schutzpatron der Maler handeln, denn der Straftäter leide an Bildersucht. Je länger der Arzt sprach, umso wohler schien er sich zu fühlen. Während seiner Rede drehte er manchmal das Glas ein wenig und gestand: »Ich kann nur versuchen, die Dinge zu deuten, an den Inhalt selbst komme ich nicht heran.« Er bedauerte, daß es nicht möglich sei, die Sachen zu berühren, weil das Glas, durch ein von J. Weck erfundenes Verfahren, luftdicht verschlossen sei. Man sollte es deshalb auch nicht ohne zwingenden Grund öffnen. Etwa aus bloßer Neugier. Man würde beim Öffnen immer auch etwas zerstören, ohne den Inhalt insgesamt zu erfassen. Dieser Zustand sei danach endgültig ... Das alles beeindruckte die Langzeitpatienten, sagte ihnen aber zunächst wenig. Ihre Blicke hingen derweil wie gebannt an den Gläsern, wo im reinen Alkohol Teile ehemaliger Leidensgefährten konserviert waren: die Trinkernase eines Klosterabtes, eine Leberzirrhose und ein deformiertes Dichterhirn. Außerdem noch eine Grubenotter; daß der Äskulapstab fehlte, war wohl ein Hinweis auf das gebrochene Verhältnis Lotzes zur Kunst der Medizin schlechthin. Oftmals aber, wenn er über sein spezielles Fachgebiet sprach, geriet er so ins Schwärmen, daß seine Zuhörer den Eindruck gewannen, das Delirium sei ein erstrebenswerter Zustand der Vollkommenheit.

Als der Nervenarzt Dr. Lotze an einem verregneten Novembertag das Lokal betrat, war er nicht mehr der alte. Am Stammtisch wirkte er abgespannt, und die Enttäuschung stand ihm ins Gesicht geschrieben. Doch seine Stimme war unverändert, wohlklingend und klar wie eh und je. »Unter den vielen in der Anstalt gibt es einen, den ich schon abgeschrieben hatte«, sagte er nach einer überschwenglichen Begrüßung. »Einer, der den scharfen Geruch des Außenseiters nie verlieren wird.« Auch die Laborwerte sprächen gegen ihn: ein Austherapierter sozusagen. »Warum trägt dieser Mensch, der den Weg zurück nie mehr findet, so noble Krawatten, habe ich mich zuweilen fragen müssen.« Lotze spürte die Aufmerksamkeit, die ihm jetzt zuteil wurde, und begann, die Abläufe im Hause wie folgt zu schildern: Gewöhnlich säßen die Patienten, auf den Therapeuten wartend, im Halbkreis. Die Stühle seien so angeordnet, daß sie nicht allzu eng stünden. So könne er sich im Zimmer in jeder Richtung frei bewegen. Dem Therapeuten müsse es möglich sein, in Gedanken versunken den Kreis der Zuhörenden zu durchschreiten. Auch wenn sein Stuhl einmal für kurze Zeit verlassen sei, seine Worte blieben noch im Raum. Ein leerer Stuhl könne Anlaß zur Nachdenklichkeit bieten. Hinter den Stühlen der Patienten stünden die Krankenpfleger. Junge Burschen mit muskulösen Armen. *Sein* Stuhl, in der Mitte des Raumes, sei bisher stets freigehalten worden. Die Sitzposition, die er schon solange man ihn kenne in ihrer Mitte einnehme, sei unveränderlich. »Meine Herren, glauben Sie mir«, sagte er, »selbst wenn ich maskiert erschiene, meine Haltung würde mich sogleich verraten.« Die wenigen Sätze, die er, nachdem er Platz genommen habe, an sie richte, seien stets dem Zwecke angemessen. Er sei es gewohnt, die Worte so zu wählen, daß sie den Patienten wie auch den Pflegern gelten könnten ... Eine wohlmeinende Strenge war es wohl, die man bisher an Dr. Lotze zu schätzen wußte. Aber vor allem seine Zuverlässigkeit, die auf besondere Weise auch seine Freunde zuweilen beeindruckte ... »Um zwei Minuten«, fuhr er fort, »hatte ich mich in der vergangenen Woche einmal verspätet. Als ich den Raum betrat, fand ich meinen Stuhl besetzt; mehr noch, ich hörte meine Stimme, meine eigenen Worte aus dem Munde eines Unberechtigten.« ... Auf dem Stuhl des Arztes saß der Austherapierte. Wie Dr. Lotze schien er, die Beine übereinandergeschlagen, mit dem Stuhl verwachsen. An diesem Tage sah sich der Therapeut ersetzt durch einen, den er nicht hatte therapieren können. Einer, der ihm die Grenze seiner Möglichkeiten, vor aller Augen, aufgezeigt hatte. »Ich dagegen«, sagte Lotze, »begnügte mich notgedrungen mit einem Stuhl, der eigentlich nur für Patienten vorgesehen war, mir im Rücken ein Krankenpfleger; gerade der, den ich von allen am wenigsten mochte.« Doch nicht ungern hörte Lotze sich zu, wohlwollend genoß er seine eigene Stimme aus dem Munde eines ANDEREN. »Meine Worte sprach ein Schutzbefohlener, den ich bereits abgeschrieben hatte«, klagte Lotze.

Niemand an jenem Abend war sich der Tragweite dieser Sätze bewußt, die dem Inhalt nach mehr einer Beichte als einer Episode entsprachen. Lotze machte keine Anstalten, das Lokal zur angemessenen Stunde zu verlassen. Er vergaß, wie viele Gläser Rotwein er bereits in der Runde der Stammtischfreunde getrunken hatte. Möglich, daß er auch versäumte, seine Pillen, wie gewohnt, einzunehmen. Sein kahler Kopf war gerötet. Das Gespräch mit der jungen Abgeordneten (sie liebte es zu widersprechen) hatte ihn erregt. Nach und nach, um nicht Zeuge einer zugespitzten Auseinandersetzung zu werden, verließen die Stammgäste das Lokal. Für Lotze war es wohl an der Zeit, die Toilette aufzusuchen. Er schwankte nur ein wenig, kaum wahrnehmbar, aber man bot sich an, ihn zu stützen. Empört wies er die Hilfe zurück, und gleich danach hörte man das schreckliche Geräusch eines Sturzes; es kam von der Wendeltreppe, die hinab zu den Sanitärräumen führte. Nur auf der sicheren Seite gab es ein Geländer. Einmal nur wand sich die Treppe um ihren Schaft. Tief war es demnach nicht.

Wie der junge Leander zu seiner schönen Stimme als Redner kam, blieb vielen ein Rätsel. Hatte er in der Selbsthilfegruppe des Haftkrankenhauses nur einen Stuhl unberechtigt belegt, so führte er bald einen akademischen Grad, den er mehr seiner Imitationskunst als seinem Wissen verdankte. Es war ein kurzer Weg zu dieser Ehrung. Die Bäume in den Alleen hatten ihr Laub schon abgeworfen. Ein unangenehmer, naßkalter Tag. Für diese Witterung war er nur unzulänglich bekleidet. Mit einem Sakko, statt mit einem warmen Mantel. Doch ein langer Wollschal, in kühnen Schwüngen um den Hals gewunden, schützte vor Erkältung und gab ihm dazu noch das Aussehen eines kreativen Menschen. »Eine zu hohe Stimme«, dachte er, »gerät leicht außer Kontrolle.« Vor allem wenn es um etwas geht, was unglaubwürdig und dennoch zutreffend ist. Wie war es einem Staatsmann bei all seinen wegweisenden Reden ergangen? Jedes Mal, wenn seine Sätze besonders eindringlich waren, hatte sich seine Stimme verselbständigt und einen Quieklaut erzeugt, wie man ihn von jungen Schweinen kennt. Wenn er dagegen beschwörend nahezu Unmögliches verlangte, senkte er die Stimme so unerwartet, daß man meinte, ihm sei die Luft ausgegangen. So auch bei seinem großartigen Einfall: Man müsse die anderen überholen, ohne sie einzuholen. Des Mißklanges wegen hatte er schließlich abdanken müssen.

Also, meinte Leander, es sei doch möglich, ernsthafte Fehler zu vermeiden. Aber als er den Saal betrat, erschrak er. Ein Raunen im Auditorium hatte eingesetzt und ihm bewußt werden lassen, daß etwas von ihm erwartet wurde, was er den Herrschaften nicht würde bieten können. Er als *Quereinsteiger*, hatte es mal geheißen, sei ein Gewinn. Doch er hatte das Niederschreiben eigener Gedanken immer nur vor sich hergeschoben. Nun stand er vor der Zuhörerschaft und hatte wenig vorzuweisen, nur das, was sie ohnehin schon kannten. Aber er könnte es mit einem Sprechgesang versuchen, dachte er. Mit der tiefen Stimme des Dr. Lotze. Vielleicht würde er so die Kommission beeindrucken. Und wirklich, bald klang alles so schön, daß niemand zu sagen wagte, es sei falsch. Mehr noch, daß die Prüfer bald ganz dem Charme seiner melodischen Sätze erlagen. Sie glaubten, so vollendet wie die Form müsse auch der Inhalt sein. Gleich als er seinen Vortrag begann, wurde es ganz ruhig im Saal. Die häßlichen Fachausdrücke aus der Sexualwissenschaft – gesungen klangen sie so schön, waren einschmeichelnd und bekamen einen guten Nachklang. Sein geringes Wissen ließ sich strecken wie der Text einer Opernarie. Oh, es braucht schon einiges Talent, um sich unwissend in der Wissenschaft zu behaupten!

Man hatte schon oft gemunkelt, daß es nicht mit rechten Dingen zugegangen sei, daß die grauen Schläfen des Neuen nicht echt seien, und er Weisheit durch älteres Aussehen vorzutäuschen suche. Als der Hausmeister ein Kupferschild, das er am Vortage erst an seiner Tür angebracht hatte, entfernte, gab es schließlich Gewißheit. Vieles andere auch kam Leander nach und nach abhanden: Sein Ruf, seine schöne Frau und gar sein Haus. Nur die faszinierende Stimme, die er sich einmal in einer schwierigen Lage ausgeliehen hatte, war ihm geblieben. Höhnisch sagte daraufhin der Staatsanwalt: »Immer wollte das Mündel gleich Vormund sein.«

»Ich, Balthasar«, begann er, als würde er einen Lebenslauf abfassen, »Neffe meines Oheims, eines gebildeten Mannes, der, als er jung war, sich eine Nacht in einem Fischteich verborgen halten mußte, der dann als Invalid sein Wissen an mich weitergab, ich, Balthasar der Maler, brauche das Gitter. Es hilft mir, die kleinste Skizze, wenn sie den Keim der Vollkommenheit in sich trägt, ins große Format zu übertragen.« Das Gitter sorge dafür, daß, auch bei einer Vergrößerung ins Unermeßliche, die Proportionen gewahrt blieben. Die Wirklichkeit habe er als Ganzes nie begreifen können, in kleine Kästchen habe er alles, was er habe festhalten wollen, zerlegen müssen. Nun ordne das vergitterte Fenster seiner Zelle seine visuellen Eindrücke. Immer vom gleichen Punkt aus, dem Kopfende seiner Pritsche, peile er die eiserne Einfriedung an. Als er sich noch auf freiem Fuß befunden habe, seien es Quadrate gewesen, die in seiner Vorstellung bestanden hätten – und daher auch oft sehr ungenau ausgefallen seien. Welch ein Fortschritt dagegen die Unveränderlichkeit dank der Gitterstäbe heute. Er habe sich angewöhnt, wie bei einem Schachbrett die einzelnen Felder am Rande mit Nummern und Buchstaben zu bezeichnen. So könne er die Schnittpunkte der Linien, ohne eine Zeichnung anzufertigen, festhalten. Die Leere einer Gefängniszelle, ihre festgelegte und sehr genaue Abmessung, komme seinem Anliegen zupaß. Natürlich könnte, ginge es nach ihm, das Gitter noch engmaschiger sein; das Bild, das damit ins Bewußtsein übertragen würde, wäre dann genauer. Er lehne deshalb eine Hafterleichterung ab. Er wolle auch in keine andere, vielleicht besser geführte oder mit Annehmlichkeiten versehene Haftanstalt verlegt werden. Dagegen ersuche er um einen Wandel, der sich außerhalb des Gefängnisses vollziehen solle. Was könnte er erst leisten, wenn er nicht gezwungen wäre, unablässig das gleiche Motiv im Geiste aufzuzeichnen. Oh, diese Einschränkung, die ihm auferlegt worden sei. Durch sein vergittertes Fenster wolle er endlich etwas Neues erblicken. Eine sich fortwährend zum Besseren hin verändernde Umgebung. Sie sei doch möglich. Wenn man nur wollte. Während seiner langen Haft hätten sich schöne, schnurgerade Alleen anlegen lassen. Noch ein Berg aus abgetragenen Fabriken und alten Schlachthöfen könnte sich am Horizont unaufhaltsam ausbreiten.

Sein Gesuch, seine große Bitte an die Obrigkeit, schien verschlüsselt. Vieles konnte, wie er meinte, nur durch die Blume gesagt werden. Er habe sich im Leben nur einmal verlaufen, schrieb er, und meinte damit, daß er die Kunstakademie absolviert hatte. Daß er die Formel für ein unsterbliches Kunstwerk gefunden hatte, ließ er dagegen unerwähnt.

Es verwunderte, daß die Fenster im behaglich möblierten Zimmer des Anstaltsleiters gleichermaßen vergittert waren. Eines wies auf eine gegenüberliegende weißgekalkte Wand. Wie ein riesiges leeres Blatt, das nichts mitzuteilen hat, war sie Balthasar erschienen. Beeindruckend das große, überheizte Zimmer des Direktors. Die schwere Eisentür, war sie denn abgeschlossen, wenn er das Inhaltsverzeichnis seines Hauses durchging, die lange Liste mit den Namen der Strafgefangenen, wenn er die aufregendsten Kapitel der mannigfachen Verfehlungen las? ... Auf seinem Tisch eine Brotbüchse, geformt wie ein Stullenpaket. Daneben ein Schulheft, unbeabsichtigt war es aufgeschlagen liegengeblieben. Die karierten Seiten des Rechenheftes, die Kreuze in den Kästchen, was hatten sie zu bedeuten? Entwarf nun auch der Anstaltsleiter ein Kunstwerk, oder spielte er nur heimlich ein Spiel, vertrieb sich die Zeit, wie die Schulbuben, wenn sie der Unterricht zu ermüden begann? »Schiffe versenken« hieß das beliebte Spiel. Oh, welche Defizite, wenn sie, statt dem Lehrer zu lauschen, ein Seegefecht bestanden! ... Aber was sollte einem Beamten vor seiner Pensionierung denn noch entgehen? Warum sollte man es ihm verübeln, wenn er sich einem kindlichen Spiel wieder hingab? Noch dazu, wo er nur gegen sich selbst spielen konnte. Die hohen Verluste, die er erlitt, waren ja zugleich auch seine eigenen erfolgreichen Treffer.

Als der Direktor die dichtbeschriebenen Seiten Balthasars entgegennahm, war es wie ein versöhnender Handschlag, und was die Vergangenheit betraf, sie schien gelöscht ... Er sei nur ein einfacher Beamter, sagte der Anstaltsleiter mit gleichgültigem Blick auf das, was Balthasar aufgeschrieben hatte. Und er frage sich, warum eigentlich. Wo es im Leben doch so leicht sei, immerzu nach oben zu gelangen. Er zeigte auf die gegenüberliegende hohe Mauer. Dahinter befand sich, was man jedoch aus dieser Perspektive nicht sehen konnte, das wohl prächtigste Gebäude, das es in der kleinen Großstadt Lindelein gab. Da könne man es bis zum Justizminister bringen, wenn sich nicht immer jemand in den Weg stellte, den es zu überspringen gelte. *Das Bockspringen*, seit seiner Schulzeit sei ihm diese Leibesübung zuwider ... Sie hatten sich in einer Reihe aufzustellen; der letzte mußte die Rücken der anderen überspringen, bevor er sich ganz vorn an die Spitze stellen konnte. Ein Augenblick nur, wo er keinen vor sich hatte, und gleich sei er wieder übersprungen worden. Manchmal sei es auch zu einer Rangelei gekommen, wobei einer den anderen umstieß. Sie fielen übereinander und waren nicht fähig, sich sogleich wieder geordnet zu erheben. Die Trillerpfeife des Turnlehrers vermehrte noch das Chaos. Er sei, sagte der Direktor, damals vom Pfiff schon wie gelähmt gewesen; zudem hätten die anderen ihn noch bis zuletzt daran gehindert, sich aufzurichten ... In seiner Nervosität begann er, das Gesuch Balthasars immer weiter zu falten, bis das Papier auf die Größe eines Kassibers geschrumpft war und einbehalten werden mußte. Unmöglich, es dem Malefikanten wieder auszuhändigen, wenn dieser, die Unzweckmäßigkeit des Schriftstücks begreifend, darum bitten würde.

Er habe die akademischen Hürden genommen, so wie man durchlöcherte Maschendrahtzäune überwinde, die einen Obstgarten umgeben, sagte der Anstaltsleiter. Examen, Diarrhö und dergleichen Übel mehr erduldet. »Den Stoff habe ich, wie unreifes Obst, nie richtig verdaut.« ... Und danach im Amt, immer wenn er sich vom Richterstuhl erhoben habe, um es zu verkünden, worauf sie oft jahrelang haben warten müssen, sei das Urteil, seien ihm seine eigenen, gut gesetzten Worte abhanden gekommen. »Jawohl, ich bin abgeglitten, habe die Sprünge über die vielen Rücken nicht geschafft!« Wortlos habe er fortan nur noch Zellen auf- und zugeschlossen. Immer schwerer sei der Schlüsselbund geworden, bis er endlich zum Anstaltsleiter befördert worden sei ... Schnell, fast abrupt, hatte er seine Betrachtungen beendet, aus seiner Tasche ein Tuch gezogen, und gleich nachdem er laut trompetend hineingeschnäuzt hatte, war er wieder der hohe Vollzugsbeamte, korrekt und ohne Tadel. Eine letzte, beschwichtigende Handbewegung, dann sagte er: »Eine Bitte nehme ich immer mal wieder gern zur Kenntnis, nur eine Beschwerde muß ich weiterleiten.«

In den Zellen war man beim Piercen und Tätowieren. Liebevoll wiegte einer in der Geschlossenen sein Kofferradio wie ein Kleinkind im Arm. Die Kopfhörer waren veraltet. Sie sahen aus wie ein paar alte, abgenutzte Ohrenschützer, die man höchstens bei eisigem Nordostwind getragen hätte. Er hörte Figaro, einen Kultursender, live ... Zwei Männer, sie schienen privilegiert, saßen abgesondert von anderen Häftlingen auf einer Bank im Hofe der Justizvollzugsanstalt. Ihren Blicken blieb noch ein kleines Stück vom Himmel. Erst schien es so unglaublich leer, aber dann hatten sie darin einen winzigen Punkt gesichtet. Ganz oben, wie verloren am Abendhimmel, ein einzelner Vogel. Es war ein Reiher. Man erkannte bald seine Schwingen und seinen vorgestreckten Hals. »Er zieht nach dem Süden«, meinte einer der Männer. Aber es sah aus, als verharre der ferne Vogel vorerst auf der Stelle. Sein Ziel schien unerreichbar. »Einen Sommer hat er schon wieder verloren«, sagte der andere betrübt. Sie schauten beide angestrengt nach oben, aber von Mauern eingeengt, sahen sie nur wenig vom weiten, wolkenlosen Himmel. Gegen Abend wurde es schon beträchtlich kühl. »Bald wird es wieder Winter«, bemerkte einer ... Sie schwiegen, bis sie einen zweiten Reiher erkannten, der dem ersten folgte. Ein kaum spürbares Lächeln lag auf den Gesichtern der Männer. »Nun sieht er sich schon fliegen«, stellte einer fest. Dann schwiegen sie wieder. Und als ein dritter Reiher sichtbar wurde, der den beiden folgte, nahm Heiterkeit von ihnen Besitz. »Nun sieht er sich sogar, wie er hinter sich herfliegt«, jubelten sie.

Ende

Für die Beratung und Unterstützung danke ich
Herrn Michael Hametner.

Schwarz wie eine

MAMBA

Celia Isabel Gaissert

Roman

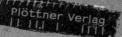
Plöttner Verlag

Ein Uniprofessor setzt sich mit seiner SS-Vergangenheit auseinander. Sensible Beschreibung eines Generationsdramas. Packender Roman zum Thema Vergangenheitsbewältigung.

ISBN 978-3-938442-83-8
13,90 Euro

Porcella

Harald Nicolas Stazol

Roman

Plöttner Verlag

Ein Roman über die zwei zerbrechlichsten Dinge dieser Welt: das Porzellan
und – und die Liebe.

Aktuell zum 300-jährigen Jubiläum der Meißner potzellanmanufaktur und
zu den beiden Ausstellungen in Berlin, dresden und Hohenberg / Eger.

ISBN 978 – 3 – 938442 – 79 – 1
19,90 Euro